CB033331

A CASA NO MAR CERÚLEO

TJ KLUNE

A CASA NO MAR CERÚLEO

Tradução
Lígia Azevedo

MORROBRANCO

Copyright: The House In The Cerulean Sea © 2020 por TJ Klune
Publicado em comum acordo com o autor, Julio F-Yáñez Agencia Literaria, S.L. e The Knight Agency.

Título original: The house in the cerulean sea

Direção editorial: Victor Gomes
Coordenação editorial: Aline Graça
Acompanhamento editorial: Bonie Santos e Mariana Navarro
Tradução: Lígia Azevedo
Preparação: Bárbara Waida
Revisão: Tomoe Moroizumi
Capa original: Red Nose Studio
Adaptação da capa original: Vanessa S. Marine
Projeto gráfico e diagramação: Vanessa S. Marine
Imagens de miolo: ©Freepik

Esta é uma obra de ficção. Nomes, personagens, lugares, organizações e situações são produtos da imaginação do autor ou usados como ficção. Qualquer semelhança com fatos reais é mera coincidência.

Todos os direitos reservados. Proibida a reprodução, no todo ou em partes, através de quaisquer meios. Os direitos morais do autor foram contemplados.

Dados Internacionais de Catalogação na Publicação (CIP)

K66c Klune, TJ
A casa no mar cerúleo / TJ Klune ; Tradução: Lígia Azevedo. — São Paulo : Morro Branco, 2022.
384 p. ; 14 x 21 cm

ISBN: 978-65-86015-46-1

1. Literatura americana — Romance. 2. Ficção americana. I. Azevedo, Lígia. II. Título.
CDD 813

Todos os direitos desta edição reservados à:
EDITORA MORRO BRANCO
Alameda Santos, 1357, 8º andar
01419-908 – São Paulo, SP – Brasil
Telefone (11) 3373-8168
www.editoramorrobranco.com.br

Impresso no Brasil
2022

Para aqueles que estiveram comigo desde o início: vejam só o que fizemos. Obrigado.

UM

— Minha nossa — disse Linus Baker, enxugando o suor da testa. — Isso é bastante incomum.

Aquilo era um eufemismo. Ele assistia maravilhado a uma menina de onze anos chamada Daisy fazer blocos de madeira levitarem bem acima de sua cabeça. Os blocos giravam em círculos concêntricos e lentos. Daisy mantinha a testa franzida em concentração, a ponta da língua entre os dentes. Levou um minuto inteiro até que os blocos voltassem lentamente ao chão. O nível de controle dela era impressionante.

— Entendido — falou Linus, escrevendo furiosamente em seu bloco. Estavam no escritório da diretora, uma sala bastante organizada, com o carpete marrom e os móveis antigos fornecidos pelo governo. Nas paredes, havia quadros horríveis de lêmures em diferentes poses. A diretora os havia exibido com orgulho, dizendo a Linus que a pintura era uma paixão sua e que, se não fosse diretora daquele orfanato, viajaria com o circo como treinadora de lêmures ou abriria uma galeria para dividir sua arte com o mundo. Linus acreditava que seria melhor para todo mundo se os quadros dela permanecessem naquela sala, mas manteve a opinião para si. Não estava lá como crítico de arte amador. — E com que frequência você… hã, sabe… faz as coisas levitarem?

A diretora do orfanato, uma mulher atarracada de cabelos arrepiados, deu um passo à frente.

— Ah, muito pouca — respondeu ela rapidamente. Ela retorcia as mãos, enquanto seus olhos iam de um lado para o outro. — Talvez uma ou duas vezes… por ano?

Linus tossiu.

— Por mês — corrigiu a mulher. — Não sei por que disse ao ano, que tolice a minha. Foi um deslize. Sim, uma ou duas vezes por *mês*. O senhor sabe como é. Quanto mais velhas as crianças ficam, mais... coisas fazem.

— É isso mesmo? — perguntou Linus a Daisy.

— Ah, sim — confirmou Daisy. — Uma ou duas vezes por mês, não mais que isso.

A menina sorriu beatificamente para Linus, que se perguntou se suas respostas haviam sido treinadas antes que ele chegasse. Não seria a primeira vez, e Linus duvidava de que fosse a última.

— Certo — disse ele. As duas ficaram aguardando a caneta de Linus rabiscar o papel. Ele sentia os olhos delas nele, mas se concentrou no que escrevia. Ser preciso exigia atenção. Linus era bastante minucioso, e sua visita àquele orfanato em particular fora bastante reveladora, para dizer o mínimo. Ele precisava anotar tantos detalhes quanto possível para produzir o relatório final quando voltasse ao escritório.

A diretora não deixava Daisy em paz, puxando seu cabelo preto e rebelde para trás e prendendo-o com presilhinhas de plástico em forma de borboleta. Daisy olhava com tristeza para seus blocos no chão, as sobrancelhas cheias contraídas, como se quisesse que ainda levitassem.

— Você tem controle sobre isso? — indagou Linus.

Antes que Daisy pudesse abrir a boca, a diretora disse:

— Claro que sim. Nunca permitiríamos que ela...

Linus ergueu uma mão.

— Seria melhor se a própria Daisy respondesse, muito obrigado. Não tenho dúvida de que a senhora tem os melhores interesses dela em mente, mas sou da opinião de que crianças como Daisy tendem a ser mais... diretas.

A diretora deu a impressão de que diria algo, mas Linus arqueou uma sobrancelha. Ela suspirou e assentiu, afastando-se um passo de Daisy.

Depois de fazer uma última anotação, Linus fechou a caneta e a guardou na maleta, junto com o bloco. Ele se levantou da cadeira e se agachou diante de Daisy, o que fez seus joelhos estalarem.

Daisy mordia o lábio inferior e mantinha os olhos arregalados.

— Daisy, você tem controle sobre isso?

Ela assentiu devagar.

— Acho que sim? Não machuquei ninguém desde que me trouxeram para cá. — A boca da menina se franziu um pouco. — Pelo menos antes de Marcus. Não gosto de machucar as pessoas.

Linus quase acreditou naquilo.

— Ninguém disse que você gosta. Mas, às vezes, não conseguimos controlar nossos... dons. O que não é necessariamente culpa nossa.

Aquilo não pareceu fazê-la se sentir melhor.

— Então de quem é?

Linus piscou.

— Bom, imagino que diversos fatores influenciem nisso. Pesquisas recentes sugerem que estados emocionais extremos podem ser um gatilho em casos como o seu. Tristeza. Raiva. Até mesmo felicidade. Talvez você estivesse tão feliz que jogou uma cadeira em seu amigo Marcus por acidente?

Aquela era a razão pela qual Linus fora mandado para lá. Marcus estivera no hospital para que pudessem examinar o seu rabo, que estava dobrado em um ângulo estranho. O hospital comunicara diretamente o Departamento Encarregado da Juventude Mágica, como era exigido. Aquilo dera origem a uma investigação, motivo pelo qual Linus tinha sido enviado àquele orfanato em particular.

— Sim — concordou Daisy. — Foi exatamente isso. Marcus me deixou feliz demais quando roubou meus lápis de cor, e acabei jogando uma cadeira nele sem querer.

— Entendi — disse Linus. — E você pediu desculpas?

Ela voltou a olhar para os blocos, arrastando os pés no chão.

— Pedi. Marcus disse que não estava bravo. Até apontou meus lápis antes de me devolver. Ele faz isso melhor que eu.

— Foi muito atencioso da parte dele. — Linus pensou em esticar o braço e dar tapinhas no ombro dela, mas aquilo não seria apropriado. — Sei que você não queria machucar o menino. Talvez no futuro consiga parar e refletir antes que suas emoções assumam o controle. O que acha disso?

Ela assentiu com vontade.

— Ah, sim. Prometo parar e refletir antes de atirar alguma outra cadeira apenas com o poder da minha mente.

Linus suspirou.

— Não foi exatamente isso que eu...

Em algum lugar nas profundezas da velha casa, o sinal tocou.

— Biscoitos — sussurrou Daisy antes de sair correndo para a porta.

— Só *um*! — gritou a diretora para ela. — Ou não vai ter apetite para o jantar!

— Pode deixar! — gritou Daisy em resposta antes de sair e bater a porta atrás de si. Linus podia ouvir o tamborilar de seus passos enquanto ela atravessava o corredor até a cozinha.

— Ela vai comer mais — murmurou a diretora, sentando-se à cadeira atrás da escrivaninha. — Sempre come.

— Acho que hoje ela merece — disse Linus.

A diretora passou uma mão pelo rosto antes de olhar para ele com cautela.

— Bem, então é isso. O senhor entrevistou todas as crianças. Inspecionou a casa. Viu que Marcus está bem. E apesar do... incidente com a cadeira, está óbvio que Daisy não tinha más intenções.

Linus acreditava que a mulher estava certa. Marcus tinha parecido mais interessado em conseguir que ele assinasse o gesso em seu rabo do que em ver Daisy encrencada. Linus tinha se recusado, dizendo que aquilo não era apropriado. Marcus ficara decepcionado, mas se recuperara quase imediatamente. Linus estava surpreso, como algumas vezes acontecia, com a resiliência que todos mostravam diante da situação.

— É isso.

— Imagino que o senhor não vá me dizer o que pretende escrever no seu relatório...

Linus ficou indignado.

— De maneira alguma. A senhora receberá uma cópia quando eu tiver terminado, como deve saber, e então saberá o que escrevi. Nem um momento antes.

— Claro — disse a diretora imediatamente. — Não quis sugerir que o senhor...

— Que bom que compreende — respondeu Linus. — E sei que o DEDJUM também ficará agradecido. — Ele se ocupou da maleta, arrumando o que havia dentro dela até ficar satisfeito, então a fechou e trancou. — Agora, se não houver mais nada, já vou indo.

— As crianças gostam do senhor.

— E eu gosto delas — disse Linus. — Não teria este trabalho se não gostasse.

— Nem sempre é assim com outros como o senhor. — Ela pigarreou. — Ou melhor, com outros assistentes sociais.

Linus olhou desejoso para a porta. Estivera tão perto de ir embora. Segurando a maleta como um escudo, ele deu meia-volta.

A diretora se levantou da cadeira e deu a volta na escrivaninha. Linus recuou um passo, por hábito. Ela não se aproximou mais: só apoiou o corpo na mesa.

— Tivemos… outros — disse a mulher.

— É mesmo? Isso é esperado, claro, mas…

— Eles não veem as crianças — prosseguiu ela. — Não pelo que são, só pelo que são capazes de fazer.

— Elas merecem uma chance, como todas as crianças. Que esperança teriam de ser adotadas se fossem tratadas como algo a ser temido?

A diretora bufou.

— Adotadas…

Linus estreitou os olhos.

— Foi algo que eu disse?

Ela balançou a cabeça.

— Não, perdão. O senhor é bastante revigorante, à sua maneira. Seu otimismo é contagiante.

— Ah, sim, sou um raiozinho de sol — disse Linus, sem emoção na voz. — Agora, se não houver mais nada, posso ir até a porta soz…

— Como o senhor consegue fazer o que faz? — perguntou ela. Então ficou pálida, como se não conseguisse acreditar no que havia acabado de dizer.

— Não entendi a pergunta.

— Digo, trabalhar para o DEDJUM.

Ele sentiu uma gota de suor escorrer do pescoço para o colarinho da camisa. A sala era quente demais. Pela primeira vez em muito tempo, Linus desejou estar lá fora na chuva.

— Qual é o problema com o DEDJUM?

A diretora hesitou.

— Não quis ofender.

— Espero que não.

— É só que… — Ela desencostou da mesa, mas manteve os braços cruzados. — O senhor não fica se perguntando?

— Não — respondeu Linus na mesma hora.

Depois perguntou:

— Sobre o quê?

— O que acontece com um lugar assim depois que o senhor entrega seu relatório final. O que acontece com as crianças.

— A menos que eu seja chamado de volta, imagino que continuem vivendo como crianças brilhantes e felizes até que se tornem adultos brilhantes e felizes.

— Que ainda são controlados pelo governo apenas por serem quem são.

Linus se sentiu encurralado. Não estava preparado para aquilo.

— Não trabalho no Departamento Encarregado dos Adultos Mágicos. Se tiver alguma reclamação nesse sentido, sugiro que entre em contato com o DEDAM. Trabalho pelo bem-estar das crianças, e nada mais.

A diretora abriu um sorriso triste.

— Elas não são crianças para sempre, sr. Baker. Uma hora, acabam se tornando adultos.

— E o fazem usando as ferramentas que pessoas como a senhora lhes fornecem caso cheguem à idade de deixar o orfanato sem terem sido adotadas. — Linus recuou outro passo em direção à porta. — Agora, se me der licença, tenho um ônibus a pegar. A viagem de volta é bastante longa, e não quero perdê-lo. Agradeço a hospitalidade. Depois que o relatório for preenchido, você receberá uma cópia para os seus registros. Entre em contato se tiver dúvidas.

— Na verdade, eu tenho outra...

— Mande por escrito — respondeu Linus, já passando pela porta. — Ficarei aguardando. — Ele fechou a porta atrás de si e ouviu o barulho da lingueta encaixando. Então inspirou fundo e expirou devagar. — No que você se meteu, meu velho? Ela vai te mandar uma centena de perguntas.

— Ainda posso ouvir o senhor — disse a diretora do outro lado da porta.

Linus se sobressaltou e avançou depressa pelo corredor.

Linus estava prestes a sair pela porta da frente quando parou ao ouvir gargalhadas vindas da cozinha. Na ponta dos pés, seguiu em direção ao som, o que não lhe parecia correto. Passou pelos cartazes nas paredes, idênticos aos dos outros orfanatos aprovados pelo DEDJUM que havia visitado. Mostravam crianças sorridentes sob frases como SOMOS MAIS FELIZES QUANDO OUVIMOS OS ENCARREGADOS, UMA CRIANÇA QUIETINHA É UMA CRIANÇA SAUDÁVEL e QUEM PRECISA DE MAGIA QUANDO PODE USAR A IMAGINAÇÃO?

Ele enfiou a cabeça pela porta da cozinha.

Ali havia um grupo de crianças sentadas a uma mesa grande de madeira.

Um menino com penas azuis crescendo nos braços.

Uma menina que gargalhava como uma bruxa, o que parecia apropriado, uma vez que era isso que sua ficha dizia que ela era.

Uma garota mais velha que cantava de maneira tão sedutora que fazia navios baterem contra a costa. Ele tinha se preocupado ao ler a respeito disso no relatório.

Um selkie, um jovem com uma peliça sobre os ombros.

E Daisy e Marcus, claro. Sentados lado a lado. Com a boca cheia de biscoito, Daisy comentava alguma coisa sobre o gesso dele. Marcus sorria para ela com seu rosto sardento, o rabo descansando sobre a mesa. Linus o viu pedir a Daisy que fizesse outro desenho no gesso com seus lápis de cor. Ela concordou na mesma hora.

— Vou fazer uma flor — disse. — Ou um inseto com ferrão e dentes afiados.

— Ah! — Marcus se animou. — O inseto! Você tem que fazer o inseto!

Linus foi embora, satisfeito com o que havia visto.

Voltou a seguir rumo à porta e suspirou quando se deu conta de que, mais uma vez, não estava com seu guarda-chuva.

— De todos os...

Ele abriu a porta e saiu na chuva para começar a longa viagem de volta.

DOIS

— Sr. *Baker*!

Linus gemeu. O dia estava indo tão bem. De certa forma. Sua camisa branca tinha uma mancha de molho de laranja da salada empapada que havia comprado na cantina, uma mancha persistente que só piorara quando ele tentara limpar. E Linus, que tinha esquecido o guarda-chuva em casa mais uma vez, ainda ouvia a chuva tamborilando no telhado, sem dar nenhum sinal de que ia abrandar em breve.

Mas, fora aquilo, o dia estava indo bem.

Na maior parte.

O som das teclas do computador sendo marteladas à sua volta parou quando a sra. Jenkins se aproximou. Era uma mulher severa, com o cabelo tão puxado para trás que sua monocelha era arrastada para o meio da testa. De tempos em tempos, Linus se perguntava se ela já teria sorrido na vida. Ele achava que não. A sra. Jenkins era uma mulher sorumbática com o temperamento de uma cobra geniosa.

Ela também era sua supervisora, e Linus Baker não ousava irritá-la.

Nervoso, ele puxou o colarinho da camisa enquanto a mulher se aproximava, costurando por entre as mesas, batendo os saltos contra o piso frio de pedra. O assistente dela, um homenzinho detestável chamado Gunther, a seguia de perto, carregando uma prancheta e o lápis obscenamente comprido que ele usava para registrar todo mundo que parecesse negligente no trabalho. A lista era revista ao final do dia, e deméritos eram atribuídos ao controle semanal. No fim da semana, aqueles com cinco ou mais deméritos teriam o fato acrescentado à sua ficha. Ninguém queria aquilo.

Todos por quem a sra. Jenkins e Gunther passavam mantinham a cabeça baixa e fingiam trabalhar, mas não enganavam Linus, que sabia que tentariam ouvir o que ele havia feito de errado e qual seria sua punição. Talvez ele fosse forçado a ir embora mais cedo e sofrer um desconto no salário. Talvez tivesse que ficar até mais tarde e ainda assim sofrer um desconto no salário. Na pior das hipóteses, Linus seria demitido, sua vida profissional estaria acabada e ele não teria mais nenhum salário passível de sofrer descontos.

Nem dava para acreditar que ainda era só quarta-feira.

E as coisas só pioraram quando Linus percebeu que na verdade era terça.

Ele não conseguia pensar em nada que tivesse feito de errado, a não ser que tivesse voltado um minuto atrasado de seus quinze minutos de almoço, ou que seu último relatório não tivesse sido satisfatório. Sua mente trabalhava depressa. Teria passado tempo demais tentando se livrar da mancha de molho? Ou havia cometido um erro de ortografia em seu relatório? Não podia ser. Diferente de sua camisa, tratava-se de um relatório impecável.

Mas o rosto da sra. Jenkins estava todo contorcido, o que não podia ser boa coisa. A sala que Linus sempre considerara fria agora parecia desconfortavelmente quente. Ainda que houvesse uma corrente de ar — e o tempo horrível só piorava as coisas —, isso não impediu o suor de escorrer por sua nuca. O brilho verde da tela do computador de repente pareceu forte demais, e Linus precisou se esforçar para manter a respiração lenta e constante. Em sua última consulta médica, ouvira que sua pressão estava muito alta e que ele precisava cortar fatores de estresse em sua vida.

A sra. Jenkins era um fator de estresse.

Mas Linus guardou aquilo para si.

Sua pequena mesa de madeira ficava quase no meio da sala. Era a mesa 7 da fileira L, em um cômodo com 26 fileiras com 14 mesas em cada uma. Mal havia espaço entre elas. Uma pessoa magra até conseguia passar com facilidade, mas alguém que tivesse alguns poucos quilinhos extras na região central (sendo "poucos" a palavra-chave, claro)? Se pudessem ter itens pessoais nas mesas, provavelmente seria um desastre para alguém como Linus. No entanto, como aquilo era contra as regras, ele acabava só batendo nas mesas com seus quadris largos e pedindo desculpas na mesma hora, diante dos olhares feios que recebia. Era um dos motivos pelos quais Linus costumava aguardar até que a sala estivesse quase vazia antes de ir embora. Fora o fato de que fizera quarenta anos havia pouco, e tudo o que tinha para mostrar era uma casa pequena, uma gata ríspida que provavelmente viveria mais que todo mundo e uma cintura cada vez maior que tinha sido cutucada com uma estranha alegria no consultório médico enquanto as maravilhas da dieta eram propagandeadas.

O que explicava a salada cheia de molho que Linus havia comprado.

Havia cartazes terrivelmente animados pendurados à frente deles, dizendo: VOCÊ ESTÁ FAZENDO UM BOM TRABALHO e PRESTE CONTAS DE CADA MINUTO DO SEU DIA, PORQUE UM MINUTO PERDIDO É UM MINUTO DESPERDIÇADO. Linus simplesmente os odiava.

Ele apoiou as mãos espalmadas na mesa, para se impedir de fincar as unhas na carne. O sr. Tremblay, que se sentava na fileira L, mesa 6, sorriu sombriamente para ele. Era muito mais jovem e parecia gostar do trabalho.

— Acho que você está encrencado — murmurou para Linus.

Quando a sra. Jenkins chegou à mesa, sua boca era uma linha fina. Como de costume, ela parecia ter se maquiado de maneira muito generosa, no escuro e sem um espelho à mão. O blush pesado nas bochechas era magenta, e o batom parecia sangue. Usava um terninho preto, com os botões fechados até o queixo. Era extremamente magra, e sua pele parecia esticada demais sobre os ossos pontudos.

Gunther, por outro lado, parecia tão jovem quanto o sr. Tremblay. Diziam que era filho de Alguém Importante, provavelmente do Altíssimo Escalão. Embora Linus não conversasse muito com os colegas de trabalho, ouvia as fofocas sussurradas. Tinha aprendido cedo que, se não falasse, as pessoas muitas vezes se esqueciam de que ele estava lá ou que sequer existia. A mãe havia lhe dito certa vez, quando era pequeno, que Linus parecia desaparecer contra a pintura da parede, e que só se destacava quando a outra pessoa se recordava de que ele estava ali.

— Sr. Baker — repetiu a sra. Jenkins, praticamente rosnando o nome.

Gunther se pôs ao lado dela, sorrindo para ele. Não era um sorriso muito simpático. Seus dentes eram perfeitamente brancos e quadrados, e ele tinha covinhas no queixo. Era bonito de um jeito assustador. O sorriso deveria ser encantador, mas não chegava aos seus olhos. As únicas vezes em que Linus acreditava no sorriso de Gunther eram durante suas inspeções-surpresa, quando fazia anotações na prancheta com o lápis comprido, marcando um demérito depois do outro.

Talvez fosse aquilo. Talvez Linus fosse receber seu primeiro demérito, algo que havia conseguido evitar milagrosamente desde a chegada de Gunther e seu sistema de pontos. Ele sabia que estavam sendo constantemente vigiados. Havia câmeras enormes no teto gravando tudo. Se alguém fosse pego fazendo algo errado, os igualmente enormes alto-falantes nas paredes ganhavam vida, e ouviam-se gritos de deméritos para fileira K, mesa 2, ou fileira Z, mesa 13.

Linus nunca tinha sido pego administrando mal o tempo. Era esperto demais para aquilo. E medroso demais.

Talvez, no entanto, nem esperto nem medroso o bastante.

Ele ia receber um demérito.

Ou ia receber *cinco* deméritos, o que iria direto para sua ficha, uma mancha em seus dezessete anos de serviço ao departamento. Talvez tivessem visto o molho na camisa. A política de vestimenta era bastante rígida. Ela estava expressa detalhadamente nas páginas 242 a 246 de *Regras e regulamentos*, o manual do funcionário do Departamento Encarregado da Juventude Mágica. Talvez alguém tivesse visto a mancha e o entregado. Não surpreenderia Linus nem um pouco. Não tinha havido demissões por muito menos?

Linus sabia que sim.

— Sra. Jenkins. — Sua voz mal passava de um sussurro. — Que bom vê-la. — Era mentira. Nunca era bom ver a sra. Jenkins. — O que posso fazer pela senhora?

O sorriso de Gunther se alargou. Uns *dez* deméritos, então. Afinal, a mancha era laranja. Ele nem ia precisar de uma caixa para levar suas coisas para casa. Tudo o que tinha ali eram as roupas que usava e o *mouse pad*, uma imagem desbotada de uma praia com areia branca e o mar mais azul do mundo, com os dizeres VOCÊ NÃO GOSTARIA DE ESTAR AQUI? no alto.

Sim. Diariamente.

A sra. Jenkins não parecia disposta a responder ao cumprimento de Linus.

— O que você fez? — perguntou ela, com as sobrancelhas perto da linha do cabelo, o que deveria ser fisicamente impossível.

Linus engoliu em seco.

— Desculpe, mas acho que não sei do que está falando.

— Acho isso muito difícil de acreditar.

— Ah. Eu... sinto muito?

Gunther anotou alguma coisa na prancheta. Provavelmente estava atribuindo outro demérito pelas manchas de suor nas axilas. Linus não podia fazer nada quanto àquilo no momento.

A sra. Jenkins não pareceu aceitar o pedido de desculpas dele.

— Você deve ter feito *alguma coisa*. — Ela era muito insistente.

Talvez Linus devesse ser franco quanto à mancha de molho na camisa. Seria como tirar um curativo: melhor fazer logo em vez de ficar enrolando.

— Sim. Bom, é que estou tentando me alimentar melhor, entende? É uma espécie de dieta.

A sra. Jenkins franziu a testa.

— Dieta?

Linus assentiu depressa.

— Por recomendação médica.

— Está com uns quilinhos a mais, é? — perguntou Gunther, parecendo satisfeito demais com a ideia.

Linus corou.

— Acho que sim.

Gunther soltou um ruidinho de quem compreendia.

— Eu notei. Coitado. Antes tarde do que nunca, imagino. — Ele bateu na própria barriga lisa com a ponta da prancheta.

Linus pensou que Gunther era detestável, mas não falou nada.

— Que bom.

— Você ainda não respondeu à minha pergunta — interrompeu a sra. Jenkins. — O que você fez?

Era melhor acabar logo com aquilo.

— Eu me atrapalhei. Sou um desastrado. Estava tentando comer a salada, mas parece que a couve tinha uma ideia diferente e escapou do meu...

— Não faço ideia do que está falando — disse a sra. Jenkins, inclinando-se para a frente e apoiando as mãos na mesa. Ela tamborilou as unhas pintadas de preto contra a madeira. Parecia o som de ossos chacoalhando. — Fique quieto.

— Sim, senhora.

Ela ficou olhando para Linus.

O estômago dele se revirava.

— Você foi convocado — disse ela devagar — a comparecer a uma reunião do Altíssimo Escalão amanhã de manhã.

Linus não esperava aquilo. Nem um pouco. Na verdade, de todas as coisas que Bedelia Jenkins poderia ter dito naquele momento, aquela parecia a menos provável.

Ele piscou.

— Pode repetir?

Ela endireitou o corpo e cruzou os braços, segurando os cotovelos.

— Li seus relatórios. Chegam a ser adequados, na melhor das hipóteses. Então deve imaginar minha surpresa quando recebi um comunicado com o aviso de que Linus Baker estava sendo convocado.

Ele sentiu um frio repentino. Em toda a sua carreira, nunca havia sido chamado para uma reunião com o Altíssimo Escalão. Na verdade, só havia *visto* o Altíssimo Escalão durante os almoços de fim de ano, quando seus membros se enfileiravam na frente da sala, diante de bandejas de alumínio, para servir presunto seco e purê de batata empelotado aos seus subordinados, sorrindo para cada um e lhes dizendo que aquela bela refeição fora conquistada com seu suor. Eles precisavam comer na mesa de trabalho, claro, porque os quinze minutos de intervalo acabavam sendo passados na fila da comida, mas ainda assim...

Era *setembro*. Ainda faltavam *meses* para o fim do ano.

Agora, de acordo com a sra. Jenkins, o Altíssimo Escalão queria vê-lo pessoalmente. Linus nunca ouvira falar de nada do tipo. Não poderia significar boa coisa.

A sra. Jenkins parecia estar esperando uma resposta. Linus não sabia o que falar, então disse:

— Talvez tenha sido um *erro*.

— Um erro — repetiu a sra. Jenkins. — Um erro.

— S-sim?

— O Altíssimo Escalão não comete erros — Gunther se intrometeu.

Aquilo era verdade.

— Então não sei.

A sra. Jenkins não ficou satisfeita com a resposta. Linus se deu conta de que *ela* não sabia nada além do que lhe dissera, e por motivos que não queria explorar, aquilo lhe trazia uma satisfação sórdida. Era verdade que estava misturada com um terror inimaginável, mas de qualquer maneira estava lá. Ele não sabia que tipo de pessoa aquilo o tornava.

"Ah, Linus", a mãe havia lhe dito certa vez. "É falta de educação se divertir com o sofrimento dos outros. Que coisa horrível de se fazer."

Ele nunca se permitia aquilo.

— Você não sabe — disse a sra. Jenkins, como se estivesse se preparando para o ataque. — Talvez você tenha feito algum tipo de reclamação. *Talvez* não goste do meu estilo de supervisão e tenha pensado em falar direto com meus superiores. Foi isso, sr. Baker?

— Não, senhora.

— Você *gosta* do meu estilo de supervisão?

Nem um pouco.

— Sim.

Gunther anotou alguma coisa na prancheta.

— Do que *exatamente* você gosta no meu estilo de supervisão? — perguntou a sra. Jenkins.

Aquilo era um problema. Linus não gostava de mentiras. Até as mais inofensivas já lhe causavam dor de cabeça. Fora que, quando a pessoa começava a mentir, ficava cada vez mais fácil continuar mentindo, até que ela precisava administrar *centenas* de mentiras. Era mais fácil ser sincero.

Mas havia momentos de grande necessidade, como aquele. E não era como se Linus precisasse contar de fato uma mentira. Uma verdade podia ser retorcida sem deixar de parecer verdade.

— É bastante autoritário.

As sobrancelhas dela se ergueram até a linha do cabelo.

— É mesmo, não é?

— Muito.

A sra. Jenkins ergueu uma mão e estalou os dedos. Gunther passou pelos papéis em sua prancheta antes de lhe entregar uma folha creme. Ela a pegou com dois dedos, como se tocá-la com qualquer outra parte do corpo pudesse causar uma infecção terrível.

— Amanhã, às nove em ponto, sr. Baker. Deus o ajude caso se atrase. É claro que vai ter de compensar o tempo perdido depois. No fim de semana, se necessário. Não vai voltar a campo por mais uma semana, pelo menos.

— Claro — concordou Linus prontamente.

Ela voltou a se inclinar para a frente, baixando a voz até que não passasse de um sussurro.

— E se eu descobrir que reclamou de mim, vou fazer da sua vida um inferno. Está me entendendo, sr. Baker?

Ele estava.

— Sim, senhora.

Ela largou a convocação sobre a mesa dele. O papel esvoaçou até um canto, quase caindo no chão. Linus não ousaria esticar a mão para pegá-lo, não enquanto a sra. Jenkins continuasse ali.

Então ela deu meia-volta e começou a gritar que era melhor *cada um deles* continuar trabalhando se soubesse o que era bom para si.

O ruído dos teclados retornou imediatamente.

Gunther permaneceu junto à mesa de Linus, olhando-o de um jeito estranho.

Linus se ajeitou na cadeira.

— Não sei por que eles convocariam você — disse Gunther finalmente, com aquele sorriso terrível de volta. — Deve haver pessoas mais… *adequadas*. Ah, e sr. Baker?

— Sim?

— Tem uma mancha na sua camisa. Isso é inaceitável. Um demérito. Cuide para que não aconteça de novo.

Ele se virou e seguiu a sra. Jenkins pelas fileiras.

Linus prendeu o ar até que eles chegassem à fileira B, então o soltou de uma vez só. Ia precisar lavar a camisa assim que chegasse em casa para ter alguma esperança de remover as manchas de suor. Ele passou a mão no rosto, sem saber muito bem como se sentia. Incomodado, com certeza. Provavelmente assustado.

Da mesa ao seu lado, o sr. Tremblay nem tentava esconder o fato de que esticava o pescoço para ver o que estava escrito na folha deixada pela sra. Jenkins. Linus a tirou da vista dele, tomando o cuidado de não a amassar.

— Você estava pedindo, não acha? — perguntou o sr. Tremblay, parecendo animado demais. — Quem será que vai ser meu novo vizinho de mesa?

Linus o ignorou.

O brilho verde da tela do computador iluminou a folha por trás, tornando o recado em letras grossas muito mais sinistro.

DEPARTAMENTO ENCARREGADO DA JUVENTUDE MÁGICA
MEMORANDO DO ALTÍSSIMO ESCALÃO

CC: BEDELIA JENKINS

O SR. LINUS BAKER DEVE SE APRESENTAR DIANTE DO ALTÍSSIMO ESCALÃO ÀS 9 HORAS DA MANHÃ DO DIA 6 DE SETEMBRO, QUARTA-FEIRA.

SOZINHO.

Aquilo era tudo.

— Minha nossa — sussurrou Linus.

Aquela tarde, quando o relógio mostrou cinco horas, todo mundo em volta dele começou a desligar o computador e vestir o casaco. As pessoas conversavam enquanto esvaziavam a sala. Ninguém se despediu de Linus. No máximo, a maior parte o encarou ao sair. Aqueles que se sentavam longe demais para ouvir o que a sra. Jenkins havia dito deviam ter ficado sabendo de tudo pelos sussurros especulativos que rondavam o bebedouro. Rumores deviam estar correndo soltos, bastante imprecisos, mas, como Linus não sabia por que havia sido convocado, não tinha como negar o que quer que estivesse sendo dito.

Ele esperou até as cinco e meia antes de começar a se preparar para ir embora também. A sala estava quase vazia àquela altura, embora a luz do escritório da sra. Jenkins continuasse acesa, à distância. Linus ficou grato por não ter de passar por ali para ir embora. Não achava que seria capaz de enfrentar outro encontro cara a cara com ela naquele dia.

Assim que desligou o computador, ele se levantou e pegou o casaco do encosto da cadeira. Então o vestiu aos resmungos, diante da lembrança de que havia esquecido o guarda-chuva em casa de novo. A julgar pelo barulho, a chuva ainda não tinha diminuído. Se ele se apressasse, ainda chegaria a tempo de pegar o ônibus.

Linus só trombou com seis mesas em quatro fileiras diferentes no seu rumo à saída. Mas fez questão de devolvê-las ao lugar.

Teria de comer salada de novo aquela noite. Sem molho.

Ele perdeu o ônibus.

Viu as lanternas traseiras se afastando pela rua, o anúncio de uma mulher sorridente com os dizeres: SE VIR ALGO, DIGA ALGO! O REGISTRO AJUDA TODOS! ainda nítido apesar da chuva.

— Claro — resmungou Linus sozinho.

Outro ônibus passaria em quinze minutos.

Ele segurou a maleta sobre a cabeça e aguardou.

Linus desceu do ônibus (que chegara com dez minutos de atraso, claro) no ponto que ficava a alguns quarteirões de sua casa.

— Está chovendo lá fora — comentou o motorista.

— Uma bela observação — respondeu Linus, passando para a calçada. — De verdade. Muito obrigado por...

As portas se fecharam e o ônibus foi embora. O pneu traseiro direito passou por uma poça e ensopou a calça de Linus até os joelhos.

Ele suspirou e começou a caminhar para casa.

O bairro estava tranquilo, com as luzes acesas e convidativas mesmo em meio à chuva fria. As casas eram pequenas, mas a rua era ladeada por árvores frondosas que começavam a mudar de cor, o verde apagado dando lugar ao vermelho e ao dourado ainda mais apagados. No número 167 da Lakewood, uma roseira florescia em silêncio. No 193, havia um cachorro que latia animado sempre que o via. E no 207 um pneu balançava preso a uma árvore, ainda que as crianças que moravam ali aparentemente se considerassem velhas demais para usá-lo. Linus nunca tivera um balanço de pneu. Sempre quisera um, mas a mãe dizia que era perigoso demais.

Ele virou à direita em uma rua menor. Ali, à esquerda, estava o número 86 da Hermes Way.

Sua casa.

Não era grande coisa. Era pequena, e a cerca dos fundos precisava ser trocada. Mas tinha uma ótima varanda onde a pessoa podia se sentar e ficar vendo o dia passar, se assim quisesse. Havia girassóis altos no canteiro da frente, que balançavam com a brisa fresca, embora no momento estivessem fechados, para se proteger da noite que se aproximava e da chuva terrível. Fazia semanas que chovia sem parar, na maior parte do tempo uma garoa desconfortável intercalada com pancadas tediosas.

Não era grande coisa. Mas pertencia a Linus, e a mais ninguém.

Ele parou diante da caixa de correio na frente da casa e pegou a correspondência do dia. Aparentemente, não passavam de folhetos publicitários endereçados impessoalmente ao MORADOR. Linus não se lembrava da última vez que havia recebido uma carta.

Ele subiu até a varanda e já estava inutilmente sacudindo a água do casaco quando alguém chamou seu nome na casa ao lado. Linus suspirou, imaginando se conseguiria fingir que não havia ouvido e se safar.

— Nem pense nisso, sr. Baker — disse a voz.

— Não sei do que está falando, sra. Klapper.

Edith Klapper, uma mulher de idade indiscernível (embora ele acreditasse que ela havia passado da *velhice* ao lendário terreno da *antiguidade*), estava sentada à varanda em seu roupão atoalhado, com o cachimbo aceso na mão, como costumava fazer, a fumaça envolvendo o penteado alto. Ela tossiu com força num lenço de papel que provavelmente deveria ter sido descartado uma hora antes.

— Sua gata veio de novo para o meu quintal, para perseguir os esquilos. Você sabe o que eu acho disso.

— Calliope faz o que ela quer — Linus a lembrou. — Não tenho nenhum controle sobre ela.

— Talvez devesse *tentar* ter — retrucou a sra. Klapper.

— Certo. Vou começar agora mesmo.

— Está debochando de mim, sr. Baker?

— Eu nem sonharia. — Ele sonhava frequentemente com aquilo.

— Imaginei. Vai passar a noite em casa?

— Sim, sra. Klapper.

— Não tem nenhum encontro de novo, hein?

Linus apertou a pegada na alça da maleta.

— Nenhum encontro.

— Nenhuma amiga especial? — Ela deu uma tragada no cachimbo e soltou a fumaça densa pelo nariz. — Ah, desculpe. Devo ter esquecido. Você não gosta de mulheres, não é?

Ela não tinha esquecido.

— Não, sra. Klapper.

— Meu neto é contador. Muito estável. Na maior parte do tempo. Tem uma tendência ao alcoolismo desenfreado, mas quem sou eu para julgar? A contabilidade é uma área difícil. Todos aqueles números... Vou dizer para ele te ligar.

— Prefiro que não o faça.

Ela riu.

— Você se acha bom demais para ele, então?

Linus se atrapalhou um pouco.

— Eu não... não sou... não tenho *tempo* para esse tipo de coisa.

A sra. Klapper zombou dele.

— Talvez devesse pensar em arranjar um tempo, sr. Baker. Não é saudável continuar sozinho na sua idade. Nem quero pensar no que poderia acontecer se você estourasse seus próprios miolos. Reduziria o valor de venda de todos os imóveis da vizinhança.

— Não estou deprimido!

Ela o olhou de cima a baixo.

— Não? E por que raios não está?

— Mais alguma coisa, sra. Klapper? — perguntou Linus, entre dentes.

Ela o dispensou com um aceno.

— Muito bem. Pode ir. Vista seu pijama, coloque aquela sua vitrola velha para tocar e fique dançando pela sala, como sempre faz.

— Eu *pedi* para a senhora parar de ficar me olhando pela janela!

— Sei que pediu. — Ela voltou a se recostar na cadeira, com o cachimbo na boca. — Sei que pediu.

— Boa noite, sra. Klapper — disse Linus, já enfiando a chave na fechadura.

Ele não esperou pela resposta. Fechou a porta atrás de si e a trancou.

Calliope, uma cria do mal, estava sentada à beirada da cama, movimentando o rabo preto enquanto o observava com seus olhos verdes e brilhantes. Então começou a ronronar. Com a maior parte dos gatos, seria um ruído tranquilizador. No caso de Calliope, indicava que tramava algo maligno, que envolveria atos nefastos.

— Você não pode ficar no quintal da vizinha — ele a repreendeu enquanto tirava o paletó.

Ela continuou ronronando.

Linus a encontrara debaixo da varanda fazia quase dez anos, quando não passava de um filhote miando como se seu rabo estivesse pegando fogo. Por sorte, não estava, mas assim que ele se agachou para tentar tirá-la de lá, a gata chiou e se arqueou, eriçando os pelos pretos das costas. Em vez de esperar que ela arranhasse todo o seu rosto, Linus recuou na hora e voltou para casa, decidindo que, se ignorasse a gata por tempo o bastante, ela iria embora.

Mas não foi o caso.

A criatura passou a maior parte da noite berrando. Linus tentou dormir, mas ela fazia barulho demais. Ele colocou a cabeça debaixo de um travesseiro, o que não ajudou em nada. Uma hora, pegou uma lanterna e uma vassoura e saiu para a varanda, com intenção de cutucá-la até que saísse. Ela o estava esperando, sentada diante da porta. Linus ficou tão surpreso que deixou a vassoura cair.

A gata entrou na casa como se fosse a dona do lugar.

E nunca foi embora, apesar das numerosas ameaças de Linus.

Seis meses depois, ele finalmente desistiu. Àquela altura, brinquedos, uma caixa de areia e potinhos de água e comida com CALLIOPE escrito já tomavam conta da casa. Linus não sabia muito bem como aquilo tinha acontecido, mas tinha.

— A sra. Klapper vai pegar você um dia — disse ele à gata enquanto tirava as roupas molhadas. — E eu não vou estar aqui pra te salvar. Você vai estar distraída com um esquilo e ela... Bom, não sei o que ela vai fazer. Mas ela vai fazer *alguma coisa*. E não vou ficar nem um pouco triste.

A gata piscou lentamente.

Ele suspirou.

— Tá, vou ficar um pouco triste.

Linus vestiu e abotoou o pijama, que tinha as iniciais LB na altura do peito. Tinha sido um presente do departamento por seus quinze anos de serviço. Ele o tinha escolhido de um catálogo que recebera no dia. Um catálogo de duas páginas. Com o pijama em uma e um castiçal na outra.

Ele escolhera o pijama. Sempre quisera ter algo com suas iniciais.

Linus pegou as roupas úmidas e saiu do quarto. Pelo baque alto atrás de si, soube que estava sendo seguido.

Ele enfiou as roupas de trabalho ensopadas na máquina e deixou de molho enquanto fazia o jantar.

— Não preciso de um contador — disse a Calliope, que passava por entre suas pernas. — Tenho outras coisas na cabeça. Como amanhã. Por que estou sempre preocupado com o amanhã?

Linus seguiu instintivamente para a antiga Victrola. Deu uma olhada nos discos que havia na gaveta logo abaixo e encontrou o que queria. Então o tirou da capa, colocou no aparelho e abaixou a agulha.

Logo os Everly Brothers começaram a cantar que tudo o que precisavam fazer era sonhar.

A caminho da cozinha, Linus balançava o corpo para lá e para cá.

Ração seca para Calliope.

Salada pronta para Linus.

Ele trapaceou, mas só um pouquinho.

Um pouco de molho não faria mal a ninguém.

— *Whenever I want you, all I have to do is dream* — cantou ele baixinho.

Se alguém lhe perguntasse se era solitário, Linus Baker contrairia o rosto em surpresa. A ideia lhe pareceria estranha, quase chocante. E, apesar de a menor mentira já fazer sua cabeça doer e seu estômago se revirar, ainda havia uma chance de que ele negasse, embora fosse, sim, solitário, quase desesperadamente, na verdade.

Talvez parte de Linus acreditasse naquilo. Ele havia aceitado muito tempo antes que algumas pessoas, não importava o quão boas fossem ou quanto amor tivessem para dar, sempre estariam sozinhas. Era o destino delas, e aos 27 anos Linus se dera conta de que parecia ser o caso dele.

Não tinha havido um evento específico que o levara a pensar daquele jeito. Era só que se sentia... mais opaco que os outros. Como se fosse embaçado, e o resto do mundo, claro como cristal. Ele não tinha sido feito para ser visto.

Linus aceitara aquilo na época, e agora chegara aos quarenta sofrendo de pressão alta e com um pneuzão na barriga. Claro que havia momentos em que se olhava no espelho e se perguntava se via algo que os outros não viam. Linus era pálido. O cabelo escuro estava sempre curto e arrumado, embora parecesse estar rareando no topo da cabeça. Ele tinha rugas de expressão em volta da boca e dos olhos. Suas bochechas eram cheias. O pneu parecia digno de uma *scooter*, mas se ele não fosse cuidadoso, talvez evoluísse para o de um caminhão. Linus parecia... bem.

Ele aparentava o mesmo que quase todo mundo ao chegar aos quarenta.

Enquanto comia a salada com uma ou duas gotas de molho na cozinha apertada de sua casa apertada, com os Everly Brothers cantando para a pequena Susie: "*wake up, little Susie, wake up*", preocupado com o que aconteceria no dia seguinte na reunião com o Altíssimo Escalão, a ideia de que era solitário nem passava pela cabeça de Linus Baker.

Afinal de contas, havia gente com muito menos do que ele, que tinha um teto sobre a cabeça, comida de coelho na barriga e um pijama com suas iniciais.

Além do mais, aquilo era irrelevante.

Ele não tinha tempo de ficar sentado considerando ideias frívolas. Às vezes, o silêncio era mais alto que qualquer outra coisa. O que não era bom.

Em vez de se permitir devanear, ele pegou o exemplar que tinha em casa de *Regras e regulamentos* (com suas 947 páginas, pelo qual pagara quase duzentos dólares; Linus tinha um exemplar no trabalho, mas parecera certo ter um em casa também) e começou a ler as letras pequenas. O que quer que o dia seguinte fosse trazer, era melhor estar preparado.

TRÊS

Na manhã seguinte, Linus chegou quase duas horas mais cedo no trabalho. Ninguém mais havia chegado, provavelmente porque ainda estavam todos a salvo na cama, sem nenhuma preocupação no mundo.

Ele foi até sua mesa, sentou-se e ligou o computador. A familiar luz verde da tela não lhe serviu de conforto.

Linus tentou trabalhar tanto quanto possível, sempre muito consciente do relógio que tiquetaqueava conforme os segundos se passavam.

A sala começou a encher às quinze para as oito. A sra. Jenkins chegou às oito em ponto, seus saltos fazendo barulho ao bater no chão. Linus se encolheu na cadeira, mas sentiu que ela o olhava.

Ele tentou trabalhar. Tentou mesmo. As palavras em verde na tela à sua frente não passavam de um borrão. Nem o conteúdo de *Regras e regulamentos* era capaz de acalmá-lo.

Às oito e quarenta e cinco em ponto, Linus se levantou da cadeira.

Todo mundo à sua volta se virou para olhar.

Ele simplesmente os ignorou, engolindo em seco ao pegar a maleta, e começou a seguir pelas fileiras.

— Desculpe — murmurava Linus toda vez que trombava com uma mesa. — Perdão. Sinto muito. Sou só eu ou as mesas estão ficando mais próximas? Desculpe. Perdão.

A sra. Jenkins estava à porta do escritório quando ele saiu da sala, com Gunther ao lado dela, anotando algo na prancheta com o lápis comprido.

Os escritórios do Altíssimo Escalão ficavam no quinto andar do Departamento Encarregado da Juventude Mágica. Linus havia ouvido rumores sobre o quinto andar, a maioria deles alarmante. Nunca tinha estado lá pessoalmente, mas presumia que pelo menos *alguns* dos boatos deviam ser verdadeiros.

Ele estava sozinho no corredor quando apertou o botão que nunca esperara apertar.

O cinco dourado.

O elevador começou a subir. O estômago de Linus pareceu continuar no porão. Aquela era a viagem de elevador mais longa da vida dele, durando pelo menos dois minutos. O fato de as portas terem se aberto no primeiro andar e pessoas terem começado a entrar não ajudou em nada. Elas pediam para apertar o dois, o três ou o quatro, mas nunca o cinco.

Algumas desceram no segundo. Mais ainda no terceiro. No quarto, as que restavam se foram, olhando para Linus com curiosidade. Ele tentou sorrir, mas teve certeza de que pareceu mais uma careta.

Linus estava sozinho quando o elevador voltou a subir.

Quando as portas se abriram no quinto andar, ele suava.

Certamente não ajudou em nada o fato de o elevador dar para um corredor comprido e frio, com piso de pedra e iluminação fraca vinda das arandelas douradas nas paredes. Em um extremo do corredor ficava a fileira de elevadores onde Linus se encontrava. No outro, havia uma vidraça com veneziana, ao lado de um par de enormes portas de madeira. Acima, uma placa de metal dizia:

ALTÍSSIMO ESCALÃO
SOMENTE COM HORA MARCADA

— Muito bem, meu velho — sussurrou Linus. — Você consegue.

Seus pés não receberam a mensagem. Continuaram firmemente plantados no chão.

As portas do elevador começaram a se fechar. Ele não fez nada. O elevador não se moveu.

Naquele momento, Linus considerou seriamente voltar ao primeiro andar, sair do prédio do DEDJUM e talvez caminhar até não poder mais, só para ver onde iria parar.

Parecia uma boa ideia.

No entanto, ele apertou o cinco outra vez.

As portas se abriram.

Linus tossiu. O som ecoou pelo corredor.

— Não é hora de covardia — repreendeu-se baixinho. — Queixo erguido. Até onde você sabe, pode muito bem ser uma promoção. Uma *bela* promoção. Com um salário mais alto que finalmente te permita fazer a viagem com que sempre sonhou. A areia da praia. O azul do mar. Você não gostaria de estar ali?

Ele gostaria. Gostaria muito.

Devagar, Linus começou a atravessar o corredor. A chuva castigava as janelas à sua esquerda. As luzes nas arandelas à sua direita tremeluziam levemente. Seus mocassins guinchavam contra o chão. Ele ajeitou a gravata.

Quando chegou ao outro lado do corredor, quatro minutos tinham se passado. De acordo com seu relógio, eram cinco para as nove.

Ele tentou abrir as portas.

Estavam trancadas.

A vidraça tinha uma janelinha de metal fechada por dentro. Ao lado, havia uma placa também de metal com um botão.

Linus refletiu brevemente antes de apertar o botão. Ele ouviu uma campainha alta soando do outro lado. E esperou.

Via seu próprio reflexo na vidraça. A pessoa que o olhava de volta tinha os olhos arregalados e parecia chocada. Linus abaixou o cabelo que começava a se rebelar nas laterais, como sempre. Não ajudou muito. Depois ele endireitou a gravata e os ombros e encolheu a barriga.

A janelinha de metal se abriu.

Do outro lado, surgiu uma jovem de batom vermelho que parecia entediada, mascando chiclete. Ela fez uma bola cor-de-rosa, soprou até estourar e a puxou novamente para dentro da boca. Então inclinou a cabeça, fazendo com que os cachos louros se agitassem sobre seus ombros.

— Posso ajudar? — perguntou ela.

Linus tentou falar, mas não saiu nada. Ele pigarreou e tentou de novo.

— Sim. Tenho uma reunião às nove.

— Com quem?

Era uma pergunta interessante, para a qual ele não tinha resposta.

— Eu… não sei exatamente.

A srta. Chiclete ficou olhando para ele.

— Você tem uma reunião, mas não sabe com quem?

Aquilo parecia correto.

— Isso.

— Nome?

— Linus Baker.

— Fofo — disse a jovem, batendo com as unhas bem-feitas no teclado. — Linus Baker. Linus Baker. Linus… — Ela arregalou os olhos. — Ah. Achei. Um momento, por favor.

A janelinha de metal voltou a se fechar. Linus piscou, sem saber muito bem o que fazer. Então esperou.

Um minuto se passou.

Depois outro.

Depois outro.

Depois…

A janelinha de metal voltou a se abrir. A srta. Chiclete agora parecia muito mais interessada nele. Ela se inclinou para a frente até quase colar o rosto no vidro que os separava. Sua expiração fez o vidro embaçar ligeiramente.

— Eles estão esperando por você.

Linus recuou um passo.

— Eles quem?

— Todos eles — disse ela, medindo-o de cima a baixo. — Todo o Altíssimo Escalão.

— Ah — falou Linus fracamente. — Que maravilha. Mas tem certeza de que sou eu mesmo que querem ver?

— Você *é* Linus Baker, não?

Ele esperava que sim, porque não sabia ser mais ninguém.

— Sou.

Outra campainha soou, e Linus ouviu um clique vindo das portas ao lado. Elas se abriram silenciosamente.

— Então, sim, sr. Baker — disse a jovem, com uma bochecha ligeiramente maior por causa do chiclete. — É com você que eles querem falar. E, no seu lugar, eu me apressaria. O Altíssimo Escalão não gosta de ficar esperando.

— Certo — falou Linus. — Como estou?

Ele encolheu um pouco mais a barriga.

— Como alguém que parece não ter ideia do que está fazendo — disse ela antes de voltar a fechar a janelinha de metal.

Linus olhou para trás, saudoso dos elevadores do outro lado do corredor.

Você não gostaria de estar aqui?, pareciam lhe perguntar.

Ele gostaria. E muito.

Linus se afastou da vidraça e se dirigiu às portas abertas.

Lá dentro, deparou com uma sala circular com uma cúpula de vidro. Havia uma fonte no meio da sala: uma estátua de pedra de um homem usando capa, de cujas mãos estendidas jorrava água em um fluxo constante. Em toda a volta, havia criancinhas de pedra agarradas às suas pernas, em cujas cabeças respingava água.

Uma porta se abriu à direita de Linus. A srta. Chiclete saiu de sua cabine. Ela alisou o vestido, mascando audivelmente.

— Você é mais baixo do que parecia pelo vidro — disse ela.

Linus não sabia o que responder, então ficou quieto.

Ela suspirou.

— Pode me seguir, por favor.

A jovem se movia como um passarinho, com passos curtos e rápidos. Já estava no meio da sala quando voltou a olhar para ele.

— Não foi uma sugestão.

— Certo — disse Linus, quase tropeçando nos próprios pés enquanto se apressava para alcançá-la. — Desculpe. Eu… eu nunca estive aqui.

— Isso é óbvio.

Ele achou que aquilo devia ser um insulto, mas não sabia exatamente como.

— Vai ser com… *todos* eles?

— Estranho, né? — Ela fez outra bola de chiclete e a deixou estourar com cuidado. — E pra falar com você, entre todas as pessoas. Eu nem sabia da sua existência até agora.

— Ouço bastante isso.

— Não consigo imaginar o motivo.

Sim, aquilo era definitivamente um insulto.

— Como eles são? Só os vi enquanto me serviam purê empelotado.

A srta. Chiclete parou abruptamente e se virou para olhá-lo por cima do ombro. Linus achou que ela provavelmente poderia fazer um giro completo com a cabeça se quisesse.

— Purê empelotado.

— No almoço de fim de ano?

— Sou eu que faço o purê. *Do zero.*

Linus ficou pálido.

— Bom, é… uma questão de gosto… Tenho certeza de que você…

A srta. Chiclete pigarreou e voltou a andar.

Linus não tinha começado bem.

Chegaram a outra porta, do outro lado da cúpula. Era preta e tinha uma plaquinha dourada no alto sem nada escrito. A srta. Chiclete bateu com a unha na porta três vezes.

Passou-se um momento, depois outro, depois…

A porta se abriu devagar.

Estava escuro lá dentro.

Um verdadeiro breu, na verdade.

A srta. Chiclete deu um passo para o lado e se virou para Linus.

— Você primeiro.

Ele encarou a escuridão.

— Hum, talvez a gente possa remarcar. Ando muito ocupado, como deve saber. Tenho muitos relatórios a finalizar e…

— Entre, sr. Baker — uma voz estrondosa soou lá de dentro.

A srta. Chiclete sorriu.

Linus enxugou a testa e quase derrubou a maleta.

— Acho que vou entrar, então.

— Parece que sim — disse a srta. Chiclete.

E foi o que ele fez.

Linus já deveria estar esperando que a porta batesse atrás dele, mas ainda assim se assustou e quase deu um pulo. Segurou a maleta contra o peito, como se ela pudesse protegê-lo. A escuridão era desorientadora. Linus tinha certeza de que se tratava de uma armadilha e de que ele passaria o resto de seus dias vagando às cegas. O que seria quase tão ruim quanto a demissão.

Então luzes se acenderam a seus pés, iluminando o caminho adiante. Eram luzes amarelas fracas, que lembravam uma estrada de tijolinhos. Linus deu um passo hesitante para longe da porta. Como não tropeçou em nada, deu outro.

As luzes o levaram até muito mais longe do que esperava antes de formarem um círculo a seus pés. Linus parou, sem saber ao certo para onde deveria ir. Esperava não precisar fugir de nada aterrorizante.

Outra luz, muito mais forte, acendeu-se no alto. Linus levantou a cabeça, apertando os olhos. Parecia um holofote o iluminando.

— Pode deixar a pasta de lado — falou uma voz profunda de algum lugar mais acima.

— Não me incomodo de segurar — disse Linus, mantendo-a junto ao corpo.

Então, como se um interruptor tivesse sido ligado, outras luzes começaram a brilhar no alto, iluminando o rosto de quatro pessoas que Linus reconheceu como o Altíssimo Escalão. Elas estavam sentadas muito acima dele, no alto de um grande muro de pedra, observando-o com diferentes expressões de interesse.

Eram três homens e uma mulher, e embora Linus tivesse aprendido seus nomes logo no início de sua carreira no DEDJUM, não conseguia se lembrar deles por nada no mundo. Sua mente tinha decidido que estava enfrentando problemas técnicos, de modo que só transmitia chuviscos.

Linus olhou para cada um dos membros, da esquerda para a direita, assentindo e tentando manter uma expressão neutra.

A mulher usava o cabelo um pouco abaixo do queixo e um broche grande em forma de besouro, com a carapaça iridescente.

Um dos homens estava ficando careca e tinha uma vasta papada. Ele fungou em um lenço e pigarreou, parecendo soltar bastante catarro.

O segundo homem era muito magro. Linus pensou que ele desapareceria se virasse de lado. Usava óculos grandes demais para o rosto, com lentes em forma de meia-lua.

O último homem era mais jovem que os outros. Talvez tivesse a mesma idade de Linus, mas era difícil dizer. Tinha cabelo ondulado e uma beleza que chegava a intimidar. Linus o reconheceu quase imediatamente como o que sempre servia o presunto seco com um sorriso no rosto.

Ele falou primeiro.

— Obrigado por ter vindo, sr. Baker.

Linus sentiu a boca seca. Lambeu os lábios.

— De nada?

A mulher se inclinou para a frente.

— Sua ficha diz que está no Departamento há dezessete anos.

— Sim, senhora.

— E ocupou o mesmo cargo durante todo esse tempo.

— Sim, senhora.

— Por quê?

Porque ele não tinha nenhuma perspectiva de algo diferente nem desejava ser supervisor.

— Gosto do trabalho que faço.

— É mesmo? — perguntou ela, inclinando a cabeça.

— Sim.

— Por quê?

— Sou assistente social — respondeu ele, deslizando os dedos pela maleta. — Não sei se existe um cargo mais importante que esse. — Seus olhos se arregalaram. — A não ser pelo dos senhores, claro. Eu nem ousaria pensar…

O homem de óculos deu uma olhada na papelada à sua frente.

— Tenho seus últimos seis relatórios aqui, sr. Baker. Quer saber o que vejo neles?

Não, Linus não queria saber.

— Por favor.

— Vejo uma pessoa muito minuciosa. Direta. Fria em um grau espantoso.

Linus não sabia se aquilo era um elogio ou não. Certamente não parecia ser.

— Um assistente social deve manter certo distanciamento — recitou ele, obediente.

O Papada fungou.

— É mesmo? De onde tirou isso? Me parece familiar.

— De *Regras e regulamentos* — disse o Bonitão. — Achei que fosse reconhecer, já que você escreveu a maior parte.

O Papada assoou o nariz no lenço.

— Verdade. Eu sabia disso.

— Por que é importante manter certo distanciamento? — perguntou a mulher, ainda olhando para ele.

— Porque não seria bom me apegar às crianças com quem trabalho — respondeu Linus. — Meu trabalho é garantir que os orfanatos que inspeciono sejam mantidos em sua melhor forma, e nada mais. O bem-estar das crianças é importante, mas no geral. Interações individuais são problemáticas. Podem alterar minha percepção.

— Mas você entrevista as crianças — disse o Bonitão.

— Sim — concordou Linus. — Entrevisto. Mas é possível manter o profissionalismo mesmo quando se lida com a juventude mágica.

— Nesses dezessete anos, recomendou o fechamento de algum orfanato, sr. Baker? — perguntou o homem de óculos.

Eles já deviam saber a resposta.

— Sim. Cinco vezes.

— Por quê?

— Porque não eram ambientes seguros.

— Então você se importa.

Linus estava ficando agitado.

— Eu não disse que não me importava. Mas faço o que se espera de mim. Há uma diferença entre se apegar e ter empatia. Essas crianças... não têm mais ninguém. É por isso que estão em orfanatos. Não deveriam ter que dormir à noite com a barriga vazia, ou ser obrigadas a trabalhar à exaustão. O fato de precisarem ser separadas das crianças normais não significa que deveriam ser tratadas de maneira diferente. Todas as crianças, independentemente de sua... disposição, ou do que são capazes de fazer, devem ser protegidas a qualquer custo.

O Papada deu outra tossida catarrenta.

— Acha mesmo isso?

— Sim.

— E o que aconteceu com as crianças dos orfanatos que você fechou?

Linus piscou.

— Isso diz respeito à supervisão. Faço uma recomendação e a supervisão assume a partir dali. Provavelmente as crianças foram mandadas para escolas administradas pelo DEDJUM.

O Bonitão se recostou na cadeira. Olhou para os outros.

— Ele é perfeito.

— Concordo — disse o Papada. — Não há opção melhor para algo tão... sensível.

O homem de óculos olhou para Linus.

— Sabe ser discreto, sr. Baker?

Linus levou aquilo como um insulto.

— Trabalho com informações confidenciais diariamente — retrucou, mais ríspido do que pretendia. — Sou um túmulo. Não deixo nada escapar.

— Nem entrar, aparentemente — disse a mulher. — Ele serve.

— Desculpe, mas posso perguntar do que *exatamente* estão falando? Sirvo *para quê*?

O Bonitão passou uma mão pelo rosto.

— O que vai ser dito agora não deve sair daqui, sr. Baker. Compreende? São informações confidenciais de nível quatro.

Linus inspirou fundo de maneira entrecortada. O nível quatro era o mais alto de todos. Ele sabia que existia na teoria, mas não que era de fato usado. Ele só tinha trabalhado uma vez em um caso de nível três, que fora bastante perturbador. Envolvia uma órfã que haviam descoberto ser uma banshee, uma mensageira da morte. O DEDJUM foi chamado quando ela começou a dizer às outras crianças que todas iam morrer. O problema, claro, era que a menina estava certa: a diretoria do orfanato havia decidido usar as crianças em um sacrifício pagão. Foi por pouco que Linus e as crianças escaparam com vida. Acabaram lhe dando dois dias de férias na sequência, o máximo que havia tirado em anos.

— Por que eu? — perguntou ele, a voz mal passando de um sussurro.

— Porque não há mais ninguém em quem possamos confiar — disse a mulher simplesmente.

Aquilo deveria deixar Linus lisonjeado, mas tudo o que fez foi revirar seu estômago.

— Pense nisso mais como uma verificação — disse o homem de óculos. — Não ficamos sabendo de nada errado, mas o orfanato para o qual vai é... especial, sr. Baker. Não é tradicional, e as seis crianças que moram lá são diferentes de quaisquer outras que tenha visto, algumas mais que outras. Elas são... problemáticas.

— Problemáticas? O que isso quer...

— Seu trabalho será se certificar de que tudo está de acordo — disse o Bonitão, com um sorrisinho no rosto. — É importante, entende? O diretor do orfanato, Arthur Parnassus, certamente é qualificado, mas temos algumas... preocupações. As seis crianças são extremamente diferentes, e precisamos garantir que o sr. Parnassus ainda é capaz de cuidar delas. Uma já seria difícil, mas seis...

Linus estranhou aquilo. Tinha certeza de que já havia ouvido falar de *todos* os diretores da região, mas...

— Nunca ouvi falar do sr. Parnassus.

— Não, imagino que não — disse a mulher. — Isso porque se trata de um nível quatro. Se tivesse ouvido, significaria que houve vazamento de informações. Não aceitamos vazamentos, sr. Baker. Entendido? Eles devem ser resolvidos. Rapidamente.

— Sim, sim — garantiu ele depressa. — Claro. Eu nunca...

— Claro que não — disse o Papada. — É parte do motivo pelo qual foi escolhido. Um mês, sr. Baker. Passará um mês na ilha onde fica o orfanato. Precisaremos de relatórios semanais. Qualquer coisa preocupante deve ser sinalizada imediatamente.

Linus sentiu os olhos se esbugalharem.

— Um *mês*? Não posso passar um *mês* fora. Tenho minhas obrigações!

— Suas tarefas atuais serão realocadas — explicou o homem de óculos. — Na verdade, isso já está sendo feito. — Ele olhou para outro papel. — E aqui diz que você é bastante solitário. Sem cônjuge. Sem filhos. Ninguém sentirá sua falta se tiver de se ausentar por um período prolongado.

Aquilo doeu mais do que deveria. Linus estava ciente daquelas coisas, claro, mas tê-las tão claramente expostas fez com que ele sentisse um aperto no coração. Fora que...

— Tenho uma gata!

O Bonitão riu.

— Gatos são criaturas solitárias, sr. Baker. Tenho certeza de que ela nem vai notar sua ausência.

— Seus relatórios serão dirigidos ao Altíssimo Escalão — disse a mulher. — A supervisão ficará a cargo do sr. Werner, mas todos estaremos envolvidos. — Ela acenou com a cabeça para o Bonitão. — Esperamos que os relatórios sejam tão minuciosos quanto os que costuma entregar. Na verdade, insistimos nisso. Ou mais ainda, se julgar necessário.

— A sra. Jenkins...

— Será informada de sua tarefa especial — garantiu o Bonitão, ou sr. Werner. — Mas não entraremos em detalhes. Pense nisso como uma promoção, sr. Baker. Uma promoção que, acredito, demorou muito a chegar.

— Então posso recusar?

— Pense nisso como uma promoção *obrigatória* — corrigiu-se o sr. Werner. — Esperamos grandes coisas de você. E, se tudo der certo, quem sabe aonde isso pode levar? Por favor, não nos decepcione. E sinta-se livre para tirar o resto do dia para se preparar. Seu trem parte amanhã cedo. Alguma pergunta?

Dezenas. Ele tinha *dezenas* de perguntas.

— Sim! E quanto a...

— Excelente — disse o sr. Werner, batendo palmas uma vez. — Eu sabia que poderíamos contar com você. Aguardaremos ansiosamente por notícias suas da ilha, sr. Baker. Será muito interessante, para dizer o mínimo. Mas essa falação toda deixou minha garganta seca. Acho que é hora do chá. A secretária vai lhe mostrar a saída. Foi ótimo conhecer você.

O Altíssimo Escalão se levantou todo junto, fez uma reverência para ele, então as luzes se apagaram.

Linus deu um gritinho. Antes que pudesse começar a tatear no escuro, uma luz se acendeu no alto do muro. Ele piscou. O sr. Werner olhava para ele, parecendo curioso. Os outros já tinham ido embora.

— Tem mais alguma coisa? — perguntou Linus, nervoso.

— Cuidado, sr. Baker — disse o sr. Werner.

Aquilo certamente era um mau sinal.

— Cuidado?

O sr. Werner confirmou com a cabeça.

— É melhor se preparar. Não tenho como enfatizar o bastante a importância de sua tarefa. Não deixe nenhum detalhe de fora, não importa quão mínimo ou irrelevante pareça.

Linus se irritou. Questionar sua capacidade era uma coisa, mas questionar o caráter minucioso de seus relatórios era outra completamente diferente.

— Eu sempre...

— Digamos que eu tenho um interesse pessoal nas suas descobertas — disse o sr. Werner, ignorando a indignação de Linus. — Que vai além da mera curiosidade. — Ele sorriu com a boca, mas não com os olhos. — Não gosto de ser decepcionado, sr. Baker. Não me decepcione, por favor.

— Por que esse lugar? — perguntou Linus, um pouco perdido. — O que nesse orfanato chamou a atenção de vocês e exige a presença de um assistente social? O diretor fez alguma coisa para...

— É mais o que ele *não* fez — interrompeu o sr. Werner. — Os relatórios mensais dele são… deficientes, principalmente quando se levam em conta as crianças de quem está encarregado. Precisamos saber mais, sr. Baker. As coisas só funcionam com completa transparência. Sem isso, o caos pode tomar conta. Mais alguma coisa?

— Como? *Sim*. Eu…

— Ótimo — disse o sr. Werner. — Boa sorte. Acho que vai precisar.

A luz voltou a se apagar.

— Ai, ai — resmungou Linus.

As luzes douradas no chão se acenderam.

— Terminaram? — perguntou uma voz perto do ouvido dele.

Linus não gritou, de modo algum, independentemente dos indícios do contrário.

A srta. Chiclete estava atrás dele, mascando.

— Por aqui, sr. Baker.

Seu vestido esvoaçou contra os joelhos quando ela deu meia-volta e começou a caminhar para a saída.

Linus a seguiu rapidamente. Ele olhou por cima do ombro para a escuridão uma única vez.

Ela esperou por ele do lado de fora, batendo o pé com impaciência. Linus atravessou a porta ligeiramente sem ar. Não podia ter certeza de que o que havia acabado de acontecer fora algo além de um sonho febril. Certamente *se sentia* febril. A srta. Chiclete poderia ser uma alucinação motivada por uma doença ainda não diagnosticada.

Uma alucinação bastante *brusca*, considerando o modo como ela empurrou uma pasta grossa nas mãos dele, fazendo-o quase derrubar a maleta.

— A passagem de trem está aí dentro — disse ela. — Além de um envelope selado com todas as informações de que vai precisar. Não sei do que se trata e não me importo. Sou paga para *não* saber, o que é inacreditável. Você não pode abrir o envelope até chegar ao seu destino e sair do trem.

— Acho que preciso me sentar — disse Linus fracamente.

Ela apertou os olhos para ele.

— Você pode se sentar, claro, mas longe daqui. O trem sai às sete da manhã. Não se atrase. O Altíssimo Escalão vai ficar bastante contrariado se você se atrasar.

— Preciso voltar à minha mesa e...

— De jeito nenhum, sr. Baker. Fui instruída a lhe dizer que deve sair do prédio imediatamente. Não fale com ninguém. Não acho que isso será um problema para você, mas precisava ser dito mesmo assim.

— Não tenho ideia do que está acontecendo — falou Linus. — Nem sei se realmente estou *aqui*.

— Pois é — disse a srta. Chiclete, agora mais gentil. — Parece ser uma crise existencial. Talvez seja melhor passar por isso em outro lugar.

Eles estavam diante dos elevadores. Linus nem notara que haviam se mexido. A porta se abriu à frente dele. A srta. Chiclete o empurrou para dentro e apertou o botão do primeiro andar. Então saiu do elevador.

— Obrigada por visitar o Altíssimo Escalão — disse ela, animada. — Tenha um dia maravilhoso.

As portas se fecharam antes que Linus conseguisse dizer qualquer coisa.

Ainda estava chovendo. Ele mal notou.

Num momento, Linus estava diante do Departamento Encarregado da Juventude Mágica; no outro, já estava no caminho de pedra que levava à sua varanda.

Ele não sabia como havia chegado ali, mas aquela parecia ser a menor de suas preocupações.

A sra. Klapper o chamou, tirando-o de seu torpor.

— Chegou cedo, sr. Baker. Foi demitido? Ou recebeu um diagnóstico terrível e precisa de tempo para aceitar seu futuro desolador? — A fumaça do cachimbo envolvia o penteado dela. — Sinto muito. Sentiremos sua falta.

— Não estou morrendo — ele conseguiu dizer.

— Ah. É ainda pior então, se só resta a opção da demissão. Pobrezinho. Como vai fazer? Com a economia nesse estado... Imagino que vá vender a casa e encontrar um apartamento sinistro no centro. —

Ela balançou a cabeça. — Provavelmente vai acabar sendo assassinado. A criminalidade está cada vez pior, como deve saber.

— Não fui demitido!

— Não acredito em você — disse ela com desdém.

Linus só gaguejou.

A sra. Klapper se sentou mais para a frente da cadeira de balanço.

— Meu neto está precisando de um assistente pessoal na empresa. Pode ser sua chance, sr. Baker. Já li várias histórias que começam *exatamente* desse jeito. Pense a respeito. Você está no fundo do poço neste exato momento, precisa de um recomeço e acaba encontrando o verdadeiro amor. Não é sempre assim?

— Tenha um bom dia, sra. Klapper! — gritou Linus, tropeçando degraus acima.

— Pense a respeito! — gritou ela de volta. — Se tudo der certo, vamos virar *parentes*...

Ele bateu a porta atrás de si.

Calliope estava sentada no lugar de sempre, mexendo o rabo. Não pareceu se surpreender que ele tivesse chegado mais cedo.

Linus deixou o corpo desabar contra a porta. Suas pernas cederam, e ele escorregou até o carpete.

— Sabe — disse ele à gata —, não sei se meu dia foi muito bom. Não, acho que não foi nem um pouco.

Como sempre, Calliope só ronronou.

Ambos ficaram daquele jeito por um bom tempo.

QUATRO

O vagão do trem ficava cada vez mais vazio conforme seguia para o interior. As pessoas que subiam e desciam olhavam com uma curiosidade declarada para o homem um tanto desleixado na poltrona 6A, com uma grande caixa plástica de transporte no assento ao lado. Dentro dela, uma gata grande olhava de maneira ameaçadora para qualquer um que ousasse se aproximar. Um menino quase perdeu o dedo quando o enfiou pela grade.

O homem, Linus Baker, residente da Hermes Way, número 86, mal notou.

Ele não havia dormido na noite anterior: tinha se virado e remexido na cama até que finalmente desistira e decidira que era melhor matar o tempo andando de um lado para o outro da sala. Sua bagagem, uma mala velha e surrada, com uma roda quebrada, estava próxima à porta, como que zombando dele. Linus a tinha arrumado antes de tentar dormir, porque achava que não teria tempo de fazê-lo pela manhã.

No fim das contas, teria todo o tempo do mundo, uma vez que o sono lhe havia escapado.

Quando Linus embarcara, às seis e meia, estava em um estado de torpor, com olheiras pronunciadas e a boca retorcida para baixo. Ele mantivera os olhos à frente, descansando uma mão sobre a caixa de transporte dentro da qual Calliope fumegava. Ela não gostava de viajar, mas Linus não tivera escolha. Havia pensado em pedir à sra. Klapper que tomasse conta dela em sua ausência, mas o fiasco do esquilo provavelmente estragara qualquer chance de Calliope chegar ao fim do mês ilesa.

Ele esperava que nenhuma das crianças fosse alérgica a gatos.

A chuva escorria pelas janelas enquanto o trem atravessava campos vazios e florestas com árvores antigas e grandiosas. Fazia quase oito horas que Linus tinha embarcado quando se deu conta de que tudo estava quieto.

Quieto *demais*.

Tirou os olhos do exemplar de *Regras e regulamentos* que havia trazido de casa.

Só havia ele no vagão.

Nem tinha percebido quando a última pessoa descera.

— Hum — disse Linus para si mesmo. — Não seria a cereja do bolo se eu perdesse minha parada? Até onde será que o trem vai? Talvez siga para sempre, sem nunca chegar a um destino.

Calliope não tinha nenhuma opinião a respeito.

Linus estava quase começando a se preocupar que tivesse *mesmo* perdido sua parada (ele vivia preocupado) quando um funcionário muito elegante em seu uniforme abriu a porta na ponta do vagão. Ele cantarolava baixo, mas parou quando notou o passageiro.

— Olá — falou o homem, simpático. — Achei que não fosse ter mais ninguém aqui! Deve estar fazendo uma longa viagem neste sábado tão bonito.

— Estou com a passagem aqui, se quiser ver — disse Linus.

— Por favor. Para onde está indo?

Por um momento, o cérebro de Linus não funcionou. Ele quase derrubou o livro grosso do colo quando foi pegar a passagem no casaco. Estava toda amassada, e Linus tentou alisá-la antes de entregá-la. O homem sorriu e deu uma olhada na passagem. Então soltou um assovio baixo.

— Marsyas. É o fim da linha. — Ele perfurou o bilhete de Linus para validá-lo. — A boa notícia é que em duas paradas chegamos. Na verdade, se o senhor... Ah, sim, veja. — Ele apontou para a janela.

Linus virou a cabeça e perdeu o ar.

Era como se as nuvens de chuva tivessem chegado até onde podiam. Então a escuridão cinza dava lugar a um azul forte e maravilhoso, como Linus nunca havia visto. A chuva parou; eles estavam saindo da tempestade e alcançando o sol. Ele fechou os olhos por um instante e sentiu o calor no rosto, atravessando o vidro. Não conseguia se lembrar da última vez que havia visto a luz do sol. Foi quando voltou a abrir os olhos que o viu, à distância.

O verde. A grama forte e exuberante, balançando ao vento, e o que pareciam ser flores cor-de-rosa, roxas e douradas. Tudo desaparecia na areia branca. E depois do branco vinha o cerúleo.

Linus mal notou quando seu exemplar de *Regras e regulamentos* caiu no chão com um baque alto.

Você não gostaria de estar aqui?

— É o mar? — sussurrou ele.

— É, sim — disse o homem. — Uma bela vista, não? Apesar de parecer que o senhor nunca... O senhor *nunca viu* o mar?

Linus fez que não com a cabeça.

— Só em fotos. É tão maior do que eu imaginava.

O homem riu.

— E isso é apenas uma partezinha. Vai ver muito mais quando descer do trem. Tem uma ilha perto do vilarejo. Pode pegar uma balsa para lá, se quiser. A maior parte das pessoas não quer.

— Eu quero — disse Linus, ainda olhando para o trecho de mar.

— E quem temos aqui? — o funcionário perguntou, inclinando-se sobre Linus para a caixa de transporte.

Calliope chiou.

O homem se endireitou na mesma hora.

— Melhor deixar o bichinho em paz.

— Acho que sim.

— Só duas paradas, senhor — repetiu ele, seguindo para a porta no outro extremo. — Aproveite a viagem!

Linus mal o ouviu ir embora.

— É mesmo o mar — disse ele baixinho. — De verdade. Nunca pensei que... — Ele suspirou. — Talvez não seja tão ruim, no fim das contas.

Não era ruim.

Era pior.

Mas Linus não soube daquilo de imediato. No momento em que desceu do trem, com a caixa numa mão e a mala na outra, sentiu o cheiro de sal no ar e ouviu o chamado das aves marinhas no alto. Uma brisa agitou seu cabelo, e ele voltou o rosto para o sol. Permitiu-se respirar por um momento, desfrutando do calor. Foi só quando o apito soou e o trem começou a andar que Linus olhou em volta.

Estava em uma plataforma elevada. Havia bancos de metal à sua frente, sob uma cobertura listrada de azul e branco. Depois das bordas da plataforma e até onde a vista alcançava, grama crescia sobre dunas de areia. Ele ouvia o que pareciam ser ondas quebrando à distância. Nunca tinha visto um lugar tão iluminado. Era como se nunca tivesse chovido lá.

Quando o trem desapareceu, Linus Baker se deu conta de que estava completamente sozinho. Um caminhozinho de paralelepípedos levava às dunas, mas Linus não conseguia enxergar mais além. Ele esperava não precisar seguir por ali, considerando que carregava uma mala e uma gata raivosa.

— O que devemos fazer? — perguntou-se Linus em voz alta.

Ninguém respondeu, o que provavelmente era melhor. Se alguém *tivesse* respondido, ele teria que…

Uma espécie de campainha o tirou de seus pensamentos. Linus virou a cabeça.

Ali, ao lado da plataforma, havia um telefone laranja.

— Devo atender? — perguntou ele a Calliope, inclinando a cabeça para a frente da caixa.

A gata virou a bunda para Linus.

Ele concluiu que seria dali para pior.

Deixou a mala onde estava e foi até o telefone, então deixou a caixa na sombra. Por um momento, ficou olhando para o telefone tocando, até criar coragem e atender.

— Alô?

— Ah, finalmente — disse uma voz. — Você está atrasado.

— Estou?

— Sim, liguei quatro vezes na última hora. Eu não tinha certeza de que você ia mesmo chegar e não queria sair da ilha à toa, por isso fiquei tentando confirmar.

— Você ligou para Linus Baker, correto?

— Para quem mais eu teria ligado? — respondeu a pessoa do outro lado da linha, desdenhosa.

Ele ficou aliviado.

— Sou Linus Baker.

— Bom para você.

Linus franziu a testa.

— Como?

— Chego em uma hora, sr. Baker. — Linus ouviu sussurros ao fundo. — Me disseram que você tem um envelope para ser aberto agora que chegou. Seria melhor fazer isso. Assim as coisas vão fazer mais sentido.

— Como você sabe que...

— Tchauzinho, sr. Baker. Nos vemos logo mais.

A ligação foi encerrada, e ele ouviu o sinal de ocupado.

Linus ficou olhando para o fone antes de devolvê-lo ao gancho. Então olhou para ele por mais um momento antes de balançar a cabeça.

— Muito bem — disse Linus a Calliope, já se sentando no banco e bufando. Ele puxou a mala para mais perto. — Vamos ver o motivo de todo esse segredo.

A gata o ignorou.

Ele abriu o zíper da mala o suficiente para que conseguisse pegar o envelope que havia deixado em cima. Era grosso e estava quase rasgando nas dobras. O selo de cera vermelho-sangue tinha a sigla DEDJUM. Quando Linus o rompeu, fragmentos da cera caíram sobre suas pernas e no chão.

Ele tirou de dentro um maço de folhas amarrado com uma tira de couro.

Em cima, havia uma carta endereçada a ele, muito bem redigida e clara.

DEPARTAMENTO ENCARREGADO DA JUVENTUDE MÁGICA
ESCRITÓRIO DO ALTÍSSIMO ESCALÃO

Sr. Baker,

Você foi escolhido para um trabalho de suma importância. Vale lembrar que se trata de um caso CONFIDENCIAL DE NÍVEL QUATRO. Quaisquer partes que disseminem informações entre pessoas que não estejam qualificadas receberão uma punição que pode ir de rescisão imediata a dez anos de prisão.

Anexos a esta carta, você encontrará sete arquivos.

Seis pertencem às crianças do Orfanato de Marsyas.

O sétimo pertence a seu diretor, Arthur Parnassus.

Sob nenhuma circunstância você deve compartilhar o conteúdo dos arquivos com os moradores do orfanato. Eles são exclusivamente para você.

O orfanato em questão é diferente de todos os outros em que já esteve. É importante que faça o seu melhor para se proteger. Você vai ficar na casa de hóspedes da ilha. Sugerimos que tranque todas as portas e janelas à noite, para evitar quaisquer... incômodos.

— Minha nossa — soltou Linus.

Seu trabalho em Marsyas é importante. Seus relatórios fornecerão as informações necessárias para decidirmos se o orfanato pode continuar aberto ou se deve ser fechado permanentemente. Uma grande responsabilidade foi confiada a Arthur Parnassus, mas a confirmação de que essa confiança ainda é justificada permanece pendente. Mantenha os olhos e os ouvidos abertos, sr. Baker. Sempre. Esperamos a mesma franqueza seca pela qual o senhor é conhecido. Se tudo estiver em ordem, é só nos comunicar. Não há nada mais importante que garantir que as coisas estejam de acordo.

Também se certifique de que as crianças estejam a salvo, claro. Umas das outras e de si mesmas. E uma delas em especial. É o primeiro arquivo que vai encontrar.

Aguardamos com ansiedade seus relatórios extraordinariamente detalhados.

Atenciosamente,

Charles Werner

CHARLES WERNER
ALTÍSSIMO ESCALÃO

— No que foi que eu me meti? — sussurrou Linus enquanto uma brisa sacudia a carta em sua mão.

Ele a leu uma segunda vez, tentando pegar o que havia nas entrelinhas, mas terminou com mais perguntas que respostas.

Linus dobrou a carta e a guardou no bolso da camisa antes de dar uma olhada nos arquivos que tinha em mãos.

— Acho que não tenho por que adiar isso — disse a Calliope. — Vamos ver se o segredo é mesmo cabeludo. Tenho certeza de que eles estão exagerando. Quanto maior a expectativa, maior a decepção.

Ele abriu o primeiro arquivo.

No alto da primeira página, havia a foto de um menino de seis ou sete anos, com um sorriso um tanto diabólico. Faltavam-lhe um ou dois dentes da frente, seu cabelo estava todo bagunçado, parecendo apontar em todas as direções, e seus olhos eram…

Bom, seus olhos tinham saído vermelhos, como se não houvesse havido tempo para as pupilas reagirem ao flash. Em volta do vermelho, via-se um anel azul. Podia ser um pouco assustador, mas Linus já havia visto aquilo muitas vezes. Era uma questão de luz. Nada mais.

Abaixo da foto, havia um nome em letras maiúsculas.

LUCY.

— Um menino chamado Lucy — disse Linus. — É a primeira vez que vejo isso. Me pergunto por que escolheram… o nome… Lucy…

A última palavra saiu engasgada.

A escolha estava explicada bem ali.

A ficha dizia:

NOME: LÚCIFER (APELIDO LUCY)
IDADE: 6 ANOS, 6 MESES E 6 DIAS (QUANDO DA ELABORAÇÃO DO RELATÓRIO)
CABELO: PRETO
COR DOS OLHOS: AZUL/VERMELHO
MÃE: DESCONHECIDA (PROVAVELMENTE FALECIDA)
PAI: O DIABO
ESPÉCIE DE JUVENTUDE MÁGICA: ANTICRISTO

Linus Baker foi ao chão.

— Sai — murmurou ele quando sentiu algo batendo em sua bochecha. — Não é hora do café da manhã, Calliope.

— Bom saber — respondeu uma voz que obviamente não pertencia a Calliope. — Até porque estamos no meio da tarde. A menos que vocês da cidade tomem o café da manhã neste horário. Não tenho como saber. Evito esse tipo de lugar. É barulhento demais pra mim.

Linus abriu os olhos e piscou devagar.

A silhueta de uma mulher contra o sol olhava para ele.

Linus se sentou na mesma hora.

— Onde eu estou?!

A mulher recuou um passo, parecendo se divertir.

— Na estação de trem de Marsyas, claro. Um lugar estranho para tirar um cochilo, mas imagino que seja tão bom quanto qualquer outro.

Linus se levantou do chão da plataforma. Sentia-se sujo e um tanto indisposto. Sua cabeça doía e ele parecia ter acumulado uma bela quantidade de areia nas costas. Procurou se limpar enquanto olhava em volta. Calliope estava sentada na caixa, movimentando o rabo e o observando com cautela. A mala estava perto dela.

Ali, no banco em que Linus estivera sentado, encontrava-se a pilha de arquivos.

— Só trouxe isso? — perguntou a mulher, e Linus voltou a se concentrar nela. Ficou imediatamente preocupado por não fazer ideia da idade dela. O cabelo era como uma nuvem branca e fofinha sobre sua cabeça, com flores coloridas entremeadas. Sua pele era escura e muito bonita, mas o que realmente confundia Linus eram seus olhos. Pareciam muito mais velhos do que sugeria o restante de sua aparência. E pareciam violeta, mas devia ser a luz forte do sol pregando peças nele. Linus não sabia por que a mulher lhe parecia familiar.

Ela usava uma camisa fina e batida, que sobrava no corpo, e uma calça corsário marrom-clara. E estava descalça.

— Quem é você? — perguntou Linus.

— A sra. Chapelwhite, claro — disse ela, como se ele devesse saber. — Responsável pela Ilha de Marsyas.

— Responsável — repetiu ele.

— Você só trouxe isso? — perguntou ela novamente.

— Sim, mas...

— Bom, você que sabe — disse ela.

Linus ficou pasmo quando ela passou por ele carregando a mala como se não contivesse nada além de penas. Arrastá-la até o trem o tinha feito suar, mas aparentemente ela não tinha a mesma dificuldade.

— Recolha sua papelada e seu gato gigante, sr. Baker. Não gosto de perder tempo, e você já chegou mais tarde que o esperado. Tenho coisas a fazer, sabia?

— Veja só — começou ele, mas a sra. Chapelwhite o ignorou, já seguindo na direção da escada ao fim da plataforma. Ela desceu os degraus sem dificuldade, como se caminhasse no ar. Foi só então que Linus notou um carrinho parado na estrada. O teto parecia ter sido cortado, deixando os bancos expostos. Um conversível, embora ele nunca tivesse visto um ao vivo.

Linus pensou seriamente em pegar Calliope e escapar pelos trilhos do trem.

Em vez disso, recolheu seus papéis, pegou a caixa da gata e foi atrás da estranha mulher.

Quando ele chegou ao carro, a sra. Chapelwhite já havia guardado a bagagem no porta-malas. Ela olhou para Linus, depois para a caixa da gata.

— Imagino que não gostaria que esse troço fosse aqui atrás?

— Nem um pouco — disse ele, parecendo um tanto ofendido. — Seria cruel.

— Certo — murmurou ela. — Bom, então você vai ter que levar no colo. Ou podemos amarrar à capota, se achar melhor.

Linus ficou escandalizado.

— Isso a deixaria *furiosa*.

A sra. Chapelwhite deu de ombros.

— Tenho certeza de que ela superaria.

— Não vou amarrar a gata à capota do carro!

— Você que sabe. Entre, sr. Baker. Temos que correr. Eu disse a Merle que não íamos demorar.

A cabeça de Linus girava.

— Merle?

— O balseiro — disse ela, abrindo a porta e entrando no carro. — Ele vai nos levar até a ilha.

— Ainda nem decidi se *quero* ir para a ilha.

A sra. Chapelwhite apertou os olhos para ele.

— Então por que está aqui?

— Foi... me disseram... isso não... — gaguejou ele em resposta.

Ela esticou a mão até o painel do carro para pegar os gigantescos óculos de sol de armação branca.

— Você pode entrar ou não, sr. Baker. Sinceramente, preferiria que não. O Departamento Encarregado da Juventude Mágica é uma farsa, e aparentemente você não passa de um lacaio sem noção. Não tenho problema nenhum em te deixar aqui. O trem deve voltar em algum momento. Sempre volta.

Aquilo o deixou mais ultrajado do que ele esperava.

— O que eu faço certamente *não* é uma farsa!

O carro se sacudiu com uma tossida retumbante antes que o motor se estabilizasse. O escapamento soltava fumaça preta.

— Veremos — disse a sra. Chapelwhite. — Vai entrar ou não, sr. Baker?

Ele entrou.

A sra. Chapelwhite pareceu se divertir demais com a maneira como Linus gritou quando fizeram uma curva em alta velocidade. Ela era uma motorista hábil, mas Linus estava convencido de que havia entrado no carro de uma doida.

O vento agitava o cabelo de ambos. Linus desconfiava de que a mulher perderia suas flores decorativas, mas elas se sacudiam e permaneciam no lugar. Ele segurava firme as pastas contra a parte de cima da caixa de transporte, para que não saíssem voando e se perdessem.

Eles entraram em uma via estreita em meio às dunas que subiam e desciam. Onde as montanhas de areia eram mais baixas, Linus conseguia vislumbrar o mar, agora muito mais perto do que quando estava no trem. Ele tentou não se distrair com a visão, mas fracassou de maneira retumbante. Ainda que tivesse certeza de que estava prestes a morrer, era uma bela visão.

Apenas quando foi imprensado contra a porta depois de outra curva foi que Linus recuperou a voz.

— Pode ir *mais devagar*?

Milagrosamente, ela fez o que ele pediu.

— Estava só me divertindo um pouco.

— Às minhas custas!

A sra. Chapelwhite olhou para ele, com os cabelos balançando.

— Você é bem careta.

Linus se irritou.

— Querer viver não é ser *careta*.

— Sua gravata está torta.

— É mesmo? Obrigado. Odeio parecer desarranjado e... Isso não tem graça.

Ele viu um lampejo de dentes quando ela sorriu.

— Talvez haja esperança para você, no fim das contas. Não muita, mas alguma. — A mulher voltou a olhar para Linus, por mais tempo do que ele se sentia confortável. — Você não é como eu esperava.

Linus não sabia o que fazer com aquilo. Nunca tinham *reparado* nele de verdade.

— O que isso quer dizer?

— Que você é inesperado.

— É costume seu falar e não dizer nada?

— Faço isso com frequência. Mas não desta vez, sr. Baker. — Ela fez outra curva, numa velocidade muito mais baixa. — Achei que seria mais jovem. O seu tipo costuma ser.

— Meu tipo?

— Assistentes sociais. Você faz isso há muito tempo?

Ele franziu a testa.

— Tempo o bastante.

— E gosta do seu trabalho, sr. Baker?

— Sou bom no que faço.

— Não foi isso que perguntei.

— É a mesma coisa.

Ela balançou a cabeça.

— Por que estava dormindo na plataforma? Não podia ter feito isso no trem?

— Eu não estava dormindo. Estava... — Então ele se lembrou do que havia esquecido desde que fora rudemente despertado. — Minha nossa.

— O quê?

— *Minha nossa.* — Ele não conseguia respirar direito.

A sra. Chapelwhite pareceu assustada.

— Está tendo um ataque cardíaco?

Linus não sabia. Nunca havia tido um ataque cardíaco, por isso não sabia ao certo qual era a sensação. Mas, considerando que tinha quarenta anos, alguns quilinhos a mais e pressão alta, parecia possível.

— Droga — ele a ouviu murmurar enquanto jogava o carro no acostamento e pisava no freio.

Linus se esforçava para respirar, levando a testa ao topo da caixa da gata. Sua vista agora se reduzia a dois pequenos orifícios, e seus ouvidos zuniam. Ele estava certo de que desmaiaria de novo (ou morreria de ataque cardíaco) quando sentiu uma mão fria em sua nuca. Linus conseguiu inspirar fundo e sentiu seu coração desacelerar.

— Pronto — ele ouviu a sra. Chapelwhite dizer. — Melhor assim. Inspire de novo, sr. Baker. Isso.

— A ficha — ele conseguiu dizer. — Eu li a ficha.

Ela voltou a apertar o pescoço dele, depois soltou.

— Sobre Lucy?

— Isso. Nem imaginava.

— Claro que não.

— É...

— Verdade?

Linus assentiu, com o rosto ainda pressionado contra a caixa da gata.

Ela não respondeu.

Ele ergueu a cabeça e olhou diretamente para ela.

A sra. Chapelwhite olhava para a frente, com as mãos no colo.

— Sim — disse ela finalmente. — É verdade.

— Como isso é possível?

A mulher balançou a cabeça.

— Não é... *Ele* não é como pensa. Nenhum deles é.

Aquilo assustou Linus.

— Nem olhei as outras fichas. — Algo terrível lhe ocorreu. — Os outros são piores?

Ela arrancou os óculos escuros e olhou diretamente para ele.

— Não são piores porque não tem nada de errado com nenhum deles. São crianças.

— Sim, mas...

— Sem "mas" — interrompeu ela. — Sei que tem um trabalho a fazer, sr. Baker. E sei que provavelmente é bom nisso. Bom *demais*, na minha opinião. Deve ser, para o DEDJUM ter mandado você. Não somos um lugar muito ortodoxo.

— Imagino que não. Considerando que o *Anticristo* está na ilha.

— Lucy não é... — Ela balançou a cabeça, claramente frustrada. — Por que está aqui?

— Para garantir a segurança das crianças — disse ele de modo quase instintivo. — Para me certificar de que estão sendo devidamente atendidas. Bem cuidadas. E de que estão protegidas, de si mesmas e dos outros.

— Isso se aplica a *todas* as crianças, certo?

— Sim, mas...

— Sem "mas". Não importa de onde ele vem. Ou o que é. É uma criança, e é seu trabalho, como são o meu e o de Arthur, proteger Lucy. E todos os outros.

Linus não soube o que dizer.

Ela voltou a colocar os óculos escuros.

— Feche a boca, sr. Baker. Ou vai engolir um inseto.

A sra. Chapelwhite ligou o motor e voltou para a estrada.

— Sete fichas — disse ele alguns minutos depois, saindo do estado de torpor.

— Como?

— Sete fichas. Recebi sete fichas. Seis crianças e o diretor do orfanato. Dá sete.

— Imagino que saber fazer contas simples seja uma prioridade para o DEDJUM...

Ele ignorou a provocação.

— Não tenho a sua.

Ele viu uma placa se aproximando, à direita, no topo da elevação seguinte.

— Claro que não. Não sou funcionária do DEDJUM. Já falei. Sou a responsável.

— Pela casa?

— Sim, mas também pela ilha. É coisa de família. Há gerações.

Fazia um bom tempo que Linus Baker tinha o mesmo trabalho. E, sim, era bom nele. Capaz de pensar analiticamente, de notar pequenas pistas que passavam despercebidas aos outros. Motivo pelo qual, imaginava, havia sido escolhido para aquele trabalho.

Dito isso, ele deveria ter percebido no momento em que abrira os olhos na plataforma. O fato de ter desmaiado depois de sofrer o maior choque de sua vida não deveria ser desculpa.

— Você é uma sprite — disse ele. — Uma sprite de ilha.

Linus a surpreendeu. A sra. Chapelwhite tentara esconder aquilo, e se ele não soubesse pelo que procurar, provavelmente teria deixado passar.

— Por que acha isso? — perguntou ela, com a voz impassível.

— Você é a responsável pela ilha.

— Isso não significa nada.

— Seus olhos.

— São diferentes, eu sei, mas certamente não são únicos.

— Você carregou minha mala…

— Ah, desculpa. Se eu soubesse que incomodaria sua masculinidade tóxica não teria…

— Está descalça.

Aquilo a fez parar.

— Moro na praia — disse ela devagar. — Talvez eu esteja sempre descalça.

Ele balançou a cabeça.

— O sol está alto no céu. A estrada deve estar pelando. No entanto, você pisou nela como se não fosse nada. Sprites não gostam de sapatos. Restringem demais. E nada machuca seus pés, nem mesmo o asfalto quente.

Ela suspirou.

— Você é mais esperto do que parece. Isso não pode ser bom.

— Você tem registro? — perguntou Linus. — O DEDJUM sabe que você…

Ela arreganhou os dentes.

— Não estou no sistema, sr. Baker. Minha família é muito mais antiga que as regras humanas. O fato de terem decidido que todos os seres mágicos precisam ser marcados e rastreados não dá a vocês o direito de me questionar ou questionar minha situação.

Ele ficou pálido.

— Isso… é verdade. Eu não deveria ter falado assim.

— Está pedindo desculpas?

— Acho que sim.

— Que bom. Nunca mais queira saber nada sobre o meu status.

— É que… nunca conheci uma sprite de ilha. Uma sprite de água, sim. E uma sprite de caverna uma vez. Foi assim que soube o que era. Nem sabia que sprites de ilha existiam.

— Tenho certeza de que você não sabe muita coisa sobre existir, sr. Baker — desdenhou ela. — Olha. Ali. Estamos quase na balsa.

Ele olhou para onde ela estava apontando. A placa que Linus havia visto à distância estava mais adiante, no topo da elevação. Sob a imagem de uma palmeira e das ondas do mar estava escrito: VILAREJO DE MARSYAS.

— Nunca ouvi falar neste lugar — admitiu ele quando passaram por ela. — O vilarejo, digo. É bonito?

— Depende do que considera bonito. Você deve achar, mas eu não acho.

Eles chegaram ao topo. Abaixo, à beira do mar, havia um aglomerado de edifícios coloridos em meio a árvores altas que o vento havia inclinado ao longo do tempo. Linus viu casas espalhadas pela floresta, em tons pastel, com telhados de palha. Era como sempre tinha sonhado que um vilarejo à beira-mar seria. Ele sentiu um aperto no coração.

— Não vamos parar, então nem peça — alertou ela. — Eles não gostam quando paramos.

— Como assim?

— Nem todo mundo é tão progressista quanto você, sr. Baker — disse a sprite, e Linus *sabia* que ela estava zombando dele. — O pessoal do vilarejo não gosta de gente como nós.

Aquilo o surpreendeu.

— De sprites?

Ela deu uma risada, mas era claramente amarga.

— De todos os seres mágicos, sr. Baker.

Linus não demorou muito para comprovar o que ela estava falando. Conforme avançavam pela via principal, que atravessava o vilarejo, todo mundo na rua e nas lojas se virava ao ouvir o som do carro. Ele já tinha recebido muitos olhares reprovadores, mas nunca tão hostis. Pessoas usando calção de banho, biquíni e chinelos de borracha se viravam para encarar abertamente o carro passando. Linus tentou acenar para algumas, o que não ajudou em nada. Ele chegou a ver um homem dentro do que parecia ser uma barraquinha de frutos do mar trancar a porta.

— Nossa, nunca pensei — disse Linus, fungando.

— A gente se acostuma — falou a sra. Chapelwhite. — O que é uma surpresa.

— Por que eles agem assim?

— Não finjo compreender a cabeça dos humanos — disse ela, segurando o volante com mais firmeza quando uma mulher na calçada protegeu os filhos gorduchos e assustados do carro. — Eles têm medo do que não compreendem. E esse medo se transforma em ódio por motivos que, tenho certeza, nem eles conseguem compreender. E como não entendem as crianças, como têm medo delas, as odeiam. Não pode estar ouvindo isso pela primeira vez. Acontece o tempo todo.

— Eu não odeio nada — afirmou Linus.

— Está mentindo.

Ele balançou a cabeça.

— É verdade. Ódio é uma perda de tempo. Vivo ocupado demais para odiar o que quer que seja. Melhor assim.

A sra. Chapelwhite se virou para Linus, sua expressão escondida pelos óculos escuros. Ela abriu a boca — para dizer o quê, ele não sabia —, mas pareceu mudar de ideia. Então disse:

— Chegamos. Espere aqui.

Ela estacionou à beira do píer e saiu antes que Linus pudesse dizer alguma coisa. Havia um homem perto de uma pequena balsa, batendo o pé impacientemente. Atrás dele, Linus achou que conseguia vislumbrar o contorno fraco de uma ilha.

— Está ficando tarde — disse o homem bruscamente quando a sra. Chapelwhite se aproximou, alto o bastante para Linus ouvir. — Você sabe que tenho que estar de volta antes que escureça.

— Não tem problema, Merle. Eu não deixaria que nada acontecesse com você.

— Isso não é tão reconfortante quanto você parece achar. — Ele cuspiu na água, então olhou por cima do ombro, para Linus.

— É ele?

Ela também olhou para Linus.

— É ele.

— Achei que fosse mais jovem.

— Foi o que eu disse também.

— Muito bem. Vamos indo. E diga ao Parnassus que a minha tarifa dobrou.

Ela suspirou.

— Vou dizer.

Merle assentiu. Com um último olhar fulminante para Linus, ele se virou e saltou habilmente para a balsa. A sra. Chapelwhite voltou para o carro.

— Acho que nos metemos em algo maior do que nos foi sugerido — sussurrou Linus para Calliope. Ela ronronou em resposta. — Tudo certo? — perguntou ele à sprite, que entrava de novo no carro. Não tinha certeza de que estava, porque Merle parecia ser do tipo encrenqueiro.

— Tudo certo — murmurou ela. Então virou o carro e seguiu na direção da balsa, cujo portão Merle já abria. Linus sentiu um friozinho na barriga por um momento, quando a balsa rangeu e gemeu sob o peso deles, mas o barulho parou antes que ele pudesse reagir.

A sra. Chapelwhite deixou o carro em ponto morto e apertou um botão. Linus se assustou com o barulho de um motor vindo da parte de trás do carro. Ele olhou a tempo de ver a capota de vinil subindo e os cobrindo. Ela travou no lugar de uma maneira que parecia assustadoramente definitiva. A sra. Chapelwhite desligou o motor, então se virou para Linus.

— Olha, sr. Baker, acho que começamos com o pé esquerdo.

— Quer dizer então que você não é sempre esse raiozinho de sol? Poderia ter me enganado.

Ela olhou feio para ele.

— Sou uma sprite, o que significa que protejo o que é meu.

— A ilha — disse Linus.

Ela confirmou com a cabeça.

— E todos os seus moradores.

Ele hesitou.

— Então você e esse sr. Parnassus…?

Ela arqueou uma sobrancelha.

Linus corou, tossiu e desviou o rosto.

— Deixa pra lá.

Ela riu dele, mas não de uma maneira indelicada.

— Não. Pode acreditar em mim quando digo que isso nunca vai acontecer.

— Ah. Tá. Bom saber.

— Sei que tem que fazer seu trabalho — prosseguiu ela. — E vai descobrir que é diferente de tudo o que já fez. Tudo o que peço é que dê uma chance a eles. São mais do que consta nos arquivos.

— Está me dizendo como fazer o meu trabalho? — perguntou ele, tenso.

— Estou pedindo um pouco de compaixão.

— Tenho compaixão, sra. Chapelwhite. É por isso que faço o que faço.

— Acredita mesmo nisso, não é?

Ele lhe lançou um olhar cortante.

— O que está querendo dizer?

Ela balançou a cabeça.

— Você não tem a minha ficha porque teoricamente não existo. Arthur... O sr. Parnassus me mandou como um gesto de boa vontade. Para mostrar que é uma pessoa séria. Ele sabe o tipo de pessoa que você pode ser. E espera que seja essa pessoa aqui.

Linus sentiu o medo se insinuando na base da espinha.

— Como ele sabe o que quer que seja a meu respeito? Não tem como saber quem foi designado. *Eu* mesmo não sabia até ontem.

Ela deu de ombros.

— Ele tem os recursos dele. Você deveria usar o tempo que lhe resta antes de chegar à ilha para dar uma olhada nas outras fichas. É melhor saber antes no que está se metendo. E mais seguro, acho.

— Para quem?

Não houve resposta.

Linus se virou e deparou com o banco do motorista vazio, como se ela nunca tivesse estado lá.

— Droga — resmungou ele.

Linus pensou em fazer o que ela havia sugerido. Para entrar naquela história preparado. Mas não conseguia encarar os arquivos depois do que havia descoberto sobre Lucy, com medo de que pudesse ficar ainda pior. O Altíssimo Escalão certamente não facilitara as coisas com seus avisos sombrios sobre como os habitantes da ilha eram diferentes de tudo o que ele havia visto. A sra. Chapelwhite parecia só ter confirmado aquilo. Linus se perguntou brevemente se havia lhe contado demais ou se ela havia dado uma olhada nos arquivos enquanto ele estava desmaiado na plataforma. Ambas as coisas pareciam prováveis, e Linus se lembrou de ficar mais atento dali em diante.

Sem confiar em si mesmo para não desmaiar, ele ficou com os arquivos sobre as pernas, com os dedos trêmulos. A vontade de saber em que estava se metendo encolhia diante do desejo de se manter são. Todo tipo de coisa lhe vinha à mente, de monstros terríveis com dentes afiados até fogo e enxofre. Linus disse a si mesmo que eram apenas crianças, mas até mesmo crianças podiam morder se provocadas. E se elas acabassem se revelando piores do que estava imaginando, seria melhor não saber de antemão, ou talvez não fosse capaz de sair da balsa.

Ainda assim...

Ele folheou a papelada, procurando por uma ficha em particular. Inspirou fundo quando viu a de Lucy e passou por ela o mais rápido possível, até encontrar o que queria.

O diretor do orfanato.

Arthur Parnassus.

A ficha era breve. Consistia em uma fotografia borrada de um homem magro contra um fundo azul e uma única folha de papel. Parnassus parecia... normal, mas às vezes as aparências enganavam.

O arquivo (se é que se podia chamar assim, considerando sua brevidade) não revelava muito mais. Certas partes tinham sido editadas e o resto não parecia fazer sentido. Além da idade do homem (45 anos) e do fato de que seu trabalho em Marsyas aparentemente vinha acontecendo sem grandes problemas, não havia muito que Linus pudesse aproveitar dali. Ele não sabia se ficava decepcionado ou aliviado.

O sol estava começando a se pôr quando um sino soou, sinalizando a chegada na ilha. Linus estava perdido em pensamentos quando a balsa estremeceu abaixo dele, então olhou pela janela de trás e viu o portão baixando em um pequeno atracadouro.

Quando ele se virou, viu uma sombra estendida sobre o para-brisa.

— É aqui que você desce! — gritou uma voz.

Linus olhou na direção do vidro.

Merle estava ali, com as mãos na cintura.

— Fora — insistiu ele.

— Mas…

— Cai fora da minha balsa!

— Que babaca — resmungou Linus. A chave ainda estava na ignição, e ele imaginou que devia ser grato por aquilo. Abriu a porta do passageiro e quase caiu do carro. Conseguiu salvar a si mesmo e Calliope no último segundo, embora ela não gostasse muito de acrobacias. Ele a deixou no banco, chiando, e fechou a porta. Fez uma saudação alegre para Merle e deu a volta no carro.

Merle não retribuiu o cumprimento.

— Começamos bem — disse Linus baixinho. A porta do motorista rangeu ao se fechar. Fazia um tempo que ele não dirigia. Na verdade, nunca tivera um carro. Dava trabalho demais. Linus alugara um certa vez, anos antes, porque planejara passar o fim de semana dirigindo pelo campo, mas acabara sendo convocado para trabalhar no último minuto e devolvera o carro uma hora depois de pegá-lo.

Ele puxou o banco um pouco para trás e deu a partida.

O carro ganhou vida à sua volta.

— Muito bem — disse Linus a Calliope, com as mãos suadas no volante. — Vamos ver o que acontece.

CINCO

Não se via nenhum tipo de placa, mas, como só havia uma estrada, Linus imaginou que devia estar no caminho certo. Alguns minutos depois de deixar a balsa, ele se viu em uma antiga floresta, as copas das árvores enormes quase bloqueando por completo o céu marcado de rosa e laranja. Trepadeiras desciam pelos galhos das árvores, pássaros cantavam alto de seus poleiros invisíveis.

— Acha que pode ser uma armadilha? — perguntou Linus a Calliope, vendo que ficava cada vez mais escuro conforme se embrenhavam na floresta. — Vai ver que é pra cá que a pessoa é mandada depois de ser demitida. Ela acredita que tem um trabalho importante a fazer, mas acaba sendo sacrificada no meio do nada.

Não era uma ideia agradável, então ele a deixou de lado.

Linus não conseguia descobrir como acender os faróis, de modo que estava inclinado para a frente, o mais próximo possível do para-brisa. O sol estava se pondo. Seu estômago rugia, mas ele não tinha a menor vontade de comer. Sabia que Calliope provavelmente precisaria de uma caixa de areia em breve, mas não queria parar até ter alguma ideia de onde estava. Com a sorte que ele tinha, a gata provavelmente sairia correndo pela floresta, e ele teria de ir atrás dela.

— O que eu provavelmente não faria — disse Linus a Calliope. — Deixaria você se virar sozinha.

Claro que ele iria atrás dela, mas Calliope não precisava saber disso.

O hodômetro indicava que tinham percorrido outros três quilômetros. Linus estava começando a entrar em pânico — a ilha não podia ser *tão* grande assim, podia? — quando a floresta à sua volta desapareceu e ele viu.

Ali, à sua frente, contra o sol poente, havia uma casa.

Linus nunca tinha visto nada parecido.

Ficava em um penhasco no alto de uma colina, com vista para o mar. Parecia ter pelo menos cem anos. Era de tijolinhos, e bem do meio do telhado saía uma torre alta. O lado da casa que dava para Linus estava coberto de hera, que crescia em volta das molduras brancas das inúmeras janelas. Linus também viu o que parecia ser uma espécie de gazebo próximo à construção e se perguntou se teria jardim. Aquilo seria muito agradável. Poderia caminhar por ali, sentindo o cheiro do sal no ar, e...

Ele balançou a cabeça. Não tinha ido até ali para aquele tipo de coisa. Não haveria tempo para frivolidades. Tinha um trabalho a fazer, e iria fazê-lo direito.

Linus entrou com o carro no que parecia ser um longo caminho levando à casa. Quanto mais perto chegava, maior ela parecia. Ele não conseguia entender como nunca tinha ouvido falar naquele lugar. Não do orfanato, uma vez que o Altíssimo Escalão não queria que ninguém soubesse dele. Mas da ilha, da *casa*, Linus certamente deveria saber. Ele revirou o cérebro, mas não encontrou nada.

O caminho se alargava perto do topo. Havia um veículo estacionado perto de uma fonte vazia, tomada pelas mesmas heras que se viam no edifício. Era uma perua vermelha, grande o bastante para as seis crianças e o diretor. Linus se perguntou se eles faziam muitas excursões. Não ao vilarejo, claro, considerando que os habitantes não eram muito receptivos.

Mas conforme se aproximava, ele viu que a perua dava a impressão de não sair do lugar já fazia um tempo. Ervas daninhas cobriam até as rodas.

Aparentemente, eles não faziam muitas excursões.

Por um momento, Linus sentiu algo parecido com pena. Esfregou o peito para que passasse.

Ele estava certo. Havia um jardim. Os últimos raios de sol iluminavam as flores na lateral da casa. Linus piscou quando achou ter notado um movimento, um lampejo que logo desapareceu.

Então baixou um pouco o vidro, só o bastante para ser ouvido.

— Olá? — chamou ele.

Não houve resposta.

Linus criou coragem e baixou o vidro até a metade. A forte maresia inundou seu nariz. As folhas sacudiam nos galhos das árvores.

— Olá?

Nada.

— Certo — disse Linus. — Bom… talvez a gente possa esperar aqui até amanhã.

Então ele ouviu o que só podia ser uma criança rindo.

— Ou talvez seja melhor ir embora — falou Linus fracamente.

Calliope arranhou a frente da caixa.

— Eu sei, eu sei. Mas parece que tem algo ali, e nem eu nem você queremos ser devorados.

Ela voltou a arranhar.

Ele suspirou. A gata se comportara a maior parte do tempo. Fora uma longa viagem, e não era justo deixá-la presa.

— Tá. Mas fica quietinha enquanto eu tento pensar um pouco e ignorar essa risada infantil vindo de uma casa esquisita muito distante de tudo o que conheço.

Ela não resistiu quando Linus abriu a caixa e a colocou no colo. Ficou sentada como uma rainha, com os olhos arregalados voltados para fora da janela. Não emitiu nenhum som quando ele acariciou suas costas.

— Muito bem — disse Linus. — Vamos recapitular, pode ser? Posso fazer o que me mandaram fazer ou ficar sentado aqui até ter uma ideia melhor, de preferência uma que mantenha minha integridade física.

Calliope enterrou as garras nas coxas dele.

Linus fez uma careta.

— É, acho que você está certa. *Seria* covardia, mas pelo menos nos manteríamos vivos.

Ela lambeu uma pata devagar, depois a passou pelo rosto.

— Não precisa ser grosseira — murmurou ele. — Tá bom. Se for preciso… — Ele levou a mão à maçaneta. — Posso fazer isso. *Vou* fazer isso. Você fica aqui, e eu…

Linus não teve tempo de reagir. Assim que abriu a porta, Calliope pulou de seu colo e saiu correndo para o jardim.

— Mas... gata idiota! Vou te deixar aqui!

Ele não faria aquilo, mas era melhor lançar ameaças vazias que não fazer nada.

Calliope desapareceu atrás de uma fileira de arbustos perfeitamente bem-cuidados. Ele pensou ter vislumbrado o rabo dela, que logo desapareceu.

Linus Baker não era tolo. Tinha orgulho de não ser. Tinha plena consciência de suas limitações enquanto ser humano. Quando estava escuro, preferia ficar trancado dentro de casa, a salvo, usando o pijama com suas iniciais, ouvindo um disco na sua Victrola e tomando uma bebida quentinha.

Só que Calliope era basicamente a única amiga que tinha.

Portanto, quando ele saiu do carro e sentiu as pedras da entrada sob seus pés, foi porque compreendia que, às vezes, era preciso fazer coisas desagradáveis por aqueles com quem se importava.

Linus foi atrás da gata, torcendo para que ela não tivesse ido muito longe. O sol tinha quase desaparecido. A casa em si ainda assustava, mesmo com as luzes aparentemente acesas lá dentro, e o céu apresentava cores que ele não estava certo de já ter visto, ou pelo menos não misturadas daquele jeito. Linus ouvia as ondas quebrando lá embaixo e o barulho das gaivotas acima.

Ele chegou à fileira de arbustos atrás da qual Calliope havia desaparecido. Havia um pequeno caminho de pedra que conduzia ao que parecia ser o jardim. Linus hesitou brevemente antes de seguir por ele.

O jardim era muito maior do que aparentava. O gazebo que Linus havia visto da estrada ficava mais adiante, decorado com lanternas de papel vermelhas e laranjas que esvoaçavam com a brisa. As luzes tremeluziam levemente, e ouvia-se o som distante de mensageiros do vento.

As flores tomavam conta do jardim. Ele não viu girassóis, mas havia copos-de-leite e lírios. Dálias. Cristas-de-galo. Crisântemos, gérberas laranja e campainhas-da-china. Havia até calicarpas, que Linus não via desde criança. Havia um cheiro denso e perfumado no ar, que o deixava ligeiramente tonto.

— Calliope — chamou Linus baixinho. — Vamos. Não dificulta as coisas.

Ela não apareceu.

— Então tá — disse ele, irritado. — Sempre posso fazer novos amigos. Afinal, há uma porção de gatos esperando para serem adotados. Um filhotinho resolveria o problema tranquilamente. Vou te deixar aqui. Vai ser melhor.

Ele não faria aquilo, claro. Seguiu em frente.

Havia uma macieira próxima à casa, e Linus piscou ao ver frutos vermelhos, verdes e rosados, diferentes variedades crescendo nos mesmos galhos. Seus olhos desceram pelo tronco rumo ao solo, até que ele viu…

Uma estátua.

Um gnomo de jardim.

— Que peculiar — murmurou ele, aproximando-se da árvore.

A estátua era maior do que as que já havia visto, com a ponta do chapéu chegando à altura da cintura. O gnomo tinha barba branca e as mãos entrelaçadas diante do corpo. A pintura era notável, parecendo quase real à luz fraca. Os olhos eram de um azul vívido, e as bochechas, rosadas.

— Você é uma estatuazinha estranha, não? — comentou Linus, agachando-se diante dela.

Se ele estivesse em seu juízo perfeito, teria notado os olhos. No entanto, estava cansado, sentindo-se esquisito e preocupado com a gata.

Portanto, não chegou a ser surpreendente o barulho que ele fez quando a estátua piscou e disse:

— Não se deve falar assim de uma pessoa. É falta de educação. Você não sabe de nada?

Linus soltou um grito estrangulado e caiu para trás, agarrando-se à grama.

O gnomo fungou.

— Você é bem barulhento. Não gosto de gente barulhenta no meu jardim. Não dá pra ouvir as flores falando. — Ela (porque *era* ela, com barba e tudo) esticou o braço e ajeitou o chapéu. — Jardins deveriam ser locais tranquilos.

Linus se esforçou para encontrar a própria voz.

— Você é… você…

Ela franziu a testa.

— Claro que eu sou eu. Quem mais seria?

Ele balançou a cabeça, conseguindo fazer o cérebro funcionar o bastante para recordar o nome.

— Você é uma gnoma.

Ela piscou para ele, parecendo uma coruja.

— Isso. Sou, sim. Meu nome é Talia. — Ela se inclinou e pegou uma pazinha que estava jogada na grama. — E você é o sr. Baker? Se for, estávamos te esperando. Se não for, isso é invasão de propriedade, e é melhor ir embora antes que eu te enterre no meu jardim. Ninguém ficaria sabendo, porque as raízes comeriam seus ossos e entranhas. — Ela franziu a testa de novo. — Eu acho. Nunca enterrei ninguém. Seria a primeira vez para nós dois.

— Sou o sr. Baker!

Talia suspirou, parecendo muito decepcionada.

— Claro que sim. Não precisa gritar. Mas é pedir demais que alguém invada a propriedade? Sempre quis saber se humanos são bons fertilizantes. Tenho a impressão de que sim. — Ela o olhou de cima a baixo, parecendo faminta. — Com tanta carne…

— Minha nossa. — Foi tudo o que Linus conseguiu dizer.

Ela bufou.

— Mas eles nunca aparecem aqui. A menos que… Vi uma gata. Você trouxe de presente pra gente? Lucy vai adorar. E depois que tiver acabado vai me deixar ficar com as sobras. Não é um humano, mas tenho certeza de que vai funcionar.

— Ela não é uma oferenda — disse Linus, horrorizado. — É um *animal de estimação.*

— Ah. Droga.

— E o nome dela é Calliope!

— Bom, então é melhor a gente encontrar a gata antes dos outros. Não sei o que vão achar dela. — A gnoma sorriu para ele, mostrando os dentes grandes e quadrados. — Fora que parece apetitosa, claro.

Linus soltou um gritinho.

Ela se aproximou dele, as pernas gorduchas se movendo depressa.

— Vai ficar deitado aí a noite toda? Levanta. Levanta!

Ele se levantou. De alguma forma, conseguiu.

Linus suava profusamente enquanto a seguia pelo jardim, ouvindo-a murmurar baixo. Parecia que estava falando gnomês, em grunhidos baixos e guturais, mas Linus nunca tinha ouvido alguém falar o idioma, de modo que não podia ter certeza.

Eles chegaram ao gazebo, que rangeu sob os pés deles. As lanternas de papel brilhavam mais forte agora, balançando no fio. Havia poltronas com almofadas grossas e aconchegantes lá dentro, sobre um tapete ornamentado, com as beiradas enroladas.

Talia seguiu até um baú pequeno encostado a um lado. Abriu a tampa e pendurou a pá no gancho que havia lá dentro, ao lado de outras ferramentas de jardinagem. Quando pareceu satisfeita, com tudo no lugar, assentiu e fechou o baú.

Ela se virou para Linus.

— Agora, se eu fosse uma gata, onde estaria?

— Eu… não sei.

A gnoma revirou os olhos.

— Claro que não sabe. Gatos são astutos e misteriosos. Não parece mesmo algo que você compreenda.

— Como é?

Talia alisou a barba.

— Precisamos de ajuda. Felizmente, sei a quem recorrer. — Ela olhou para o teto do gazebo. — Theodore!

A mente de Linus foi imediatamente para os arquivos que não havia lido. Ah, aquilo fora tolice.

— Theodore. Quem é…

De algum lugar acima, veio um grito que fez Linus se arrepiar todo.

Os olhos de Talia brilhavam.

— Ele está vindo. E vai saber o que fazer. É capaz de encontrar qualquer coisa.

Linus recuou um passo, pronto para pegar Talia e sair correndo se necessário.

Uma sombra escura mergulhou no gazebo e pousou sem jeito no chão. Soltou grasnidos raivosos ao tropeçar nas asas grandes demais e rolar até trombar com as pernas de Linus. Ele fez o seu melhor para não gritar, mas, infelizmente, seu melhor não foi o bastante.

Um rabo escamoso se retorceu. Seu dono voltou os olhos laranja para Linus.

Linus nunca tinha visto uma serpe pessoalmente. Eram criaturas bastante raras, que se acreditava que descendessem de antigos répteis que vagavam pela terra, embora não fossem muito maiores que gatos domésticos. Muitos as consideravam um incômodo, de modo que por bastante tempo foram caçadas. Sua cabeça era tida como troféu e de sua pele se faziam sapatos. Atos bárbaros do tipo só cessaram com a criação de leis de proteção a todas as criaturas mágicas, mas àquela altura já era praticamente tarde demais, principalmente diante das provas empíricas de que as serpes eram capazes de um raciocínio emocional complexo, que rivalizava com o dos humanos. O número delas já havia caído de forma alarmante.

Portanto, foi com fascínio (e horror, é claro) que Linus olhou para a serpe a seus pés, que começava a enrolar o rabo em seu tornozelo.

A criatura — *ele*, Linus se lembrou — era menor que Calliope, mas não muito. Suas escamas eram iridescentes, e a luz das lanternas acima formava um caleidoscópio de cores. As pernas traseiras eram bastante musculosas, e as garras que saíam de seus pés eram pretas e incrivelmente afiadas. Ele não tinha patas dianteiras, mas asas compridas de couro, como as de um morcego. Sua cabeça estava curvada para baixo e o focinho terminava em duas fendas gêmeas. Sua língua estava para fora, lambendo os sapatos de Linus.

Os olhos cor de laranja piscaram devagar. Ele levantou a cabeça para Linus e… chilreou.

O coração de Linus martelava no peito.

— Theodore, imagino?

A serpe chilreou de novo. Não era muito diferente de um pássaro. Um pássaro bem grande e com escamas.

— E aí? — perguntou Talia.

— E aí o quê? — respondeu Linus, perguntando-se se seria falta de educação tentar afastar a serpe com o pé. O rabo de Theodore envolvia sua perna com cada vez mais força, e suas presas eram assustadoramente grandes.

— Ele está pedindo uma moeda — disse Talia, como se aquilo fosse óbvio.

— Uma… moeda?

— Para a coleção dele — explicou a gnoma, como se ele fosse tonto. — Vai te ajudar, mas você tem que pagar.

— Isso não… eu não…

— Aaaah — fez Talia. — Você não tem uma moeda? Isso não é bom.

Ele olhou para ela em desespero.

— Quê? Por quê?

— Talvez eu tenha meu fertilizante humano no fim das contas — disse Talia sombriamente.

Linus começou a revirar os bolsos na mesma hora. Com certeza ele teria... Devia ter *alguma coisa* ali...

Ahá!

Ele puxou a mão de volta, triunfante.

— Aqui! — comemorou. — Tenho... um botão?

Sim, um botão. Era pequeno e metálico. Linus não conseguia se lembrar de jeito nenhum de onde era. Não tinha o estilo dele. Linus costumava usar cores neutras, mas o botão era brilhante, tinha um tom forte e...

Theodore produziu um ruído no fundo da garganta. Era quase como se estivesse ronronando.

Linus voltou a olhar para ele, que tentava se levantar. Parecia ter um pouco de dificuldade, porque suas asas eram grandes demais para o resto do corpo. Suas pernas ficavam se emaranhando nas asas, fazendo-o cair. Theodore soltou um chilro raivoso, depois usou o rabo enrolado em Linus como apoio. Ele conseguiu se endireitar e soltou a panturrilha do humano, tudo sem tirar os olhos do botão. Então começou a cambalear na direção de Linus, abrindo e fechando a mandíbula.

— Dá logo pra ele — disse Talia. — Não pode oferecer um presente a uma serpe e não entregar. Da última vez que fizeram isso, Theodore botou fogo na pessoa.

Linus lançou um olhar cortante para ela.

— Serpes não cospem fogo.

Ela sorriu.

— Você não é tão ingênuo quanto parece. E parece *bem* ingênuo. Tenho que me lembrar disso.

Theodore pulava cada vez mais alto, tentando chamar a atenção de Linus. Batia as asas e chilreava alto, com os olhos em chamas.

— Tá bom, tá bom — disse Linus. — Pode pegar, mas não quero mais que dê escândalo. A paciência é uma virtude.

Theodore pousou no chão e girou antes de arquear o pescoço em direção a Linus, abrir a boca e ficar esperando.

Suas presas eram enormes. E bem afiadas.

— Você tem que colocar na boca dele — sussurrou Talia. — Muito possivelmente a mão toda.

Linus a ignorou. Engoliu em seco, se abaixou e colocou a pontinha do botão na boca de Theodore. A serpe fechou a boca devagar, aceitando o presente. Linus recolheu a mão quando Theodore caiu de costas, com as asas abertas no chão. Sua barriga era clara e parecia macia. Ele levou as patas traseiras à boca para pegar o botão com as garras. Então o levou à cabeça, estudando-o com cuidado, virando-o de um lado e do outro. Theodore chilreou alto e se virou. Olhou para Linus antes de abrir as asas e ir embora, desajeitado. Quase tropeçou, mas, no último momento, conseguiu voar na direção da casa.

— Aonde ele vai? — perguntou Linus.

— Guardar com o restante da coleção — disse Talia. — Que você nunca vai conseguir encontrar, então nem pense nisso. Uma serpe protege bem sua coleção, e é capaz de mutilar qualquer um que tente se apropriar dela. — A gnoma fez uma pausa, pensativa. — Fica debaixo do sofá da sala. Vai lá dar uma olhada.

— Mas você acabou de dizer... Ah. Entendi.

Ela só ficou olhando para Linus, toda inocente.

— Mas ele ia ajudar a gente a encontrar Calliope — lembrou Linus.

— Ia? Eu não disse isso. Só queria ver o que ia dar a ele. Por que carrega botões no bolso? Não é o lugar deles. — A gnoma apertou os olhos para Linus. — Você não sabia disso?

— Eu sei onde... — Ele balançou a cabeça. — Não. Melhor não. Vou encontrar a gata com ou sem sua ajuda. Se tiver que pisotear o jardim para fazer isso, paciência.

— Você não *ousaria*.

— Não?

Ela fungou.

— Phee.

— Saúde — disse Linus.

— Quê? Eu não espirrei. Eu estava... Phee!

— Tá bom, tá bom — disse outra voz. — Eu ouvi da primeira vez.

Linus se virou.

Havia uma menina suja de uns dez anos de idade atrás deles. As manchas de terra em seu rosto quase cobriam as sardas que pontuavam sua pele clara. Ela soltou o ar, fazendo uma mecha de cabelos cor de fogo se afastar da testa. Usava short e regata. Estava descalça e tinha as unhas dos dedos dos pés encardidas.

Mas foram as asas finas em suas costas que mais chamaram a atenção de Linus. Eram translúcidas, cheias de veias, e se curvavam sobre seus ombros, muito maiores do que seria de se esperar pelo tamanho da menina.

Uma sprite, como a sra. Chapelwhite, embora as diferenças fossem notáveis. Um cheiro de terra emanava dela, o qual lembrava Linus da viagem em meio à vegetação cerrada para chegar à casa. Ele achava que era possível que fosse coisa dela.

Uma sprite de floresta.

Linus conhecia apenas uns poucos sprites. Tendiam a ser criaturas solitárias, e quanto mais jovens, mais perigosas. Não tinham total controle de sua magia. Ele tinha visto uma vez o resultado de uma jovem sprite de lago que se sentira ameaçada por um grupo de pessoas num barco. O nível da água tinha subido quase dois metros, e o que restou do barco flutuara na superfície agitada, estilhaçado.

Linus não sabia o que havia acontecido com a sprite depois que ele entregara seu relatório. Aquele tipo de informação estava além de seu cargo.

A sprite de agora — Phee — o lembrava da sprite de lago de anos antes. Olhava desconfiada para ele, contraindo as asas.

— É ele? — perguntou ela. — Não parece grande coisa.

— Ele não é tão inocente — disse Talia. — Então tem pelo menos isso a seu favor. E trouxe uma gata, que fugiu.

— É melhor que Lucy não a encontre. Você sabe o que ele faria.

Linus precisava recuperar o controle da situação. Eram só crianças, afinal.

— Meu nome é Linus Baker. O nome da gata é Calliope. Eu...

Phee o ignorou, atingindo seu rosto com a ponta da asa esquerda ao passar por ele.

— Não está na floresta — informou ela a Talia.

A gnoma suspirou.

— Não achei que estivesse, mas não custava perguntar.

— Preciso me limpar — disse Phee a ela. — Se não tiver achado até eu voltar, te ajudo.

A sprite deu uma olhada em Linus antes de sair do gazebo e seguir para a casa.

— Ela não gostou de você — falou Talia. — Mas não se sinta mal por isso. Ela não gosta da maioria das pessoas. Acho que não é pessoal. Ela só preferiria que você não estivesse aqui. Ou vivo.

— Claro — disse Linus, tenso. — Agora, se puder me apontar a direção do...

Talia bateu palmas uma vez diante da barba.

— Já sei! Já sei onde procurar! Era pra estarem arrumando pra você, e aposto que Sal a pegou. Ele é bom com criaturas perdidas.

A gnoma seguiu para o outro lado do gazebo, então olhou por cima do ombro.

— Vem! Não quer recuperar sua gata?

Linus queria.

Então seguiu a gnoma.

Talia o conduziu pelo jardim até a lateral da casa que Linus não conseguira ver da estrada. A luz ficava cada vez mais fraca e estrelas já apareciam no céu. O ar estava fresco, fazendo Linus tremer.

A gnoma apontava para todas as flores por que passavam, dizendo o nome e quando haviam sido plantadas. Ela o alertou para não tocar em nenhuma, ou teria de bater na cabeça dele com a pá.

Linus não ousou desafiá-la. Estava claro que ela tinha certa propensão à violência. Ele precisava incluir aquilo em seu relatório. A investigação não tinha começado bem. Linus tinha muitas preocupações. Principalmente com o fato de todas aquelas crianças parecerem viver soltas.

— Onde está o diretor? — perguntou Linus quando deixaram o jardim para trás. — Por que ele não está cuidando de vocês?

— Arthur? — indagou Talia. — Por que estaria?

— Sr. Parnassus — corrigiu Linus. — É falta de educação chamar o diretor pelo primeiro nome. E ele *deveria* estar cuidando de vocês. São crianças.

— Tenho 263 anos!

— Gnomos só atingem a maioridade aos quinhentos — disse Linus. — Pode continuar achando que sou idiota se quiser, mas seria um erro.

Ela resmungou alguma coisa no que Linus agora estava convencido que era gnomês.

— Ficamos livres das cinco às sete. Arthur... Ah, *perdão*, o sr. Parnassus acredita que devemos explorar o que quer que nos interesse.

— Isso é muito incomum — murmurou Linus.

Talia olhou para ele.

— É mesmo? Você não faz coisas de que gosta depois do trabalho?

Bom... sim. Sim, ele fazia. Mas era um adulto, o que fazia toda a diferença.

— E se um de vocês se machucar enquanto faz isso? Ele não pode ficar à toa enquanto...

— Ele não está à toa! — exclamou Talia. — Está trabalhando com Lucy, para se certificar de que ele não destrua o mundo como o conhecemos!

Foi nesse momento que Linus sentiu a vista acinzentar de novo com a menção a... a essa *criança*. Esse *Lucy*. Ele não conseguia acreditar que uma criatura daquelas existisse sem seu conhecimento. Sem conhecimento *do mundo*. Ah, Linus entendia o motivo do segredo, entendia até sua necessidade. Mas o fato de que havia uma arma de destruição em massa no corpo de um menino de seis anos para a qual o mundo não estava preparado era simplesmente chocante.

— Você ficou terrivelmente pálido de repente — disse Talia, apertando os olhos para ele. — E está cambaleando. Está doente? Se estiver, é melhor voltarmos ao jardim para você morrer lá. Não quero ter que te arrastar por esse caminho todo. Você parece pesado. — Ela esticou uma mão e cutucou a barriga dele. — Que molenga.

Estranhamente, a mera ação fez a visão dele voltar ao normal.

— Não estou doente — retrucou Linus. — Só estou... processando.

— Ah. Que pena. Se o seu braço esquerdo começar a doer, você me avisa?

— Por que eu... É um sinal de ataque cardíaco, né?

Ela confirmou com a cabeça.

— Exijo que me leve ao sr. Parnassus agora mesmo!

A gnoma inclinou a cabeça para ele.

— E quanto à sua gata? Você não quer encontrar antes que seja comida e só sobre o rabo, que é fofinho demais pra engolir?

— Isso é muito perturbador e irregular. Se é assim que esse orfanato é administrado, precisarei informar...

Talia arregalou os olhos antes de pegá-lo pela mão e puxá-lo.

— Estamos bem! Viu? Está tudo bem. Não estou morta, você não está morto, ninguém está ferido! Afinal, estamos numa ilha na qual não se pode entrar ou sair sem pegar a balsa. E a casa tem eletricidade e banheiros funcionando, algo de que nos orgulhamos muito! O que poderia acontecer conosco? Fora que Zoe fica de olho na gente quando o sr. Parnassus não está disponível.

— Zoe? — repetiu Linus. — Quem é...

— Ah! Eu quis dizer a sra. Chapelwhite — corrigiu Talia depressa. — Ela é ótima. Muito atenciosa. É o que todo mundo acha. Também é parente distante de um *rei-fada* chamado Dimitri, você acredita? Mas ele não mora por aqui.

A cabeça de Linus girava.

— Como assim, rei-fada? Eu nunca...

— Então, como está vendo, não há absolutamente nada com que se preocupar. Somos monitorados em tudo o que fazemos, portanto, não há necessidade de informar nada a ninguém. E olha lá! Eu *sabia* que Sal estava com a gata! Os animais o adoram. Ele é ótimo. Viu? Calliope parece tão feliz, não acha?

Ela parecia mesmo, se esfregando contra as pernas de um menino. Ele era negro, grandalhão e estava sentado à varanda de uma casinha separada da casa principal. Calliope mantinha as costas arqueadas enquanto ele passava um dedo por sua coluna, o rabo dela balançando preguiçosamente de um lado para o outro. O menino sorriu para a gata, e então, num verdadeiro milagre, ela abriu a boca e *miou*, algo que Linus não se lembrava de Calliope ter feito em algum momento da vida. O miado saiu enferrujado e profundo, e o deixou absolutamente surpreso. Ela ronronava, claro, em geral por desgosto, mas nunca *falava*.

— Isso — disse o menino em voz baixa. — Você é uma boa menina, não é? É, sim. Uma menina linda.

— Tá — falou Talia baixinho. — Sem movimentos repentinos, tá? Você não quer que...

— Essa gata é minha! — disse Linus alto. — Você aí, como foi que a fez ficar assim?

— ... ele se assuste — concluiu Talia com um suspiro. — Mas é claro que já assustou.

O menino levantou a cabeça temeroso ao ouvir a voz de Linus. Seus ombros largos se curvaram e ele pareceu se *fechar em si*. Num momento, era uma criança bonita, de olhos escuros; no outro, restavam apenas suas roupas no chão, como se o corpo que as estava usando tivesse desaparecido da face da Terra.

Linus parou, de queixo caído.

Enquanto ele olhava, a pilha de roupas começou a se mexer. Ele viu de relance alguns pelos brancos, então as peças ficaram imóveis de novo.

Sal, o menino corpulento, que devia pesar pelo menos uns setenta quilos, tinha sumido.

Mas não completamente.

Porque ele tinha se tornado um lulu-da-pomerânia de pouco mais de dois quilos.

Um lulu-da-pomerânia *fofinho* de pouco mais de dois quilos. Sua cabeça era branca, enquanto pelos entre o laranja e o ferrugem se estendiam por suas costas e suas pernas. Seu rabo estava enrolado, e antes que Linus pudesse processar o fato de que havia acabado de presenciar um transmorfo usando seus poderes, Sal deu um latidinho agudo, virou e correu para dentro da casa de hóspedes.

— Minha nossa — soltou Linus. — Isso foi...

Ele não sabia o que dizer.

— Eu te disse pra não o assustar — lembrou Talia, irritada. — Ele é muito sensível, sabe? Não gosta de estranhos nem de barulho, e eis que surge um estranho fazendo barulho.

Calliope parecia concordar, olhando feio para Linus antes de subir os degraus e entrar também.

A casa em si era pequena, ainda menor que a de Linus. A varanda não era grande o bastante para uma cadeira de balanço, mas tinha lá seu encanto, com flores crescendo sob as janelas banhadas por uma luz convidativa. A casa também era de tijolinhos, como a principal, mas não transmitia o mesmo terror que Linus sentira ao chegar.

Ele ouviu latidos vindos lá de dentro. Houve uma resposta aguda e distorcida, como se alguém jogasse uma esponja molhada no chão repetidamente.

— Chauncey está lá dentro também — disse Talia, parecendo feliz com aquilo. — Ele deve ter trazido sua bagagem enquanto estávamos no jardim. É muito hospitaleiro, sabe? Quer trabalhar num hotel quando for mais velho. De uniforme, com aquele chapeuzinho e tudo mais. — A gnoma lançou um olhar inocente para Linus, do qual ele desconfiava. — Acha que ele se sairia bem, sr. Baker?

— Não vejo motivo para não se sair — disse Linus, porque acreditava no poder do pensamento positivo, embora se perguntasse o que exatamente seria Chauncey.

Talia abriu um sorriso doce, como se não acreditasse nem um pouquinho.

Por dentro, a casa era tão encantadora quanto por fora. Havia uma sala com uma poltrona que parecia confortável diante de uma lareira e, a um canto, perto de uma das janelas, uma mesa. Os latidos vinham de mais adiante no corredor, e por um momento Linus se sentiu ligeiramente desorientado, porque não parecia haver…

— Onde fica a cozinha? — perguntou ele.

Talia deu de ombros.

— Não tem cozinha. O antigo dono da casa aparentemente achava que todo mundo deveria comer junto, na casa principal. Você vai comer com a gente. O que provavelmente é melhor, pra poder ver que só comemos coisas saudáveis, que nos comportamos de maneira civilizada e sei lá mais o quê.

— Mas tem…

— Senhor! — exclamou uma voz úmida e garganteada atrás dele. — Posso pegar seu casaco?

Linus se virou e deu de cara com…

— Chauncey! — disse Talia, parecendo encantada.

De pé (sentado?) no corredor, como um cachorrinho espiando por detrás dela, havia uma bolha verde e amorfa com lábios bem vermelhos. E dentes pretos. E olhos em pedúnculos, acima da cabeça, que pareciam se mover de maneira independente. Não tinha braços, mas tentáculos com ventosas em toda a extensão. Não era exatamente translúcido, embora Linus identificasse de maneira vaga a silhueta de Sal escondido logo atrás.

— Não estou de casaco — Linus se ouviu dizer, embora não tivesse instruído seu cérebro a fazê-lo.

Chauncey franziu a testa.

— Ah. Que… decepção. — Seus olhos se sacudiram enquanto tudo parecia ficar mais claro. Literalmente mais claro, porque a bolha assumiu um tom mais leve de verde. — Não importa! Já cuidei da sua bagagem, senhor! Está no seu quarto, bem como a jaula rudimentar que imagino que seja para sua gata, que já está dormindo no seu travesseiro.

Chauncey estendeu um tentáculo.

Linus ficou olhando para ele.

— Hã-ham. — Chauncey fez com a garganta, movimentando duas vezes a ponta do tentáculo em direção a si mesmo.

— Você tem que pagar — sibilou Talia, atrás de Linus.

De novo, sem pensar, Linus pegou a carteira do bolso de trás. Ele a abriu, encontrou uma nota e a entregou. Ela ficou ensopada assim que o tentáculo de Chauncey se fechou.

— Uau — sussurrou ele, puxando a nota para mais perto e baixando os olhos para conferir. — Consegui. Sou um mensageiro de hotel.

Antes que Linus pudesse responder a *isso*, ouviu uma voz assustadora, que parecia vir de *toda parte*. Do ar, do chão, das próprias *paredes* que os cercavam.

— Sou a encarnação do mal — disse a voz ignóbil. — Sou a praga que infesta a pele deste mundo. E farei todos se *ajoelharem*. Preparem-se para o fim dos dias! Sua hora chegou, e o sangue dos inocentes correrá como um rio!

Talia suspirou.

— Ele é tão drama queen…

SEIS

Linus Baker, se é que fazia diferença, importava-se com as crianças que era encarregado de observar. Não achava que fosse possível fazer o que fazia sem certa empatia, e não conseguia imaginar como alguém como a sra. Jenkins tinha sido assistente social antes de ser promovida a supervisora.

Portanto, quando diante de uma potencial ameaça, embora tudo parecesse estar de pernas para o ar, Linus fez a única coisa que podia: procurou proteger as crianças.

Talia resmungou furiosa quando ele a empurrou para trás de si, junto com Sal e Chauncey.

— O que você está *fazendo*?

Linus a ignorou, agora que o zumbido nos ouvidos que o acompanhava desde que chegara à ilha evoluíra para um rugido com força total. Ele deu um passo na direção da porta aberta. Poderia jurar de pé junto que a escuridão lá fora de alguma maneira tinha ficado ainda *mais escura*. Linus acreditava que, se saísse na varanda, as estrelas acima estariam apagadas, restando apenas a noite eterna.

— O que está acontecendo? — sussurrou Chauncey atrás dele.

— Não tenho ideia — disse Talia, irritada.

Sal, nervoso, soltou um latido agudo.

— Provavelmente — concordou a gnoma.

Linus deu outro passo na direção da porta. Devia ter percebido que aceitar aquele trabalho seria a última coisa que faria. Ele se perguntou se Lucy já tinha acabado com o sr. Parnassus e quem quer (ou *o que* quer) que estivesse na casa com eles. Não tinha certeza da existência de outras coisas para as quais o Altíssimo Escalão não o tinha alertado. Se o caminho estivesse desimpedido, talvez conseguisse levar as crianças para o carro. Precisaria colocar Calliope na caixa de transporte, mas era melhor lidar com uma gata furiosa do que com um demônio. Não sabia como sairiam da ilha, mas...

Ele foi para a varanda.

Estava *mesmo* mais escuro, talvez como Linus nunca vira antes. Ele mal enxergava as flores ao fim da varanda. Todo o resto estava perdido na escuridão. Era como se a noite fosse uma coisa viva que tivesse consumido o mundo. Linus sentia uma eletricidade à flor da pele.

— Oi — disse uma voz doce ao lado dele.

Linus arfou e virou a cabeça.

Ali, parado na beirada da varanda, havia um menino.

Lucy tinha exatamente a aparência da fotografia. Seu cabelo preto estava todo bagunçado, e seus olhos eram vermelhos, com um anel azul em volta. Ele parecia *pequeno*, mas seu sorriso lembrava uma careta e seus dedos se coçavam ao lado do corpo, como se mal conseguisse se controlar para não desmembrar Linus.

— Muito prazer — cantarolou Lucy, então deu uma risadinha. — Eu sabia que viria, sr. Baker. Só que, quando eu terminar com você, vai desejar que não tivesse sido o caso. — O sorriso se alargou até dar a impressão de que o rosto dele ia se dividir em dois. Chamas surgiram atrás dele, embora não parecessem queimar a casa e Linus não sentisse o calor que deveriam emanar. — Vou gostar disso muito mais do que você...

— Chega, Lucy.

E, simples assim, tudo sumiu.

Lucy grunhiu e o vermelho desapareceu de seus olhos. O fogo se apagou. A escuridão se foi e os resquícios do pôr do sol retornaram ao horizonte. As estrelas brilhavam, e Linus conseguia enxergar a casa principal do outro lado.

— Eu só estava me divertindo um pouco — murmurou Lucy, arrastando o sapato no piso. — Sou o fogo do inferno. Sou as partes mais sombrias do...

— Você ainda precisa tomar banho depois do jantar — disse a voz, e Linus sentiu o coração palpitar. — Talvez a gente possa deixar essa coisa de fogo do inferno e das partes mais sombrias pra amanhã.

Lucy deu de ombros.

— Tá. — Ele passou correndo por Linus e entrou na casa, gritando para Talia e Chauncey. — Viram o que eu fiz? Ele ficou *morrendo* de medo!

Linus olhou para além da varanda.

Havia um homem na grama.

Era diferente de qualquer um que Linus já tivesse visto. Alto e magro. Com o cabelo claro e todo espetado, começando a ficar grisalho nas têmporas. Seus olhos escuros cintilavam na penumbra. Seu nariz aquilino tinha um calombo no meio, como se tivesse se quebrado muito tempo antes e não tivesse sido consertado direito. Ele sorria, com as mãos entrelaçadas à frente do corpo. Seus dedos eram compridos e elegantes, e ele girava os polegares. Usava um casaco verde, com o colarinho levantado para proteger o pescoço da brisa marinha. A calça parecia curta demais para suas pernas compridas, ficando acima dos tornozelos e revelando suas meias vermelhas. Ele usava sapatos tipo oxford em preto e branco.

— Olá, sr. Baker — disse Arthur Parnassus, parecendo achar graça. — Bem-vindo à Ilha de Marsyas. — Sua voz era mais leve do que Linus esperava, quase como se cada palavra escondesse notas musicais. — Espero que tenha feito boa viagem. O mar pode ficar revolto durante a travessia. E Merle é... Merle. Afinal de contas, ele é do vilarejo.

Linus ficou embasbacado. Pensou na foto borrada da ficha. Nela, o sr. Parnassus estava contra um fundo azul, sem sorrir, mas com uma sobrancelha arqueada de maneira jovial. Linus tinha ficado olhando para ela por mais tempo do que devia ser apropriado.

O sr. Parnassus parecia mais jovem pessoalmente, muito mais jovem do que seus 45 anos sugeriam. Tinha o rosto revigorado daqueles que chegavam ao DEDJUM com o diploma reluzente e ideias sobre como as coisas *deveriam* ser, e não como eram. Logo aprendiam e entravam na linha. Não havia espaço para idealismo no funcionalismo público.

Linus balançou a cabeça, tentando clarear os pensamentos. Alguém em sua posição não podia ficar ali, olhando como um bobo para o diretor de um orfanato. Linus Baker era absolutamente profissional e tinha um trabalho a fazer.

— Costuma receber seus hóspedes com ameaças de morte e destruição, sr. Parnassus? — perguntou ele, muito sério, tentando recuperar o controle da situação.

O sr. Parnassus riu.

— Em geral, não, mas devo dizer que não recebemos muita gente. E pode me chamar de Arthur.

Linus ficou tenso ao ouvir murmúrios atrás de si. Sentia-se desconfortável tendo alguém como Lucy por perto e fora de vista.

— Acho que sr. Parnassus é melhor. E eu serei o sr. Baker durante minha visita. Para o senhor e para as crianças.

O sr. Parnassus assentiu com um deleite mal disfarçado. Linus não sabia dizer o que exatamente na situação levara àquela reação. Ele se perguntou se de alguma maneira estava sendo alvo de escárnio e sentiu uma onda de raiva tomar conta de si. Mas conseguiu reprimi-la antes que ela alterasse sua expressão.

— Então sr. Baker será. Peço desculpas por não tê-lo recebido pessoalmente. — O sr. Parnassus olhou para a casa, por cima do ombro de Linus, antes de voltar a olhar para ele. — Estava ocupado com Lucy, embora agora desconfie de que ele tenha tentado esconder sua presença de mim.

Linus ficou chocado.

— Ele... é capaz disso?

O sr. Parnassus deu de ombros.

— Ele é capaz de muitas coisas, mas imagino que o senhor poderá confirmar isso por si mesmo. É o motivo pelo qual veio, não? Phee nos avisou de sua chegada e Lucy decidiu receber o senhor à sua maneira tão especial.

— Especial — repetiu Linus fracamente. — É assim que vocês chamam.

O diretor deu um passo na direção da varanda.

— Este é um lugar incomum, cheio de coisas que não acredito que já tenha testemunhado. Sugiro deixar seus preconceitos de lado, sr. Baker. Assim, sua visita será muito mais divertida.

Linus se irritou.

— Não vim aqui para me divertir, sr. Parnassus. Não estou *de férias*. Vim em nome do Departamento Encarregado da Juventude Mágica, para determinar se este orfanato deve ser mantido tal como está ou se ações precisam ser tomadas. É melhor que se lembre disso. Não começamos bem, com as crianças correndo descontroladas e sem qualquer supervisão.

O sr. Parnassus não pareceu se afetar.

— Correndo descontroladas? Fascinante. Sei muito bem por que veio, sr. Baker. Só não sei se o senhor sabe.

— O que isso quer dizer?

A conversa tomou um rumo diferente do que Linus esperava.

— Deu um botão a Theodore.

Linus piscou.

— Como?

O sr. Parnassus estava agora diante dos degraus. Linus mal o tinha visto se mover.

— Um botão — repetiu ele devagar. — De metal. Você deu um a Theodore.

— Sim, foi a primeira coisa que encontrei no bolso.

— De onde veio?

— Como assim?

— O botão, sr. Baker — disse ele. — De onde veio o botão?

Linus recuou um passo.

— Eu não… Não estou entendendo aonde quer chegar.

O sr. Parnassus assentiu.

— São as pequenas coisas. Pequenos tesouros que encontramos sem saber sua origem. E que aparecem quando menos esperamos. É lindo, quando se pensa a respeito. Ele adorou. Foi muita bondade sua.

— Fui praticamente obrigado a dar o botão a ele!

— É mesmo? Veja só.

Agora ele estava na varanda, diante de Linus. Era mesmo alto, muito mais alto do que parecera quando estava no gramado. Linus precisou inclinar a cabeça para trás para olhar em seus olhos. O sr. Parnassus tinha uma manchinha que lembrava um coração sob o olho esquerdo. Uma mecha de cabelo caiu sobre sua testa.

Linus fez uma leve careta quando o diretor lhe estendeu a mão. Ele ficou olhando por um momento, então se lembrou de seus modos e apertou a mão do outro homem. A pele era fresca e seca, e os dedos envolveram os dele. Linus sentiu um leve calor em segundo plano.

— É um prazer conhecer o senhor — disse o diretor. — Independente do motivo que o trouxe aqui.

Linus retirou a mão e sentiu a palma formigando.

— Tudo o que peço é que me permita realizar meu trabalho sem interferência.

— Por causa das crianças.

— Sim — concordou Linus. — Por causa das crianças. São tudo o que importa, afinal.

O sr. Parnassus o avaliou, sem que Linus soubesse o que exatamente procurava.

— Muito bem — disse ele. — Que bom que começamos maravilhosamente bem. É um ótimo presságio para o que com certeza será um mês resplandecente.

— Eu não diria *maravilhosamente*...

— Crianças! — chamou o sr. Parnassus, então se inclinou e recolheu as roupas jogadas de Sal. — Venham, por favor!

Linus ouviu os passos atrás de si, alguns pesados, outros chapinhando, e se assustou quando as crianças passaram por ele.

Sal foi o primeiro, ainda na forma de lulu. Ele deu um latidinho nervoso e passou longe de Linus antes de pular sobre o sr. Parnassus, balançando o rabo.

— Oi, Sal — disse o sr. Parnassus, olhando para baixo. Então, curiosamente, soltou um latido agudo. Sal respondeu com uma série de latidos antes de partir na direção da casa principal. — O senhor trouxe uma gata?

Linus olhou para ele.

— Você consegue falar...

— Com Sal? — perguntou o diretor. — Claro. Ele é responsabilidade minha. E é importante... Talia — interrompeu-se o sr. Parnassus. — Obrigado por ter mostrado tudo ao nosso convidado. Foi muita bondade sua. E Chauncey. Duvido que haja no mundo todo um mensageiro melhor que você.

— Sério? — perguntou Chauncey, com os olhos balançando. — No *mundo* todo? — Ele estufou o peito. Ou melhor, *pareceu* estufar o peito. Linus ainda não sabia se ele tinha peito. — Ouviu só, Talia? No *mundo* todo.

Talia riu.

— Eu ouvi. Logo mais você vai ter seu próprio hotel. — Ela olhou para Linus enquanto alisava a barba. — Não precisa me agradecer por eu não ter te acertado com a pá quando tive a chance.

Ela fez uma leve careta quando o sr. Parnassus produziu um som baixo e gutural, quase como se estivesse engasgando.

Linus precisou de um momento para se dar conta de que ele havia falado em gnomês.

Talia soltou um suspiro longo e dramático.

— Desculpa, sr. Baker. Prometo que não vou te acertar com a pá. Hoje.

Então, ela e Chauncey desceram os degraus e seguiram também na direção da casa principal.

Linus sentiu a espinha gelar quando ouviu o chão ranger atrás de si. Lucy apareceu a seu lado, dirigindo-lhe um sorriso maníaco. Aparentemente, nunca piscava.

— Sim? — Linus conseguiu perguntar. — Hã, posso ajudar?

— Não — respondeu Lucy, o sorriso se alargando. — Você não pode. Ninguém pode. Sou o pai das cobras. O vazio na…

— Chega disso — disse o sr. Parnassus com leveza. — Lucy, é sua vez de ajudar a sra. Chapelwhite na cozinha, e você já está atrasado. Corre.

Lucy suspirou e murchou.

— Ah, sério?

— Sério — insistiu o sr. Parnassus, abaixando-se para dar uns tapinhas no ombro dele. — Agora vai. Você sabe que ela não gosta quando você se esquiva de suas responsabilidades.

Lucy soltou um grunhido baixo enquanto descia os degraus. Quando chegou à grama, olhou por cima do ombro para Linus, que sentiu os joelhos fraquejarem.

— É tudo blefe — falou o diretor. — Na verdade, ele adora ajudar na cozinha. Acho que só está fazendo tipo para o senhor. É cheio de graça, o menino.

— Acho que preciso me sentar — disse Linus, um pouco tonto.

— Claro — concordou o sr. Parnassus. — Foi um longo dia. — Ele puxou a manga do casaco e conferiu as horas no relógio. — O jantar é às sete e meia, então ainda tem algum tempo para se situar. A sra. Chapelwhite preparou um verdadeiro banquete para lhe dar as boas-vindas a Marsyas. Fiquei sabendo que tem torta de sobremesa. Adoro torta. — O diretor voltou a pegar a mão do outro na sua e apertar levemente. Linus olhou para ele. — Eu sei por que está aqui — disse ele em voz baixa. — E sei que o senhor tem todo o poder nas suas mãos. Tudo o que peço é que mantenha a mente aberta. Pode fazer isso por mim, sr. Baker?

Linus puxou a mão de volta, sentindo-se um pouco estranho.

— Farei o que devo.

O diretor assentiu. Parecia prestes a dizer mais alguma coisa, então balançou a cabeça. Ele se virou e deixou a varanda, seguindo as crianças escuridão adentro.

E não olhou para trás.

Linus mal se lembrava de ter atravessado o corredor na direção do quarto. Sentia como se estivesse em um estranho sonho do qual não sabia como escapar. A sensação persistiu quando passou pelo banheiro diminuto e viu que seus artigos de higiene haviam sido colocados na prateleirinha debaixo do espelho.

— Quê? — perguntou ele para ninguém em particular.

O quarto ao fim do corredor era pequeno, mas funcional. Tinha uma mesa com cadeira diante da janela, que se abria para o penhasco com vista para o mar. Perto do que parecia ser a porta do armário ficava uma cômoda pequena. Havia uma cama com uma colcha grande demais na parede oposta. Calliope estava no travesseiro, com o rabo enrolado em volta do corpo. Ela abriu um único olho quando ele entrou, para acompanhar seus movimentos.

Linus abriu a boca para se dirigir à gata, mas as palavras entalaram em sua garganta.

Sua mala estava na cama, aberta e vazia.

Ele correu até ela.

— Onde estão minhas coisas?

Calliope bocejou e escondeu o rosto nas patas, respirando profundamente.

Os arquivos das crianças e do sr. Parnassus continuavam no bolso lateral, com o zíper fechado. Parecia que não haviam mexido ali. Mas suas roupas tinham sumido, bem como…

Ele olhou em volta.

Ali, no chão, perto da mesa, estavam as tigelinhas de Calliope. Uma estava cheia de água e a outra, de comida, e o saco de ração estava apoiado ali perto. O exemplar de *Regras e regulamentos* estava sobre a escrivaninha.

Ele foi até o armário e abriu as portas.

Suas camisas, gravatas e calças tinham sido penduradas com todo o cuidado. Próximo a elas estava o único casaco que havia trazido, sem saber muito bem se ia precisar dele.

Seus sapatos extras estavam no chão.

Ele deixou a porta aberta e foi até a cômoda. As meias e as cuecas estavam organizadas na primeira gaveta.

Na seguinte, estavam seus pijamas e a única roupa casual que havia trazido: calça e uma camisa polo.

Linus se afastou da cômoda devagar, até que suas pernas tocaram a beirada da cama. Ele se sentou rigidamente, ainda olhando para as gavetas e o armário abertos.

— Acho — disse ele a Calliope — que estou perdendo o controle.

A gata não achava que sim nem que não.

Balançando a cabeça, Linus pegou a mala e tirou os arquivos de lá.

— Que tolice — murmurou ele. — Da próxima vez, é melhor saber no que estou me metendo.

Ele inspirou fundo antes de pegar a primeira pasta e abrir.

— Ah — exclamou, meio sem fôlego, quando leu sobre uma serpe de nome Theodore.

— Quê? — soltou ele ao abrir o arquivo de um menino de catorze anos chamado Sal.

Quando chegou a vez de Talia, não conseguiu dizer nada, embora uma gota de suor tenha escorrido por sua testa.

E ele estava certo quanto a Phee. Era uma sprite de floresta, e muito poderosa.

Linus se encolheu instintivamente diante das informações sobre o menino chamado Chauncey. Tinha dez anos, e ao lado de MÃE lia-se DESCONHECIDA. O mesmo valia para o pai. E sua espécie. Aparentemente, não se sabia o que exatamente Chauncey era. E agora que Linus o tinha visto pessoalmente, ele também não sabia muito bem.

O Altíssimo Escalão estava certo.

Aquelas crianças eram diferentes de tudo que ele já havia visto.

Linus considerou seriamente ignorar o convite para o jantar e ficar enfiado até a cabeça debaixo da colcha pesada da cama, alheio ao estranho mundo em que havia se metido. Se dormisse, talvez as coisas fizessem um pouco mais de sentido na manhã seguinte.

Então seu estômago roncou, e Linus percebeu que estava com fome.

Morto de fome.

Ele cutucou a barriga, que não era desprezível.

— Tem certeza?

A barriga roncou de novo.

Linus suspirou.

Ele logo se encontrava à porta da casa principal, procurando criar coragem.

— Não é diferente de qualquer outro trabalho — murmurou Linus para si mesmo. — Você já esteve nessa situação. Vá em frente, meu velho. Está tudo sob controle.

Ele esticou o braço e bateu três vezes na porta com a aldrava de metal.

Então aguardou.

Um minuto depois, voltou a bater.

Não houve resposta.

Linus enxugou o suor da testa e deu um passo atrás para olhar para a lateral da casa. As luzes estavam acesas, mas aparentemente ninguém vinha atender a porta.

Ele balançou a cabeça e voltou a se aproximar da porta. Depois de um momento de indecisão, levou a mão à maçaneta. Não teve dificuldade para girá-la, então empurrou.

A porta se abriu.

Dentro, um saguão levava a uma larga escadaria para o andar de cima. O corrimão era de madeira lisa. Havia um lustre grande no alto, o cristal cintilando à luz. Ele enfiou a cabeça dentro da casa e apurou os ouvidos.

Aquilo era… música? Bem baixinha, mas ainda assim. Linus não conseguiu identificar a música, embora lhe parecesse familiar.

— Olá? — chamou ele.

Ninguém respondeu.

Linus entrou na casa e fechou a porta atrás de si.

À direita, havia uma sala com um grande sofá estofado diante da lareira escura. Havia um quadro extravagante de redemoinhos acima dela. Ele pensou ter visto a saia do sofá se mover, mas não podia assegurar que não fosse uma impressão causada pela meia-luz.

Adiante, estava a escada.

À esquerda, havia uma sala de jantar formal, que não parecia ser usada. A mesa estava cheia de livros antigos, e o lustre acima, apagado.

— Olá? — Tentou Linus novamente.

Ninguém respondeu.

Ele fez a única coisa que lhe ocorreu.

Seguiu o barulho da música.

Quanto mais se aproximava, mais as notas ficavam claras, bem como o som do clarim e a voz doce e masculina que cantava que em algum lugar além do mar, ela está lá olhando por mim.

Linus tinha aquele mesmo disco. E o adorava.

Enquanto Bobby Darin cantava sobre ver os barcos a partir das areias douradas, Linus seguia em frente como num sonho, passando os dedos pelos livros na mesa. Ele mal notou os títulos, hipnotizado pelo arranhão revelador de um disco.

Linus chegou até duas portas vaivém, com portinholas no meio.

Então ficou na ponta dos pés para espiar.

A cozinha era iluminada e ampla. Maior do que qualquer outra que já tivesse visto. Ele tinha certeza de que toda a casa de hóspedes caberia ali, e ainda sobraria espaço. Lâmpadas pendiam do teto, cercadas por globos de vidro que lembravam aquários. Havia uma geladeira gigante ao lado de um fogão de tamanho industrial. As bancadas de granito brilhavam, impecáveis, e…

O queixo dele caiu.

A sra. Chapelwhite se movia pela cozinha, seus pés mal tocando o chão. Suas asas cintilavam atrás dela, muito mais fortes que as de Phee. Batiam a cada passo que a sprite dava.

Mas foi a outra pessoa na cozinha que mais chamou a atenção de Linus.

Lucy estava de pé em um banquinho diante da bancada. Tinha uma faca de plástico na mão e picava um tomate, depois transferia os pedaços para uma tigela rosa grande à sua esquerda.

Ele balançava o corpo ao som de Bobby Darin. A orquestra se ampliou na metade da música, com a bateria entrando, os clarins soando, e Lucy movimentava o corpo todo no ritmo. Bobby voltou a cantar, dizendo que não tinha dúvida de que seu coração ia conduzi-lo até lá.

E Lucy jogava a cabeça para trás, gritando as palavras e dançando. A sra. Chapelwhite cantava junto, girando na cozinha, entrando e saindo de vista.

Uma sensação de irrealidade tomou conta de Linus, uma onda discordante que parecia arrastá-lo para baixo. Ele não conseguia respirar.

— O que está fazendo? — sussurrou alguém.

Linus soltou um gritinho estrangulado e se virou para encontrar Phee e Talia ao seu lado. Phee tinha claramente se lavado. O cabelo vermelho parecia fogo e as sardas estavam mais pronunciadas. As asas estavam recolhidas nas costas.

Talia tinha se trocado e tirado o chapéu, embora a roupa nova fosse bastante parecida com a que estivera usando antes. Seu cabelo comprido e branco, do mesmo tom da barba, caía até os ombros.

Ambas olhavam para ele, desconfiadas.

Linus não soube o que dizer.

— Eu estou…

— Espionando? — sugeriu Phee.

Ele ficou tenso.

— De maneira alguma…

— Não gostamos de espiões aqui — disse Talia, sombria. — Nunca mais se soube do último que tentou se infiltrar na casa. — Ela se inclinou para a frente, estreitando os olhos. — Porque o cozinhamos e comemos no jantar.

— Vocês não fizeram nada disso — desmentiu o sr. Parnassus, aparecendo do nada. Linus estava começando a compreender que ele costumava fazer aquilo. O diretor havia tirado o casaco. Usava um suéter grosso, cujas mangas caíam sobre as mãos. — Porque nunca tivemos a sorte de ter um espião. Um espião é alguém capaz de se infiltrar sem revelar suas intenções. Todo mundo que veio aqui deixou suas intenções perfeitamente claras. Não é mesmo, sr. Baker?

— Sim — concordou ele. — Com certeza.

O sr. Parnassus sorriu.

— Além do mais, não fazemos nenhum mal a nossos convidados. Pelo menos não a ponto de matá-los. Seria falta de educação.

Aquilo não fez Linus se sentir melhor.

"Beyond the Sea" terminou, e Bobby começou a cantar sobre querer uma garota para chamar de sua, para não ter mais que sonhar sozinho.

— Vamos? — perguntou o sr. Parnassus.

Linus assentiu.

Ficaram todos olhando para ele.

Linus precisou de um momento para se dar conta de que estava bloqueando a passagem. Ele deu um passo para o lado. Phee e Talia entraram na cozinha. O sr. Parnassus chamou por cima do ombro:

— Theodore! O jantar!

Linus ouviu um barulho alto vindo da sala de estar. Ele olhou além do sr. Parnassus e viu Theodore sair do vão debaixo do sofá, tropeçando nas asas. Theodore rosnou enquanto capotava, batendo o rabo no chão. Ele ficou deitado de costas por um momento, respirando pesadamente.

— Devagar e sempre, Theodore — disse o sr. Parnassus, bondoso. — Nunca começaríamos sem você.

Theodore suspirou (ou foi o que Linus achou, mas não podia ter certeza) e endireitou o corpo. Ele chilreou e se apoiou nas patas traseiras, dobrando as asas atrás de si com todo o cuidado, primeiro a direita, depois a esquerda. Então deu um passo hesitante à frente, deslizando as garras pelo piso de madeira antes de ganhar equilíbrio.

— Ele sempre prefere voar — sussurrou o sr. Parnassus para Linus. — Mas, quando é hora de comer, sempre peço que venha andando.

— Por quê?

— Porque ele precisa se acostumar a ter os pés no chão. Não pode passar o tempo todo no ar. É cansativo, principalmente quando se é jovem assim. Ele precisa aprender a usar as pernas tanto quanto as asas, caso um dia se encontre em perigo.

Linus se sobressaltou.

— Em perigo? Por que ele…

— Quantas serpes restam no mundo, sr. Baker?

Aquilo calou Linus rapidamente. Ele não tinha o número exato, mas sabia que não restavam muitas.

O sr. Parnassus assentiu.

— Exatamente.

Theodore continuou seguindo na direção deles com passos exagerados e a cabeça inclinada para o lado. Quando chegou aos pés dos dois, olhou para o sr. Parnassus, chilreou e abriu as asas.

— Muito bem — disse o diretor, inclinando-se para passar um dedo pelo focinho dele. — Estou impressionado. E muito orgulhoso de você, Theodore.

Ele voltou a dobrar as asas, então olhou para Linus antes de se inclinar e morder de leve a ponta de seu sapato.

O sr. Parnassus olhou para Linus com expectativa.

Linus não entendeu o motivo.

— Ele está agradecendo pelo botão.

Linus preferiria que não o mordessem em agradecimento, mas era tarde para aquilo.

— Ah. Bom. De nada?

Theodore chilreou de novo e atravessou a porta que o sr. Parnassus mantinha aberta para ele.

— Vamos? — perguntou o diretor a Linus.

Linus assentiu e entrou na cozinha também.

~

Havia uma mesa do outro lado da cozinha, já posta. Parecia ser usada com mais frequência que a da sala de jantar. Uma toalha ligeiramente surrada estava estendida sobre ela. Havia três pratos e jogos de talheres de um lado, e quatro lugares arrumados do outro, um deles sem colher ou garfo. Também havia pratos nas pontas das mesas. Velas acesas tremeluziam.

No centro, havia montes de comida. Linus viu batatas gratinadas, pão e um tipo de carne que não reconheceu. Também havia uma salada de folhas. Os tomates que Lucy havia picado pareciam besouros vermelhos à luz das velas.

Era um banquete em sua honra, tinham lhe dito.

Linus se perguntou se não estaria envenenado.

A maior parte das crianças já estava sentada à mesa. Chauncey no meio, com Phee e Talia uma de cada lado. Do outro lado estavam Theodore (subindo na cadeira diante do prato sem garfo nem colher) e a sra. Chapelwhite. Ao lado dela havia uma cadeira vazia, depois vinha

Sal. Ele olhou para Linus, notou que estava sendo observado e se virou rapidamente, baixando a cabeça e começando a mexer na toalha.

O sr. Parnassus se sentou a uma ponta da mesa.

De modo que a outra ponta era a única opção que restava, porque Linus não ia se sentar ao lado de Sal. O pobre menino provavelmente nem conseguiria comer se fosse o caso.

Ninguém disse nada quando Linus se aproximou. Ele puxou a cadeira. Os pés rasparam no chão, o que o fez se encolher um pouco. Ele pigarreou e se sentou. Preferia que Bobby ainda estivesse cantando, para diminuir o desconforto, mas não via a vitrola em nenhum lugar.

Linus pegou o guardanapo de pano que estava ao lado de seu prato e o estendeu sobre as pernas.

Todo mundo ficou olhando.

Ele se remexeu na cadeira.

De repente, Lucy estava ao seu lado, o que o fez dar um pulo.

— Minha nossa! — exclamou Linus.

— Sr. Baker — disse Lucy, todo fofo. — Posso te servir uma bebida? Suco, talvez? Chá? — Ele se inclinou para a frente e baixou a voz. — O sangue de um bebê nascido em um cemitério durante a lua cheia?

— Lucy — advertiu o sr. Parnassus.

O menino continuou olhando para Linus.

— Posso te dar qualquer coisa que queira — sussurrou.

Linus tossiu fracamente.

— Água. Água está bom.

— Uma água saindo! — Ele esticou o braço e pegou o copo vazio próximo ao prato de Linus. Levou-o até a pia e subiu no banquinho. Botou a língua para fora em concentração (através do buraco onde seus dois dentes da frente deveriam estar) e abriu a torneira. Quando o copo estava cheio, segurou-o com as duas mãos e desceu do banquinho. Não derramou uma gota sequer ao entregá-lo a Linus.

— Pronto — disse ele. — De nada! E nem estou pensando em condenar sua alma ao sofrimento eterno nem nada do tipo!

— Obrigado — conseguiu dizer Linus. — É muita bondade sua.

Lucy riu, e Linus teve certeza de que aquele som iria assombrá-lo pelo resto da vida. Então o menino foi se sentar na cadeira vazia que restava. Quando Sal a puxou para ele, deu para ver que tinha uma almofada de elevação. Lucy subiu nela e Sal empurrou a cadeira para mais perto da mesa, mantendo os olhos baixos.

O sr. Parnassus sorriu para as crianças.

— Maravilha. Como todos sabem, temos um convidado, ainda que *alguém* tenha tentado esconder sua chegada de mim.

Lucy afundou um pouquinho no assento.

— O sr. Baker veio para garantir que estejamos todos saudáveis e felizes — prosseguiu o diretor. — Quero que o tratem como se fosse eu ou a sra. Chapelwhite. Ou seja, com respeito. Se eu descobrir que qualquer um de vocês fez algo... inconveniente, haverá perda de privilégios. Estamos entendidos?

As crianças assentiram, incluindo Theodore.

— Ótimo — disse o sr. Parnassus, sorrindo. — Agora, antes de comermos, uma coisa que aprenderam hoje. Phee?

— Aprendi a deixar a folhagem mais cerrada — falou ela. — Precisei de muita concentração, mas deu certo.

— Maravilha. Eu sabia que conseguiria. Chauncey?

Os globos oculares dele se tocaram.

— Consegui desfazer uma mala sozinho! *E* recebi uma gorjeta!

— Impressionante. Duvido que alguém desfaça uma mala tão bem quanto você. Talia, sua vez.

Ela alisou a barba.

— Se eu ficar bem paradinha, homens estranhos pensam que sou uma estátua.

Linus se engasgou com a própria língua.

— Interessante — disse o sr. Parnassus, com um brilho nos olhos. — Theodore?

Ele chilreou e grunhiu, descansando a cabeça no tampo da mesa.

Todos riram.

Com exceção de Linus, claro, que não sabia ao certo o que tinha acontecido.

— Ele descobriu que botões são a melhor coisa do mundo — explicou a sra. Chapelwhite, olhando com carinho para Theodore. — E eu aprendi que ainda julgo as pessoas pela aparência, embora não devesse fazer isso.

Linus sabia a quem ela estava se referindo. E concluiu que era o mais próximo de um pedido de desculpas que receberia dela.

— Às vezes — disse o sr. Parnassus —, nossos preconceitos influenciam nossos pensamentos quando menos esperamos. Se formos capazes de reconhecer isso e aprender com isso, podemos nos tornar pessoas melhores. Lucy?

De repente Linus sentiu sede. Ele pegou o copo de água.

Lucy olhou para o teto e disse em uma voz monótona:

— Aprendi que sou o condutor da morte e o destruidor de mundos.

Linus cuspiu a água na mesa à sua frente.

Todo mundo se virou devagar a fim de olhar para ele.

— Me desculpem — pediu Linus. Ele pegou o guardanapo das pernas e limpou o prato. — Desceu pelo lugar errado.

— Claro — falou o sr. Parnassus. — Parece até que essa foi a intenção. Vamos tentar de novo, Lucy?

O menino suspirou.

— Aprendi mais uma vez que não sou apenas a soma das minhas partes.

— Claro que não. Você é mais que isso. Sal?

Sal olhou para Linus, depois abaixou a cabeça. Seus lábios se moviam, mas o assistente social não conseguia ouvir o que ele dizia.

Nem o sr. Parnassus, aparentemente.

— Um pouco mais alto, por favor. Para podermos ouvir.

Os ombros de Sal caíram.

— Aprendi que desconhecidos ainda me assustam.

O sr. Parnassus esticou a mão e apertou o braço do menino.

— E tudo bem. Porque até os mais corajosos de nós às vezes sentem medo. Só não podemos deixar o medo se tornar tudo o que conhecemos.

Sal assentiu, mas não levantou o rosto.

O sr. Parnassus se recostou na cadeira e olhou para Linus, do outro lado da mesa.

— Quanto a mim, aprendi que presentes vêm em todas as formas e tamanhos, quando menos esperamos. E o sr. Baker? O que aprendeu hoje?

Linus se ajeitou na cadeira.

— Ah. Não acho que eu deveria... Estou aqui para observar... Não seria apropriado se...

— Por favor, sr. Baker! — pediu Chauncey, rastejando um tentáculo sobre a mesa, as ventosas grudando e enrolando a toalha. — O senhor *tem que* participar.

— Sim, sr. Baker — disse Lucy com a mesma voz fria. — Definitivamente. Eu odiaria pensar no que aconteceria se não participasse. Talvez isso trouxesse uma praga de gafanhotos. Não quer isso, não é?

Linus sentiu que todo o sangue se esvaía de seu rosto.

— Crianças — falou o sr. Parnassus, enquanto a sra. Chapelwhite escondia um sorriso. — Deixem o sr. Baker falar. E, Lucy, já conversamos sobre essa história da praga de gafanhotos. Isso só pode ser feito com supervisão direta. Sr. Baker?

Ficaram todos olhando para ele em expectativa.

Parecia que Linus não ia conseguir se livrar daquilo. Ele disse a primeira coisa que lhe veio à mente.

— Eu… aprendi que há coisas no mundo que desafiam a imaginação.

— Coisas? — repetiu Talia, estreitando os olhos. — Que *coisas* seriam essas?

— O mar — disse Linus rapidamente. — É, o *mar*. Eu nunca tinha visto. E sempre quis. É… é muito mais amplo do que eu imaginava.

— Ah — falou Talia. — Isso é… bem chato. Podemos comer agora? Estou morrendo de fome.

— Sim — disse o sr. Parnassus, sem tirar os olhos de Linus. — Claro. Vocês mereceram.

Por mais estranha que fosse a situação em que Linus se encontrava, o jantar correu com relativa tranquilidade nos primeiros dez minutos. Foi quando ele estava enrolando com a salada no prato (ainda procurando ignorar o chamado das batatas, por mais alto que fosse) que as coisas degringolaram.

Tudo começou com Talia, claro.

— Não gostaria de nada além de salada, sr. Baker? — perguntou ela, toda inocente.

— Não — respondeu ele. — Obrigado. Estou bem assim.

Ela resmungou baixinho.

— Tem certeza? Um homem do seu tamanho não sobrevive à base de comida de coelho.

— Talia — disse o sr. Parnassus. — Deixe o sr. Baker…

— É justamente *por causa* do meu tamanho que só quero salada — interrompeu Linus, porque não queria que falassem por ele de novo. Afinal, ele estava *no comando* ali. Quanto antes soubessem daquilo, melhor.

— Qual é o problema com o seu tamanho? — perguntou Talia.

Ele corou.

— É grande demais.

Ela franziu a testa.

— Não tem nada de errado em ser rechonchudo.

Linus garfou um tomate.

— Não sou…

— *Eu* sou.

— Bom, é. Mas você é uma gnoma. É pra ser assim mesmo.

Ela apertou os olhos para ele.

— Então por que você não pode ser?

— Não é… É uma questão de saúde… Não posso…

— Quero ser rechonchudo — anunciou Lucy. E pronto. Num momento, era um menino magrelo sentado numa almofada para ficar mais alto. No outro, começou a inchar como um balão, o peito esticando, os ossos estalando. Seus olhos se agigantaram nas órbitas, e Linus teve certeza de que iam saltar para a mesa. — Olha! — disse Lucy por entre os lábios comprimidos. — Sou um gnomo, ou o sr. Baker!

— Por que você nunca viu o mar? — perguntou Phee enquanto Linus olhava horrorizado para Lucy. — Está sempre aí. Nunca vai a lugar nenhum. É grande demais pra sair do lugar.

Lucy murchou. Seus ossos se rearranjaram e ele voltou a ser apenas um menino de seis anos.

— É verdade — concordou ele, como se um momento antes não tivesse aumentado três vezes de tamanho. — Eu tentei.

— Aquele foi um dia estranho — disse Chauncey, levando uma batata à boca com um tentáculo. Linus a viu deslizar dentro dele, perfeitamente clara através do verde, e então se dividir em partículas menores. — Tantos peixes morreram. Depois você devolveu a vida a eles. À maioria deles.

— É que… eu nunca tive tempo — explicou Linus, sentindo-se meio tonto. — Eu… São responsabilidades demais. Tenho um trabalho importante e…

Theodore atacava a carne que a sra. Chapelwhite havia colocado no prato dele, grunhindo baixo.

— Arthur diz que sempre devemos arranjar tempo para o que gostamos de fazer — disse Talia. — Senão, podemos nos esquecer de como ser felizes. Você não é feliz, sr. Baker?

— Sou perfeitamente feliz.

— Você não está feliz em ser rechonchudo — argumentou Phee. — Então não pode ser *perfeitamente* feliz.

— Não sou *rechonchudo*...

— Qual *é* o seu trabalho, sr. Baker? — perguntou Chauncey, com os olhos balançando. — Você trabalha na cidade?

Linus nem tinha mais fome.

— Eu... isso. Trabalho na cidade.

Chauncey soltou um suspiro sonhador.

— Adoro a cidade. Todos aqueles hotéis precisando de mensageiros. Parece o paraíso.

— Você nunca foi à *cidade* — lembrou-o Lucy.

— E daí? Posso amar alguma coisa mesmo só tendo visto fotos. O sr. Baker ama o mar, e o viu pela primeira vez hoje!

— Se ele ama o mar tanto assim, por que não se casa com ele? — perguntou Phee.

Theodore chilreou, com a boca cheia de carne. As crianças riram. Até mesmo Sal sorriu.

Antes que Linus pudesse perguntar, a sra. Chapelwhite explicou:

— Theodore espera que você e o mar sejam muito felizes juntos.

— Não vou me casar com o *mar*...

— Aaaah! — Os olhos de Talia se arregalaram e o bigode se contraiu. — Porque já é casado, certo?

— Você é *casado*? — perguntou Phee. — Quem é sua esposa? Ela ainda está na sua mala? Por que você a colocou lá? É uma contorcionista?

— Você é casado com sua gata? — indagou Lucy. — Gosto de gatos, mas eles não gostam de mim. — Os olhos dele começaram a ficar vermelhos. — Acham que vão acabar sendo comidos. Nunca comi um, então nem sei se são saborosos ou não. Sua esposa é saborosa, sr. Baker?

— Não comemos animais de estimação, Lucy — falou o sr. Parnassus, limpando a boca delicadamente.

A vermelhidão desapareceu dos olhos de Lucy no mesmo instante.

— Certo. Porque animais de estimação são nossos amigos. E como o sr. Baker é casado com a gata, ela deve ser a *melhor amiga* dele.

— Exatamente — concordou o sr. Parnassus, parecendo achar graça.

— Não — disse Linus. — *Não* exatamente. Eu nunca…

— Gosto de ser rechonchuda — anunciou Talia. — Significa que tem mais de mim pra amar.

— Eu te amo, Talia — declarou Chauncey, apoiando um olho no ombro dela. O mesmo olho se virou devagar para Linus. — Pode me contar mais sobre a cidade? Fica clara à noite? Com todas as luzes?

Linus mal conseguia acompanhar.

— Bom, suponho que sim, mas não gosto de sair à noite.

— Por causa de todas as coisas na escuridão que poderiam arrancar sua carne dos ossos? — perguntou Lucy com a boca cheia de pão.

— Não — respondeu Linus, nauseado. — Porque prefiro ficar em casa do que ir a qualquer outro lugar. — Aquilo nunca fora tão verdadeiro quanto naquele momento.

— Só em casa o sr. Baker se sente ele mesmo — explicou a sra. Chapelwhite, e Linus teve de concordar. — Com a gente é igual, não é, crianças? Só em casa podemos ser quem somos.

— Meu jardim está aqui — disse Talia.

— E é o melhor jardim que existe — comentou o sr. Parnassus.

— E as minhas árvores — acrescentou Phee.

— As árvores mais maravilhosas — disse o sr. Parnassus.

Theodore chilreou, e a sra. Chapelwhite acariciou uma asa dele.

— É verdade, seu botão está aqui também.

— Foi um belo presente — falou o sr. Parnassus, sorrindo para a serpe.

— E onde mais eu poderia treinar para ser mensageiro senão em casa? — perguntou Chauncey. — É preciso praticar bastante para ser bom em algo.

— A prática leva à perfeição — concordou o sr. Parnassus.

— E aqui é o único lugar no mundo em que não preciso me preocupar com padres apontando crucifixos na minha cara para mandar minha alma de volta às profundezas do inferno — disse Lucy, então riu, enfiando mais pão na boca.

— Péssimos padres, com certeza — comentou o sr. Parnassus.

— O senhor vai tirar nossa casa da gente?

A mesa ficou em silêncio.

Linus piscou. Ele olhou em volta, tentando descobrir de onde a voz tinha vindo, e ficou surpreso ao descobrir que vinha de Sal. Sal, que mantinha os olhos na mesa e as mãos cerradas em punhos. Sua boca era uma linha fina, seus ombros tremiam.

O sr. Parnassus esticou o braço e levou uma mão a um punho de Sal. Um dedo comprido deu uma batidinha no pulso do menino.

— Essa não é a intenção do sr. Baker — disse o diretor. — Acho que ele nunca quer que algo do tipo aconteça. Com ninguém.

Linus pensou em discordar, mas achava que aquilo não ajudaria em nada. Especialmente quando estava claro que se tratava de uma criança traumatizada. E embora o sr. Parnassus não estivesse exatamente *errado*, Linus não gostava que falassem por ele.

— O trabalho dele é confirmar se estou fazendo o *meu* trabalho direito — prosseguiu o sr. Parnassus. — E qual é o meu trabalho?

— Manter a gente a salvo — entoaram as crianças, incluindo Sal.

— Precisamente — concordou o sr. Parnassus. — E gosto de pensar que sou muito bom nisso.

— Porque praticou bastante? — perguntou Chauncey.

O sr. Parnassus sorriu para ele.

— Isso. Porque pratiquei bastante. Se depender de mim, ninguém nunca vai separar vocês.

Aquilo era um desafio, o que não deixava Linus nada satisfeito.

— Não que seja certo…

— Quem quer sobremesa? — perguntou a sra. Chapelwhite.

As crianças se animaram na hora.

SETE

O sr. Parnassus conduziu Linus por um longo corredor no andar de cima.

— Os quartos das crianças — explicou ele, acenando com a cabeça para as portas dos dois lados. Em todas havia placas com nomes. Chauncey e Sal ficavam à direita. Phee e Talia ficavam à esquerda. O diretor apontou para o alto, para a porta de um alçapão, na qual uma serpe havia sido desenhada. — O ninho de Theodore fica na torre. Ele tem uma pequena coleção lá, mas o lugar preferido dele é debaixo do sofá.

— Vou querer inspecionar tudo isso — falou Linus, tentando desenhar um mapa mental.

— Imaginei que sim. Pode ser amanhã, já que as crianças vão para a cama logo mais. A sra. Chapelwhite pode te mostrar enquanto elas estiverem estudando. Ou fazemos isso antes, para que possa se juntar a nós na sala de aula.

— E quanto à sra. Chapelwhite? — perguntou Linus, olhando para as gravuras de árvores na porta de Phee ao passar.

— A sra. Chapelwhite estava aqui muito antes de chegarmos — disse o sr. Parnassus. — Este lugar todo é dela. Só estamos aqui de favor. Ela vive nas profundezas da floresta, do outro lado da ilha.

Linus tinha muitas perguntas. Sobre a ilha. Sobre a casa. Sobre aquele homem. Mas uma se destacava, dado o número de portas que havia contado. Ao fim do corredor, restavam quatro. Uma era o banheiro feminino. Outra, o masculino. Uma terceira dizia ESCRITÓRIO DO ARTHUR.

— E Lucy? Onde ele dorme?

O sr. Parnassus parou diante do escritório e acenou com a cabeça na direção da quarta porta.

— No meu quarto.

Linus estreitou os olhos.

— Você divide o quarto com um menino...?

— Não tem nada de inapropriado nisso, posso garantir. — Ele não pareceu se ofender com a sugestão. — O quarto tinha um closet grande, que transformei em quarto quando Lucy veio ficar conosco. É... melhor para ele que eu fique por perto. Lucy costumava ter pesadelos terríveis. Ainda tem, às vezes, embora não sejam mais tão odiosos quanto antes. Gosto de pensar que morar conosco ajudou. Ele não gosta de ficar longe de mim, se puder evitar, embora eu esteja tentando ensiná-lo a ser mais independente. O trabalho com ele... ainda não está terminado.

O sr. Parnassus abriu a porta do escritório. Era menor do que Linus esperava e estava atulhado de coisas, de maneira quase desconfortável. Havia uma escrivaninha no meio, cercada por pilhas de livros, muitos deles precariamente apoiados. O cômodo tinha uma única janela, com vista para o mar, que parecia infinito à noite. Linus notou um farol solitário piscando à distância.

O sr. Parnassus fechou a porta atrás deles e acenou com a cabeça para que Linus se sentasse. Ele obedeceu e pegou um caderninho que sempre carregava no bolso, cheio de anotações relativas a seus casos. Tinha negligenciado seus deveres até ali, uma vez que a mera ideia daquele lugar o deixava desconcertado, mas precisava parar com aquilo. Sempre se orgulhara de suas anotações minuciosas, e fazia questão de que os relatórios semanais que enviaria ao Altíssimo Escalão fossem os melhores que já havia redigido.

— Posso pegar emprestado? — perguntou ele apontando para um lápis à mesa.

— Claro — disse o sr. Parnassus. — O que é meu é seu.

Linus teve uma estranha sensação na barriga, que atribuiu a algo que havia comido. Então abriu o caderninho e lambeu a ponta do lápis, um hábito antigo que não conseguia abandonar.

— Agora, por favor, precisamos falar sobre...

— Sal foi o último a chegar — disse o sr. Parnassus, como se Linus não tivesse falado nada. Ele se sentou à frente do assistente social, na cadeira do outro lado da escrivaninha, e uniu as mãos sob o queixo. — Há três meses.

— Acho que li a respeito nos arquivos. Ele parece ter os nervos à flor da pele, mas adolescentes às vezes ficam assim diante de figuras de autoridade.

O sr. Parnassus resfolegou.

— Ter os nervos à flor da pele… É uma maneira de dizer. Também leu no arquivo que esses três meses foram o máximo de tempo que ficou em um mesmo lugar desde que tinha sete anos?

— Eu… não. Acho que não cheguei nessa parte. Me deixei distrair por… bom, pela enormidade da tarefa.

O sr. Parnassus abriu um sorriso compreensivo.

— Eles não te informaram no que estava se metendo, não é? O Altíssimo Escalão. Não até que chegasse aqui.

Linus se ajeitou na cadeira.

— Não. Só disseram que era confidencial.

E que envolvia crianças problemáticas, mas Linus não sabia se devia dizer aquilo em voz alta.

— Deve ter entendido o motivo.

— Claro — concordou Linus. — Não é sempre que se encontra o Anticristo.

O sr. Parnassus o olhou de maneira cortante.

— Não usamos esse nome aqui. Entendo que tenha um trabalho a fazer, sr. Baker, mas sou o diretor do orfanato, e vai ter que seguir minhas regras. Está claro?

Linus assentiu devagar. Não esperava ser repreendido tão severamente, muito menos por alguém que exalava calma como o homem sentado à sua frente. Tinha subestimado o sr. Parnassus. Não cometeria aquele erro outra vez.

— Não quis ser desrespeitoso.

O diretor voltou a relaxar.

— Não, acho que não. E como poderia saber? Não conhece Lucy. E não nos conhece. Tem seus arquivos, mas só devem conter o básico. O que está escrito nas fichas nos reduz a um monte de ossos, e somos mais que isso, não somos, sr. Baker? — Ele fez uma pausa, parecendo refletir. — Exceto Chauncey, que nem tem *ossos*. Mas você compreende o que quero dizer.

— O que Chauncey é exatamente? — indagou Linus. — Ah, desculpe, acho que fui grosseiro. Não quis ofender. Nunca… Nunca *vi* nada… *ninguém*… como ele.

— Imagino que não — disse o sr. Parnassus. Ele virou a cabeça na direção de uma pilha de livros à direita e passou os olhos pelos títulos. Quando encontrou o que queria, mais ou menos na metade, deslocou o exemplar, forçando uma pontinha para fora. A pilha balançou. Ele pinçou a capa com dois dedos e puxou depressa. O livro saiu. A metade superior da pilha se encaixou perfeitamente no lugar. Linus ficou boquiaberto, o que o diretor não pareceu notar enquanto abria o livro sobre a escrivaninha e o folheava. — Não temos muita certeza do que Chauncey é ou de onde veio. É um mistério. Mas acredito… Ahá! Aqui está.

Ele virou o livro para Linus e deu uma batidinha no ponto certo. Linus se inclinou para a frente.

— *Medusozoa*? Mas isso é… uma água-viva.

— Exatamente! — disse o sr. Parnassus, animado. — Acho que é pelo menos parte da resposta. Embora ele não cause queimaduras nem tenha nenhum tipo de veneno. Talvez também seja meio pepino-do--mar, mas isso não explica os apêndices.

— Isso não explica *nada* — retrucou Linus, sentindo-se impotente. — De onde ele veio?

O sr. Parnassus pegou o livro de volta e o fechou.

— Ninguém sabe, sr. Baker. Há mistérios que nunca serão solucionados, por mais que tentemos. Se dedicarmos tempo demais a eles, podemos não notar o que está bem na nossa frente.

— Não é assim que as coisas funcionam no mundo real, sr. Parnassus — disse Linus. — Tudo tem uma explicação. Há um motivo para as coisas. É assim que *Regras e regulamentos*, do Departamento Encarregado da Juventude Mágica, começa.

O sr. Parnassus arqueou uma sobrancelha.

— O mundo é um lugar esquisito e maravilhoso. Por que tentamos explicar tudo? Para nossa própria satisfação?

— Porque conhecimento é poder.

O sr. Parnassus riu.

— Ah, poder. Falou como um verdadeiro representante do DEDJUM. Por que não fico surpreso que tenha memorizado o manual? Bom, é melhor que saiba que em algum momento vai encontrar Chauncey debaixo da sua cama.

Linus se sobressaltou.

— Quê? Por quê?

— Porque, por muito tempo, antes de vir pra cá, Chauncey era considerado um monstro, inclusive por pessoas que não deveriam fazê-lo. Contavam pra ele histórias de monstros que se escondiam debaixo da cama e cujo objetivo de vida era assustar os outros. Chauncey achava que tinha que se comportar assim. Ele achava que assustar as pessoas era seu *trabalho*, porque ficou... enraizado nele que isso era tudo o que sabia fazer. Foi só depois que veio para cá que Chauncey se deu conta de que podia ser outra coisa.

— E ele escolheu ser um mensageiro de hotel — disse Linus, sem emoção.

— Isso. Chauncey viu isso num filme a que assistimos alguns meses atrás. Por algum motivo, ficou encantado com a ideia.

— Mas ele nunca vai conseguir... — Linus se segurou antes que as palavras saíssem.

Mas o sr. Parnassus sabia exatamente o que pretendia dizer.

— Ele nunca vai conseguir ser mensageiro, porque um hotel nunca contrataria alguém assim?

— Isso não é...

Aquilo não era *o quê* exatamente? Justo? Certo? Educado? Nenhuma daquelas coisas? Linus não tinha certeza. Havia *motivos* para determinadas leis existirem, e embora ele nunca os tivesse compreendido de verdade, não podia fazer nada a respeito. Linus sabia que as pessoas muitas vezes temiam o que não compreendiam (embora sentisse que a palavra "temer" era um código para algo completamente diferente). O Departamento de Registros tinha sido criado a partir da necessidade de salvaguardar seres extraordinários. A princípio, crianças eram arrancadas de casa e colocadas em escolas, embora aquele fosse um nome inadequado. Estavam mais para prisões, ainda que não houvesse grades nas janelas. O DEDJUM fora criado para acalmar os protestos quanto àquele tratamento. E quando ficara claro que havia um grande número de órfãos, os assistentes sociais tinham sido divididos em dois grupos: aqueles que lidavam com famílias registradas e aqueles que trabalhavam com os orfanatos.

Não, não havia nada de justo naquilo.

— Não, não é — disse o sr. Parnassus, concordando com as palavras não ditas. — Mas permito que ele sonhe com isso porque é uma criança. E quem sabe o que o futuro reserva? A mudança muitas vezes começa com o menor sussurro, que pessoas que pensam igual transformam em um rugido. O que me leva de volta a Sal. Posso ser franco, sr. Baker?

Linus se sentia como se tivesse levado um soco no estômago.

— Espero que seja sempre franco.

— Ótimo — disse o sr. Parnassus. — Você o assusta.

Linus piscou.

— Eu? Acho que nunca assustei ninguém a vida toda.

— Duvido que isso seja verdade. Trabalha para o DEDJUM, afinal de contas.

— O que isso tem a ver com...

— Não é necessariamente *você* que o assusta, enquanto pessoa. É mais o que representa. Trabalhando como assistente social. A maior parte das crianças aqui tem uma vaga compreensão do que isso significa, mas Sal lidou com pessoas como você diretamente. É o décimo segundo orfanato pelo qual ele passa.

Linus sentiu o estômago se revirar.

— *Décimo segundo?* Não é possível! Ele teria...

— Teria o quê? — perguntou o sr. Parnassus. — Sido despachado para uma das escolas geridas pelo DEDJUM, de que o departamento parece gostar tanto ultimamente? É para onde as crianças vão depois que vocês acabam com elas, não?

Linus começou a suar.

— Eu não... Eu não sei direito. Faço... o que me cabe, e nada mais.

— Nada mais? — repetiu o sr. Parnassus. — Que pena. Nunca foi a uma escola dessas, sr. Baker? Nunca continuou acompanhando nenhuma das crianças com quem lidou?

— Isso... é função dos meus superiores. Da supervisão. Sou apenas um assistente social.

— Duvido muito que seja *apenas* o que quer que seja. Por que é assistente social? Por que nunca subiu no departamento?

— Porque é o que sei fazer — respondeu Linus, sentindo uma gota de suor escorrer pelo pescoço. A mesa tinha sido virada tão habilmente que ele nem percebera. Precisava recuperar o controle.

— Não é curioso?

Linus balançou a cabeça.

— Não posso ser curioso.

O sr. Parnassus pareceu surpreso.

— E por que não?

— Não me faz nenhum bem. Fatos, sr. Parnassus. Lido com fatos. A curiosidade faz a imaginação voar, e não posso me dar ao luxo de me distrair.

— Nem consigo imaginar como deve ser viver assim — disse o sr. Parnassus em voz baixa. — Parece que não é realmente viver.

— Que bom que não preciso de sua opinião sobre o assunto — soltou Linus.

— Não quis ofender...

— Estou aqui para garantir que este lugar segue as regras. Para revisar os procedimentos, verificar se o orfanato segue as normas estabelecidas pelo DEDJUM e se o financiamento enviado está sendo usado da maneira apropriada...

O sr. Parnassus resfolegou.

— Financiamento? E eu que achei que não tivesse senso de humor. Essa foi ótima.

Linus procurou se manter no controle da conversa.

— Não é porque abriga crianças mais... incomuns que vou me deixar distrair do motivo que me trouxe aqui. Vim pelas crianças, sr. Parnassus. Nada mais.

Ele assentiu.

— Respeito isso. Embora sejamos pouco convencionais, espero que veja que eu faria qualquer coisa para proteger as crianças. Como comentei antes, é um mundo esquisito e maravilhoso, o que não significa que não tenha dentes e não possa nos morder quando menos esperamos.

Linus não sabia muito bem o que fazer com aquilo.

— Você nunca sai da ilha. Ou, pelo menos, as crianças não saem.

— Por que acha isso?

— Por causa da perua na entrada. Os pneus foram tomados por ervas daninhas e flores.

O sr. Parnassus voltou a se recostar na cadeira, com um estranho sorriso no rosto.

— Muito observador. É claro que poderia ser obra de Phee ou Talia. Elas adoram fazer as plantas crescerem. Mas imagino que não acredite nisso.

— Não. Não acredito. Por que a perua parece não sair do lugar há um bom tempo?

— Imagino que tenha passado pelo vilarejo.

— Eu… sim. Com a sra. Chapelwhite.

Linus hesitou. O que ela havia lhe dito enquanto passavam por Marsyas?

"O pessoal do vilarejo não gosta de gente como nós."

"De sprites?"

"De todos os seres mágicos, sr. Baker."

O sr. Parnassus assentiu, como se lesse os pensamentos de Linus.

— Não posso dizer que não somos bem-vindos, mas fica implícito que será melhor para todos se ficarmos por aqui. Os rumores tendem a se espalhar, e tentar ser mais rápido que eles é como tentar fazer o fogo recuar pela grama seca. Embora eu imagine que o fato de o governo pagar os habitantes locais para ficar em silêncio quanto a este lugar ajude. Também não atrapalha que junto com o pagamento venham ameaças mal veladas de processo. É mais fácil para todo mundo se permanecermos aqui. Por sorte, a ilha é maior do que parece e oferece às crianças tudo de que precisam. Mais ou menos uma vez por semana, a sra. Chapelwhite vai ao vilarejo buscar suprimentos. Todos a conhecem lá, tanto quanto é possível conhecê-la.

A cabeça de Linus estava girando. Ele não sabia que as pessoas eram pagas para ficar quietas, embora imaginasse que fizesse certo sentido, de uma maneira perversa.

— Nem você sai daqui?

O sr. Parnassus deu de ombros.

— Estou feliz aqui porque eles estão felizes aqui. Acho que poderíamos pensar em viajar para longe de Marsyas e o vilarejo, mas nunca fizemos isso. Pelo menos não até agora. Talvez no futuro tenhamos que lidar com a ideia.

Linus balançou a cabeça enquanto pegava o caderno e o lápis.

— Sal. Ele se transforma em cachorro.

— Em um lulu. Se quiser ser mais específico.

— E você disse que ele nunca ficou tanto tempo no mesmo lugar.

— Isso.

— Há crianças não muito diferentes dele que não são confidenciais. Conheci uma que se transformava em cervo. Por que Sal está aqui?

O sr. Parnassus olhou para ele com cautela.

— Porque Sal pode transmitir seu poder com uma mordida.

Linus sentiu todo o ar deixar seus pulmões.

— Sério?

O diretor assentiu.

— Sim. Houve um... incidente. Em um dos orfanatos anteriores. Uma mulher que trabalhava na cozinha bateu nele por tentar pegar uma maçã. Sal retaliou da única maneira que sabia. Ela passou pela mudança na semana seguinte.

Parecia a Linus que o escritório estava girando.

— Eu nunca... Eu nem sabia que isso era possível. Achei que fosse genético.

— Acho que vai descobrir que o impossível aqui é mais acessível do que foi levado a acreditar.

— E Talia?

— Foi uma das primeiras a vir. A família morreu de maneira trágica, num incêndio no jardim. Alguns acham que foi proposital, embora ninguém tenha dado muita importância.

Linus contraiu o rosto. Ele se lembrou daqueles anúncios em ônibus que diziam: SE VIR ALGO, DIGA ALGO.

— Você fala gnomês.

— Falo muitas línguas, sr. Baker. Gosto de aprender coisas novas. E isso me ajuda a me aproximar das crianças.

— Por que Talia está aqui?

— Conhece alguma outra gno*ma*, sr. Baker?

Não. Ele não conhecia. O que era estranho, bem como o fato de que nunca havia pensado muito no assunto. Linus fez uma anotação rápida no caderno.

— E quanto a Phee?

O sr. Parnassus riu.

— Ela é muito independente. Está aqui porque nunca se viu uma sprite tão jovem com tamanho poder. Quando tentaram resgatar Phee de uma situação bastante... extrema, ela transformou três homens em árvores. Uma sprite bem mais velha conseguiu reverter a transformação. Depois de um tempo. Para a minha sorte, a sra. Chapelwhite a ajuda de maneiras que não posso ajudar. Ela a colocou sob suas asas, nos sentidos literal e figurado. Phee se desenvolveu muito sob a tutela da sra. Chapelwhite. Ela ter nos oferecido ajuda foi muita sorte.

— E por que ela ofereceu? — perguntou Linus. — A ilha é dela. Sprites são seres extremamente territorialistas. Por que ela permite que fiquem aqui?

O sr. Parnassus deu de ombros.

— Pelo bem maior, imagino.

Ele falava tal qual um sprite, de maneira vaga e circular. Linus não gostava daquilo.

— E qual é o bem maior?

— Ver crianças que ninguém quer prosperando. Sabe tão bem quanto eu que o termo *orfanato* não é muito preciso, sr. Baker. Ninguém vem aqui pensando em adoção.

Não, Linus imaginava que não fosse o caso, a julgar pela maneira como o Orfanato de Marsyas ficava escondido do mundo. Mas aquilo fazia mesmo diferença? Ele já tinha ouvido falar em alguma criança das instituições que houvesse sido adotada? Não conseguia pensar em nenhuma. Como nunca havia notado aquilo?

— E Theodore?

— Isso tudo não estava em seus arquivos, sr. Baker?

Não. Não estava. Na verdade, Linus achava que o sr. Parnassus tinha acertado quando dissera que as fichas os reduziam a ossos.

— É melhor eu ouvir diretamente da fonte. Às vezes, podemos deixar passarem nuances se são apenas palavras no papel.

— Ele não é só um animal — disse o sr. Parnassus.

— Eu não disse que era.

O diretor suspirou.

— Não, suponho que não. Perdão. Já lidei com pessoas como o senhor. Esqueço que não são todas iguais, embora ainda não saiba o que achar do senhor.

Linus se sentiu estranhamente exposto.

— Comigo, está tudo às claras. Sou exatamente assim.

— Ah, duvido muito disso — falou o sr. Parnassus. — Theodore é... especial. Sei que tem noção do quão raro alguém como ele é.

— Sim.

— E ele ainda é criança, embora não saibamos sua idade. Theodore… pensa de maneira diferente do restante de nós. Embora consigamos nos entender, é mais de uma maneira abstrata que específica. Faz sentido?

— Nem um pouco — admitiu Linus.

— Você vai ver — disse o sr. Parnassus. — Vai passar um mês inteiro aqui, afinal. Bom, acho que só faltou uma criança, embora me pareça que tenha feito isso de propósito. A sra. Chapelwhite disse que você desmaiou só de pensar nele.

Linus corou e pigarreou.

— Foi… inesperado.

— É uma boa palavra para descrever Lucy.

— Ele… — Linus hesitou. — É verdade? Ele realmente é o Anti… digo, o filho do Diabo?

— Acho que sim — respondeu o sr. Parnassus, e Linus perdeu o ar. — Embora a noção do que alguém como ele deveria ser envolva mais ficção que fatos.

— Se isso é verdade, então ele deveria trazer o fim dos tempos! — exclamou Linus.

— Ele tem seis anos.

— Ele disse que era o fogo do inferno e a escuridão quando me ameaçou!

O sr. Parnassus riu.

— É o jeito dele de dizer "oi". Lucy tem um senso de humor bastante mórbido para alguém tão jovem. É fofo, quando a gente se acostuma.

Linus ficou boquiaberto.

O diretor suspirou e se inclinou para a frente.

— Olha, sr. Baker, sei que é… muita coisa para absorver, mas Lucy está aqui há um ano. Estavam planejando… Bem, vamos apenas dizer que essa seria a última tentativa. Independentemente de quem seja o pai, ele é uma *criança*. E eu me recuso a acreditar que o destino de alguém está gravado em pedra. Somos mais que nossas origens.

— Que a soma de nossas partes.

O sr. Parnassus confirmou com a cabeça.

— Isso. Exatamente. Lucy talvez cause medo na maioria das pessoas, mas não em mim. Já vi do que ele é capaz. Por trás dos olhos e da alma demoníaca, ele é encantador, espirituoso e muito inteligente. Luto por ele como lutaria por qualquer outra das minhas crianças.

Aquilo não soou bem a Linus.

— Mas as crianças não são suas. Você é o diretor do orfanato, não o pai delas. Elas são sua responsabilidade.

O sr. Parnassus ofereceu um sorriso tenso.

— Claro. Me expressei mal. Foi um longo dia, como imagino que amanhã será também. Mas vale a pena.

— Vale?

— Claro. Não consigo me ver fazendo outra coisa. Você se vê?

— Não estamos aqui para falar de mim, sr. Parnassus — apontou Linus.

O sr. Parnassus abriu as mãos.

— Por que não? Você parece saber tudo a nosso respeito. E o que quer que não saiba pode ser encontrado no que tenho certeza de que são arquivos muito meticulosos.

— Nem tudo — disse Linus, fechando o caderno. — Por exemplo, não tenho muita informação sobre *você*. Na verdade, sua ficha era bem fina. Por quê?

O sr. Parnassus pareceu achar graça, e novamente Linus ficou se perguntando o que havia perdido.

— Essa pergunta deveria ser endereçada ao Altíssimo Escalão, não acha? Que foi quem te mandou para cá.

O diretor estava certo, claro. Era desconcertante a ínfima quantidade de informações que Linus tinha. A ficha do sr. Arthur Parnassus só mencionava sua idade e seus estudos. Havia um estranho comentário ao fim dela: *O sr. Parnassus será exemplar para as crianças mais problemáticas, dadas as suas capacidades.* Linus não soubera como interpretar aquilo quando lera, e ficar cara a cara com ele só o deixava com mais dúvidas.

— Tenho a sensação de que não vão me dar mais informações do que já tenho.

— Suspeito que esteja certo.

Linus se levantou.

— Espero total transparência e cooperação de sua parte nesta investigação.

O sr. Parnassus riu.

— Achei que fosse uma visita.

— Foi o senhor quem chamou assim, não eu. Ambos sabemos do que se trata. Se o DEDJUM me mandou para cá, foi porque havia motivo de preocupação. E agora sei qual é. Você tem um barril de pólvora dentro de casa, mais poderoso do que deveria ser possível.

— Devemos culpar o menino por existir? Que escolha teve nesse sentido?

Aquela parecia ser uma discussão mais apropriada para quando Linus estivesse em pleno juízo. Ou nunca. As implicações seriam o bastante para fazê-lo desmaiar de novo.

— Estou aqui para verificar se medidas devem ser tomadas.

— Medidas — repetiu o sr. Parnassus, com a frustração aparente na voz pela primeira vez. — Eles não têm ninguém, sr. Baker. Ninguém além de mim. Acha mesmo que o DEDJUM permitiria que alguém como Lucy fosse para uma de suas escolas? Pense bem antes de responder.

— Isso não tem nada a ver com o assunto — falou Linus, tenso.

O sr. Parnassus olhou para o teto.

— Claro que não. Porque isso é o que acontece depois que seu trabalho está terminado, de modo que não lhe diz respeito. — Ele balançou a cabeça. — Se você soubesse…

— Se estiver tudo de acordo, você não tem nada com que se preocupar — falou Linus. — Pode me considerar insensível, sr. Parnassus, mas garanto que me importo. Não realizaria esse trabalho se não me importasse.

— Acredito que você acredite nisso. — Ele voltou a olhar para Linus. — Perdão, sr. Baker. Sim, de uma maneira ou de outra, você vai fazer seu trabalho. Mas acho que, se abrir os olhos, vai ver o que está bem diante deles em vez do que está numa simples ficha.

Linus sentiu a pele se arrepiar. Precisava sair daquele escritório. Parecia que as paredes se fechavam sobre ele.

— Obrigado por me receber, ainda que não tenha escolha. Vou me retirar por hoje. Foi um dia bastante tumultuado, e imagino que o de amanhã também será.

Ele se virou e abriu a porta.

— Boa noite, sr. Baker. — Ouviu Linus antes de fechá-la atrás de si.

Calliope estava esperando atrás da porta quando Linus chegou. Ele não havia encontrado ninguém depois que deixara o escritório, embora tivesse ouvido vozes ecoando atrás das portas fechadas. Linus se forçara a não correr até a saída.

A gata lhe lançou um olhar antes de sair pela porta aberta para fazer suas necessidades. O ar estava frio. Enquanto esperava, Linus ficou olhando para a casa principal. As janelas do segundo andar estavam iluminadas, e ele achou que conseguia distinguir o movimento do outro lado de uma cortina fechada. Se tinha gravado bem a distribuição dos quartos, aquele devia ser o de Sal.

— Doze orfanatos diferentes — murmurou para si mesmo. — Algo assim deveria constar na ficha dele. Por que o garoto não foi colocado numa escola?

Calliope voltou, ronronando e se esfregando nas pernas dele. Linus fechou e trancou a porta só para garantir, ainda que achasse que se alguém *quisesse* entrar, conseguiria.

No quarto, ele se lembrou do alerta do sr. Parnassus quanto ao costume de Chauncey de se esconder debaixo da cama para assustar os outros. Ele não conseguia confirmar que o menino não estava ali, porque a colcha quase roçava no chão.

Linus passou uma mão pelo rosto.

— Estou pensando demais. Claro que ele não está aqui. Isso é ridículo.

Ele se virou para ir ao banheiro cumprir sua rotina noturna.

Estava escovando os dentes e já tinha deixado escorrer pasta no queixo generoso quando se virou e voltou ao quarto. Ficou de joelhos, ergueu a colcha e espiou debaixo da cama.

Nenhum monstro (criança ou não) estava escondido embaixo dela.

— Pronto — falou com a boca cheia de pasta. — Viu? Está tudo bem.

Ele quase acreditou naquilo.

Linus vestiu o pijama e se deitou, certo de que ia ficar se revirando a noite toda. Não costumava dormir bem fora de casa, e as descobertas do dia não ajudariam em nada. Ele tentou ler *Regras e regulamentos* (porque, independentemente do que o sr. Parnassus dissesse, ele *não* o tinha decorado, de jeito nenhum), mas se pegou pensando em olhos escuros e um sorriso tranquilo, até que tudo ficou branco.

OITO

Linus abriu os olhos devagar na manhã seguinte.

Uma luz quente entrava pela janela. Ele sentia o cheiro de sal no ar.

Parecia um sonho agradável.

Então a realidade veio com tudo, e ele se lembrou de onde estava.

E do que havia visto.

— Minha nossa — murmurou Linus enquanto se sentava, passando uma mão pelo rosto.

Calliope estava encolhida na beirada da cama, perto dos pés dele, balançando o rabo para lá e para cá, de olhos fechados.

Ele bocejou, afastou o edredom e apoiou os pés no chão. Então se alongou e estalou o pescoço. Independentemente da situação em que se encontrava, precisava admitir que nem se lembrava da última vez que havia tido uma noite tão boa de sono. Entre aquilo, a luz da manhã e o quebrar distante das ondas, quase conseguia fingir que estava tirando férias muito merecidas e que…

Algo frio e úmido envolveu seu tornozelo.

Linus gritou e puxou as pernas para cima. O medo fez com que calculasse mal a própria força, de modo que suas pernas subiram demais, passando por cima de sua cabeça e fazendo seu corpo dar uma cambalhota para trás até o outro lado da cama. Aterrissou de costas no chão, com um baque forte que o deixou totalmente sem ar.

Ele virou a cabeça e olhou embaixo da cama.

— Olá — disse Chauncey, os olhos dançando. — Eu não estou tentando te assustar. É quase hora do café. Vai ter ovos hoje!

Linus olhou para o teto e ficou esperando que seus batimentos cardíacos desacelerassem.

Departamento Encarregado da Juventude Mágica
Orfanato de Marsyas, relatório n. 1
Linus Baker, assistente social BY78941

Juro solenemente que o conteúdo deste relatório é preciso e verdadeiro. Compreendo, como expresso nas diretrizes do DEDJUM, que qualquer falsidade descoberta resultará em censura e poderá levar ao cancelamento do meu contrato.

Este relatório e os que se seguirão a ele conterão informações reunidas ao longo de uma semana de investigação.

A Ilha de Marsyas e o orfanato localizado nela não são como eu esperava.

Devo apontar que os arquivos que me foram entregues referentes a este caso são bastante inadequados, na medida em que deixam de fora fatos pertinentes que acredito que poderiam ter me preparado para o que esta investigação envolve. Ou partes dos arquivos ficaram faltando ou eles foram editados. Se for o primeiro caso, é uma séria falha de conduta. Se for o segundo, meu nível de confidencialidade temporário deveria ter impedido isso. Recomendo uma revisão dos protocolos para todos os casos de nível 4 no futuro, para garantir que o assistente social em questão não depare com determinada situação sem os conhecimentos necessários.

Peço desculpas se pareço exigente, mas acredito que mais informações deveriam ter sido fornecidas.

O Orfanato de Marsyas não é como eu esperava. A casa em si é um pouco assustadora, embora pareça bem cuidada. É grande, mas atulhada, embora de uma maneira que faz com que pareça um lar, e não um santuário. No entanto, há, sim, uma espécie de santuário, que pertence à serpe Theodore e que ainda preciso confirmar no que exatamente consiste.

Cada criança tem seu quarto. Nesses primeiros dias, vi por dentro os que pertencem à gnoma Talia (cujas paredes são adornadas com mais flores do que parece haver em todo o jardim), à sprite Phee (tenho a impressão de que sua cama na verdade é uma árvore enraizada nas tábuas do assoalho, embora não consiga entender como isso é possível), a... Chauncey (que tem água salgada acumulada no piso, a qual me asseguraram que é enxugada uma vez por semana) e a Theodore (ele fez um ninho no sótão que só tive permissão para ver depois de lhe entregar outro botão; como não tinha nenhum sobrando, precisei tirar de uma camisa em uso; imagino que serei reembolsado por isso depois).

Ainda não vi o quarto de Sal. Ele não confia em mim, e na verdade parece morrer de medo, embora não seja culpa dele. Sal mal diz uma palavra na minha presença, mas, dado o seu histórico, é compreensível. Um histórico, devo acrescentar, para o qual eu não estava preparado, uma vez que sua ficha discute principalmente sua habilidade de se transformar (deixando de fora a parte mais importante). Embora seja fascinante, parece-me insuficiente. Tomei conhecimento de que Sal está em seu décimo segundo orfanato. Tal informação me permitiria ter uma melhor compreensão dele na minha chegada.

Ainda não vi o quarto de Lucy. Não pedi. Ele me ofereceu várias vezes. Chegou inclusive a me encurralar e sussurrar que eu não acreditaria no que veria. Não acho que eu esteja pronto para vê-lo ainda, mas certamente o farei antes de ir embora. Se esta for a última coisa que eu fizer, meu testamento já foi entregue ao departamento de recursos humanos. Se houver restos mortais, quero que sejam cremados, por favor.

Devo acrescentar que, além das crianças, conheci uma sprite de ilha chamada Zoe Chapelwhite. O fato de que eu não sabia de sua existência antes da minha chegada é bastante incomum. Sprites, como estou certo de que sabem, são bastante territorialistas. Vim a uma ilha que é claramente dela sem receber um convite direto. A sra. Chapelwhite teria todo o direito de negar minha entrada, ou coisa pior. Isso sugere que ou o DEDJUM tampouco sabia de sua existência ou não achou necessário me informar sobre ela.

O que me leva ao sr. Parnassus. A ficha dele consistia em uma única página que não revelava nada sobre o diretor do orfanato. Certamente não basta. Sei que posso pedir a ele que me fale sobre si mesmo, mas seria preferível ler sobre ele em vez de estabelecer uma conversa. Estou aqui para observar e relatar. O fato de que preciso dialogar além de cumprir com meus deveres é vergonhoso.

Há algo nele — no sr. Parnassus — que não consigo explicar. Parece ser um homem muito capaz. As crianças parecem estar felizes, talvez até se desenvolvendo. O sr. Parnassus tem a impressionante habilidade de saber onde elas estão e o que estão fazendo o tempo todo, mesmo que não as veja. Ele é diferente de qualquer pessoa que já conheci.

Talvez falar com ele não seja tão complicado, no fim das contas. Precisarei fazer isso. Porque, independentemente de quão felizes as crianças deem a impressão de ser, a casa parece à beira do caos. Quando cheguei, elas corriam soltas pela ilha. Disseram-me que lhes é permitido se ocupar de seus próprios interesses em determinada hora do dia, mas parece... imprudente deixar que fiquem sem supervisão por um período significativo. Está bem documentado que a juventude mágica não tem pleno controle de seus poderes, e que alguns têm menos controle que outros.

Dito isso, compreendo a necessidade de confidencialidade, considerando quem são essas crianças. Mas devo admitir que parece haver certo exagero. Independentemente de seu passado, são só crianças, afinal de contas.

Quão problemáticas podem ser, considerando as diretrizes estabelecidas em *Regras e regulamentos*?

— Fogo e cinzas! — gritou Lucy, andando para a frente e para trás. — Morte e destruição! Eu, o arauto da calamidade, trarei pestilência e praga às pessoas do mundo todo. O sangue de inocentes me sustenta, e vocês cairão de joelhos em reconhecimento de que sou seu *deus*.

Ele se curvou.

As crianças e o sr. Parnassus bateram palmas educadamente. Theodore chilreou e girou no lugar.

Linus ficou boquiaberto.

— Que bela história, Lucy — disse o sr. Parnassus. — Gostei bastante do uso das metáforas. Tenha em mente que pestilência e praga são a mesma coisa, de modo que o fim ficou meio repetitivo. Mas, fora isso, foi muito impressionante. Meus parabéns.

Eles estavam na sala de visitas da casa principal, que havia sido transformada em sala de aula. Contava com seis mesinhas alinhadas diante de uma mesa grande. Havia uma lousa antiga perto da janela, que parecia ter sido apagada recentemente, e pedaços grossos de giz guardados em uma caixa próxima ao chão. Também havia um mapa-múndi em uma parede e um projetor em um suporte de metal no canto. As outras paredes estavam forradas de livros, como o escritório do sr. Parnassus. Eram enciclopédias, romances, livros de não ficção sobre deuses e deusas gregos e com os nomes científicos da flora e da fauna. Linus notou um cujas letras douradas na lombada diziam *História dos gnomos: sua relevância cultural e seu lugar na sociedade*. Parecia ter pelo menos mil páginas, e ele estava se coçando para colocar as mãos no exemplar.

Lucy voltou para sua mesa, parecendo muito satisfeito consigo mesmo. Tinha sido o penúltimo a se apresentar no que o sr. Parnassus havia explicado que era uma seção do currículo chamada de "Se expressando". As crianças eram convidadas a ir para a frente da turma e apresentar uma narrativa original, que podia ser verdadeira ou inventada. Talia havia contado uma história bastante direcionada sobre um intruso que chegava a uma ilha e de quem nunca mais se ouvira falar. Theodore (de acordo com o sr. Parnassus) tinha apresentado um limerique animado que fizera todo mundo (com exceção de Linus) rir até chorar. Phee falara de uma árvore da floresta que estava cultivando e de suas esperanças com relação às raízes dela. Chauncey os regalara com a história dos mensageiros de hotel (algo que Linus concluiu ser recorrente).

Então viera Lucy.

Ele havia subido na mesa do sr. Parnassus e basicamente ameaçado aniquilar toda a população do planeta, com os punhozinhos erguidos acima da cabeça e os olhos pegando fogo.

De acordo com o sr. Parnassus, "Se expressando" era uma maneira de dar confiança às crianças. Linus conhecia bem demais os horrores de ter que falar em público. Duas vezes por semana, as crianças tinham de falar na frente das outras sobre o que quisessem. O sr. Parnassus acreditava que era uma forma de dar vazão à criatividade, além de uma oportunidade de praticarem seu discurso.

— A mente infantil é uma coisa maravilhosa — dissera ele a Linus enquanto seguiam os outros até a sala de visitas. — Algumas das coisas que eles inventam parecem desafiar a imaginação.

Linus compreendia totalmente aquilo. Acreditava de verdade que Lucy seria capaz de fazer tudo o que havia gritado.

Ele estava sentado em uma cadeira no fundo da sala. Tinham lhe oferecido outra mais para a frente, mas Linus a recusara, dizendo que era melhor não se intrometer e apenas observar. Estava com o caderno e o lápis na mão, sobre seu exemplar de *Regras e regulamentos* (que ele pensara em deixar no quarto, mas acabara decidindo não o fazer: era preciso estar sempre pronto para a necessidade de relembrar as regras), quando a primeira criança fora para a frente da sala, mas logo se esquecera de ambos. Ele lembrou a si mesmo de que precisava tomar notas extensivamente para que seu relatório não apresentasse falhas, principalmente considerando que não havia nada em *Regras e regulamentos* sobre crianças se expressando daquela maneira.

Como Lucy havia terminado, cinco crianças já tinham se expressado. De modo que restava apenas...

— Sal — chamou o sr. Parnassus. — Pode vir.

Sal afundou ainda mais na cadeira, como se tentasse parecer menor. Era quase cômico, dado o seu tamanho. Ele deu uma olhada rápida em Linus antes de virar a cabeça para a frente de novo, ao constatar que estava sendo observado. Então murmurou algo que Linus não conseguiu compreender.

O sr. Parnassus parou à frente da mesa do menino. Então se debruçou e bateu com um dedo no ombro dele.

— As coisas que mais tememos muitas vezes são as coisas que menos devemos temer. É irracional, mas é o que nos torna humanos. E se formos capazes de vencer nossos medos, não haverá nada de que não seremos capazes.

Theodore chilreou de cima de sua própria mesa, batendo as asas.

— Theodore está certo — disse Phee, com o queixo apoiado nas mãos. — Você consegue, Sal.

Os olhos de Chauncey saltaram.

— É! Com certeza!

— Você é forte por dentro — falou Talia. — E é o que temos por dentro que conta.

Lucy inclinou a cabeça para trás e ficou olhando para o teto.

— O que tenho por dentro está podre e infeccionado, como uma ferida vazando pus.

— Viu? — disse o sr. Parnassus a Sal. — Todo mundo aqui acredita em você. Só falta você acreditar em si mesmo.

Sal voltou a olhar para Linus, que procurou oferecer o que esperava que fosse um sorrisinho encorajador. Não deve ter se saído muito bem, porque Sal fez uma careta, mas ou o menino encontrou coragem ou se resignou ao fato de que não ia se livrar daquilo, porque abriu o tampo da mesa e tirou uma folha lá de dentro. Ele se levantou devagar e caminhou rigidamente até a frente da sala. O sr. Parnassus estava sentado na beirada da mesa. Suas calças curtas demais revelavam meias de um tom de laranja ofensivamente forte.

Sal ficou diante da turma, olhando para o papel que segurava com firmeza, mas que tremia ligeiramente. Linus ficou totalmente imóvel, certo de que qualquer movimento de sua parte faria o menino sair correndo.

Os lábios de Sal começaram a se mover. Mal se ouviam seus murmúrios.

— Um pouco mais alto — pediu o sr. Parnassus com delicadeza. — Todo mundo quer te ouvir. Projete a voz, Sal. Ela é uma arma. Nunca se esqueça disso.

Ele firmou ainda mais os dedos na folha. Linus achou que ia acabar rasgando.

Sal pigarreou e recomeçou.

— Sou apenas papel. Frágil e fino. Se levantado contra o sol, seu brilho me atravessa. Se escrevem em mim, nunca mais posso ser usado. E os rabiscos são história. São uma história. Contam coisas que os outros leem, ainda que só vejam as palavras, e não aquilo sobre o qual elas são escritas. Sou apenas papel, e embora haja muitos como eu, nenhum é exatamente igual. Sou um pergaminho ressecado. Tenho linhas. Tenho buracos. Se me molham, eu desmancho. Se botam fogo em mim, eu queimo. Se me pegam com mãos duras, eu amasso. Eu rasgo. Sou apenas papel. Frágil e fino.

Ele correu de volta para seu lugar.

Todo mundo bateu palmas.

Linus ficou só olhando.

— Maravilhoso — disse o sr. Parnassus em aprovação. — Muito obrigado por isso, Sal. Gostei especialmente da parte que fala que os rabiscos são história. Eu me identifiquei, pois todos temos história, embora nossa história nunca seja igual à dos outros, como você apontou de maneira tão apropriada. Meus parabéns.

Linus podia jurar que vira Sal sorrir, mas a expressão se desfez antes que conseguisse confirmar.

O sr. Parnassus bateu palmas uma vez.

— Muito bem. Vamos em frente? Hoje é terça-feira, portanto vamos começar com matemática.

Todas as crianças resmungaram. Theodore bateu a cabeça repetidamente contra o tampo da mesa.

— E ainda assim, vamos começar com matemática — disse o sr. Parnassus, parecendo achar graça. — Phee? Pode distribuir o material? Hoje, vamos voltar ao maravilhoso e arredio mundo da álgebra. Avançada para alguns, uma oportunidade de relembrar para outros. Que sorte a nossa, não?

Aquilo fez até Linus resmungar.

Linus tinha deixado a casa de hóspedes depois do almoço, preparado para voltar ao que prometia ser uma animada discussão sobre a Carta Magna na sala de visitas, quando a sra. Chapelwhite apareceu do nada, assustando-o a ponto de quase fazê-lo cair para trás na varanda.

— Por que fez isso? — perguntou ele ofegante, levando a mão ao peito, certo de que seu pobre coração estava prestes a explodir. — Tenho pressão alta. Está tentando me matar?

— Se eu quisesse matar você, teria muitas outras maneiras de fazer isso — disse ela tranquilamente. — Venha comigo.

— De jeito nenhum. Tenho crianças a observar e um relatório a escrever, sendo que mal comecei. Além do mais, de acordo com

Regras e regulamentos, um assistente social não deve se deixar distrair enquanto está trabalhando e…

— É importante.

Ele a olhou com cautela.

— Por quê?

As asas da sra. Chapelwhite tremularam atrás dela. Ainda que fosse impossível, ela pareceu ganhar altura e assomar sobre ele.

— Sou a sprite de Marsyas. Esta ilha é minha. Se está aqui, é porque permito. É bom que se lembre disso, sr. Baker.

— Sim, sim, claro — concordou ele depressa. — O que quis dizer foi que definitivamente irei com a senhora aonde quer que peça. — Linus engoliu em seco. — Dentro dos limites do razoável.

Ela riu e recuou um passo.

— Sua coragem me impressiona.

Ele se irritou.

— Veja, não é porque…

— Tem outro par de sapatos?

Linus olhou para os que estava usando.

— Tenho. Mas o outro é mais ou menos igual. Por quê?

Ela deu de ombros.

— Vamos andar pela floresta.

— Ah. Bom. Talvez seja melhor deixar para outro dia…

A sra. Chapelwhite já tinha se virado e começado a se afastar. Linus pensou seriamente em ignorá-la e voltar à relativa segurança da casa principal, então se lembrou de que ela realmente *tinha* o poder de expulsá-lo se quisesse.

E parte dele — ainda que uma parte pequena — estava curiosa para saber o que ela queria lhe mostrar. Fazia um bom tempo que a curiosidade de Linus não era despertada.

Além do mais, fazia um dia perfeitamente agradável. Talvez lhe fizesse bem tomar um pouco de sol.

Dez minutos depois, ele queria morrer.

Se Talia se aproximasse com sua pá, Linus provavelmente não a impediria.

Se Lucy fosse para cima dele com os olhos em chamas, Linus o receberia de braços abertos.

Qualquer coisa para não ter de andar pela floresta.

— Estava pensando que um intervalinho seria uma boa — disse ele ofegante, com a testa suada. — O que acha? Na verdade, seria ótimo.

A sra. Chapelwhite olhou para ele com o cenho franzido. Não parecia nem um pouco cansada.

— Não estamos muito longe.

— Ah — conseguiu dizer Linus. — Ótimo. Ótimo! Isso é... ótimo. — Ele tropeçou numa raiz de árvore, mas conseguiu se manter de pé pela graça divina. — Espero que as noções de distância e tempo sejam iguais para sprites e humanos, e que *não muito longe* signifique a mesma coisa para ambos.

— Você não sai muito, né?

Ele usou a manga para enxugar a testa.

— Saio tanto quanto alguém na minha posição precisa sair.

— Eu estava falando de sair ao ar livre.

— Ah. Então não. Prefiro o conforto e, ouso dizer, a *segurança* da minha casa. Seria melhor estar na minha poltrona ouvindo música.

Ela afastou um galho para ele.

— Mas você sempre quis ver o mar.

— Sonhos não passam disto: sonhos. São voos da imaginação. Não precisam se tornar realidade.

— No entanto, aqui está você, à beira do mar, longe da sua poltrona e da sua casa. — Ela parou e voltou o rosto para o céu. — Há música em toda parte, sr. Baker. Só precisa aprender a ouvir.

Ele seguiu o olhar dela. Acima dos dois, as árvores balançavam, suas folhas farfalhando ao vento. Galhos rangiam. Pássaros cantavam. Linus pensou ter ouvido esquilos. Ao fundo, ouvia-se a música do mar, com as ondas batendo na costa. O cheiro de sal era forte.

— É agradável — admitiu Linus. — Não a caminhada. Eu poderia passar sem essa, sinceramente. É bastante incômoda para alguém como eu.

— Você está de gravata no meio da floresta.

— Eu não estava *planejando* me meter na floresta — retrucou Linus. — Na verdade, deveria estar na casa principal, fazendo anotações.

A sra. Chapelwhite voltou a avançar por entre as árvores, com os pés mal tocando o chão.

— Para sua investigação.

— *Sim*, para minha investigação. E se eu descobrir que está tentando me atrapalhar de alguma maneira...

— O sr. Parnassus lê seus relatórios antes que os mande?

Linus estreitou os olhos ao passar por cima de um tronco coberto de musgo. À frente, vislumbrava a areia branca e o mar.

— De modo algum. Seria muito inapropriado. Eu *nunca*...

— Ótimo — disse ela.

Aquilo o fez piscar.

— É mesmo?

— Sim.

— Por quê?

A sra. Chapelwhite voltou a olhar para ele.

— Porque você vai querer incluir isso no seu relatório, e não quero que ele fique sabendo.

Com aquilo, ela adentrou a praia.

Linus ficou olhando para a sprite por um momento antes de segui-la.

Andar de sapato na praia não era algo de que Linus estivesse gostando. Por um breve momento, ele considerou removê-los e tirar as meias, permitindo que os dedos afundassem na areia, mas mudou de ideia quando viu o que os esperava.

A jangada devia ter sido construída às pressas. Consistia em quatro pranchas de madeira amarradas com uma corda amarela grossa. Tinha um mastro pequeno, no qual tremulava o que parecia ser uma bandeira.

— O que é isso? — perguntou Linus, dando um passo à frente e sentindo os pés afundarem na areia úmida. — Tem mais alguém na ilha? A jangada não é grande o bastante para um adulto. É para uma criança?

A sra. Chapelwhite balançou a cabeça, muito séria.

— Não. Veio do vilarejo. Alguém deve ter soltado do barco. Tenho certeza de que queriam que chegasse ao embarcadouro, como a última, mas a maré trouxe pra cá.

— Como a última? — indagou Linus, perplexo. — Quantas já vieram?

— Esta é a terceira.

— Por que alguém... Ah. Minha nossa.

A sra. Chapelwhite desenrolou o pergaminho que estava preso ao mastro. Dizia, em letras garrafais: VÃO EMBORA. NÃO QUEREMOS VOCÊS AQUI.

— Não contei ao sr. Parnassus — disse ela em voz baixa. — Mas não ficaria surpresa se ele já soubesse. Ele é muito... observador.

— E a quem isso é dirigido? Às crianças? Ao sr. Parnassus? A você?

— A todos nós, acho, embora eu esteja aqui há muito mais tempo que os outros. — Ela deixou a bandeira cair contra o mastro. — E, se fosse só eu, eles não teriam coragem.

Linus franziu a testa diante daquilo.

— Por que alguém faria esse tipo de coisa? São só crianças. Sim, são... diferentes da maioria, mas isso não deveria importar.

— Não deveria — concordou ela, recuando um passo e limpando as mãos como se tocar o pergaminho as tivesse sujado. — Mas importa. Já falei sobre o vilarejo, sr. Baker. Você me perguntou por que os locais são como são.

— E você se furtou de responder, se me lembro bem.

A boca da sprite era uma linha fina. Suas asas cintilavam à luz do sol.

— Você não é idiota. Isso está claro. Eles se comportam assim porque somos diferentes. Você mesmo me perguntou se eu tinha registro minutos depois de me conhecer.

— Isso é abuso — disse Linus, rígido, tentando ignorar o golpe. — Puro e simples. Os moradores do vilarejo podem não saber ao certo quem habita esta ilha, o que provavelmente é melhor, mas, independentemente disso, ninguém merece ser levado a se sentir menos do que é. — Ele franziu a testa. — Principalmente se o governo está pagando pelo silêncio deles. Isso deve envolver alguma quebra de contrato.

— Não é só este vilarejo, sr. Baker. Não é porque você não sente o preconceito na pele todo dia que o restante de nós não sente.

SE VIR ALGO, DIGA ALGO, o anúncio no ônibus dizia. E em todos os lugares, não era? Cada vez mais, ultimamente. Ônibus, jornais, outdoors, anúncios de rádio. Ele chegara a ver as palavras impressas numa sacola de compras.

— Não — disse Linus devagar. — Imagino que não.

Ela olhou para ele, as flores em seu cabelo parecendo desabrochar. Linus concluiu que estavam desabrochando mesmo.

— No entanto, essas crianças vivem separadas de seus pares.

— Para a segurança das outras, claro…

— Ou delas mesmas.

— Não é a mesma coisa?

A sra. Chapelwhite balançou a cabeça.

— Não. E acho que sabe disso.

Ele não soube o que dizer em resposta, então não disse nada.

A sra. Chapelwhite suspirou.

— Queria que visse com seus próprios olhos. Para que soubesse mais do que está escrito nos seus arquivos. As crianças não sabem, e é melhor que permaneça assim.

— Sabe quem mandou?

— Não.

— E o sr. Parnassus?

Ela deu de ombros.

Linus olhou em volta, nervoso de repente.

— Acha que elas correm perigo? Que alguém poderia vir à ilha e fazer mal a elas?

Seu estômago se revirava só de pensar naquilo. Não estava certo. Não importava do que aquelas crianças fossem capazes: não podiam ser alvo de violência. Linus tinha visto um diretor de orfanato dar um tapa no rosto de um menino uma vez, só porque ele tinha transformado um pedaço de fruta em gelo. A instituição fora fechada quase de imediato, e o diretor enfrentara um processo.

Mas se livrara com apenas uma reprimenda.

Linus não sabia o que havia acontecido com o menino.

O sorriso que apareceu no rosto da sra. Chapelwhite era desprovido de humor. Pareceu a Linus quase feral.

— Eles não ousariam — disse ela, mostrando dentes demais. — Pisar na minha ilha com a intenção de machucar alguém naquela casa seria a última coisa que fariam.

Ele acreditou nela. Depois de pensar por um momento, disse:

— Talvez devêssemos responder.

Ela inclinou a cabeça para ele.

— Não seria contra suas regras e regulamentos?

Linus não conseguiu encarar os olhos acusadores dela.

— Não acho que haja um subparágrafo para uma situação dessas.

— O que tem em mente?

— Você é uma sprite de ilha.

— E você é muito observador.

Ele resfolegou.

— O que significa que controla as correntes na região da ilha, certo? E o vento.

— Parece saber bastante coisa sobre seres mágicos, sr. Baker.

— Sou muito bom no meu trabalho — disse ele com afetação, então tirou um lápis do bolso. — Segure o pergaminho para mim, por favor.

Ela hesitou por um momento, então fez o que ele havia pedido.

Levou alguns minutos. Linus precisou repassar cada letra inúmeras vezes para garantir que suas palavras estivessem claras. Quando terminou, o sorriso da sra. Chapelwhite havia se abrandado. A expressão dela agora talvez fosse a mais sincera que ele havia visto desde que tinham se conhecido.

— Não achei que fosse capaz de algo assim, sr. Baker — comentou ela alegremente.

— Nem eu — murmurou ele, enxugando o suor da testa. — É melhor não falarmos mais nisso.

Linus a ajudou a empurrar a jangada de volta à água, embora achasse que ela só estava querendo ser simpática. Provavelmente não precisava dele. A jangada zarpou, com o vento batendo no pergaminho. Ele havia molhado os sapatos, encharcado as meias e respirava com dificuldade.

Mas se sentia mais leve. Como se não fosse tinta desaparecendo contra uma parede.

Ele se sentia real.

Sentia-se *presente*.

Quase como se pudesse ser visto.

O vento ficou mais forte e a jangada continuou se afastando, em seu trajeto de volta para o continente distante.

Linus não sabia se iam encontrá-la, se ela conseguiria atravessar o canal.

E, *mesmo* que a encontrassem, talvez simplesmente a ignorassem.

Aquilo quase não fazia diferença.

VÃO EMBORA. NÃO QUEREMOS VOCÊS AQUI, dizia um lado do pergaminho.

NÃO, MUITO OBRIGADO, dizia o outro.

Eles ficaram ali, na areia da praia, com a água chegando a seus pés, por um longo tempo.

NOVE

Em sua primeira sexta-feira na ilha, Linus Baker recebeu um convite. Não o esperava, e não tinha certeza de sua disposição para aceitar. Podia pensar em seis, sete ou possivelmente cem coisas que preferiria fazer. Teve de se lembrar de que estava em Marsyas por um motivo e de que era importante ter contato com todos os lados do orfanato.

O convite viera com uma batida na porta da casa de hóspedes, onde Linus tentava concluir seu primeiro relatório sobre o período que já havia passado em Marsyas. No dia seguinte, ele pegaria a balsa e iria ao continente para poder enviá-lo por correio ao DEDJUM. Estava profundamente envolvido na redação, tomando o cuidado de permitir apenas uma crítica por página à falta de transparência do Altíssimo Escalão antes de mandá-lo para a ilha. Responder às transgressões deles com a maior sutileza possível tinha se tornado uma espécie de jogo. Linus ficara grato pela interrupção que a batida na porta proporcionara. A última coisa que havia escrito fora: *além do mais, a mera ideia de que o Altíssimo Escalão seja capaz de ofuscar e abertamente enganar seus assistentes sociais é simplesmente bárbara.*

Provavelmente seria melhor repensar aquele trecho.

Ele ficou agradavelmente surpreso ao deparar com o sr. Parnassus na varanda, sujeito ao vento e ao sol quente da tarde. Linus não estava apenas se acostumando com ele, mas começando a ficar ansioso para vê-lo. Dizia a si mesmo que era porque o sr. Parnassus era um homem muito simpático. Na vida real talvez até pudessem ser amigos, e Linus estava precisando de amigos. Nada mais que aquilo.

Não importava que o sr. Parnassus não parecesse ter uma calça que fosse apropriada para suas pernas compridas, uma vez que as que usava eram sempre curtas demais. Naquele dia, estava usando meias azuis com nuvenzinhas. Linus se recusava a se deixar encantar.

Na maioria das vezes era bem-sucedido.

Ainda assim, quando o sr. Parnassus fizera o convite, Linus sentira a garganta fechar e a língua ficar seca como torrada queimada.

— Perdão? — Conseguira perguntar.

O sr. Parnassus abrira um sorriso.

— Eu disse que talvez fosse uma boa ideia você assistir a um *tête-à-tête* meu com Lucy, para que sua experiência em Marsyas seja completa. Imagino que o Altíssimo Escalão espere seus comentários a respeito, não acha?

Linus concordou. Na verdade, estava começando a achar que talvez o Altíssimo Escalão se importasse mais com Lucy que com qualquer outra pessoa na ilha. Aquilo não estava expresso nos arquivos que tinha recebido, mas Linus trabalhava naquela área havia bastante tempo e era mais perceptivo do que as pessoas costumavam achar.

O que não significava que ia aceitar o convite correndo.

Seu progresso nos primeiros dias de ilha fora apenas parcial. Sal continuava morrendo de medo dele e Phee desdenhava dele, mas Talia agora só ameaçava enterrá-lo no jardim uma ou duas vezes ao dia, e Chauncey parecia feliz em relação a toda e qualquer coisa (em especial quando podia levar toalhas ou lençóis limpos a Linus, para depois tossir educadamente e garantir sua gorjeta). Theodore, claro, achava que o sol se erguia e se punha por causa de Linus, algo que não deveria deixá-lo tão comovido quanto deixava. Tinha sido só um *botão* (quatro, na verdade, uma vez que Linus decidira que uma de suas camisas devia ser aposentada e lhe dava um novo a cada manhã, e o fato de que eram de plástico, e não de metal, não parecia importar para o menino).

Lucy, por outro lado, permanecia um enigma. Um enigma aterrorizante, claro, dado que era o Anticristo, mas ainda assim um enigma. No dia anterior, Linus se vira na biblioteca da casa principal, um cômodo antigo com livros do chão ao teto. Estava olhando as estantes quando, de canto de olho, percebeu um movimento nas sombras. Ele se virou, mas já não havia nada ali.

Então olhou para cima e viu Lucy agachado em cima de uma estante, com os olhos vermelhos voltados para ele e um sorriso perverso no rosto.

Linus arfou, com o coração acelerado.

— Olá, sr. Baker — disse Lucy. — É bom ter em mente que almas humanas são berloques sem valor para alguém como eu. — Ele riu e pulou da estante, aterrissando de pé, então olhou para Linus. — Adoro berloques sem valor — sussurrou ele, então fugiu da biblioteca.

Linus só voltou a vê-lo uma hora depois, comendo um biscoito de aveia com uva-passa na cozinha, enquanto balançava a cabeça ao som dos Coasters cantando sobre como iam encontrá-la se procurassem em toda parte.

Portanto, não, Linus não aceitou o convite correndo.

Mas tinha um trabalho a fazer.

Era o motivo pelo qual estava ali.

E quanto mais aprendesse sobre Lucy, mais bem preparado estaria para escrever seus relatórios ao Altíssimo Escalão.

(Aquilo não tinha *nada* a ver com a ideia de poder conhecer o sr. Parnassus um pouco melhor. E, mesmo que tivesse, era porque a ficha do diretor não dizia quase nada, e Linus precisava ser minucioso. Aquilo estava expresso no parágrafo 6 da página 138 de *Regras e regulamentos*, e ele seguiria a recomendação à risca.)

— Ele sabe que vou estar presente? — perguntou Linus, enxugando o suor da testa.

O sr. Parnassus riu.

— Foi ideia dele.

— Minha nossa — disse ele baixinho.

— Devo dizer que aceitou?

Não. Não, ele não deveria. Na verdade, deveria dizer que Linus havia ficado doente e passaria o resto do dia em casa. Então Linus poderia passar a noite de sexta-feira de pijama, ouvindo rádio na sala e fingindo estar em casa. Um rádio não era uma vitrola, mas teria de servir.

— Sim — confirmou Linus. — Estarei lá.

O sr. Parnassus abriu um sorriso enorme. A visão fez a pele de Linus corar.

— Maravilha — disse ele. — Acho que vai se surpreender. Às cinco em ponto, sr. Baker. — O diretor deu meia-volta e retornou à casa principal, assoviando uma melodia alegre.

Linus fechou a porta e escorregou contra ela.

— Bom, meu velho, agora você se encrencou.

Do parapeito da janela, à luz do sol, Calliope piscou devagar.

Linus Baker nunca fora do tipo religioso. Não se importava que os outros fossem, mas aquilo não era para ele. A mãe não fora exatamente uma fiel fervorosa, mas chegara tão perto que mal se notava a diferença. Ela o levava à igreja aos domingos, e ele ficava sentadinho com sua camisa recém-engomada, que lhe dava uma coceira horrível, e se levantava quando devia se levantar, e se ajoelhava quando devia se ajoelhar. Linus gostava dos hinos, embora cantasse terrivelmente mal, e só. Achava ridícula a ideia de fogo e enxofre, de que os pecadores iriam para o inferno enquanto os outros iriam para o paraíso. Pecados lhe pareciam ser algo muito subjetivo. Era errado matar, bem como causar danos aos outros, claro, mas aquilo podia ser comparado a roubar um chocolate da mercearia da esquina aos nove anos? Porque, se pudesse, Linus estaria destinado ao inferno pela vez em que havia enfiado uma barra no bolso e comido à noite, debaixo do cobertor.

Quando já tinha idade suficiente para compreender o poder da palavra "não", Linus deixou de ir à igreja. "*Não*", ele dissera à mãe. "*Não, eu não quero ir.*"

Ela ficara chateada, claro. Preocupava-se com a alma dele, e lhe disse que ele estava enveredando por um caminho sem volta. Um caminho que envolvia drogas, bebida e *garotas*. Ela também disse que estaria lá para recolher os cacos, porque era aquilo que uma mãe fazia (e para lhe dizer "Eu avisei", Linus imaginava).

Mas, no fim, drogas nunca tinham sido um problema, e embora Linus desfrutasse de uma taça de vinho no jantar uma vez por mês, nunca ia muito além daquilo.

Quanto às *garotas*, a mãe nem precisava ter se preocupado. Àquela altura, Linus já havia notado como sua pele toda se arrepiava quando seu vizinho de dezessete anos, Timmy Wellington, cortava a grama sem camisa. Não, garotas não iam representar a ruína de Linus Baker.

Então não, ele não era mesmo do tipo religioso.

Mas isso foi antes de saber que o Anticristo era um menino de seis anos que morava na Ilha de Marsyas. Pela primeira vez na vida, Linus desejou ter um crucifixo, uma Bíblia ou *o que quer que fosse* para se proteger, caso Lucy decidisse que precisava sacrificar alguém para atingir seu máximo poder.

Certamente não ajudou em nada ter passado por Talia e Phee no jardim, ambas observando cada passo de Linus rumo à casa principal.

— Esse aí já era — comentou Talia, sem emoção na voz. — Não volta mais.

Phee tossiu para disfarçar uma risada.

— Boa tarde — cumprimentou Linus, rígido.

— Boa tarde, sr. Baker — disseram Phee e Talia com doçura, embora não o enganassem.

Ao chegar à varanda da casa principal, Linus as ouviu cochichar e se virou para elas. As duas acenaram, alegres.

Linus teve de se conter para não sorrir diante daquela visão, o que era estranho.

Em vez disso, ele franziu a testa.

Ao entrar na casa, ouviu a sra. Chapelwhite cantando na cozinha. Ela estava muito mais simpática com ele desde a ida à praia, ou seja: passara a reconhecer sua presença com um aceno de cabeça que quase parecia cordial, em vez de perfunctório.

Linus fechou a porta atrás de si e ouviu um chilreio vindo do sofá diante da lareira. Quando baixou os olhos, viu um rabo escamoso saindo do vão debaixo dele.

— Olá, Theodore — cumprimentou ele.

O rabo desapareceu e Theodore enfiou a cabeça para fora, batendo de leve a língua. Ele chilreou de novo, dessa vez em indagação. Linus não precisava falar sua língua para compreender o que estava pedindo.

— Já te dei um hoje de manhã. Quanto mais tiver, menos valor vão ter pra você.

Linus se sentiu um pouco bobo, uma vez que botões de plástico não valiam nada, mas aquela parecia uma lição importante de ser transmitida.

Theodore soltou um suspiro moroso e desapareceu sob o sofá, grunhindo sozinho.

Linus subiu a escada ao som agourento da madeira rangendo sob seu peso. As arandelas nas paredes pareciam tremeluzir, mas ele disse a si mesmo que era só porque se tratava de uma casa velha, cuja fiação provavelmente precisava de manutenção. Anotou mentalmente a necessidade de perguntar sobre a questão do financiamento do orfanato em seu relatório. O sr. Parnassus desdenhara da menção a *financiamento*, mas Linus imaginava que devia estar enganado.

As portas do andar de cima estavam fechadas, a não ser pelo quarto de Chauncey. Linus ia passar direto por ele, mas parou ao ouvir o menino falando lá dentro. Ele olhou pela fresta e o viu de pé na água salgada, diante de um espelho de corpo inteiro próximo à janela, usando um chapeuzinho de mensageiro de hotel entre os olhos.

— Como estão, sr. e sra. Worthington? — perguntou Chauncey, erguendo o chapeuzinho com um dos tentáculos e fazendo uma reverência. — Sejam bem-vindos ao Hotel Everland! Posso pegar sua bagagem? Ah, obrigado por notar, sra. Worthington! Sim, esse uniforme *é* novo. Somente o melhor no Everland. Espero que desfrutem de sua estadia!

Linus não o interrompeu.

Ele se perguntou se seria demais dar uma jaqueta a Chauncey para completar o uniforme. Talvez pudesse ver se encontrava algo no vilarejo...

Não. Aquilo não tinha nada a ver com o motivo de Linus estar ali. Sua função era observar, e nada mais. Não podia influenciar o orfanato. Não seria apropriado. *Regras e regulamentos* era bastante específico naquele sentido.

Linus pensou ter ouvido um movimento do outro lado da porta de Sal, mas ela estava fechada. Era melhor nem tentar cumprimentá-lo. Não queria assustar o pobrezinho.

Além de nunca ter visto o quarto de Sal por dentro, Linus nunca havia passado pela última porta do corredor. O sr. Parnassus não o havia convidado até aquele dia, embora Lucy tivesse, em inúmeras ocasiões, para mortificação de Linus. Ele sabia que teria de inspecionar ambos os cômodos antes de deixar a ilha, mas vinha evitando fazê-lo naquela primeira semana, o que não era certo.

Linus ficou um bom tempo parado diante da porta, até que respirou fundo e ergueu uma mão trêmula para bater.

Antes que o fizesse, a porta se entreabriu.

Ele recuou um passo. Não parecia haver nenhuma luz lá dentro.

E pigarreou.

— Olá?

Não houve resposta.

Linus criou coragem e abriu mais a porta.

O sol de fim de tarde ainda estava forte quando ele atravessara o jardim, e o ar continuava quente. Mas o interior do cômodo o lembrou da cidade, escura, fria e com o ar parado. Então deu um passo adiante. Depois outro.

Depois outro.

A porta bateu atrás dele.

Linus deu meia-volta, com o coração na garganta. Já estava levando a mão à maçaneta quando velas ganharam vida à sua volta, as chamas subindo a mais de meio metro de altura.

— Bem-vindo aos meus domínios — disse uma voz de criança vinda de trás dele. — Está aqui por convite meu. — Uma risada soou. — Testemunhe a verdadeira extensão do meu poder! Sou Lúcifer! Sou Belzebu, o príncipe dos demônios! Eu…

— … vai perder vários privilégios se decidir continuar com isso — Linus ouviu o sr. Parnassus dizer.

As velas se apagaram.

A escuridão se abrandou.

O sol entrou pela janela.

Linus piscou diante da luz forte.

O sr. Parnassus estava sentado em uma poltrona de encosto alto perto da janela, com as pernas cruzadas, as mãos sobre elas, e cara de quem estava achando graça. Havia uma poltrona vazia à frente dele, sem dúvida para o menino deitado de costas no tapete grosso.

— Ele ouviu você chegar — disse o sr. Parnassus, dando de ombros. — Avisei que era melhor não fazer isso, mas, como esse é o momento em que Lucy pode fazer o que quer, achei que não devia ser muito rígido.

Lucy olhou para Linus, que estava colado à porta do quarto.

— Sou o que sou.

— Verdade — guinchou Linus, mal conseguindo se descolar da porta.

O quarto era amplo e espaçoso. Na parede mais distante, havia uma cama com dossel, com vinhas e folhas entalhadas na madeira escura. Havia também uma escrivaninha, muito mais antiga que as outras da casa, coberta de pilhas de papéis e livros. No lado oposto da cama, havia uma lareira apagada. Se Linus não tivesse acabado de levar o maior susto, acharia aquilo perfeito para as noites frias de inverno.

— Quer mostrar seu quarto ao sr. Baker? — perguntou o sr. Parnassus a Lucy. — Acho que ele adoraria ver. Não é mesmo, sr. Baker?

Não. Não, ele não adoraria. Não gostaria nem um pouco.

— Si-sim — respondeu Linus. — Parece mesmo... possível.

Lucy rolou e ficou de barriga pra baixo, apoiando o queixo nas mãos.

— Tem certeza, sr. Baker? Não parece.

— Tenho certeza — respondeu Linus com firmeza.

Lucy se levantou.

— Bom, não diga que não avisei.

O sr. Parnassus suspirou.

— Lucy, você vai dar a ideia errada ao sr. Baker.

— Como assim?

— Você sabe do que estou falando.

Lucy jogou as mãos para o alto.

— Só estou tentando criar interesse. Fazer com que ele espere o inesperado! Você me disse que a vida é feita de surpresas. Estou tentando surpreender o sr. Baker.

— Acho que ele vai acabar se decepcionando.

Lucy estreitou os olhos.

— E *de quem* é a culpa? Se você tivesse ouvido minhas ideias de decoração, não haveria decepção. Só alegria. — Ele olhou para Linus. — Bom, pelo menos da minha parte.

O sr. Parnassus abriu as mãos em um gesto apaziguador.

— Não acho que cabeças humanas decapitadas sejam propícias a uma boa noite de sono, tampouco acho que fariam bem à saúde e à sanidade do sr. Baker, ainda que fossem feitas de papel machê.

— Cabeças decapitadas? — perguntou Linus com a voz estrangulada.

Lucy suspirou.

— Representações dos meus inimigos. O Papa. Evangélicos que vão a megaigrejas. Você sabe, como qualquer pessoa normal tem.

Linus não achava que Lucy tivesse muita noção do que era *normal*, mas guardou aquilo para si.

— Então nada de cabeças?

— Não — confirmou Lucy, de cara feia. — Nem mesmo o crânio de um animal que eu *não matei*, apenas encontrei na floresta.

Ele lançou um olhar fulminante para o sr. Parnassus.

— O que eu disse sobre animais? — perguntou o diretor.

Lucy foi batendo os pés até uma porta fechada próxima às poltronas.

— Não devo matar animais, porque só assassinos em série fazem isso. E, se encontrar um morto, não devo ficar brincando com ele, porque vai me deixar fedido.

— E?

— *E* é errado.

— Vamos começar com isso da próxima vez — disse o sr. Parnassus. — Acho que soa mais humano.

— Podando minha criatividade — resmungou Lucy. Ele levou uma mão à maçaneta e olhou para Linus. A expressão desgostosa desapareceu, substituída pelo sorriso exageradamente doce de sempre, que causava arrepios em Linus. — Você vem, sr. Baker?

Linus tentou fazer os pés se moverem, mas eles se mantiveram firmemente enraizados na entrada do quarto.

— O sr. Parnassus vai se juntar a nós? — indagou Linus.

O diretor balançou a cabeça.

— Vou deixar que ele te mostre tudo, como no caso das outras crianças. — Ele fez uma pausa. — Ainda estou trabalhando com Sal.

— Ótimo — falou Linus fracamente. — Tudo... tudo bem.

— Por que está suando? — perguntou Lucy, o sorriso se alargando. — Tem algo de errado, sr. Baker?

— Não, não — respondeu Linus. — Só... está um pouco quente. É esse clima, sabe? Não estamos acostumados com ele na cidade.

— Ah, claro — disse Lucy. — Deve ser isso. Vem, sr. Baker. Quero te mostrar uma coisa.

Linus engoliu em seco e disse a si mesmo para deixar de ser bobo. O sr. Parnassus estava *logo ali*, e Lucy não ousaria fazer nada de mau na presença dele.

O *problema* era que o cérebro de Linus escolhera aquele exato momento para se perguntar se outro assistente social já tinha visitado a ilha e o que havia acontecido com ele. *Devia* ter havido outros, não? Ele não podia ser o primeiro. A ideia era absurda.

E, *se* tinha havido outros, o que acontecera com eles? Tinham entrado no quarto de Lucy e nunca mais sido vistos? Linus entraria pela porta com o menino e encontraria as carcaças de seus predecessores pregadas no teto, acima da cama? Ele certamente podia ser firme quando precisava, mas sua constituição era fraca, e só de ver sangue já ficava tonto. Não sabia o que aconteceria se visse intestinos pendurados como se fossem enfeites.

Ele olhou para o sr. Parnassus, que o encorajou com um aceno de cabeça. Linus não se acalmou nem um pouco com aquilo. Até onde sabia, o diretor era tão maligno quanto Lucy, apesar de suas meias coloridas e de seu *lindo sorriso.*

Linus quase tropeçou ao pensar naquele lindo sorriso.

Então afastou o pensamento.

Era capaz de fazer aquilo.

Era capaz de *fazer aquilo.*

Lucy era só uma *criança.*

Linus se forçou a fazer uma cara mais agradável (pouco melhor que uma careta) e disse:

— Eu adoraria ver seu quarto, Lucy. Espero que esteja arrumado. Um quarto bagunçado é sinal de uma mente bagunçada. É melhor manter as coisas limpas sempre que possível.

Os olhos de Lucy brilharam.

— É mesmo, sr. Baker? Bom, vamos ver como é a minha mente.

Linus estava certo de que aquele era um dos fatores de estresse sobre os quais havia sido alertado em sua consulta médica. Mas não havia nada que pudesse fazer a respeito agora.

Ele parou ao lado de Lucy.

E olhou para ele.

O menino sorriu. Linus achou que ele tinha mais dentes do que era humanamente possível.

Ele virou a maçaneta.

Empurrou a porta.

As dobradiças rangeram e...

Um cômodo pequeno foi revelado. Tinha uma cama de solteiro encostada na parede, com edredom xadrez e fronha branca no travesseiro. Havia espaço para uma cômoda e pouco mais. No tampo, via-se uma coleção de pedras brilhantes com veios de quartzo.

Havia discos de vinil nas paredes, pendurados em tachinhas pelo buraco do meio: Little Richard, Big Bopper, Frankie Lymon and the Teenagers, Ritchie Valens e Buddy Holly. Na verdade, havia mais discos de Buddy Holly que de qualquer outro.

Linus se sobressaltou com aquela visão. Reconhecia a maior parte dos discos, porque os tinha em casa. Quantas noites não havia passado ouvindo "Peggy Sue", "That'll Be the Day" e "Chantilly Lace"?

Mas, tirando Little Richard e Frankie Lymon, todos tinham algo em comum. Era um pouco mórbido quando se pensava a respeito, mas fazia sentido.

Linus nem havia notado que Lucy fechara a porta atrás deles.

— O dia em que a música morreu — disse o menino.

Linus se virou com o coração disparado. Lucy estava com as costas coladas à porta.

— Como?

Ele fez um movimento que abarcou os discos.

— Buddy Holly, Ritchie Valens e Big Bopper.

— O acidente de avião — disse Linus em voz baixa.

Lucy confirmou com a cabeça e se afastou da porta.

— Não era nem para Ritchie e Bopper estarem no avião, sabia?

Linus sabia.

— Acho que sabia — respondeu ele.

— Bopper estava doente e acabou ficando com o lugar de outra pessoa.

Waylon Jennings, pensou Linus, mas não disse nada.

— E Ritchie conquistou um lugar no cara ou coroa. Buddy não queria ir de ônibus porque estava frio, e precisavam ir a Montana. — Lucy esticou o braço e tocou "Chantilly Lace", de maneira quase reverente. — O piloto recebeu informações equivocadas quanto ao clima, e o avião não tinha os instrumentos necessários para voar. É estranho, né? — Ele sorriu para Linus. — Gosto de músicas que me deixam feliz. E gosto de morte. É estranho como as duas coisas se misturam. Todos morreram por acaso, e as pessoas fizeram músicas a seu respeito depois. Gosto dessas músicas, mas não tanto quanto gosto das músicas cantadas por mortos.

Linus tossiu com vontade.

— Eu... também gosto de música. Tenho alguns desses discos em casa.

Lucy se animou com aquilo.

— Música de gente morta?

Linus deu de ombros.

— Acho que... sim? Quanto mais velha a música, maior a probabilidade de que o cantor já esteja morto.

— É — concordou Lucy baixinho. Seus olhos começaram a ficar vermelhos. — Verdade. A morte é maravilhosa pra música. Faz os cantores parecerem fantasmas.

Linus achou que aquela era uma boa hora para mudar de assunto, algo menos mórbido.

— Gostei do seu quarto.

Lucy olhou em volta, e a vermelhidão foi se abrandando.

— É muito legal. Gosto de ter meu próprio quarto. Arthur diz que é importante ter independência. — Ele olhou para Linus e depois desviou o rosto. Linus poderia jurar que o menino parecia quase *nervoso*. — Desde que ele não esteja longe demais. — Seus olhos se arregalaram. — Mas não sou um bebê! Posso me virar sozinho! Na verdade, fico sozinho o tempo todo!

Linus arqueou uma sobrancelha.

— O tempo *todo*? Ah, não. Não, não, não. Não pode ser. Precisarei ter uma conversinha com o sr. Parnassus, se for verdade. Uma criança da sua idade não deveria ficar sozinha o tempo *todo*...

— Não foi *isso* que eu quis dizer! — exclamou Lucy. — O que eu quis dizer foi que *nunca* fico sozinho. Nunca! Aonde quer que eu vá, ele está lá! Ele é como uma sombra. É muito irritante.

— Bom, se você diz...

Lucy assentiu, furioso.

— Eu digo. Foi *exatamente* o que eu disse. Então não precisa falar com Arthur a respeito. Não precisa escrever isso no seu relatório nem qualquer outra coisa de ruim a meu respeito. — O sorriso dele era angelical. — Juro que sou uma boa pessoa. — O sorriso se desfez. — E não precisa se dar ao trabalho de olhar embaixo da minha cama. Se por acaso olhar, o esqueleto de pássaro não é meu e não sei quem o pôs aí. A pessoa deveria ser punida, porque é errado. — Lucy sorriu de novo.

Linus ficou só olhando para ele.

— Certo! — exclamou o menino, dando um passo à frente e pegando Linus pela mão. — É isso! Meu quarto! Não tem mais nada pra ver! — Ele puxou Linus na direção da porta e a abriu. — Arthur! Ele viu meu quarto, disse que tem uma cara boa, que não há nada de ruim nele e que sou uma boa pessoa. E gosta das mesmas músicas que eu! *Música de gente morta*.

O sr. Parnassus ergueu os olhos do livro apoiado sobre as pernas.

— É mesmo? Música de gente morta?

Lucy ergueu o rosto a fim de olhar para Linus, ainda segurando sua mão com força.

— Gostamos de coisas mortas, não é, sr. Baker?

Linus gaguejou um pouco.

Lucy o soltou e se deitou no chão, aos pés do sr. Parnassus, onde Linus o encontrara ao chegar. Ele entrelaçou as mãos sobre a barriga e ficou olhando para o teto.

— Meu cérebro está cheio de aranhas enterrando seus ovos na massa cinzenta. Logo eles vão eclodir e me consumir.

Linus não tinha ideia do que fazer com aquilo.

Por sorte, aparentemente o sr. Parnassus tinha. Ele fechou o livro e o deixou na mesinha próxima às poltronas. Então tocou o ombro de Lucy com a pontinha do sapato.

— Que específico. Vamos falar a respeito em mais detalhes daqui a pouco. Só que o sr. Baker gostaria de ficar e observar. Tudo bem por você?

Lucy olhou para Linus, então voltou a olhar para o teto.

— Tudo bem. Ele gosta de coisas mortas quase tanto quanto eu.

Aquilo não era nem um pouco verdade.

— Verdade — disse o sr. Parnassus, fazendo um sinal para que Linus se sentasse na poltrona vazia. — Que coincidência. Onde estávamos mesmo quando ele chegou?

Linus se sentou. Pegou o caderninho e o lápis. Não sabia por que seus dedos estavam tremendo.

— No imperativo categórico — respondeu Lucy. — De Kant.

— Ah, é verdade — disse o sr. Parnassus. — Obrigado por me lembrar. — Linus teve a impressão de que o diretor se lembrava perfeitamente daquilo. — E o que Kant disse sobre o imperativo categórico?

Lucy suspirou.

— Que é o princípio supremo da moralidade. Um objetivo. Um princípio racionalmente necessário e incondicional que devemos sempre seguir, independentemente de qualquer desejo natural ou inclinação em contrário.

— E Kant estava certo?

— Que ser imoral é ser irracional?

— Isso.

Lucy fez uma careta.

— Não?

— Por que não?

— Porque as pessoas não são preto no branco. Não importa o quanto a pessoa tente, é impossível se manter sempre no mesmo caminho, sem distrações. O que não significa que a pessoa seja má.

O sr. Parnassus assentiu.

— Mesmo se ela tiver aranhas no cérebro?

Lucy deu de ombros.

— Talvez. Mas Kant estava falando de pessoas normais. Não sou normal.

— Por que não?

Ele deu um tapinha na barriga.

— Por causa do lugar de onde vim.

— E de onde você veio?

— Uma vagina depois de ser penetrada por um pênis.

— Lucy — repreendeu o sr. Parnassus, enquanto Linus se engasgava.

O menino revirou os olhos. Depois se ajeitou, como se estivesse desconfortável.

— Vim de um lugar onde as coisas não eram tão boas.

— E estão melhores agora?

— A maioria delas, sim.

— E por quê, na sua opinião?

Lucy apertou os olhos para Linus antes de virar a cabeça para o sr. Parnassus.

— Porque aqui tenho meu próprio quarto. E meus discos. E você e os outros, apesar de Theodore não me deixar ver a coleção dele.

— E as aranhas?

— Continuam aqui.

— Mas?

— Mas posso ter aranhas na cabeça desde que não deixe que me consumam e depois destrua o mundo como o conhecemos.

Linus mal conseguia respirar.

O sr. Parnassus não parecia ter o mesmo problema. Ele sorria.

— Exatamente. Errar é humano, seja irracional ou não. E, embora alguns erros sejam maiores que outros, aprendendo com eles nos tornamos pessoas melhores. Mesmo se tivermos aranhas no cérebro.

— Tenho um buraco no lugar do coração.

— É o que algumas pessoas dizem.

Lucy contraiu o rosto, como se refletisse.

— Arthur?

— Sim?

— Sabia que seu nome é uma montanha?

O sr. Parnassus piscou, como se tivesse sido pego com a guarda baixa.

— Sabia. Como você sabe disso?

Lucy deu de ombros.

— Sei várias coisas, mas nem sempre sei como. Faz sentido?

— Mais ou menos.

— O monte Parnasso era sagrado para Apolo.

— Eu sei.

— E você conhece Lino de Trácia?

O sr. Parnassus se ajeitou na poltrona.

— Eu… acho que não.

— Ah! Bom, Apolo matou Lino com suas flechas, por causa de uma competição musical. Você vai matar o sr. Baker? — Lucy virou a cabeça devagar a fim de olhar para Linus. — Se for, pode ser com uma flecha? Aí ele também ficaria com um buraco no lugar do coração.

Lucy começou a rir.

O sr. Parnassus suspirou, enquanto Linus sentiu um puxão no peito.

— Toda essa história foi só para fazer a piada?

— Foi — respondeu Lucy, enxugando os olhos. — Você me disse uma vez que se a gente não consegue rir de si mesmo, é porque está fazendo errado. — Ele franziu a testa. — Estou fazendo errado? Vocês não estão rindo.

— Receio que humor seja algo subjetivo — comentou o sr. Parnassus.

— Que pena. — Lucy voltou a olhar para o teto. — A humanidade é tão esquisita. Quando não estamos rindo, estamos chorando ou correndo pra salvar a própria vida, porque tem monstros tentando devorar a gente. E nem precisam ser monstros *de verdade*. Podem ser aqueles que inventamos. Não é esquisito?

— Suponho que sim. Mas prefiro isso à alternativa.

— Que é?

— Não sentir nada.

Linus desviou o rosto.

Lucy ficou encantado quando o sr. Parnassus decidiu encerrar a sessão mais cedo, às seis e quinze. Ele foi mandado à cozinha para ver se a sra. Chapelwhite precisava de ajuda. Levantou-se de um pulo, girou no lugar e foi batendo os pés na direção da porta, gritando por cima do ombro que esperava que Linus tivesse achado o tempo que haviam passado juntos iluminador.

Linus não sabia se *iluminador* era a palavra certa.

Os dois adultos ficaram em silêncio enquanto Lucy descia a escada, fazendo barulho demais para um menino do tamanho dele. Era como se batesse em todas as superfícies que conseguia encontrar no caminho para o andar de baixo.

Linus sabia que o sr. Parnassus estava esperando que ele dissesse alguma coisa, e aproveitou a oportunidade para organizar seus pensamentos o melhor possível. Seu caderninho estava em branco, o que era angustiante. Não tinha se lembrado de fazer nenhuma observação. Aquilo não era bom para alguém em sua posição, mas ele achava que merecia uma folga, com tudo o que tinha visto e ouvido desde que chegara à ilha.

— Ele não é como eu esperava — falou Linus finalmente, olhando para o nada.

— Não?

Ele balançou a cabeça.

— Há... conotações por trás do nome. Anticristo. — Ele olhou para o sr. Parnassus, desculpando-se. — Sendo franco.

— Há? — perguntou o sr. Parnassus, seco. — Eu não tinha notado.

— Não sinto muito.

— Não espero que sinta. — O sr. Parnassus olhou para as próprias mãos. — Posso contar um segredo?

Aquilo assustou Linus, que achava que o diretor do orfanato não revelava segredos com muita frequência. O que era frustrante, mas compreensível.

— Claro.

— Também fiquei preocupado quando soube que ele seria mandando pra cá.

Linus o encarou.

— Você ficou *preocupado*?

O sr. Parnassus arqueou uma sobrancelha. Linus achou que devia lembrar a si mesmo de que, de acordo com sua ficha, o homem era cinco anos mais velho que ele. O diretor parecia estranhamente jovem. Sem saber o porquê, Linus endireitou um pouco o corpo. E, se encolheu um pouco a barriga, não era da conta de ninguém.

— Por que parece tão ultrajado?

— Fico *preocupado* quando o ônibus demora. Fico *preocupado* quando não ouço o alarme e perco a hora. Fico *preocupado* quando vou ao mercado no fim de semana e o abacate está pela hora da morte. Essas são preocupações, sr. Parnassus.

— São preocupações mundanas — corrigiu ele gentilmente. — Armadilhas da vida normal. E não há nada de errado com elas. Se digo que fiquei preocupado é porque essa é a melhor maneira que encontrei para expressar meus sentimentos. Fiquei preocupado porque ele estava sozinho, mas me sinto assim com todas as crianças. Fiquei preocupado quanto a ele se encaixar com os outros que já estavam aqui. Fiquei preocupado de não ser capaz de dar a Lucy aquilo de que ele precisava.

— E com o que ele é? — perguntou Linus. — Ficou preocupado com isso também? Me parece que essa deveria ser a primeira de suas *preocupações*.

O sr. Parnassus deu de ombros.

— Claro, mas isso não me parecia mais importante que qualquer outra coisa. Eu sabia da seriedade da situação, sr. Baker. Mas não podia deixar que esse fosse o foco. Porque sempre foi assim com Lucy: todo mundo preocupado com o que ele é, com aquilo de que é capaz. Tais preocupações não passavam de um disfarce fraco para o medo e a repulsa, e as crianças são muito mais perspicazes do que costumamos achar. Se ele visse em mim o mesmo que via em todo mundo, que esperança restaria?

— Esperança? — ecoou Linus, sem muito brilhantismo.

— Esperança — repetiu o sr. Parnassus. — Porque é o que precisamos oferecer a ele, o que precisamos oferecer a todos eles. Esperança, um caminho, um lugar a que possam pertencer, um lar onde possam ser quem são sem medo das repercussões.

— Perdão, mas acho que igualar Lucy aos outros é um pouco equivocado. Ele *não* é como os outros.

— Talia também não é — retrucou o sr. Parnassus. — Ou Theodore. Ou Phee, ou Sal, ou Chauncey. Estão todos aqui porque *não são* iguais aos outros. O que não significa que precise ser sempre assim.

— Está sendo inocente.

— Estou *frustrado* — disse o sr. Parnassus. — As crianças ficam sujeitas a noções preconceituosas de quem são. Crescem e viram adultos que conhecem apenas isso. Você mesmo disse: Lucy não é como esperava, o que significa que já tinha uma imagem dele na sua cabeça. Como podemos lutar contra o preconceito se não fazemos nada para mudar as coisas? Se vamos permitir que ele envenene nosso espírito, o que estamos fazendo aqui?

— No entanto, você permanece na ilha — falou Linus, na defensiva. — Não sai daqui. Não permite que *eles* saiam.

— Estou protegendo as crianças de um mundo que não as compreende. Um dia por vez, sr. Baker. Se conseguir que tenham confiança, que desenvolvam um senso de identidade, espero que isso lhes dê as ferramentas de que precisam para enfrentar o mundo real, principalmente considerando o quão difícil vai ser no caso delas. Não ajuda em nada quando o DEDJUM manda alguém como você para interferir.

— Alguém como eu? — perguntou Linus. — O que *isso* quer…

O sr. Parnassus soltou o ar.

— Perdão. Fui injusto. Sei que está apenas fazendo o seu trabalho. — Ele abriu um sorriso fraco. — Independentemente de seu empregador, acho que é capaz de ver além de uma ficha ou de uma nomenclatura.

Linus não sabia se aquilo era um insulto ou um elogio.

— Houve outros? Antes de mim? Assistentes sociais, digo.

O sr. Parnassus assentiu devagar.

— Uma vez. Na época, apenas Talia e Phee estavam aqui, embora Zoe… a sra. Chapelwhite já tivesse oferecido ajuda. Havia rumores de que outros viriam, nada concreto. Procurei fazer daqui um lar para as meninas aos meus cuidados e para os que talvez viessem. Seu antecessor, ele… mudou. Era um homem encantador, e achei que fosse ficar. Mas depois mudou.

Linus ouviu tudo o que não estava sendo dito. Compreendeu por que a sra. Chapelwhite havia rido quando ele lhe perguntara se ela e o sr. Parnassus tinham algum envolvimento. E, embora não fosse da sua conta, Linus perguntou:

— O que aconteceu com ele?

— Foi promovido — disse o sr. Parnassus baixinho. — Primeiro a supervisor. Então, da última vez que tive notícias, já estava no Altíssimo Escalão, o que sempre desejara. Isso me ensinou uma lição muito dura: às vezes, não devemos expressar nossos desejos em voz alta, ou não vão se tornar realidade.

Linus piscou. Ele não podia estar falando do…

— Não pode ser o da papada.

O sr. Parnassus riu.

— Não.

— Nem o de óculos.

— Não, sr. Baker. Nem ele.

De modo que só restava o bonitão de cabelo ondulado, o sr. Werner. Que havia mencionado a Linus suas *preocupações* em relação à capacidade de Arthur Parnassus. Linus ficou escandalizado, embora não soubesse bem o motivo.

— Mas ele é tão… *tão*…

— Tão? — perguntou o sr. Parnassus.

Linus se agarrou à única coisa em que conseguiu pensar.

— Ele serve o presunto seco nas festas de fim de ano! É *horrível*.

O sr. Parnassus o olhou por um momento antes de irromper numa gargalhada. Linus ficou assustado com aquele som quente e crepitante, como o de ondas quebrando contra pedras.

— Ah, meu caro sr. Baker. Realmente me surpreendo com você.

Linus se sentiu estranhamente orgulhoso.

— Eu tento.

— Acredito que sim — disse o sr. Parnassus, enxugando os olhos.

Eles voltaram a ficar em silêncio. Linus não havia se sentido tão confortável desde que chegara à ilha. Não ousava pensar demais a respeito, por medo de descobrir coisas para as quais não estava preparado, ainda que soubesse que estavam ali. Como tudo o mais, seria temporário. Seu tempo ali, assim como seu tempo no mundo, era finito. Não adiantava pensar que não era.

Então, sem pensar, ele disse:

— Kant, Arthur? Sério? De todas as coisas…

Os olhos do sr. Parnassus brilharam à luz fraca do sol.

— Ele tinha suas falácias.

— Ah, isso é um belo de um eufemismo. Schopenhauer disse…

— *Schopenhauer*? Retiro tudo de bom que já disse a seu respeito, Linus. Está banido desta ilha. Saia imediatamente.

— Ele fez críticas muito pertinentes! E o fez para valorizar ainda mais o trabalho de Kant!

O sr. Parnassus desdenhou.

— Valorização não era algo que Kant…

— Meu bom homem, você não poderia estar mais equivocado.

E eles não pararam por ali.

DEZ

A balsa já estava esperando quando a sra. Chapelwhite parou o carro. Linus avistou Merle na embarcação. Ele acenou para os dois, irritado e de cara feia.

— É um homem bastante impaciente, não? — comentou Linus enquanto o portão da balsa baixava.

— Você não sabe nem a metade — murmurou a sra. Chapelwhite. — Ele age como se tivesse muito trabalho a fazer. O sr. Parnassus é o único que o paga pelo uso dessa porcaria, e ele sabe disso. Nem precisaríamos usar, fazemos isso só para agradar.

— Como vocês... Ou melhor, não quero saber. Vamos?

Ela suspirou.

— Se for mesmo preciso...

— Receio que seja — disse Linus.

A sra. Chapelwhite olhou para ele enquanto engatava a marcha, depois saiu devagar com o carro. Linus achou que ela fosse dizer alguma coisa, mas não foi o caso. Ele se perguntou se não estaria projetando uma vontade sua.

A balsa sacudiu ligeiramente quando o carro subiu. Embora Linus se sentisse um pouco enjoado, não era como quando chegara, uma semana antes. Aquilo o fez parar para pensar. Fazia só uma semana? Chegara num sábado, então... sim. Exatamente uma semana. Ele não sabia por que a surpresa. Ainda sentia saudade de casa, mas era mais como uma dor surda na boca do estômago.

O que provavelmente não era um bom sinal.

A sra. Chapelwhite desligou o motor quando o portão voltou a se erguer atrás deles. Uma buzina soou mais acima, e a balsa saiu. Linus botou a mão para fora do carro, deixando que a brisa marinha soprasse entre seus dedos.

Fazia poucos minutos que tinham embarcado quando Merle apareceu.

— Trouxe meu dinheiro? — perguntou ele. — O valor dobrou, não esqueça.

A sra. Chapelwhite bufou.

— Trouxe, seu velho rabugento.

Ela se inclinou para abrir o porta-luvas.

Linus entrou em pânico.

— Quem está pilotando a balsa?

Merle franziu a testa.

— Essas coisas fazem tudo sozinhas. São automatizadas.

— Ah — disse Linus sem pensar. — Então para que você serve?

Merle olhou feio para ele.

— O que foi que disse?

— O dinheiro — interrompeu a sra. Chapelwhite com doçura, oferecendo um envelope ao homem. — O sr. Parnassus pediu que eu avisasse que ele espera que o valor não volte a dobrar tão cedo.

A mão de Merle estava tremendo quando ele pegou o dinheiro da mão da mulher.

— Aposto que sim. Mas receio que seja assim no mundo dos negócios. Estamos numa crise econômica.

— É mesmo? Não notei.

O sorriso de Merle era cruel.

— Claro que não. O seu tipo acha que é melhor que o resto de nós…

— Acho que é melhor você ir — aconselhou Linus. — E cuidado para não gastar tudo com bebida. Ou como sobreviveria nessa *crise econômica*?

Merle olhou feio para ele antes de dar as costas e voltar ao leme, batendo os pés.

— Cretino — murmurou Linus. Ele olhou para a sra. Chapelwhite, que já estava olhando para ele. — O que foi?

Ela balançou a cabeça.

— Você… deixa pra lá.

— Fala logo, sra. Chapelwhite.

— Por que não me chama de Zoe? Essa coisa de sra. Chapelwhite está ficando velha.

— Zoe — disse Linus devagar. — É, acho que tudo bem.

— E eu vou te chamar de Linus.

— Não sei por que isso é tão importante — resmungou ele, mas não impediu que ela o chamasse assim.

Ela o deixou na frente do correio e apontou na direção da mercearia, alguns quarteirões à frente.

— Me encontra lá quando terminar. Vou tentar ser rápida. Não quero chegar atrasada.

— Atrasada pra quê? — perguntou Linus, com uma mão na maçaneta da porta e um envelope grande e fino na outra.

Ela sorriu para ele.

— É o segundo sábado do mês.

— E?

— Saímos numa aventura com as crianças. É tradição.

Linus não gostou daquilo.

— Que tipo de aventura?

Ela o olhou de alto a baixo.

— Vou pegar algumas coisas pra você. O que anda usando simplesmente não vai servir, e imagino que só tenha trazido isso. Que tamanho você usa?

— Acho que isso não é da sua conta! — respondeu ele, ultrajado.

Ela o empurrou para fora do carro.

— Tenho uma boa ideia. Deixa comigo. A gente se vê na mercearia.

Os pneus cantaram quando o carro saiu. As pessoas na calçada ficaram olhando para ele em meio à fumaça da borracha. Linus tossiu e abanou uma mão diante do rosto.

— Como vão? — disse ele a um casal que andava de braços dados. Os dois empinaram o nariz e apertaram o passo.

Linus olhou para si mesmo. Usava calça e camisa social com gravata, como sempre. Não estava certo de que queria saber o que a sra. Chapelwhite… *Zoe* tinha em mente. Sem problemas. Diria aquilo a ela mais tarde, quando se reencontrassem.

Tal qual o restante do vilarejo, o interior do correio era iluminado e ensolarado. A pintura era em tons pastéis, com fileiras de conchas gigantes nas paredes. Tinha um quadro de avisos com um folheto familiar: SE VIR ALGO, DIGA ALGO! O REGISTRO AJUDA TODOS!

Havia um homem atrás do balcão observando-o atentamente. Seus olhos eram pequenos e de suas orelhas saíam pelos enrolados e grossos. Sua pele era bronzeada e enrugada.

— Posso ajudar?

— Creio que sim — disse Linus, aproximando-se do balcão. — Preciso mandar isto ao Departamento Encarregado da Juventude Mágica.

Ele entregou o envelope com o primeiro relatório semanal. Era extenso, provavelmente mais que o necessário, porque não havia feito muitas revisões às vinte e sete páginas escritas à mão.

— Ao DEDJUM? — perguntou o homem, olhando para o envelope com um interesse mal disfarçado que deixou Linus nervoso. — Fiquei sabendo que tinham mandado alguém. Já era hora, se quer saber minha opinião.

— Não quero — falou Linus rispidamente.

O homem o ignorou. Colocou o envelope em uma balança e voltou a olhar para Linus.

— Espero que faça a coisa certa.

Linus franziu a testa.

— Que seria...?

— Fechar o lugar. É uma ameaça.

— Em que sentido? — indagou Linus, orgulhoso da maneira como controlava a própria voz.

O funcionário do correio se inclinou para a frente e baixou a voz. Seu hálito tinha um cheiro forte de pastilha.

— Há rumores, sabe?

Linus fez questão de não recuar.

— Não, não sei. Rumores de quê?

— Coisas sinistras — disse o homem. — Coisas *malignas*. Não são crianças. São *monstros*, que fazem coisas monstruosas. As pessoas vão para a ilha e nunca mais voltam.

— Que pessoas?

O homem deu de ombros.

— Você sabe. Pessoas. Vão para lá e nunca mais se ouve falar delas. E o tal do Parnassus… É o homem mais esquisito que já vi. Só Deus sabe o que ele as coloca para fazer na ilha. — Ele fez uma pausa. — Já vi algumas.

— Das crianças?

Ele desdenhou.

— É, se é que se pode chamar assim.

Linus inclinou a cabeça.

— Parece que você os observa de perto.

— Ah, sim — confirmou o homem. — Eles não vêm mais aqui, mas quando vinham, pode apostar que eu ficava de olho.

— Interessante — disse Linus. — Certamente posso acrescentar ao meu relatório ao DEDJUM que um homem da sua idade alimenta um interesse pouco saudável por crianças órfãs. O que acha? Ainda mais considerando que pagam você para ficar quieto, coisa que parece incapaz de fazer.

O homem recuou um passo, arregalando os olhos.

— Não foi isso que…

— Não estou aqui para ouvir sua opinião. Estou aqui para mandar este envelope. É tudo o que preciso de você.

O homem estreitou os olhos.

— Três e vinte e cinco.

— Vou precisar do recibo — disse Linus enquanto pagava. — Para o reembolso. Dinheiro não dá em árvore, afinal de contas.

O homem colocou o recibo na bancada com um baque. Linus assinou, pegou sua via, e já tinha se virado para ir embora quando…

— Você é Linus Baker?

Ele olhou para trás.

— Sim.

— Tenho uma mensagem pra você.

— Se for como a última, nem se dê ao trabalho.

O homem balançou a cabeça.

— Não é minha, seu tolo. E você faria bem em me ouvir, para não ser o próximo a desaparecer. É um comunicado oficial. Do DEDJUM.

Linus não estava esperando nada deles, ou pelo menos não tão cedo. Aguardou que o funcionário vasculhasse uma caixa ao seu lado até encontrar um envelope pequeno e o entregar. Era do DEDJUM, como o homem dissera. Com o selo oficial e tudo mais.

Estava prestes a abri-lo quando voltou a sentir os olhos do funcionário nele.

Algo lhe ocorreu.

— Por acaso você sabe alguma coisa sobre construção de jangadas?

O homem pareceu confuso.

— Construção de jangadas, sr. Baker?

Linus abriu um sorrisinho tenso.

— Esquece.

Ele se virou e saiu do correio.

Na rua, abriu o envelope. Havia uma única folha dentro.

Linus a desdobrou.

Então leu:

DEPARTAMENTO ENCARREGADO DA JUVENTUDE MÁGICA
MEMORANDO DO ALTÍSSIMO ESCALÃO

Sr. Baker,

Aguardamos ansiosamente pelos seus relatórios. Vale lembrar que não queremos que deixe nada de fora.

Nada.

Sinceramente,

Charles Werner

CHARLES WERNER
ALTÍSSIMO ESCALÃO

Linus ficou olhando para o comunicado por um bom tempo.

Ele encontrou Zoe na mercearia, como combinado. Ela estava com um carrinho cheio à sua frente e parecia estar discutindo com o açougueiro a respeito de uma peça grande de carne.

— Tudo certo? — perguntou Linus, colocando-se ao lado dela.

— Tudo — murmurou Zoe, olhando feio para o açougueiro. — Só estou pechinchando.

— Sem pechincha — falou o açougueiro, com um sotaque forte que Linus não reconheceu. — Sem pechincha. Preço subiu!

Zoe estreitou os olhos.

— Pra todo mundo?

— Sim! — insistiu o açougueiro. — Pra todo mundo!

— Não acredito em você.

— Então eu pego carne de volta.

Zoe esticou os braços e pegou a carne do balcão.

— Não. Tudo bem. Mas vou me lembrar disso, Marcel. Não pense que vou esquecer.

Ele se encolheu, mas não disse mais nada.

Zoe pôs a carne no carrinho e voltou a empurrá-lo. Linus a seguiu.

— O que foi isso?

Ela abriu um sorrisinho tenso.

— Nada com que eu não possa lidar. Mandou o relatório?

— Mandei.

— Imagino que não vá me dizer o que tinha nele.

Linus ficou boquiaberto.

— De jeito *nenhum*! É uma comunicação privilegiada entre…

Ela dispensou aquilo com um aceno.

— Não custava tentar.

— …*fora que*, como está escrito em *Regras e regulamentos*, página 519, parágrafo doze, subparágrafo…

Zoe suspirou.

— A culpa é toda minha.

Linus pensou em contar a Zoe (aquilo era estranho, chamá-la pelo primeiro nome; bastante incomum) o que o funcionário do correio havia dito, mas não o fez. Não sabia bem o motivo. Talvez achasse que não era nada que ela já não tivesse ouvido. E o sol estava brilhando, disse a si mesmo. Fazia um dia bonito. Não havia necessidade de estragar tudo com as palavras de um homem preconceituoso.

Tudo foi estragado quase imediatamente depois de retornarem à ilha.

Sério, ele deveria ter imaginado.

Merle não disse muita coisa, só resmungou que haviam demorado mais que o esperado, e os dois simplesmente o ignoraram. Enquanto a balsa avançava, Linus viu uma gaivota que os acompanhava lá do alto e se lembrou de seu *mouse pad* no DEDJUM, com a imagem de uma praia, perguntando se ele não gostaria de estar lá.

E ele estava. Ele *estava* lá.

Aquele era um pensamento perigoso. Porque não se tratava de férias, de uma viagem merecida depois de dar duro no trabalho. Ele *ainda* estava trabalhando, independentemente de onde se encontrasse, e não podia se esquecer daquilo. Já tinha ido muito além do que estava acostumado (aquela história de chamá-los de *Zoe* e *Arthur* não era nem um pouco profissional), mas só passaria mais três semanas ali. Sua casa estava à espera, bem como seus girassóis. Calliope certamente queria ir para casa, ainda que passasse horas deitada no jardim, à luz do sol, sem se mexer. *E daí* que ela tinha miado para Linus pela primeira vez quando ele passara um dedo entre suas orelhas, perguntando-se se não estaria prestes a perder a mão? Não significava nada.

Linus tinha uma vida.

Uma vida que, infelizmente, parecia estar empenhada em levar sua sanidade ao limite.

Ele se pôs diante do espelho do quarto da casa de hóspedes e olhou para o próprio reflexo.

— Minha nossa.

Zoe tinha enfiado uma sacola na mão dele e dito que havia lhe comprado uma roupa para a aventura daquela tarde. Ignorara seus protestos enquanto tirava as sacolas de compras do porta-malas, como se não pesassem nada. Depois o deixara sozinho.

Linus planejava deixar a sacola na casa de hóspedes, sem sequer abri-la.

Se fingisse que não estava lá, não precisaria ver o que continha.

Para se distrair, guardou as roupas limpas que haviam sido deixadas em sua cama. Em cima delas, havia um bilhete que dizia: "*Seu serviço de lavanderia semanal foi concluído! Obrigado por ficar na Ilha de Marsyas! Chauncey, seu mensageiro*". Simplesmente não era aceitável que o menino lavasse todas as suas roupas, incluindo as íntimas. Linus teria de falar com ele sobre limites. Sem dúvida Chauncey devia estar esperando sua gorjeta.

Foi quando estava endireitando suas gravatas que Linus se deu conta de que apenas três minutos haviam se passado. E ele *continuava* pensando na sacola.

— Só uma espiada — murmurou Linus para si mesmo.

Ele deu uma olhadinha.

— O que é isso? — perguntou a ninguém em particular. — Não pode ser. É muito inapropriado. Eu nunca... Quem ela pensa que é? Sprites... são todas inúteis.

Ele fechou a sacola e a jogou em um canto.

Então se sentou na beirada da cama. Talvez pudesse abrir seu exemplar de *Regras e regulamentos* para refrescar a memória. Estava claramente precisando. Tinha criado... *familiaridade* demais com as pessoas dali. Um assistente social precisava manter certo grau de distanciamento. Era o que lhe permitia ser objetivo e não deixar que sua opinião fosse alterada ou influenciada, inclusive em detrimento de uma criança. Linus precisava ser profissional.

Ele se levantou, sem qualquer outra intenção. Talvez pudesse se sentar na varanda e ler ao sol. Parecia perfeito.

Ficou surpreso quando, em vez de pegar o volume pesado, voltou a pegar a sacola. Abriu-a e deu outra olhada. O conteúdo ainda era o mesmo.

— Provavelmente nem vai servir — murmurou sozinho. — Ela não tem como saber meu tamanho só de olho. Nem devia ter reparado no meu tamanho, aliás. É falta de educação.

Então, claro, Linus sentiu que precisava provar que Zoe estava errada. Assim, quando a visse de novo (mais tarde, com certeza não depois de ter participado de uma aventura frívola), poderia lhe dizer para não tentar seguir a carreira de *personal shopper*, visto que não era nada boa naquilo.

Sim. Era exatamente o que ia fazer.

Linus vestiu a roupa.

Ficou perfeita.

Ele gaguejou ao se ver diante do espelho.

Parecia pronto para fazer um safári no Serengeti ou explorar as florestas brasileiras. Usava bermuda e camisa cáqui. A camisa não tinha botões na parte de cima (pareciam ter sido *arrancados*, na verdade), então ficava aberta no pescoço, deixando sua pele branca e lisa à mostra. Na verdade, nem conseguia se lembrar da última vez que deixara tanta pele à mostra. Suas pernas eram de um branco fantasmagórico. Para piorar, ele usava meias marrons até a metade da canela e botas robustas e desconfortáveis, como se nunca tivessem sido usadas.

O mais terrível de tudo era o chapéu que completava o figurino, que mais parecia um capacete e ficava bizarro em sua cabeça.

Ali estava Linus, olhando para o próprio reflexo, perguntando-se por que, em vez de parecer um explorador das histórias de aventura que lia quando pequeno (a mãe as odiava, portanto precisavam ser escondidas debaixo da cama e lidas tarde da noite, com uma lanterna, sob o edredom), parecia mais com um ovo caipira com braços e pernas.

— Não — falou ele, balançando a cabeça. — De jeito nenhum. Não. De verdade. É ridículo. Tudo isso é...

Alguém bateu à porta.

Ele franziu a testa ao tirar os olhos do espelho.

Mais batidas.

Linus suspirou. Era muito azar.

Ele foi atender. Respirou fundo e abriu.

Ali, na varanda, havia cinco crianças, todas em roupas parecidas de explorador. Até mesmo Theodore usava uma versão daquilo, um colete cáqui que deixava espaço para suas asas. Ele recuou um pouco e chilreou alto para Linus antes de girar no lugar, animado.

— Uau — soltou Talia, olhando para Linus de cima a baixo. — Você *é mesmo* rechonchudo. Como eu!

Phee se inclinou para inspecionar os joelhos dele, com as asas tremulando atrás do corpo.

— Por que você é tão branco? Não sai de casa? Nunca? Você é quase tão translúcido quanto Chauncey.

Os olhos de Chauncey balançaram na extremidade dos pedúnculos.

— Olá! Espero que suas roupas tenham sido lavadas a seu agrado. Se sentir falta de algum item, é porque o perdi sem querer, peço desculpas. Por favor, considere a possibilidade de dar a nota máxima no momento de avaliar meu serviço. — Chauncey estendeu um tentáculo.

Linus arqueou uma sobrancelha para ele.

O menino suspirou e recolheu o tentáculo.

— Ah, cara...

Lucy sorriu para Linus por cima do bigode falso grande demais para seu rosto. Também usava roupa de explorador, embora fosse vermelha, e um tapa-olhos por motivos que Linus preferia não saber.

— Olá, sr. Baker. Sou o líder da expedição para encontrar o tesouro da sprite de ilha. Fico feliz que tenha decidido se juntar a nós. Provavelmente enfrentará uma morte terrível pelas mãos e bocas de canibais que assarão você e depois comerão sua carne suculenta e sua pele crocante. Se tiver sorte, será levado antes por uma fasciíte necrosante causada pela picada de um inseto terrível, e seu corpo apodrecerá por dentro até que não reste nada além de uma pilha de ossos, pus e sangue. Vai ser *maravilhoso.*

Linus olhou boquiaberto para ele.

— Crianças — disse alguém. — Deem um pouco de espaço ao sr. Baker, está bem?

Linus viu Arthur diante da casa de hóspedes, com Sal mais atrás, espiando nervoso. Sal estava vestido como as outras crianças. Quando notou que Linus o observava, pareceu tentar se esconder atrás de Arthur, mas foi malsucedido, claro, dado seu tamanho e a magreza de Arthur.

A garganta de Linus se fechou ligeiramente quando ele viu como Arthur ficava bem na roupa que usava. Em vez de cáqui, a calça e a camisa dele eram pretas, com uma faixa vermelha no peito. Ele carregava algo que parecia ser um facão na cintura. E tinha um bigode como o de Lucy, embora o seu parecesse bem menos ridículo e balançasse suavemente quando Arthur sorriu para Linus. O assistente social corou e desviou o rosto. De repente, sentia calor demais. Era um ovo redondo e quente com pernas e braços brancos.

Ele nunca tinha se importado muito com sua aparência. Certamente não precisava começar agora. Aquela era uma visita como qualquer outra que já havia feito.

Uma investigação, Linus teve de lembrar a si mesmo.

Não era uma visita.

Ele abriu a boca para recusar qualquer que fosse o convite (não porque realmente acreditasse que haveria canibais, ainda que, com Lucy, não desse para ter certeza disso).

Antes que pudesse dizer o que quer que fosse, Lucy pulou da varanda e fez uma pose grandiosa, com as mãos na cintura.

— Que comece a aventura! — gritou, e então pôs-se a caminhar na direção das árvores fechadas, erguendo bem os joelhos a cada passo que dava.

As crianças o seguiram. Theodore bateu asas, mantendo-se acima da cabeça dos outros. Sal deu uma olhada rápida para Linus antes de se juntar aos outros.

— Você vem, Linus? — perguntou Arthur.

— Seu bigode é ridículo — resmungou Linus, deixando a varanda para ir atrás das crianças.

Ele fingiu não ouvir a risada baixa atrás de si.

— Certo — falou Lucy, parando no limite das árvores. Ele se virou para o grupo, com os olhos arregalados. — Como sabem, uma sprite malvada...

— Ei! — protestou Phee.

— Lucy, não se deve chamar os outros de malvados — lembrou-o Arthur, enquanto Theodore se acomodava em seu ombro. — É falta de educação.

Lucy revirou os olhos.

— Tá bom. Retiro o que disse. Uma sprite *assassina*... — Ele fez uma pausa, esperando para ver se alguém faria objeção àquilo. Ninguém fez. Até mesmo Phee parecia animada. Linus concluiu que eles não tinham entendido nada, mas achou que era melhor manter o bico calado. — Uma sprite assassina escondeu um tesouro nas profundezas da floresta, e estamos atrás dele. Não posso prometer que vocês sobreviverão. Na verdade, mesmo que encontrem o tesouro, provavelmente vou me revelar um traidor, dar vocês de comida aos jacarés e ficar rindo enquanto eles esmagam seus ossos...

— Lucy — repreendeu-o novamente Arthur.

O menino suspirou.

— É a minha vez de ser o líder. — Ele fez um beicinho. — Você disse que eu podia desempenhar o papel como quisesse.

— Sim — concordou Arthur. — Mas sem trair os outros.

— Mas secretamente sou um vilão!

— E se todos nós fôssemos vilões? — sugeriu Chauncey.

— Você não saberia se comportar mal — disse Talia. — É bonzinho demais.

— Não! Posso ser mau! Olha só! — Os olhos dele giraram até encontrar Linus. — Sr. Baker! Não vou lavar suas roupas na semana que vem! Hahaha!

Então ele sussurrou, com pânico na voz:

— Estou brincando. Vou, sim. Me deixa lavar. Não tira isso de mim.

— Quero ser uma vilã — disse Phee. — Ainda mais se vamos encarar uma sprite assassina. Não sei se notaram, mas *eu* sou uma sprite, e deveria ser assassina também.

— Sempre quis assassinar alguém — falou Talia, alisando a barba. — Dá tempo de voltar pra pegar minha pá?

Theodore arreganhou os dentes e soltou um silvo ameaçador.

— Sal? — chamou Lucy, melancólico. — Você também quer ser vilão?

Sal olhou por cima do ombro de Arthur. Hesitou, depois fez que sim com a cabeça.

— Tá — falou Lucy, jogando as mãos para o alto. — Então vamos ser todos do mal. — Ele sorriu para os outros. — Talvez eu ainda possa trair vocês sendo secretamente *bom* e… — Ele fez uma careta, contorcendo o rosto e mostrando a língua. — Não, isso seria péssimo. Argh. Eca. Blé.

Linus tinha um mau pressentimento em relação a tudo aquilo.

Lucy seguiu à frente, gritando tão alto que os pássaros grasnavam com raiva ao sair voando de seus poleiros nas árvores. Ele perguntou a Arthur se não podia usar o facão para cortar as trepadeiras cerradas que pendiam das árvores. Linus ficou bastante preocupado com aquilo, e aliviado quando Arthur disse que não, porque crianças não deviam usar aquele tipo de coisa.

Tampouco havia necessidade. Sempre que pareciam estar presos, incapazes de seguir em frente por causa da mata fechada, Phee se colocava à frente dos outros. Suas asas cintilavam fortemente e tremiam enquanto ela erguia as mãos. Então as trepadeiras se afastavam, como criaturas vivas, revelando o caminho à frente.

As crianças exclamavam alegres, e Phee parecia orgulhosa de si. Linus desconfiou de que ela estivesse colocando obstáculos no caminho só para precisarem de sua ajuda. Até Sal sorria quando as trepadeiras se recolhiam.

Linus logo percebeu que, embora tivesse passado mais tempo ao ar livre naquela semana do que em todo o ano anterior, não estava nem um pouco em forma. Logo começou a bufar e resfolegar, enquanto o suor escorria por sua testa. Ele ficava para trás com Arthur, que parecia querer manter um ritmo tranquilo, pelo que Linus era grato.

— Aonde estamos indo? — perguntou Linus depois do que tinha certeza de que haviam sido horas, mas na verdade nem chegava a uma.

Arthur deu de ombros, aparentemente não tendo perdido nem um pouco o fôlego.

— Não faço a menor ideia. Não é incrível?

— Acho que eu e você temos ideias muito diferentes do que é "incrível". Essa brincadeira foi planejada em algum sentido?

Arthur riu. Linus se sentiu desconfortável com o quanto aquele som o agradava.

— Entra dia, sai dia, eles seguem o planejamento. Café às oito em ponto, depois aula. Almoço ao meio-dia. Mais aula. Tempo livre à tarde. Jantar às sete e meia. Dormir às nove. Uma quebra na rotina de vez em quando faz maravilhas para a alma.

— De acordo com *Regras e regulamentos*, crianças não devem ter...

Arthur passou tranquilamente sobre um tronco grosso tomado por musgos. Ele se virou e ofereceu uma mão a Linus, que hesitou antes de aceitá-la. Seus movimentos eram muito menos graciosos, mas Arthur o impediu de cair de cara no chão. As crianças gritaram um pouco adiante, e o diretor o soltou.

— Esse livro parece ser a sua vida.

Linus se irritou.

— *Não* é. E, mesmo que fosse, não haveria nada de errado com isso. O livro fornece a ordem necessária para que as crianças sejam felizes e saudáveis.

— É mesmo?

Linus achou que o outro estava zombando dele, mas sem qualquer malícia. Duvidava que Arthur Parnassus pudesse ser cruel.

— Ele existe por um motivo, Arthur. É o sistema que guia o mundo da juventude mágica. Especialistas de vários campos contribuíram...

— Especialistas humanos.

Linus parou e apoiou uma mão em uma árvore enquanto recuperava o fôlego.

— Quê?

Arthur virou o rosto para as copas das árvores. Um feixe de luz do sol penetrava as folhas e os galhos, iluminando seu rosto e lhe dando uma aparência etérea.

— Especialistas humanos — repetiu Arthur. — Nem uma única pessoa mágica participou da concepção do livro. Todas as palavras contidas nele vieram da mão e da mente humanas.

Linus hesitou.

— Bom... isso... isso não pode ser verdade. Com certeza *alguém* da comunidade mágica contribuiu.

Arthur baixou a cabeça a fim de olhar para Linus.

— Alguém em que posição? Seres mágicos nunca ocuparam posições de poder. Não no DEDJUM. Nem no governo. Isso não é permitido. Eles são marginalizados, independentemente da idade.

— Mas... há *médicos* mágicos. E... advogados! É, *advogados*. Conheço uma advogada muito agradável que é uma banshee. Muito respeitável.

— Em que área do direito ela trabalha?

— Ela ajuda seres mágico que tentam lutar contra... o registro...

— Ah — fez Arthur. — Entendi. E os médicos?

Linus sentiu o estômago se revirar.

— Tratam apenas seres mágicos. — Linus balançou a cabeça, tentando ordenar os pensamentos confusos. — Há um motivo para tudo, Arthur. Nossos predecessores sabiam que a única maneira de ajudar a assimilar as pessoas mágicas à nossa cultura era estabelecer diretrizes rígidas para garantir uma transição tranquila.

O olhar de Arthur pareceu um pouco mais duro.

— E quem disse que eles precisavam ser assimilados? Eles tiveram escolha?

— Bom... não. Acho que não. Mas é pelo bem maior!

— De quem? O que acontece quando eles crescem, Linus? Não é como se as coisas fossem mudar. Eles continuarão registrados. Continuarão sendo monitorados. Sempre haverá alguém os vigiando, acompanhando cada movimento deles. Não vai terminar quando forem embora daqui. Vai ser sempre assim.

Linus suspirou.

— Não estou tentando começar uma discussão.

Arthur assentiu.

— Claro que não. Se estivéssemos discutindo, significaria que estamos ambos tão aferrados a nossa posição que não conseguimos ver o outro lado. E sei que não sou tão teimoso assim.

— Exatamente — disse Linus, aliviado.

E logo depois:

— Ei!

Arthur já estava avançando por entre as árvores.

Linus respirou fundo, enxugou a testa e o seguiu.

— Isso remonta a Kant — falou Arthur, enquanto Linus tentava alcançá-lo.

— Claro — murmurou o outro homem. — O que é ridículo, se quer saber minha opinião.

Arthur riu.

— Se ele estava certo ou não é uma outra questão, mas certamente trouxe uma perspectiva interessante quanto ao que é ou não moral.

— Perversidade é a própria definição de imoralidade — argumentou Linus.

— Sim — concordou Arthur. — Mas quem somos nós para decidir o que é o quê?

— Milhões de anos de evolução biológica. Não botamos a mão no fogo porque queima. Não matamos porque é errado.

Arthur riu, parecendo exultante.

— Mas as pessoas continuam fazendo ambas as coisas. Quando eu era jovem, conheci uma fênix que amava a sensação do fogo contra a pele. E pessoas matam todos os dias.

— Não dá para comparar as duas coisas!

— Você que comparou — disse Arthur com delicadeza. — Meu ponto é o mesmo das minhas sessões com Lucy. O mundo gosta de ver as coisas preto no branco, moral e imoral. Mas há áreas cinzentas. E só porque alguém *é* capaz de perversidades, não significa que vai colocá-las em prática. E tem a questão da *percepção* da imoralidade. Duvido muito que Chauncey consideraria usar um tentáculo violentamente contra outra pessoa, mesmo que fosse para se proteger. No entanto, as pessoas o veem e decidem que é um monstro com base em sua aparência.

— Isso não é justo — admitiu Linus. — Mesmo que eu ainda o encontre escondido debaixo da minha cama a cada três dias.

— Só porque ele tem dificuldade de separar o que lhe disseram que era de quem realmente é.

— Mas ele tem o orfanato — falou Linus, abaixando-se para passar por um galho.

Arthur assentiu.

— Tem. Mas não vai ser sempre assim. A ilha não é permanente, Linus. Mesmo que em sua infinita sabedoria você decida permitir que continuemos como estamos, um dia ele vai sair para o mundo sozinho. E o máximo que posso fazer é preparar Chauncey para isso.

— Mas como você vai preparar o garoto se não o deixa sair?

Arthur se virou para Linus com a testa franzida.

— Ele não é um prisioneiro.

Linus recuou um passo.

— Eu nunca... Não foi o que eu... Sei disso. Peço desculpas se tiver dado a impressão errada.

— Eu preparo as crianças — explicou Arthur. — Mas também as protejo, de certa forma. Elas... apesar do que são, apesar do que podem fazer, elas são muito frágeis. Estão perdidas, Linus. Todas elas. Não têm ninguém, só umas às outras.

— E você — falou Linus baixinho.

— E a mim — concordou Arthur. — E, embora eu compreenda sua posição, espero que compreenda a minha. Sei como o mundo funciona. Sei que tem dentes. Que pode morder você quando menos espera. É tão ruim assim tentar proteger as crianças disso pelo máximo de tempo possível?

Linus não sabia ao certo, e deixou claro.

— Quanto mais tempo elas permanecerem escondidas, mais difícil vai ser quando chegar a hora. Este lugar... esta ilha... Você mesmo disse. Não é para sempre. Há um mundo todo além do mar, e por mais injusto que seja, elas têm que saber o que há lá fora. Isso não pode ser tudo.

— Sei disso — falou Arthur, olhando para as árvores com a expressão inescrutável. — Mas às vezes gosto de fingir que é. Há dias em que certamente parece que poderia ser.

Linus não estava gostando de como ele soava. Quase... melancólico.

— Se vale de alguma coisa, nunca achei que fosse discutir filosofia moral no meio da floresta usando uma bermuda cáqui.

Arthur irrompeu numa risada.

— Você é fascinante.

Linus voltou a se sentir quente. Ele disse a si mesmo que era o cansaço. Então engoliu em seco e perguntou:

— Então você conheceu uma fênix?

Arthur não se deixou enganar, mas não parecia disposto a insistir.

— Conheci. Ele era... curioso. Apesar de tudo o que lhe aconteceu, manteve a cabeça erguida. Sempre me pego pensando no homem que deve ter se tornado.

O diretor deu um sorrisinho, e Linus soube que a conversa havia terminado.

Os dois continuaram se embrenhando na floresta.

Eles chegaram a uma praia do outro lado da ilha. Era pequena e, em vez de areia, tinha pedras brancas e marrons, que faziam um barulho agradável quando as ondas quebravam.

— Devagar, homens — disse Lucy, passando os olhos pela praia. — Tem algo de errado aqui.

— Não somos todos *homens*. — Talia fez uma cara feia. — Meninas também podem explorar. Como Gertrude Bell.

— E Isabella Bird — ajudou Phee.

— E Mary Kingsley.

— E Ida Laura Pfeiffer.

— E Robyn...

— Tá, tá — resmungou Lucy. — Já entendi. Meninas podem fazer tudo o que os meninos podem. Afe... — Ele olhou para Linus, com um sorriso diabólico no rosto. — Você gosta de meninas, sr. Baker? Ou de meninos? Ou dos dois?

As crianças viraram a cabeça devagar a fim de olhar para ele.

— Gosto de todo mundo — conseguiu dizer Linus.

— Que chato — murmurou Talia.

— Sou um menino! — exclamou Chauncey, então franziu a testa. — Eu acho.

— Você é o que quiser ser — disse Arthur, dando tapinhas em sua cabeça, entre os dois olhos.

— Podemos voltar à nossa tarefa? — pediu Lucy. — Se não pararem de falar, vamos todos ser mortos de uma maneira horrível.

Sal olhou em volta, nervoso, com Theodore empoleirado no ombro, o rabo enrolado ligeiramente no pescoço dele.

— Por quem?

— Não sei — disse Lucy, voltando a virar para a praia. — Mas, como eu estava dizendo, tem algo de errado aqui! Posso sentir o cheiro.

As crianças começaram a fungar. Até mesmo Theodore esticou o pescoço e dilatou as narinas.

— O único cheiro que dá pra sentir é o do sr. Baker — disse Phee. — Porque ele não para de suar.

— Não estou acostumado com esse nível de esforço — retrucou Linus.

— É — apoiou Talia. — Ele *não tem* culpa de ser rechonchudo. Não é, sr. Baker? Nós, rechonchudos, temos que nos apoiar.

Aquilo não fazia Linus se sentir melhor, mas tudo o que ele disse foi:

— Exatamente.

Talia ficou satisfeita.

Lucy revirou os olhos.

— *Vocês* não vão conseguir sentir o cheiro, só eu. Porque sou o líder. Está vindo dali. — Ele apontou para um aglomerado de árvores no extremo da praia. Parecia escuro e sinistro.

— O que é, Lucy? — perguntou Chauncey. — São os canibais? — Ele não parecia muito entusiasmado com a possibilidade.

— Provavelmente — respondeu Lucy. — Podem estar cozinhando alguém neste exato momento. É melhor irmos conferir. Sempre quis ver como a pessoa fica quando está sendo cozida.

— Ou talvez a gente possa ficar aqui — disse Talia, pegando a mão de Linus. Ele olhou para ela, mas não tentou se soltar. — Talvez seja a melhor opção.

Lucy balançou a cabeça.

— Exploradores não recuam. *Muito menos* exploradoras.

— É verdade — concordou Phee, séria. — Mesmo diante de canibais.

Theodore choramingou e enfiou a cabeça debaixo da asa. Sal esticou a mão para acariciar o rabo dele.

— A coragem é uma virtude — disse Arthur. — Diante da adversidade, separa os fortes dos fracos.

— Ou os tolos dos sábios — murmurou Talia, apertando a mão de Linus. — Meninos são bobos.

Linus concordava com ela, mas guardou aquilo para si.

Lucy estufou o peito.

— Sou corajoso! E, como sou o líder, darei uma ordem corajosa: Arthur vai primeiro pra garantir que é seguro, enquanto o resto de nós espera aqui.

Todos concordaram.

Inclusive Linus.

Arthur arqueou uma sobrancelha para ele.

— Ele está certo — disse Linus. — A coragem é uma virtude e tudo mais.

Os lábios de Arthur se contorceram.

— Se for preciso...

— É preciso — disse Lucy a ele. — Se tiver canibais ali e eles começarem a te comer, grita pra gente saber que é melhor fugir.

— E se comerem minha boca primeiro?

Lucy apertou os olhos para ele.

— Hum... Tenta não deixar isso acontecer.

Arthur endireitou os ombros. Pegou o facão e subiu numa pedra grande, com as ondas batendo à sua volta. Fazia uma bela figura, como um herói das antigas. Ele apontou o facão para as árvores.

— Pela expedição! — gritou.

— Pela expedição! — gritaram as crianças em resposta.

Arthur deu uma piscadela para Linus, pulou da pedra e correu para as árvores. As sombras o engoliram, e ele desapareceu.

Todos aguardaram.

Nada aconteceu.

Aguardaram mais um pouco.

Ainda nada.

— Xi — sussurrou Talia. — Devem ter começado pela boca.

— É melhor voltarmos? — sugeriu Chauncey, com os olhos saltando.

— Não sei — disse Lucy, então olhou para Linus. — Ainda bem que você está aqui.

Linus ficou sensibilizado.

— Obrigado, Lucy...

— Se os canibais vierem atrás da gente, vão ver você primeiro. Somos pequenos, e você é cheio de carne nos ossos. Vamos ter tempo de fugir. Agradecemos pelo seu sacrifício.

Linus suspirou.

— O que devemos fazer? — perguntou Phee, preocupada.

— Acho que a gente tem que ir atrás dele — disse Sal.

Todos olharam para o menino.

Sal olhou nos olhos de Linus por um momento antes de desviar o rosto. Os cantos de sua boca viraram para baixo. Ele inspirou fundo e soltou o ar devagar.

— Ele iria atrás da gente.

Theodore chilreou, pressionando o focinho contra a orelha de Sal.

— Ele está certo — afirmou Lucy. — Arthur iria atrás de nós. Tomei minha decisão. Vamos todos atrás dele. Com o sr. Baker na frente.

— Para um líder, você mais delega que lidera, sabia? — observou Linus secamente.

Lucy deu de ombros.

— Tenho seis anos. Bom, esse corpo tem. Na verdade, sou antiquíssimo, mas isso não tem nada a ver com a história.

Linus sentiu como se o chão balançasse ligeiramente, mas conseguiu manter o equilíbrio.

— Se você insiste…

— Eu insisto — disse Lucy, parecendo aliviado. — Eu insisto muito.

Talia soltou a mão de Linus e se colocou atrás dele, empurrando a parte de trás de suas pernas.

— Vai. Vai, vai, vai! Arthur pode estar sendo devorado neste segundo, e você está aqui *parado*!

Linus suspirou de novo.

— Estou indo.

Era ridículo, claro. Não havia canibais na ilha. Era só uma história que Lucy havia inventado. E nem era uma história tão *boa*.

Mas aquilo não impedia Linus de suar profusamente enquanto atravessava a praia na direção das árvores. Eram de um tipo diferente das árvores da floresta pela qual tinham chegado. Pareciam mais antigas e fechadas. E embora não houvesse canibais ali, Linus entendia por que estariam ali se houvesse. Parecia o lugar perfeito para consumir carne humana.

A bravura das crianças era incomparável. Elas o seguiam, só que uns bons quinze passos atrás, todas juntas, de olhos arregalados.

Linus não se sentia nada reconfortado pela presença delas.

Ele se virou para as árvores.

— Arthur! — chamou Linus. — Você está aí?

Não houve resposta.

Linus franziu a testa. Certamente era uma brincadeira que Arthur estava levando a sério demais.

Ele chamou de novo.

Nada.

— Xi — ouviu Lucy dizer atrás dele. — Ele já deve ter sido esquartejado.

— O que isso significa? — perguntou Chauncey. — Ele foi levado para um quarto? Mas o mensageiro aqui sou eu!

— Significa desmembrar — explicou Talia. — Fazer picadinho.

— Ah — disse Chauncey. — Não estou gostando nem um pouco disso.

Aquilo era idiotice. Não havia canibais na ilha. Linus seguiu rumo às árvores, inspirou fundo e entrou na floresta.

Estava mais... frio ali. Mais frio do que deveria estar naquela sombra. A umidade parecia ter diminuído, e Linus tremeu. Havia um caminho estreito à frente, que serpenteava por entre as árvores. Não parecia que algo havia sido maculado (fossem as trepadeiras *ou* Arthur). Linus imaginou que aquilo era um bom sinal.

Ele seguiu adiante, parando apenas para olhar por cima do ombro. As crianças estavam à beira das árvores. Parecia que haviam decidido ficar por ali.

Phee fez sinal de positivo para ele com as duas mãos.

— Você não está morto! — afirmou Lucy, parecendo estranhamente decepcionado.

— Líderes costumam encorajar com reforço positivo — falou Talia para ele.

— Ah. Fez um bom trabalho não morrendo!

— Bem melhor — disse Talia.

Os pedúnculos de Chauncey baixaram até que seus olhos estivessem pouco acima do corpo.

— Não estou gostando disso.

— Vamos — orientou Sal, enquanto Theodore mordiscava sua orelha. — Vamos todos juntos. — Ele deu um passo rumo às árvores, e os outros o seguiram, reunidos à sua volta.

Aquilo fez Linus sentir uma doce pontada no coração.

Ele voltou a se virar para a frente, tentando se controlar. Qual era o *problema* dele? Não era para ser daquele jeito. Linus não devia...

O caminho foi repentinamente bloqueado por uma árvore grande, que brotou à frente dele com um rugido, espalhando terra para todo lado.

Linus gritou e recuou.

As crianças gritaram.

Uma voz soou, parecendo ecoar ao redor deles enquanto as árvores gemiam.

— Quem ousa pisar na minha floresta?

Linus soube no mesmo instante que era Zoe. Ele suspirou. Ia ter uma bela conversa com ela e com Arthur depois.

As crianças se apressaram e se reuniram em torno de Linus, com os olhos arregalados para ele.

— Quem é? — sussurrou Lucy furiosamente. — São os canibais?

— Não sei — respondeu Linus. — Talvez. E, embora eu represente uma refeição completa, eles podem estar cheios depois de Arthur. Talvez estejam interessados num... *lanchinho*.

Talia arfou.

— Tipo... tipo *eu*?

— Tipo qualquer um de nós — gemeu Phee.

— Ah, não! — disse Chauncey, tentando se mover entre as pernas de Linus com resultados inconsistentes.

Sal olhava para as árvores em volta com os olhos estreitos. Theodore havia enfiado a cabeça dentro da camiseta dele.

— Precisamos ser corajosos — falou Sal.

— Ele está certo — concordou Lucy, colocando-se ao lado de Sal. — Corajosos como nunca.

— Vou ser corajoso daqui — disse Chauncey, ainda debaixo de Linus.

— Devia ter trazido minha pá — murmurou Talia. — Poderia bater com ela na cabeça desses canibais idiotas.

— O que devemos fazer? — perguntou Phee. — Atacar?

Lucy balançou a cabeça antes de gritar:

— Exijo saber quem reside aqui!

A voz de Zoe saiu grave, mas Linus sabia que ela estava sorrindo.

— Quem é você para exigir *alguma coisa de mim*, criança?

— Sou o comandante Lucy, líder desta expedição! Revele-se e prometo não lhe causar mal. Se ainda estiver com fome e pretender atacar, o sr. Baker se ofereceu em sacrifício para nos proteger.

— Eu não me ofereci coisa...

— *O próprio* comandante Lucy? — perguntou Zoe, e as palavras ecoaram em volta deles. — Minha nossa, eu ouvi falar de você.

Lucy piscou.

— É mesmo?

— Sim, claro. Você é famoso.

— Sou? Quer dizer, sou! Sou, sim! O famoso comandante Lucy!

— O que quer de mim, comandante Lucy?

Ele olhou para os outros.

— O tesouro — decidiu Phee.

— E Arthur — lembrou Chauncey.

— E se tivermos que escolher um? — perguntou Talia. Tinha voltado a segurar a mão de Linus.

— Escolhemos Arthur — disse Sal, parecendo mais seguro de si do que nunca aos olhos de Linus.

— Ah, sério? — indagou Lucy, chutando o chão. — Mas... é um *tesouro*...

— Arthur — insistiu Sal, e Theodore chilreou em concordância de dentro da camisa do menino. Linus ainda não sabia quando começaria a entender aqueles chilreios.

Lucy suspirou.

— Tá bom... — Ele voltou a se virar para a frente. — Queremos Arthur Parnassus!

— É mesmo? — perguntou a voz estrondosa de Zoe.

— Bom, eu não recusaria seu tesouro...

— Lucy! — repreendeu-o Chauncey.

Lucy gemeu.

— Só Arthur!

— Que assim seja!

A árvore se encolheu e voltou à terra em um piscar de olhos.

O caminho estava livre.

— Quer ir na frente, comandante Lucy? — perguntou Linus.

Lucy balançou a cabeça.

— Você está fazendo um ótimo trabalho, e acho que não está acostumado a ouvir isso. Não quero tirar tamanha satisfação de você.

Linus pediu forças e seguiu na frente, com Talia ainda segurando sua mão. As outras crianças se juntaram atrás deles, com Sal e Theodore por último.

Não tiveram de andar muito: logo o caminho dava em uma pequena clareira. Nela, havia uma casa. Tinha um andar só, era feita de madeira e estava coberta por hera. Parecia muito antiga, e a grama em volta era alta. A porta estava aberta. Linus pensou nas histórias de sua infância, com bruxas que atraíam crianças para suas casas. Mas as bruxas que ele conhecia não eram canibais.

Bom, a maioria não era.

Então ele se deu conta de a quem a casa pertencia e da honra que estava tendo. A casa de um sprite adulto é sua posse mais importante. É lá que guardam todos os seus segredos. Sprites são notórios por manter a privacidade, e Linus não tinha dúvida de que um dia seria o caso com Phee, embora ele tivesse esperança de que ela fosse se lembrar do tempo passado em Marsyas durante a infância. Assim, não se sentiria tão sozinha.

O fato de que Zoe Chapelwhite os convidava a entrar não passou despercebido a Linus. Ele se perguntou se Arthur já havia estado ali (achava que sim). E por que, para começar, ela havia permitido que Linus sequer pisasse na ilha. E a quem pertencia a casa em que o orfanato ficava. Eram perguntas para as quais não tinha respostas.

Cabia a ele fazê-las? Não tinha certeza. Não estavam relacionadas com as crianças, estavam?

— Uau — soltou Lucy. — Olha só isso.

Flores começavam a se abrir em meio à hera. Parecia que brotavam direto da casa. Tinham cores fortes: eram cor-de-rosa, douradas, vermelhas e azuis como o céu e o mar. Em poucos instantes, cobriam a casa toda, chegando ao telhado e o cobrindo também.

Phee soltou um suspiro sonhador.

— Que lindo.

Linus tinha de concordar. Nunca havia visto nada igual. Pensou em como seus girassóis pareciam sem graça em comparação. Não sabia como podia ter pensado que eram vívidos.

Voltar para casa ia ser um belo choque.

Uma figura apareceu à porta.

As crianças se aproximaram de Linus.

Zoe entrou sob a luz do sol. Usava um vestido branco que contrastava lindamente com sua pele escura. As flores em seu cabelo combinavam com aquelas que haviam crescido na construção. Suas asas estavam bem abertas. Ela sorriu para eles.

— Exploradores! Fico feliz que tenham encontrado o caminho.

— Eu *sabia*! — gritou Lucy, jogando as mãos para o alto. — Não eram canibais, era Zoe o tempo todo! — Ele balançou a cabeça. — *Eu* não fiquei com medo, mas eles ficaram. São uns bebezões.

A julgar pelos gritos indignados, os outros discordavam com veemência.

— Arthur está vivo? — perguntou Chauncey. — Não o comeram nem nada do tipo?

— Não o comeram — disse Zoe, abrindo passagem. — Ele está aqui dentro, esperando vocês. Talvez tenha comida. Talvez até uma torta. Mas vão ter que descobrir sozinhos.

Qualquer medo que restasse aparentemente desapareceu de imediato com a promessa de comida. Todos correram para a porta, incluindo Sal. Theodore grasniu, mas conseguiu se segurar ao outro menino.

Linus permaneceu onde estava, sem saber o que devia fazer. Zoe tinha feito um convite às crianças, no qual ele não sabia se estava incluído.

Zoe se afastou da casa. A cada passo que dava, a grama crescia sob seus pés. Ela parou diante de Linus e olhou para ele com curiosidade.

— Zoe — disse o assistente social, assentindo.

Ela pareceu achar graça.

— Linus. Ouvi dizer que foi uma bela aventura.

— De fato. Um pouco fora da minha zona de conforto.

— Acho que é assim que a maior parte dos exploradores se sente quando deixa pela primeira vez o único mundo que conhece.

— Você diz uma coisa querendo dizer outra com bastante frequência, não é?

Ela sorriu.

— Não tenho ideia do que está falando.

Ele não acreditava nem um pouco nela.

— Arthur está bem?

Os olhos de Zoe se estreitaram ligeiramente.

— *Arthur* está ótimo.

Linus assentiu devagar.

— Porque ele já esteve aqui antes, imagino.

— Quer me perguntar alguma coisa, Linus?

Muitas coisas.

— Não, só... estou puxando papo.

— Você não é muito bom nisso.

— Pra ser sincero, não é a primeira vez que me dizem algo do tipo.

A expressão dela se abrandou.

— Não, imagino que não seja. Sim, Arthur já veio aqui antes.

— Mas as crianças nunca vieram?

Ela balançou a cabeça.

— Não. É a primeira vez.

— E por que agora?

Zoe o encarou. Algo que ele era incapaz de identificar brilhava em seus olhos.

— Esta ilha é tão delas quanto minha. Já era hora.

Ele franziu a festa.

— Espero que não tenha sido por minha causa.

— Não, Linus. Não foi por sua causa. Teria acontecido você estando aqui ou não. Quer entrar?

Ele tentou não demonstrar surpresa, mas fracassou de maneira retumbante.

— Esta ilha não é minha.

Zoe hesitou.

— Não. Mas não quero te deixar aqui sozinho. Pode haver canibais, afinal de contas.

— Verdade — concordou ele. — Obrigado.

— Pelo quê?

Ele não sabia ao certo.

— Por quase tudo, acho.

— Isso é bem abrangente.

— Prefiro que seja assim, pra não esquecer de nada em particular.

Ela riu. As flores em seu cabelo e na casa ficaram mais vívidas àquele som.

— Você é um querido, Linus Baker. Tem uma casca dura, mas rachada. Descendo um pouco mais fundo, há essa vida fervilhando descontrolada. É um enigma.

Ele corou.

— Não sei se é verdade.

— Ouvi vocês filosofando na floresta. Acho que Arthur se divertiu bastante.

Linus começou a gaguejar.

— Não é... Acho que... Não foi nada de mais.

— Acho que foi, sim.

Ela se virou e entrou, deixando Linus olhando para suas costas.

O interior da casa parecia ser uma extensão do que havia do lado de fora. O piso era de terra, com a grama formando um carpete grosso. Havia vasos de flores pendurados no teto. Caranguejos-azuis e caracóis verdes e dourados se agarravam às paredes. As janelas estavam abertas, permitindo que Linus ouvisse o mar à distância. Tinha se acostumado àquele som. Ia sentir falta quando fosse a hora de partir.

A comida fora servida em uma bancada de madeira. As crianças seguravam o que pareciam ser conchas grandes e empilhavam comida nelas. Havia sanduíches, salada de batata e morangos tão vermelhos que Linus achou que fossem falsos, até que Theodore mordeu um e revirou os olhos, em êxtase.

Arthur Parnassus estava sentado em uma poltrona velha, com as mãos cruzadas sobre as pernas, parecendo achar graça em ver as crianças se empanturrando, enquanto Zoe tentava acalmá-las. Expedições davam fome, e até a barriga de Linus roncava.

— Fico feliz que tenha sobrevivido — disse Linus, um pouco desconfortável ao lado da poltrona.

Arthur inclinou a cabeça para trás a fim de olhá-lo.

— Foi muito corajoso da minha parte, eu sei.

Linus desdenhou.

— Ah, sim. Vão escrever poemas épicos a seu respeito.

— Acho que vou gostar disso.

— Claro que vai.

Rugas se formaram nos cantos dos olhos de Arthur.

— Antes que atacassem a recompensa, fiquei sabendo que você cuidou bem deles na minha ausência.

Linus balançou a cabeça.

— Acho que Lucy só estava tirando uma com a sua cara…

— Foi Sal quem me falou.

Linus piscou.

— Como?

— Sal disse que você segurou a mão de Talia sem que ela precisasse pedir. E que você ouviu todo mundo e deixou que tomassem suas próprias decisões.

Linus se atrapalhou.

— Eu não… Só fui na deles.

— Bom, obrigado, de qualquer maneira. Como deve saber, é um belo elogio, vindo dele.

Linus sabia.

— Acho que Sal está se acostumando comigo.

Arthur balançou a cabeça.

— Não é isso. É que… ele enxerga as coisas. Talvez mais que o restante de nós. O lado bom das pessoas. E o mau. Em sua curta vida, encontrou todo tipo de gente. E consegue ver o que outros não conseguem.

— Sou apenas eu mesmo — disse Linus, sem saber ao certo aonde aquilo ia parar. — Não sei ser ninguém além de quem já sou. Sempre fui assim. Não é muito, mas faço o melhor que posso com o que tenho.

Arthur olhou para ele com tristeza. Estendeu o braço e apertou a mão de Linus brevemente.

— Acho que o melhor é tudo o que se poderia pedir. — Ele se levantou, sorrindo, embora não tão animadamente como de costume. — O que estão achando da recompensa, exploradores?

— Ótima! — exclamou Chauncey, engolindo um sanduíche inteiro, que desceu por dentro dele e começou a se desfazer.

— Seria melhor se fosse um tesouro de verdade — murmurou Lucy.

— E se o tesouro forem as amizades que se solidificaram no processo? — perguntou Arthur.

Lucy fez uma careta.

— Seria o pior tesouro do mundo. Eles já *eram* meus amigos. Quero rubis.

Theodore se animou todo e chilreou uma pergunta.

— Não — respondeu Talia, com a boca cheia de salada de batata. Sua barba estava suja de ovo e mostarda. — Não tem rubis.

As asas de Theodore caíram em decepção.

— Mas tem torta — disse Zoe. — Feita especialmente pra vocês.

Lucy suspirou.

— Se for preciso...

— É preciso — afirmou Arthur. — E acho que vai gostar da torta tanto quanto gostaria dos rubis. — Ele olhou para Linus. — Está com fome, caro explorador?

Linus fez que sim com a cabeça e se juntou aos outros.

Em meio à comida (Chauncey enfiando a cara na sua fatia de torta) e às risadas (Chauncey cuspindo migalhas quando Lucy lhe contou uma piada bastante inapropriada para alguém de sua idade), Linus percebeu que Zoe e Phee escapavam pela porta. Arthur e as outras crianças estavam distraídos ("Chauncey!", gritava Lucy, alegre. "Tenho torta até no *nariz*!"), e o assistente social sentiu uma estranha e repentina necessidade de ver o que as sprites pretendiam.

Ele encontrou as duas em meio às árvores diante da casa, Zoe com a mão no ombro de Phee, as asas de ambas cintilando à luz que penetrava as copas.

— E o que você sentiu? — perguntou Zoe. Elas não olharam na direção de Linus, embora ele achasse que sabiam de sua presença. Os dias em que podia passar despercebido tinham ficado para trás.

— A terra — disse Phee imediatamente, o cabelo parecendo estar em chamas. — As árvores. As raízes sob a areia e a terra. Foi como se... como se estivessem me esperando. Ouvindo.

Zoe pareceu satisfeita.

— Exatamente. Há todo um mundo escondido sob o que vemos. A maioria não compreende isso, mas acho que temos sorte. Sentimos o que outros não conseguem.

Phee olhou para a floresta, com as asas tremulando.

— Gosto das árvores. Mais do que da maioria das pessoas.

Linus riu sem querer. Tentou disfarçar, mas era tarde demais. As duas viraram a cabeça para ele, devagar.

— Desculpa — disse Linus depressa. — Desculpa mesmo. Eu não queria... não deveria ter interrompido.

— Gostaria de dizer alguma coisa? — perguntou Zoe, e embora não falasse de maneira acalorada, suas palavras ainda pareciam cortantes.

Ele começou a balançar a cabeça, mas parou.

— É só que... tenho girassóis. Em casa, na cidade. — Ele sentiu uma pontada no peito, mas a ignorou. — Umas coisinhas desengonçadas que nem sempre fazem o que quero, mas que plantei com minhas próprias mãos e das quais cuidei desde então. Em geral gosto mais deles do que da maioria das pessoas.

Phee estreitou os olhos.

— Girassóis.

Linus enxugou a testa.

— É. Não são... Bom, não são nada tão grandioso quanto o jardim de Talia ou as árvores daqui, mas são um pouco de cor em meio ao aço e à chuva.

Phee pensou a respeito.

— E você gosta da cor?

— Gosto — respondeu Linus. — Não é grande coisa, mas acho que coisas pequenas podem ser igualmente importantes.

— Tudo tem que começar em algum lugar — falou Zoe, dando alguns tapinhas na cabeça de Phee. — E quando a gente nutre uma coisa, ela pode crescer muito mais do que julgamos possível. Não é verdade, Linus?

— Claro — concordou Linus, sabendo que ambas prestavam atenção em cada palavra sua. O mínimo que podia fazer era ser sincero. — Reconheço que sinto mais falta dos meus girassóis do que esperava. É engraçado, não?

— Não — disse Phee. — Eu sentiria falta deste lugar se tivesse que ir embora um dia.

Ah. Não era exatamente o que ele pretendia. Tinha se complicado.

— Sim, compreendo. — Linus ergueu os olhos para as árvores. — Tem seu charme, devo admitir.

— *Populus tremuloides* — falou Phee.

Linus apertou os olhos para ela.

— O que disse?

Zoe levou as costas da mão à boca para reprimir uma risada.

— *Populus tremuloides* — repetiu Phee. — Li a respeito num livro. Álamo-trêmulo. São encontrados em grandes bosques. O tronco é quase branco, mas as folhas são de um amarelo brilhante, quase dourado. Como o sol. — Ela voltou a olhar para a floresta. — Quase como girassóis.

— Devem ser lindos — comentou Linus, sem saber muito bem o que dizer.

— E são — disse Phee. — Só que o mais importante é o que está por baixo. Os bosques podem conter milhares dessas árvores, às vezes até dezenas de milhares. Cada uma é diferente da outra, mas o segredo é que são todas a mesma.

Linus piscou.

— Como assim?

Phee se agachou e desenhou na terra com os dedos.

— São clones umas das outras, um único organismo controlado por um sistema de raízes extenso debaixo da terra. Todas geneticamente iguais, embora tenham cada uma sua personalidade, como costuma acontecer com as árvores. Antes de crescerem, suas raízes podem se manter dormentes por décadas, aguardando as condições ideais. Leva tempo. Existe um clone que dizem que tem quase oitenta mil anos. Talvez seja o organismo mais antigo ainda vivo.

Linus assentiu devagar.

— Entendi.

— Mesmo? — perguntou Phee. — Porque mesmo que destruíssem o bosque, mesmo que derrubassem todas as árvores, a menos que se chegasse às raízes, elas renasceriam e cresceriam como antes. Talvez não iguaizinhas, mas uma hora os troncos ficariam brancos e as folhas, douradas. Gostaria de ver um dia. Acho que elas teriam muito a me dizer.

— Sem dúvida — disse Zoe. — Mais do que você poderia imaginar. Elas têm longuíssima memória.

— Você já as viu? — perguntou Linus.

— Talvez.

— Sprites... — murmurou ele consigo mesmo. — Se são todas iguais, como você as diferencia?

— É preciso ver o que têm por baixo — explicou Phee, e enfiou as mãos na terra. — É preciso investir tempo para aprender as diferenças. É demorado, mas é pra isso que serve a paciência. As raízes podem passar uma eternidade aguardando o momento certo. — Ela franziu a testa para o chão. — Será que consigo...

Linus recuou um passo quando Phee grunhiu como se tivesse se ferido. Zoe balançou a cabeça em aviso, e ele ficou imóvel. Algo se alterou ligeiramente no ar, como se ele tivesse ficado mais pesado. As asas de Phee começaram a tremular rapidamente. A luz se refratava nelas, criando pequenos arco-íris. Suor escorreu da ponta de seu nariz para o chão. Ela franziu a testa. Então suspirou e tirou as mãos do chão.

Linus ficou sem fala quando um talo verde brotou da terra. As folhas se desdobraram, compridas e finas. O talo balançava para a frente e para trás sob as palmas de Phee, que contraía os dedos. Ele ficou impressionado quando uma flor amarela desabrochou, as pétalas vívidas. Ela cresceu mais alguns centímetros antes de Phee relaxar as mãos.

— Não é um girassol — disse ela em voz baixa. — Não acho que sobreviveriam aqui por muito tempo, nem mesmo com a melhor das intenções. É uma margarida amarela.

Linus teve dificuldade de reencontrar a voz.

— Você... Isso... Você fez isso *brotar*?

Ela moveu os pés descalços.

— Não é muito, eu sei. Talia se sai melhor com flores. Prefiro árvores. Elas vivem mais tempo.

— Não é muito? — repetiu Linus, incrédulo. — É maravilhoso, Phee.

Ela pareceu surpresa, olhando de Linus para Zoe.

— É?

Linus avançou e se agachou perto da flor. Sua mão estava tremendo quando a tocou delicadamente, meio que achando que não era real, que era só uma ilusão. Ele arfou baixo quando sentiu a pétala lisa e sedosa entre os dedos. Era muito pequena, mas estava lá, onde minutos antes não havia nada. Linus olhou para Phee, que o olhava também, mordendo o lábio inferior.

— É, sim — disse ele com firmeza. — Absolutamente maravilhoso. Nunca vi nada igual. Ora, diria até que é melhor que um girassol.

— Não precisa ir *tão* longe — resmungou Phee, embora parecesse estar tentando reprimir um sorriso.

— Como fez isso? — perguntou ele, ainda com a pétala entre os dedos.

Ela deu de ombros.

— Ouvi a terra. Ela canta. A maioria das pessoas não percebe isso. É preciso se esforçar para ouvir. Alguns não ouvem nada, por mais que tentem. Mas eu ouço tão bem quanto ouço você. Ela canta pra mim. Eu prometi que ia cuidar dela se me desse o que pedisse em troca. — Phee olhou para a flor. — Gostou mesmo?

— Sim — sussurrou Linus. — Adorei.

Ela sorriu para ele.

— Que bom. Então fique sabendo que dei o nome de Linus a ela. Você deveria se sentir honrado.

— E me sinto — disse Linus, absurdamente tocado.

— É o nome perfeito — prosseguiu Phee. — É frágil e, sinceramente, não é grande coisa. Vai acabar morrendo se ninguém cuidar dela.

Linus suspirou.

— Ah. Entendi.

— Que bom — disse ela enquanto seu sorriso se ampliava, então ficou um pouco mais séria ao olhar para a flor. — Mas ainda assim é legal, quando a gente pensa a respeito. Não estava aqui, e agora está. É tudo o que importa, no longo prazo.

— Você pode criar algo do nada — falou Linus. — É impressionante.

— Não é algo do nada — disse Phee, mas não foi grosseira. — Só... estava escondido. Eu sabia o que procurar porque estava ouvindo. Tentando, a gente pode ouvir todo tipo de coisa que achava que não estava lá. Agora, se me der licença, vou comer torta até morrer. Depois vou comer um pouco mais. Juro que se Lucy não tiver deixado nada pra mim vou fazer uma árvore crescer entre as orelhas dele.

Phee se dirigiu à casa, com as asas tremulando atrás de si.

Linus ficou olhando para as costas dela.

— Foi... uma bela ameaça.

Zoe riu.

— Não é?

— Ela é talentosa.

— Todos eles são, quando não se está olhando para as flores, e sim para as raízes debaixo da terra.

— Isso não foi muito sutil — disse ele.

— Não — concordou Zoe. — Mas algo me diz que sutilezas não são o seu forte. — Ela se virou para a casa, pisando sobre as pegadas de Phee no solo. — Vamos, Linus? Acho que você merece outra fatia de torta depois dessa aula.

— Já vou — disse ele, então voltou a olhar para a flor enquanto Zoe entrava. Pressionou um dedo no miolo, o mais leve possível. Então recolheu o dedo amarelado de pólen. Sem nem pensar, enfiou-o na boca. O gosto era selvagem e amargo e ah, tão vivo.

Linus fechou os olhos e respirou.

ONZE

Departamento Encarregado da Juventude Mágica
Orfanato de Marsyas, relatório n. 2
Linus Baker, assistente social BY78941

Juro solenemente que o conteúdo deste relatório é preciso e verdadeiro. Compreendo, como expresso nas diretrizes do DEDJUM, que qualquer falsidade descoberta resultará em censura e poderá levar ao cancelamento do meu contrato.

Minha segunda semana no orfanato me revelou aspectos diferentes de seus moradores. Onde antes parecia haver caos, agora definitivamente vejo ordem, ainda que um pouco estranha. Isso não está relacionado a mudanças bruscas que minha chegada possa ter ocasionado (embora imagino que deva ter havido algumas: isso costuma acontecer quando um assistente social entra pela porta), e sim com o fato de que estou me acostumando com o modo como as coisas funcionam aqui.

Embora não esteja na folha de pagamento do DEDJUM, a sra. Chapelwhite cuida das crianças como se fossem suas. Isso é surpreendente, considerando que se trata de uma sprite e que sprites são conhecidos por sua existência solitária e por serem extraordinariamente territorialistas. Na verdade, não acho que já tenha conhecido um que não protegesse com unhas e dentes sua privacidade. Mas, embora não seja exatamente receptiva, a sra. Chapelwhite trabalha em conjunto com o diretor do orfanato, garantindo que as crianças tenham tudo de que precisam. É comum encontrá-la na cozinha, preparando as refeições, ou até mesmo coordenando grupos de estudos relacionados às aulas dadas pelo sr. Parnassus. Ela é bem versada em uma série de assuntos, e sob sua tutela as crianças aprofundam o que aprenderam. Aparentemente, não há nenhuma doutrinação nesses estudos, embora talvez isso se deva à minha presença.

Vi o quarto de Lucy e acompanhei uma de suas sessões com o sr. Parnassus. Excluindo-se o que se sabe a seu respeito — quem se supõe que ele seja —, há um menino curioso, com o costume de dizer coisas não porque acredita nelas, mas para chocar. Ele é inteligente, de maneira quase assustadora, e fala bem. Se o DEDJUM não estivesse certo de que se trata do Anticristo, uma palavra que não é utilizada no Orfanato de Marsyas, eu o veria como nada mais que um menino capaz de conjurar imagens com o intuito de assustar. No entanto, imagino que seja o que ele quer que eu pense. É melhor não baixar a guarda. Só porque parece ser uma criança não significa que não seja capaz de grandes calamidades.

O quarto dele, um closet reformado do quarto do sr. Parnassus, é pequeno. Ele pareceu um tanto constrangido em me mostrar onde dorme, mas seu amor por música permitiu que criássemos um vínculo. Acredito que, sob a orientação adequada, Lucy possa vir a se tornar um membro produtivo da sociedade. Desde que não ceda à sua verdadeira natureza, claro. O que reacende questões relativas ao tema natureza versus criação, se o mal inerente pode ser superado por uma criação normalizada. Ele pode ser reabilitado? Assimilado? Isso terá que ser visto.

Não vi o quarto de Sal, embora me pareça que estou ganhando sua confiança pouco a pouco. Tenho de ser cuidadoso com ele, que me lembra um potro arisco.

Dito isso, eu o ouvi falar mais no último dia do que em toda a minha estada na ilha. Não comigo, claro, mas perto de mim. Não sei se isso importa. Ele é como um girassol. Precisa ser convencido com o devido cuidado a se revelar.

Ainda não vi a coleção de Theodore, a serpe, que deve conter pelo menos uma dúzia dos meus botões. Talvez nunca veja, mas por enquanto isso não me causa grande preocupação. São apenas botões, afinal de contas. Ficarei atento a qualquer sinal de que possa conter algo mais nefasto.

A maior questão que vejo no momento é o isolamento: que as crianças não saiam da ilha, por maior que ela seja. Há um motivo para isso, e um motivo que me incomoda. Teria sido útil saber antes da minha chegada que os habitantes do vilarejo são pagos pelo governo para ficar em silêncio. Detalhes assim são importantes, e o fato de que eu não estava ciente me fez parecer pouco profissional. Resta a questão de qual é a fonte desses pagamentos. Eles são retirados do financiamento destinado a este orfanato? Se for o caso, imagino que possa haver problemas numa futura auditoria.

O vilarejo parece ser hostil aos moradores do orfanato. Acredito que as campanhas do DEDJUM em conjunto com o Departamento de Registros não estejam ajudando em nada. Há cartazes com SE VIR ALGO, DIGA ALGO em toda esquina, parecidos com os da cidade, e ainda mais presentes aqui. Se as crianças não se sentirem bem-vindas no mundo real, como podemos esperar que se integrem à sociedade?

Vou sugerir um bate e volta. Para testar. Preciso falar com o sr. Parnassus antes, claro. Acho que faria bem às crianças, e com sorte os locais verão que seus medos são infundados. Se Arthur disser que não, imagino que terei que acatar.

Arthur é um homem bem estranho. Importa-se muito com as crianças, isso está claro. Embora não siga *Regras e regulamentos* à risca (ou talvez nem um pouco), acho que há mérito no que faz. As crianças se preocupam imensamente umas com as outras, e acredito que isso se deva bastante a Arthur.

Ainda assim, ele é um enigma. Com tudo o que aprendi sobre este lugar, sinto que ele é quem menos conheço. Acho que preciso retificar isso.

Pelas crianças, claro.

Talia me mostrou mais do jardim hoje. Gnomos são excelentes na horticultura, mas ela parece se sobressair aos melhores deles e...

Era a terça-feira da segunda semana de Linus em Marsyas quando Calliope decidiu que precisava ser perseguida depois de ter cometido um furto.

Com certeza não era algo que Linus quisesse fazer: era depois do almoço e ele estava sentado ao sol na varanda, cochilando tranquilamente. Ainda tinha alguns minutos antes de precisar retornar à casa principal para acompanhar os estudos das crianças, e estava usando seu tempo com sabedoria.

Fora a ideia em si de perseguir uma gata. Ainda que fosse capaz de fazê-lo, Linus não gostava de perseguir *nada*. Perseguir implicava correr, e muito tempo antes ele havia decidido que correr não era algo de que gostava muito. Nunca havia compreendido as pessoas que acordavam antes do nascer do sol, vestiam seus tênis caros e extravagantes e saíam para correr *de propósito*. Parecia-lhe muito estranho.

Mas então Calliope saiu em disparada da casa de hóspedes, com os pelos eriçados e os olhos arregalados, como os felinos às vezes fazem por motivos misteriosos. Ela lançou um olhar selvagem para Linus, com o rabo erguido em uma linha rígida, as garras fincadas nas tábuas do assoalho.

E uma gravata dele na boca.

Linus franziu a testa.

— O que você...

Calliope saiu correndo da varanda para o jardim.

Linus quase caiu ao se levantar da cadeira, mas, pela graça de Deus, conseguiu se manter de pé. Ele viu Calliope correr, com a gravata preta esvoaçando atrás dela.

— Ei! — gritou. — O que está fazendo, sua gata maldita? Para agora mesmo!

Ela não parou. Desapareceu atrás de uma sebe.

Por um momento, Linus pensou em deixar para lá. Era só uma gravata, afinal de contas. Ele nem tinha usado uma naquela semana. Estava quente demais, e Phee lhe perguntara o motivo de sempre usar uma. Quando Linus dissera que era apropriado para alguém em sua posição, ela o encarara por um momento e depois fora embora, balançando a cabeça.

Mas definitivamente *não* tinha sido por causa de Phee que, no domingo, ele não usara a gravata pela primeira vez em muito tempo. Então, quando a segunda-feira chegara, Linus decidira que ela não era necessária, ao menos por enquanto. Quando voltasse à cidade, teria que voltar a usar, claro, mas ali…

Não era como se estivesse sendo supervisionado.

Quem saberia?

(Phee, aparentemente, se seu sorriso espertinho fosse indício de alguma coisa.)

Ainda assim. A gravata havia custado mais do que Linus gostava de recordar, e não era porque não a estava usando *naquele momento* que Calliope tinha o direito de tirá-la dele. Precisaria dela quando voltasse para casa.

Portanto, foi atrás da gata.

Quando chegou ao jardim, já estava suando. Era difícil para um homem do tamanho dele, com a sua forma física, correr, ainda mais enfrentando a resistência do vento. E claro, talvez Linus não estivesse exatamente *correndo*, mas trotar era tão ruim quanto.

Ele entrou no jardim chamando por Calliope e exigindo que ela aparecesse. Ela não obedeceu, claro, porque era uma gata, de modo que não ouvia o que lhe diziam. Linus olhou debaixo das sebes e dos canteiros, certo de que ia encontrá-la agachada, com o rabo retorcido, mordendo a gravata.

— Não sei por que a vida na ilha te deixou assim — disse ele em voz alta, levantando-se do chão —, mas juro que as coisas vão mudar quando voltarmos para casa. Isso é inaceitável.

Ele se embrenhou ainda mais no jardim, chegando a uma parte que nunca havia visto. Ficava na lateral da casa e era muito mais cerrada que tudo o que Talia havia lhe mostrado até então. Ali, as flores pareciam mais selvagens, suas cores vívidas, quase chocantes. O sol estava do outro lado da casa, de modo que sombras abundavam. Uma gata tinha muitas opções de esconderijo ali.

Ele deu a volta em uma árvore antiga, com os galhos retorcidos e as folhas dobradas, e viu...

— Aí está você — disse Linus com um suspiro. — O que foi que te deu?

Calliope estava sentada nas patas de trás, com a gravata no chão à sua frente. Ela olhou para ele. Então miou, algo com que Linus ainda não estava acostumado.

— Não quero saber — falou ele. — Você não pode roubar minhas coisas. É falta de educação, e não gosto de ter que... perseguir... você...

Linus piscou.

Calliope estava diante do que parecia ser a porta de um porão, na base da casa. A fundação era de pedra, e a porta era de madeira grossa. Ele deu um passo à frente, com a testa franzida, notando o que pareciam ser marcas de fogo, como se tivesse havido um incêndio lá dentro. Ele pensou por um momento, tentando recordar se haviam lhe dito que havia um porão na casa. Achava que não, e vinha acreditando que, fora o quarto de Sal, tinha visto a casa toda. Se aquilo fosse mesmo um porão, não havia acesso a ele por dentro.

Havia um cadeado enferrujado na porta. O que quer que houvesse ali — se é que havia alguma coisa — permaneceria escondido. Por um momento, Linus pensou em pegar uma pá de Talia e usá-la para forçar a abertura da porta, mas logo deixou a ideia de lado. Se o lugar estava trancado, havia um motivo. Provavelmente era só para que as crianças não entrassem. Se já havia pegado fogo, não devia ser seguro. Arthur provavelmente tinha colocado o cadeado pessoalmente. Parecia que ninguém entrava ali havia um século: o caminho até a porta estava cheio de ervas daninhas, contrastando com o restante do jardim de Talia.

— Deve ser um depósito de carvão — murmurou Linus. — O que explicaria as marcas. Como o carvão já não tem tanto uso, é melhor se prevenir.

Linus se inclinou e recolheu a gravata.

Calliope voltou os olhos brilhantes para ele.

— Isso é meu — disse Linus a ela. — Roubar é errado.

Ela lambeu uma pata e a passou pelo rosto.

— Bom, mesmo assim.

Ele deu uma última olhada para a porta antes de se virar e voltar por onde tinha vindo.

Ia se lembrar de perguntar a Arthur sobre o porão quando estivessem a sós.

O que, para sua consternação cada vez maior, não aconteceu. *Por que* ele sentiria qualquer tipo de consternação em relação àquilo era incompreensível para Linus, mas o fato era que sentia. Ele estava aprendendo que quaisquer sentimentos que Arthur Parnassus evocasse nele eram temporários e resultado de sua proximidade. Não tinha muitos amigos (sendo sincero, talvez não tivesse nenhum), e considerar Arthur Parnassus seu amigo era uma ideia agradável, ainda que nada prática. Não podiam ser amigos. Linus era um assistente social trabalhando para o DEDJUM. Arthur era o diretor de um orfanato. Aquilo era uma *investigação*, e ficar próximo demais de um dos objetos da investigação não era apropriado. *Regras e regulamentos* era bastante claro em relação àquilo. Dizia: "*O assistente social deve ser sempre objetivo. A objetividade é de máxima importância para a saúde e o bem-estar da juventude mágica. As crianças não devem depender dele, porque o assistente social NÃO É AMIGO DELAS*".

Linus tinha um trabalho a fazer, o que significava que não podia ficar sentado esperando para falar a sós com Arthur. E, embora considerasse as sessões do diretor com Lucy fascinantes, não podia gastar *todo* o seu tempo com eles. Havia outras cinco crianças na casa, e ele precisava garantir que não parecesse que tinha seus favoritos.

Ele foi com Talia ao jardim e ficou ouvindo enquanto ela listava as virtudes (muitas, *muitas* virtudes) de se trabalhar na terra.

Ele seguiu Phee e Zoe até a floresta, onde a sprite mais velha falou sobre a importância de *ouvir* a terra, as árvores, a grama e os pássaros.

Ele ouviu as histórias de Chauncey sobre mensageiros de hotel famosos (a maioria dos quais parecia ser ficcional) que abriam portas, carregavam malas, resolviam crimes como furto de joias e entregavam bandejas de serviço de quarto. Chauncey chegou a pegar embaixo da cama um livro grosso (quase tanto quanto *Regras e regulamentos*) envolto em plástico para não molhar. Ele grunhiu ao levantá-lo acima da cabeça para mostrar o título a Linus: *História dos mensageiros de hotel através dos tempos.*

— Já li quatro vezes e meia — anunciou Chauncey, orgulhoso.

— É mesmo? — perguntou Linus.

— Ah, sim. Preciso ter certeza de que sei o que estou fazendo.

— Por quê?

Chauncey piscou devagar, primeiro com o olho direito, depois com o esquerdo.

— Por que o quê?

— Por que você quer ser mensageiro de hotel?

Chauncey sorriu.

— Porque eles ajudam as pessoas.

— É isso que você quer fazer?

O sorriso dele esvaneceu ligeiramente.

— Mais que qualquer outra coisa. Sei que sou… — Ele bateu os dentes pretos. — Diferente.

Linus se sobressaltou.

— Não, não foi isso que eu… Não há nada de errado com você.

— Eu sei — disse Chauncey. — Ser diferente não é ruim. Arthur diz que às vezes é melhor ser diferente do que ser igual a todo mundo. — Ele olhou para o livro que tinha nos tentáculos. — Quando chegam a um hotel, as pessoas costumam estar cansadas. Querem alguém que as ajude a carregar as malas. E sou muito bom nisso. Talia me pede para carregar coisas pesadas para ela o tempo todo, e assim posso treinar. — Ele franziu a testa, voltando a baixar os olhos para o livro. — Só porque tenho essa aparência não significa que não posso ajudar os outros. Sei que as pessoas me acham assustador, mas juro que não sou.

— Claro que não — disse Linus baixinho. Ele acenou com a cabeça na direção do livro. — Continua. Quero ouvir sobre esses mensageiros através dos tempos. Tenho certeza de que é fascinante.

Os olhos de Chauncey saltaram de animação.

— Ah, e *é mesmo.* Você sabia que o termo "mensageiro de hotel" foi usado pela primeira vez em 1897? Às vezes eles são chamados apenas de carregadores. Não é incrível?

— É, sim — concordou Linus. — Talvez a coisa mais incrível que eu já tenha ouvido.

Ele se sentou com Theodore perto do ninho dele (não *dentro*, porque não queria ser mordido) e ficou ouvindo a serpe chilrear enquanto mostrava a Linus seus pequenos tesouros: um botão, uma moeda de prata, outro botão, um pedaço de papel dobrado com algo escrito no que parecia ser a caligrafia de Sal (o que dizia, Linus não sabia), outro botão...

E perguntou a cada um deles se eram felizes. Se tinham preocupações. Se algo os assustava naquela ilha.

Linus havia feito perguntas parecidas em outros orfanatos, e conseguia identificar quando as crianças se sentiam coagidas a dizer o que achavam que ele queria ouvir. Havia sempre um toque artificial em suas palavras animadas, expressando alegria. "*Não, sr. Baker, não tem absolutamente* nada *de errado aqui, estou cem por cento feliz.*"

Ali era diferente. Ali, Talia ficava olhando para Linus, desconfiada, e exigia saber o porquê da pergunta e se ela devia ir buscar sua pá. Ali, Phee ria e explicava que não preferiria estar em nenhum outro lugar, porque aquelas eram *suas* árvores, aquela era *sua* gente. Ali, Lucy sorria e dizia: "*Ah, sim, sr. Baker, eu* gostaria *de ir para outro lugar um dia*", mas só se todos os outros fossem com ele e concordassem com seus planos de dominar o mundo. Ali, os olhos de Chauncey tremulavam e ele falava que amava a ilha, mas queria que tivesse um hotel ali, para que pudesse trabalhar como mensageiro. Ali, Theodore tropeçava nas próprias asas de tanta animação ao ver Arthur, ainda que o diretor só tivesse se ausentado por alguns minutos.

E foi ali, na quinta-feira quase ao fim da segunda semana de Linus, que Sal apareceu na varanda da casa de hóspedes às cinco e quinze, mordendo o lábio inferior.

Linus abriu a porta quando ouviu a batida e ficou surpreso ao encontrar o menino sozinho. Ele deu uma olhada lá fora, certo de que as outras crianças deviam estar escondidas, mas não.

Era só Sal.

Linus controlou a expressão rapidamente, para não assustar o menino.

— Oi, Sal.

Os olhos de Sal se arregalaram, e ele recuou um passo. Então olhou por cima do ombro. Linus não estava vendo Arthur, mas tinha certeza de que ele observava de algum lugar. Não sabia *como*, mas tinha a impressão de que não acontecia muita coisa naquela ilha sem o conhecimento do diretor.

Sal voltou a se virar para Linus, mas manteve os olhos no chão. Suas mãos estavam cerradas em punhos nas laterais do corpo, e sua respiração estava pesada. Linus ficou preocupado que houvesse algo de errado, então Calliope passou por baixo de suas pernas e começou a esfregar o corpo contra Sal. Ela miou alto para ele, arqueando as costas e estremecendo as orelhas.

Sal abriu um sorrisinho para ela e pareceu relaxar.

— Ela é uma boa gata — disse Linus baixinho. — Me dá um pouco de trabalho de vez em quando, mas nada com que eu não consiga lidar.

— Gosto de gatos — falou Sal, sua voz pouco mais que um sussurro. — Eles quase sempre não gostam de mim. Por causa do lance do cachorro.

— Calliope é um pouco diferente. Ela gosta de você.

Sal olhou para ele.

— Sério?

Linus deu de ombros.

— Não está ouvindo o jeito como fala com você?

Sal fez que sim.

— Nunca a vi fazendo isso. Ela ronrona, como uma gata normal, mas nunca mia. Ou pelo menos não miava até chegarmos aqui. Até ela conhecer você.

Sal pareceu chocado.

— Uau — disse ele, voltando a olhar para a gata. — Por que será?

— Gosto de pensar que é porque ela é boa em julgar o caráter das pessoas. Que talvez veja algo em você que permita que ela fale. Gatos são muito inteligentes nesse sentido. Se sentem que alguém não é legal, evitam a pessoa, ou até atacam.

— Ela nunca me atacou — falou Sal.

— Eu sei. Calliope gosta de você.

Sal coçou a própria nuca.

— Também gosto dela.

— Que bom — disse Linus. — Assim como os gatos julgam bem as pessoas, a gente aprende muito sobre elas com o modo como tratam os animais. Se são cruéis, é melhor evitá-las a qualquer custo. Se são bondosas, gosto de pensar que são boas almas.

— Sou bondoso com os animais — falou Sal, parecendo mais animado do que nunca a Linus. — E eles parecem gostar de mim.

— Veja só — disse Linus, satisfeito. — Fico muito feliz em ouvir isso.

Sal corou e desviou o rosto. Então disse alguma coisa que Linus não conseguiu entender.

— Pode repetir, por favor? Não ouvi direito.

Sal inspirou fundo e soltou o ar devagar.

— Eu estava pensando se não quer ver meu quarto.

Linus manteve a voz controlada, embora estivesse mais animado do que achou que ficaria.

— Claro. — Ele hesitou. — Alguém mandou que fizesse isso? Não quero que siga em frente se não estiver preparado.

Sal deu de ombros, sem jeito.

— Antes da sua chegada, Arthur tinha dito que você provavelmente ia querer ver, só que depois não tocou mais no assunto.

Linus ficou aliviado.

— E nenhuma das outras crianças...

Sal balançou a cabeça.

— Não. Quer dizer, sei que você já viu o quarto dos outros, mas... ninguém falou nada.

Linus queria perguntar por que agora, mas decidiu que era melhor não o fazer. Não queria colocar mais pressão no menino.

— Então vou adorar.

— Calliope pode ir também? — perguntou Sal depressa. — Se não tiver problema. Não quero criar confusão nem nada...

Linus ergueu uma mão.

— Já sei. Vamos deixar que ela decida. Se nos seguir, e acho que vai ser o caso, que seja.

— Tá.

— Vamos?

Sal mordeu o lábio antes de confirmar com a cabeça.

Linus fechou a porta da casa de hóspedes atrás de si.

Calliope foi com eles, como Linus havia previsto. Ela continuou acompanhando Sal, às vezes se adiantando alguns passos e depois se virando e voltando para ele. A demonstração óbvia de afeto por parte dela quase incomodava Linus, mas, como ele era um homem de quarenta anos de idade, e não um adolescente mal-humorado, não disse nada a respeito. Além do mais, ela estava ajudando, e Linus não ia impedir aquilo.

Eles passaram por Talia no jardim, que só acenou e voltou a suas flores. Chauncey estava com ela, exclamando alto que eram as mais lindas que já havia visto e que se Talia não fizesse objeção, gostaria de comer algumas. Phee e Zoe estavam na floresta. Lucy estava com Arthur, no quarto. Antes de chegarem à escada, Theodore chilreou. Linus ergueu a cabeça e viu a serpe pendurada em uma viga exposta acima deles, como se achasse que era um morcego. Ele chilreou de novo, e Sal disse:

— Tudo bem, Theodore. Fui eu que convidei.

Theodore fez outro ruído e fechou os olhos. Linus seguiu Sal escada acima.

Eles pararam em frente à porta do quarto. Sal, que parecia estar sempre com os nervos à flor da pele, levou uma mão trêmula à maçaneta.

— Se não estiver pronto, não tem problema — disse Linus. — Não quero forçar você, Sal. Por favor, não faça nada por minha causa.

Sal franziu a testa e olhou para Linus.

— Mas isso *é* por sua causa.

Linus se atrapalhou um pouco.

— Bom... é, imagino que sim. Mas temos todo o tempo do mundo.

Eles não tinham, claro. A estada de Linus em Marsyas estava quase na metade. Constatar aquilo o sobressaltou.

Sal balançou a cabeça.

— É... melhor fazermos isso agora.

— Se quiser. Não vou encostar em nada, se isso faz com que se sinta melhor. E se quiser me mostrar alguma coisa fique à vontade. Não estou aqui para julgar, Sal. Nem um pouco.

— Então por que está aqui?

Linus hesitou.

— Eu... bom. Estou aqui para garantir que esta casa é exatamente o que deve ser. Um lar. Um lar que mantenha todos vocês em segurança.

Sal tirou a mão da maçaneta e se virou totalmente para Linus. Calliope se sentou aos pés do menino e olhou para ele. Era o mais perto que Linus já havia estado de Sal. Tinham a mesma altura. Embora Linus fosse mais gordo, Sal se impunha sobre ele em peso e em força, de uma maneira que traía suas tentativas ocasionais de tentar se diminuir.

— Vai me fazer ir embora? — perguntou Sal, franzindo ainda mais a testa.

Linus hesitou. Nunca havia mentido para uma criança. Se a verdade precisasse ser deturpada, preferia não dizer nada.

— Não quero obrigar você a fazer nada que não queira — disse Linus devagar. — E não acho que ninguém deveria obrigar.

Sal o observou atentamente.

— Você não é como os outros.

— Os outros?

— Assistentes sociais.

— Ah. Imagino que não. Sou Linus Baker. Você nunca conheceu outro Linus Baker.

Sal continuou olhando para ele por bastante tempo, depois se virou para a porta. Ele a abriu e recuou. Voltou a morder o lábio. Linus queria dizer a ele que ia acabar se machucando, mas acabou só perguntando:

— Posso?

Sal fez que sim com a cabeça.

O quarto era simples. Na verdade, parecia desprovido de praticamente qualquer coisa que Linus associaria com Sal. As outras crianças tinham personalizado seu espaço, para melhor ou pior. As paredes ali eram brancas. A cama estava arrumada. Havia um tapete sobre o piso de madeira, mas cinza e sem graça. Uma porta levava ao closet e… só.

Quase.

A um canto, havia uma pilha de livros que lembrou Linus do escritório de Arthur. Ele deu uma olhada em alguns títulos e notou que eram clássicos da ficção: Shakespeare, Poe, Dumas, Sartre. O último o fez arquear uma sobrancelha. Nunca tinha entendido o existencialismo direito.

Fora aquilo, o quarto era uma tela em branco, como se à espera de um artista que lhe desse vida. Aquilo deixava Linus triste, porque ele desconfiava saber o motivo pelo qual o cômodo tinha aquela cara.

— É ótimo — disse ele, fazendo questão de reparar em tudo. De canto de olho, ele notou Sal espiando da porta, atento a cada movimento seu. — Bem espaçoso. E olha só essa janela! Quase dá pra ver o vilarejo daqui. É uma bela vista.

— Dá pra ver as luzes do vilarejo à noite — falou Sal da porta. — Brilhando. Gosto de fingir que são barcos no mar.

— É uma bela ideia — disse Linus, então se afastou da janela e foi até o closet. — Posso dar uma olhada?

Depois de um breve momento de hesitação, Sal disse:

— Pode.

O closet era maior do que Linus esperava. Ali, ao lado de uma cômoda, havia uma mesa com uma cadeira de rodinhas. Sobre a mesa havia uma máquina de escrever, uma Underwood antiga, com uma folha em branco já encaixada.

— O que é isso? — perguntou Linus casualmente.

Não houve resposta. Ele olhou por cima do ombro e viu Sal junto à cama, parecendo um menininho perdido. Calliope pulou na cama e se esfregou contra a mão dele. Sal abriu os dedos em meio aos pelos das costas dela.

— Sal?

— É onde eu escrevo — soltou ele, com os olhos arregalados. — Eu… gosto de escrever. Não sou… Não é nada muito bom, e provavelmente não deveria…

— Ah. Acho que eu sabia disso. Semana passada, na aula, você leu algo pra gente. Foi você que escreveu?

Sal confirmou com a cabeça.

— Era muito bom. Receio que bem melhor do que qualquer coisa que eu pudesse escrever. Se precisar de um relatório, sou o cara certo. Mas minha criatividade com a palavra escrita não vai além disso. Você não tem computador?

— A luz incomoda meus olhos. E gosto mais do som da máquina de escrever.

Linus sorriu.

— Entendo. Tem algo mágico no bater das teclas que um computador não consegue imitar. Sei bem disso. Passo a maior parte do dia na frente da tela no trabalho. Meus olhos também doem depois de um tempo. E acho que sua vista é mais sensível que a minha.

— Não quero falar sobre o que escrevo — falou Sal depressa.

— Claro — disse Linus com naturalidade. — É particular. Eu nunca pediria que compartilhasse algo que não está pronto para compartilhar.

Aquilo pareceu tranquilizar um pouco o menino.

— É que… às vezes não faz sentido. Meus pensamentos. Tento escrever pra dar alguma ordem a eles, mas…

Ele parecia estar se esforçando para encontrar as palavras certas.

— É pessoal — falou Linus. — E você vai conseguir dar ordem a eles quando estiver pronto. Se for parecido, um pouco que seja, com o que você leu antes, tenho certeza de que vai ser comovente. Quanto tempo faz que escreve?

— Dois meses. Talvez um pouco menos.

Ele tinha começado a escrever em Marsyas.

— E antes não escrevia?

Sal fez que não com a cabeça.

— Eu nunca… Ninguém nunca deixou. Até eu vir pra cá.

— Arthur?

Sal passou o sapato pelo tapete.

— Ele me perguntava o que eu mais queria. No primeiro mês, perguntava toda semana, me dizendo que, quando eu estivesse pronto para receber, faria o que pudesse dentro do razoável.

— E você disse que queria uma máquina de escrever?

— Não. — Sal olhou para Calliope. — Eu disse que não queria mais me mudar. Disse que queria ficar aqui.

Linus piscou, sentindo uma ardência repentina e inesperada nos olhos. Depois pigarreou.

— E o que foi que ele disse?

— Que faria tudo o que pudesse para garantir aquilo. *Depois* eu pedi uma máquina de escrever. Zoe trouxe uma no dia seguinte. Os outros acharam uma mesa no sótão e deram um tapa nela. Talia disse que a poliu até achar que a barba fosse cair de tanto produto que usou. Então eles me surpreenderam com a mesa. — Os cantos dos lábios dele se curvaram para cima. — Foi um dia legal. Como se fosse meu aniversário.

Linus cruzou os braços para esconder as mãos trêmulas.

— E você colocou dentro do closet? Acho que ficaria legal debaixo da janela.

Sal deu de ombros.

— Eu… O closet faz com que eu me sinta menor. Eu ainda não estava pronto para ser maior.

— Será que está pronto agora? — conjecturou Linus em voz alta. — Seu quarto é um pouco maior que o closet, mas não tão grande que pareça não ter paredes. É como o vilarejo à noite. Você consegue ver, mas eles não conseguem te ver de lá, ainda que o mesmo espaço os separe. É uma questão de perspectiva, acho.

Sal baixou os olhos.

— Eu nunca... nunca pensei desse jeito.

— É só uma ideia. A mesa fica perfeita onde está, se for o que quer. Não precisa sair de lá até você estar pronto. Ou nunca, na verdade. A janela pode acabar sendo uma distração.

— Você tem uma janela no trabalho?

Linus negou com a cabeça. Aquilo parecia estar ficando perigosamente pessoal, mas qual era o problema?

— Não tenho. O DEDJUM não é... Bom, eles não são muito fãs de janelas, acho.

— O DEDJUM — cuspiu Sal, e Linus se xingou mentalmente. — Eles... Eles são... Eu não...

— É onde eu trabalho — disse Linus. — Mas você já sabia disso. E você mesmo falou que não sou como os outros.

As mãos de Sal estavam cerradas em punhos de novo.

— Você poderia ser.

— Talvez — admitiu Linus. — E consigo ver por que você acharia isso, considerando tudo pelo que passou. Mas quero que se lembre de que não precisa me provar nada. Eu que tenho que provar para você que tenho seus interesses em mente.

— Arthur é bom — disse Sal. — Ele não... não é como os outros. Os outros diretores. Ele não é... não é *malvado.*

— Eu sei.

— Mas você disse que está investigando Arthur.

Linus franziu a testa.

— Acho que eu nunca disse isso na frente de vocês. Como...

— Sou um cachorro — disse Sal bruscamente. — Minha audição é melhor. Ouvi vocês dois. Você disse que não era uma visita, e sim uma *investigação.* Eu não... não estava tentando ouvir, mas os outros disseram a mesma coisa. Que estavam *investigando.* É por isso que não decoro o meu quarto, como Talia ou Lucy. Porque é sempre temporário. Sempre que achei que havia encontrado o lugar onde ficaria, fui tirado dele.

De novo, Linus xingou mentalmente.

— Não era para você ter ouvido aquilo. — Sal começou a se encolher, como se tivessem levantado uma mão contra ele. — Não — disse Linus depressa. — Não foi isso... O que eu quis dizer foi: eu deveria ter prestado mais atenção no que dizia. Deveria ter sido mais cuidadoso com minhas palavras.

— Então você não está investigando Arthur?

Linus começou a fazer que não com a cabeça, então parou e suspirou.

— Não Arthur, Sal. Ou, pelo menos, não *só* Arthur. É o orfanato como um todo. Sei que você teve... experiências bastante indesejáveis no passado, mas juro que agora é diferente. — Linus não sabia se acreditava em suas próprias palavras.

Sal olhou para ele com cautela.

— O que vai acontecer se você decidir nos mandar embora? Não vai ser igual?

— Não sei — disse Linus baixinho. — Se houvesse motivo para tomar tal ação, acho que vocês saberiam.

Sal ficou em silêncio.

Linus concluiu que já estava abusando da boa vontade do garoto. Ele se afastou da porta do closet. Calliope olhou feio para ele. Linus não a culpava. Não achava que a conversa tinha ido tão bem quanto esperava. E não era verdade o que havia dito a Sal quanto a terem todo o tempo do mundo. O tempo, como sempre, passava mais rápido que o esperado. Em duas semanas, teria de fazer sua recomendação ao DEDJUM e deixar a ilha para trás.

Ele procurou deixar o máximo de espaço entre ele e Sal (ou tanto espaço quanto o quarto permitia, considerando que ambos eram grandes). Então sorriu para ele e estava prestes a ir embora quando o menino perguntou:

— Pode me ajudar?

— Sim — disse Linus imediatamente. — Com o quê?

Sal olhou primeiro para Calliope, que ainda queria sua atenção e ronronava enquanto ele coçava suas orelhas. Os lábios do menino voltaram a se contrair. Depois ele olhou para Linus.

— A trazer minha mesa. Acho que consigo sozinho, mas não quero arranhar a parede nem o piso do quarto.

Linus manteve a expressão neutra.

— Se é isso o que quer.

Sal deu de ombros como se não fizesse diferença, mas Linus era bom no que fazia. Conseguia ver além da fachada.

Ele desabotoou os punhos da camisa e dobrou as mangas até os cotovelos.

— Imagino que passe pela porta do closet, já que foi colocada lá dentro.

Sal confirmou com a cabeça.

— No limite. Vamos ter que tomar cuidado. Chauncey estava tão empolgado que lascou o canto da mesa. Depois ficou se sentindo supermal, mas eu disse que não tinha problema. Às vezes, as coisas lascam e se quebram, mas continuam boas.

— Ganham personalidade, eu acho — disse Linus. — E as marcas também são lembranças. Está pronto?

Sal estava. Ele entrou no closet primeiro, afastou a cadeira e transferiu a máquina de escrever para o assento, com cuidado. Então a empurrou para perto da cômoda. Posicionou-se de um lado da mesa e esperou que Linus fosse para o outro. A mesa era pequena, mas antiga. Linus imaginava que devia ser mais pesada do que parecia.

Depois que os dois se abaixaram e Sal contou até três, Linus confirmou que estava certo. Era mesmo pesada. Ele se lembrou da mãe dizendo: "*Use os joelhos, Linus, francamente!*". A leve fisgada nas costas o lembrou de que não estava ficando mais jovem, e ele abriu um sorriso triste diante do pouco esforço que Sal parecia fazer. Provavelmente *conseguiria* carregá-la sozinho.

Os dois tomaram cuidado ao atravessar a porta do closet com a mesa. Linus notou a ponta lascada por Chauncey e endireitou devagar o móvel. Passava pela porta com alguns centímetros de folga de cada lado.

— Ali — disse Linus, ofegante. — Bem ali, diante da janela.

Os dois a posicionaram com cuidado, para não prender os dedos. Linus gemeu de forma dramática ao se endireitar, levando as mãos à lombar. Ele ouviu Sal rir, mas fingiu que nem notara. Queria ouvir aquela risada de novo.

Linus deu um passo para trás, para avaliar o trabalho dos dois de forma crítica. Levou as mãos à cintura e inclinou a cabeça.

— Está faltando alguma coisa.

Sal franziu a testa.

— É?

— É. — Linus foi para o closet e voltou com a cadeira. Tirou a máquina de escrever do assento e a colocou bem no meio, diante da janela. Então empurrou a cadeira para baixo da mesa. — Pronto. Agora, sim. E aí? O que achou?

Sal esticou o braço e passou um dedo pelas teclas, de maneira quase amorosa.

— Ficou perfeito.

— Também acho. E imagino que sua criatividade vá florescer ainda mais diante da janela. Mas, se for uma distração, sempre podemos levar a mesa de volta. Não tem problema nenhum, desde que você se lembre de que o mundo é vasto lá fora.

Sal olhou para ele.

— Você sabe da mulher? Da mulher da cozinha?

"Houve um... incidente. Em um dos orfanatos anteriores. Uma mulher que trabalhava na cozinha bateu nele por tentar pegar uma maçã. Sal retaliou da única maneira que sabia. Ela passou pela mudança na semana seguinte."

Linus procurou ser cuidadoso.

— Sei.

Sal assentiu e voltou a olhar para a máquina de escrever.

— Eu não fiz de propósito.

— Eu sei.

— Eu não... não sabia o que ia acontecer.

— Sei disso também.

Sal respirava pesadamente.

— Não aconteceu mais. Nem vai acontecer de novo. Eu prometo.

Linus pôs uma mão no ombro do menino e apertou, como tinha visto Arthur fazer. Não deveria ter feito aquilo, mas, uma vez na vida, não se importava com o que *Regras e regulamentos* dizia.

— Acredito em você.

Embora hesitante, o sorriso que Sal abriu era quente e luminoso.

DOZE

Naquela mesma noite, alguém bateu à porta da casa de hóspedes. Linus franziu a testa e tirou os olhos do relatório para verificar as horas. Eram quase dez, e ele estava prestes a ir dormir. Faltava pouco para terminar, mas sua vista já embaçava e no último bocejo que dera sua mandíbula chegara a estalar. Ele tinha decidido retomar no dia seguinte, uma vez que precisaria mandar o relatório pelo correio no outro dia.

Linus se levantou da poltrona. Calliope mal lhe deu atenção de seu lugar no peitoril da janela. Ela piscou devagar antes de esconder novamente o rosto entre as patas.

Ele passou uma mão pelo rosto cansado e foi até a porta. Ficou grato por ainda não ter vestido o pijama. Não achava que fosse apropriado receber visitas tão tarde com suas roupas de dormir, a menos que a visita em questão fosse passar a noite.

Linus abriu a porta e viu Arthur na varanda, com o casaco bem fechado em volta do corpo. As noites estavam ficando cada vez mais frescas, e o vento marinho era cortante. O cabelo de Arthur estava bagunçado, e Linus ficou pensando em como seria tocá-lo.

— Boa noite — cumprimentou-o Arthur em voz baixa.

Linus assentiu.

— Arthur. Tem alguma coisa errada?

— Pelo contrário.

— Ah. O que…

— Se importa? — perguntou Arthur, acenando com a cabeça na direção da casa. — Eu trouxe algo pra você.

Linus apertou os olhos.

— É mesmo? Não pedi nada.

— Eu sei. Você não faria isso.

Antes que Linus pudesse perguntar o que ele queria dizer com *aquilo*, Arthur se inclinou e pegou a caixa de madeira que estava a seus pés. Linus deu um passo para trás para deixar que ele entrasse.

O assistente social fechou a porta atrás de si, e Arthur seguiu para a sala de estar. Passou os olhos pelo relatório na poltrona, mas não pareceu tentar ler o que dizia.

— Trabalhando até tarde?

— Sim — disse Linus devagar. — Terminando o relatório, na verdade. Espero que não tenha vindo perguntar o que escrevi. Sabe que não posso revelar. Os relatórios serão disponibilizados depois que a investigação for concluída, como expresso no...

— Não vim perguntar dos relatórios.

Aquilo pegou Linus de surpresa.

— Não? Então por que veio?

— Como eu disse, trouxe algo. Um presente. Aqui. Vou te mostrar. — Ele colocou a caixa de madeira na mesinha ao lado da poltrona de Linus. Então a abriu com seus dedos graciosos.

Linus ficou intrigado. Não conseguia se lembrar da última vez que haviam lhe dado um presente. No trabalho, os assistentes sociais recebiam cartões de aniversário todo ano, assinados por colegas expressando desejos pouco sinceros de "Tudo de bom!". Eram cartões baratos e impessoais, mas Linus imaginava que o importante era o gesto. E, a não ser pelo almoço de fim de ano que o Altíssimo Escalão oferecia (e que de modo algum era um presente), Linus não ganhava nada de ninguém já fazia um bom tempo. Fazia muito que a mãe havia morrido, e mesmo ela só lhe dava meias, gorros de lã ou calças, dizendo a ele que devia usá-los até não servirem mais, porque eram caros "*e, francamente, Linus, dinheiro não dá em árvore*".

— O que é? — perguntou ele, mais ansioso do que teria esperado. Então tossiu. — O que eu quis dizer foi: não preciso de nada de sua parte.

Arthur arqueou uma sobrancelha.

— Não se trata de *precisar*, Linus. Não é por isso que as pessoas se presenteiam. Tem mais a ver com saber que alguém pensou em você.

Linus sentiu a pele esquentar.

— Você... estava pensando em mim?

— Constantemente. Mas não posso ficar com o crédito nesse caso. A ideia foi de Lucy.

— Minha nossa — soltou Linus. — Não sei se quero um animal morto ou coisa do tipo.

Arthur riu e baixou os olhos para a caixa aberta.

— Que bom. Se você quisesse um animal morto, teríamos errado feio. Fico feliz em dizer que não é nada que já tenha estado vivo, embora possa soar assim.

Linus não sabia ao certo se queria ver o que havia na caixa. O corpo magro de Arthur bloqueava a visão, e embora Linus não sentisse nenhum cheiro desagradável nem ouvisse algo guinchando, como um rato de olhos redondos, continuava hesitante.

— Certo. E o que é?

— Por que não vem aqui ver?

Linus inspirou fundo e se aproximou devagar de Arthur. Ele amaldiçoou o outro por ser tão alto. Ia ter que ficar ao lado dele para enxergar o que havia dentro da caixa.

Ele teve de repreender a si mesmo. Duvidava que Arthur permitiria que Lucy fizesse qualquer coisa perversa. O menino passara a maior parte do jantar sorrindo para Linus, e, embora ainda tivesse um toque diabólico, o assistente social não achava que fosse um sorriso nefasto. Por outro lado, Lucy era literalmente o filho do Diabo e devia ter aperfeiçoado aquela aparente inocência havia muito tempo.

Linus torcia para que não fosse nada que explodisse. Odiava explosões, principalmente tão próximas.

Mas não era uma bomba. Não era um rato, ou uma carcaça apodrecendo.

Era uma vitrola portátil antiga. Do lado de dentro da tampa da caixa estava escrito *ZENITH*, e o z era o desenho de um raio.

Linus perdeu o ar.

— Olha só pra isso! É maravilhosa! Acho que não vejo uma dessas há muito, muito tempo, e quando vi foi na vitrine de uma loja. A Victrola que tenho em casa é muito maior. Sei que o som dessas vitrolas portáteis não é igual, mas sempre me perguntei como seria levar minha música comigo aonde quer que fosse. Tipo, num piquenique ou coisa do tipo.

Ele estava falando demais, sem saber o motivo. Então fechou a boca, batendo os dentes audivelmente.

Arthur sorriu.

— Lucy achou que você reagiria assim. Ele queria te entregar pessoalmente, mas achei que seria melhor se viesse de mim.

Linus balançou a cabeça.

— É muito atencioso. Por favor, agradeça a ele por… Não. Eu agradeço amanhã. Logo cedo. No café! — Então algo lhe ocorreu. — Ah. Não tenho nenhum disco comigo. Nem pensei em trazer algum de casa. Mesmo que tivesse pensado, provavelmente não teria corrido o risco. São frágeis, e eu odiaria se quebrassem.

— Ah — disse Arthur. — Lucy pensou nisso também. — Ele apertou com o dedão uma trava na parte inferior da tampa, e um pequeno compartimento se abriu. Dentro, havia uma capa branca contendo um disco preto.

— Que maravilha — falou Linus, louco para tocar a vitrola. — De onde veio? Parece nova em folha.

— Posso garantir que não é. Na verdade, é bem velha. Você deve ter visto as muitas caixas no sótão quando visitou o ninho de Theodore.

Ele havia reparado nelas. Estavam empilhadas à sombra, nos cantos do lugar. Tinha se perguntado o que continham, mas concluíra que eram apenas provas da longa vida de uma casa antiga. Os bens materiais tendiam a se acumular ininterruptamente.

— Eu vi.

Arthur assentiu.

— A vitrola passou um bom tempo numa caixa nos fundos. Não tínhamos nenhuma utilidade para ela, uma vez que temos outras três em uso na casa. Lucy a descobriu enquanto bisbilhotava, como costuma fazer. Estava empoeirada e precisava ser polida, mas ele foi cuidadoso. Sal ajudou. — Arthur olhou para a vitrola. — Pensando bem, acho que devíamos ter testado antes de trazer. Nem tenho certeza de que ainda funciona.

— E o disco?

Arthur deu de ombros.

— Lucy não queria que eu soubesse qual é. Disse que era surpresa, mas que achava que você ia gostar.

Aquilo deixou Linus um pouco tenso, embora menos do que teria deixado assim que chegara na ilha.

— Bom, acho que deveríamos descobrir se ele estava certo.

Arthur deu um passo para trás.

— Quer ter a honra?

— Claro. — Linus assumiu o lugar de Arthur e pegou a capa do compartimento. Então tirou o disco dela com cuidado. Não havia nada escrito nele, nem qualquer imagem no meio. Linus deixou a capa de lado e colocou o disco na vitrola, acertando o buraquinho com o pino. Ele ligou o aparelho e ficou encantado quando o disco começou a girar, estalando baixo. — Acho que está funcionando.

— Parece que sim.

Linus baixou a agulha. Os alto-falantes estalaram um pouco mais alto. E então…

Um homem começou a cantar, dizendo: "*darling, you send me, I know you send me*".

— Sam Cooke — sussurrou Linus, então soltou a mão ao lado do corpo. — Ah. Ah. Que maravilha.

Ele ergueu os olhos e viu que Arthur o encarava enquanto Sam cantava sobre como havia achado que era só uma paixonite, mas acabara durando tanto.

Linus deu um passo atrás.

Arthur sorriu.

— Podemos nos sentar?

Linus assentiu, de repente inseguro, o que não era nada novo para ele. O cômodo parecia abafado, e ele se sentia tonto. Provavelmente era só cansaço. Tinha sido um longo dia.

Ele tirou o relatório de cima da poltrona antes de se sentar. Deixou-o na mesinha ao lado da vitrola, enquanto Sam continuava cantando. Arthur se sentou na outra poltrona. Linus notou que os pés de ambos estavam tão próximos que, se estendesse um pouco a perna, as pontas de seus sapatos se tocariam.

— Ouvi algo esquisito hoje à noite — disse Arthur.

Linus olhou para ele, torcendo para que Arthur não fosse capaz de ler seus pensamentos em sua expressão.

— O quê, exatamente?

— Eu estava me despedindo das crianças. Sigo a ordem, sabe, de um extremo do corredor ao outro. Lucy é sempre o último, já que seu quarto fica dentro do meu. Sal é o penúltimo. E antes de bater na porta, ouvi uns barulhos novos e alegres que eu não esperava.

Linus se ajeitou na poltrona.

— Tenho certeza de que é normal. Sal é um adolescente, afinal de contas. Eles gostam de... explorar. Desde que você o lembre de que...

— Ah, nossa, não — disse Arthur, reprimindo um sorriso. — Não isso.

Linus arregalou os olhos.

— Minha nossa... Não foi... Eu não quis... Deus do céu, qual é o meu problema?

Arthur tossiu para disfarçar o que era claramente uma risada.

— Fico feliz em saber que tem a mente assim aberta.

Linus tinha certeza de que estava muito vermelho.

— Não consigo acreditar no que acabei de dizer.

— Nem eu, pra ser sincero. Quem diria que Linus Baker poderia ser tão... você.

— Bom, ficaria grato se ninguém mais ficasse sabendo disso. Nem mesmo Zoe. E *principalmente* as crianças. É claro que Sal é velho o bastante para compreender esse tipo de coisa, mas acho que poderia acabar com a inocência de Chauncey. — Ele franziu a testa. — Não que eu entenda como ele poderia... Será que ele... Ah, não. Não, não, não.

Arthur resfolegou.

— Lucy é mais novo que Chauncey. Não acha que deveríamos nos importar com a inocência dele também?

Linus revirou os olhos.

— Ambos sabemos que essa não é uma questão no caso dele.

— Verdade. Mas, como tenho certeza de que agora sabe, eu não estava falando... *disso*. — A última palavra soou deliciosamente baixa, como se tivesse se demorado em sua língua e em seus dentes antes de sair por entre os lábios. Linus começou a suar no mesmo instante. — Estava falando do bater das teclas da máquina de escrever.

Linus piscou.

— Ah. Isso... faz sentido, agora que mencionou.

— Aposto que sim. Foi surpreendente, não o barulho das teclas em si, mas o fato de que estava muito mais alto que o normal. Na maior parte das noites, fica vagamente abafado, já que ele escreve de dentro do closet, com a porta fechada.

Linus compreendeu tudo.

— Eu não… Peço desculpas se ultrapassei os limites.

Arthur ergueu uma mão e balançou a cabeça.

— De modo algum. Foi… mais do que eu estava esperando. Gosto de pensar que significa que ele está se curando. E que você desempenhou um papel nisso.

Linus olhou para as próprias mãos.

— Ah, não acho que seja verdade. Ele só precisava…

— Ele precisava que alguém falasse em voz alta — disse Arthur. — E não consigo pensar em ninguém melhor para isso.

Linus levantou a cabeça de súbito.

— Não é verdade. Deveria ter vindo de você. — Ele fez uma careta. — Não foi uma crítica. Só quis dizer que não cabe a mim sugerir esse tipo de coisa.

Arthur inclinou a cabeça.

— E por que não?

— Porque não sou… Eu não deveria interagir. Pelo menos não no nível pessoal.

— Vai contra o que *Regras e regulamentos* diz.

Linus confirmou com a cabeça enquanto Sam Cooke cedia espaço aos Penguins, que cantavam sobre um anjo na terra. Aquilo fez seu coração pular dentro do peito.

— Isso.

— E por quê, na sua opinião?

— É o que se espera de alguém na minha posição. Porque me permite permanecer imparcial. Sem qualquer viés.

Arthur balançou a cabeça.

— Crianças não são animais. Você não está em um safári, de binóculos, observando tudo à distância. Como acha que vai avaliar as crianças sem reservar um tempo para conhecer todas? São pessoas, Linus. Ainda que algumas pareçam diferentes.

Linus se irritou.

— Nunca sugeri nada do tipo.

Arthur suspirou.

— Foi… Perdão. Foi exagero da minha parte. Lidei com o preconceito por muito tempo. Tenho sempre que me lembrar de que nem todos pensam igual. O ponto é: você fez algo notável por um menino que chegou aqui acostumado a ser menosprezado. Ele te ouviu, Linus.

Aprendeu com você. E era uma lição que precisava mesmo ser aprendida. Acho que Sal não poderia ter tido um professor melhor nesse sentido.

— Quanto a isso não sei — falou Linus, tenso. — Só fiz o que achei que era certo. Só posso imaginar pelo que passou. Você também, como diretor deste orfanato. Principalmente considerando como as crianças daqui são únicas.

— Sim. — Havia algo na voz de Arthur que Linus não conseguia identificar. — Como diretor do orfanato, claro. É por isso que... Como foi que você disse ao chegar? É por isso que não os deixo sair.

— Eu poderia ter me expressado melhor — admitiu Linus. — Principalmente sabendo o que sei agora.

— Não, acho que não. Você foi direto ao ponto. Prefiro franqueza a enrolação. Para que a mensagem seja clara. Por isso, quando digo que acredito que tenha ajudado Sal, estou sendo cem por cento sincero. Não perguntei por que havia mudado a mesa de lugar. Só se alguém havia ajudado. Ele me disse que sim. Que você tinha ajudado. Não foi difícil preencher as lacunas.

— Só fiz uma sugestão — falou Linus, desconfortável com o elogio. — Comentei que, embora não houvesse problema em querer se sentir pequeno, ele não devia esquecer que podia ser grande quando quisesse. Espero não ter ultrapassado nenhum limite.

— Não acho que tenha. Acho que foram as palavras certas no momento certo. Como falei antes, ele está em processo de cura. E com a cura vem a confiança, embora tenha que ser merecida. Acho que você está no caminho certo.

— Seria uma honra.

— É mesmo? Porque não parece apropriado. Tenho certeza de que *Regras e regulamentos* diria que...

Linus riu.

— É, eu sei.

Arthur sorriu.

— Sabe? Que bom. Muito obrigado.

— Pelo quê?

Ele deu de ombros.

— Pelo que está fazendo, o que quer que seja.

— Isso é... vago. Até onde sabe, eu poderia estar escrevendo nos relatórios que este lugar não é apropriado. Que você não é.

— É isso que está escrevendo?

Linus hesitou.

— Não. O que não significa que não tenha minhas preocupações ou que eu esteja decidido.

— Claro que não.

— Mas me fez chegar a uma conclusão. Se ainda prefere que eu seja franco.

Arthur entrelaçou as mãos sobre as pernas.

— Aprecio sua franqueza, na verdade.

— Você nem sabe o que vou dizer.

— Não. Não sei. Mas você sabe, e não acho que diria se não tivesse pensado a respeito primeiro. Então, por favor.

Linus olhou para o disco. Agora Buddy Holly cantava sobre por que eu e você vamos aprender aos poucos como o amor funciona. O fato de que era outra música romântica mal passou pela cabeça de Linus. Ele estava totalmente focado no fato de aquele disco reunir tantos músicos diferentes. Nunca tinha ouvido falar naquela coletânea.

— Acho que nós deveríamos levar as crianças para um passeio fora da ilha.

Buddy Holly continuou cantando em meio ao silêncio. Até que Arthur disse:

— Nós?

Linus deu de ombros, desconfortável.

— Você e Zoe e as crianças. Posso ir junto, para ficar de olho. Acho que faria bem a elas. Para que não fiquem tão… — Ele olhou para o próprio relatório. — Isoladas.

— E aonde as levaríamos?

Linus decidiu responder, ainda que Arthur conhecesse o vilarejo melhor que ele.

— Vi uma sorveteria quando estive lá na semana passada. Talvez um doce caia bem. Também tem o cinema, mas não sei se Sal gostaria, considerando o quão sensível é sua audição. Imagino que o vilarejo sempre receba turistas, já que fica à beira-mar. Mas estamos na baixa temporada, de modo que não deve estar muito cheio. Talvez pudéssemos levar as crianças ao museu, se houver algum lá. Apresentar a elas um pouco de cultura.

Arthur ficou olhando para ele.

Linus não estava gostando.

— O que foi?

— Cultura — repetiu ele.

— É só uma ideia. — Ele já estava na defensiva de novo. Gostava de museus. Tentava ir ao museu de história que havia perto de sua casa pelo menos algumas vezes por ano, no fim de semana. Sempre descobria algo novo, ainda que tudo lá fosse velho.

Pela primeira vez desde que Linus o conhecera, Arthur pareceu incerto.

— Não quero que nada aconteça com eles.

— Nem eu — disse Linus. — Se permitir, vou acompanhar vocês. Posso ser muito protetor quando necessário. — Ele deu alguns tapinhas na própria barriga. — É difícil me derrubar.

Os olhos de Arthur acompanharam torso abaixo os dedos de Linus, que logo baixou a mão e a apoiou sobre as pernas.

Arthur voltou a olhar para o rosto dele.

— Sei sobre a jangada.

Linus piscou.

— Você... sabe? Como? Zoe disse...

— Não tem importância. Mas agradeço muito pela resposta que mandou. Mais do que poderia imaginar. Vou falar com as crianças. Talvez no outro sábado. Vai ser o último que passará aqui. Depois, não vamos ter tempo. Você vai embora.

Não. Não teriam mais tempo. O tempo nunca parava, por mais que às vezes parecesse elástico.

— Parece que sim.

Arthur se levantou.

— Obrigado.

Linus se levantou também.

— Você está sempre agradecendo, mas não sei se é merecido.

Desta vez, as pontas dos sapatos de ambos se tocaram de fato. Seus joelhos trombaram. No entanto, Linus não deu um passo atrás. Nem Arthur.

— Sei que não acredita que merece — disse Arthur em voz baixa. — Mas não digo nada que não seja sincero. A vida é curta demais para isso. Você gosta de dançar?

Linus soltou o ar pesadamente e olhou para Arthur. Os Moonglows começaram a cantar sobre os dez mandamentos do amor.

— Eu… não sei. Acho que tenho dois pés esquerdos, para ser sincero.

— Duvido muito. — Arthur assentiu. Ergueu a mão como se fosse tocar o rosto de Linus, mas a cerrou em punho e deu um passo atrás, então abriu um sorriso contido. — Boa noite, Linus.

Arthur foi embora como se nunca tivesse estado ali. Linus mal ouviu a porta se fechar atrás dele.

De repente, estava em uma casa vazia, com o disco girando devagar e músicas de amor e desejo tocando.

Quando estava prestes a se virar para desligar a vitrola, notou um clarão laranja do outro lado da janela.

Ele correu para fora e olhou para a escuridão.

Conseguia ver os contornos das árvores. Da casa principal. Do jardim.

E nada mais.

Linus decidiu que estava cansado. Que seus olhos pregavam uma peça nele.

Enquanto desligava a vitrola e começava a se recolher, nem lhe passou pela cabeça que havia se esquecido de perguntar sobre o porão.

Ele continuava distraído dois dias depois, quando Zoe o levou até o vilarejo. Merle não estava muito falante, pelo que Linus agradecia. Não achava que conseguiria lidar com os comentários sarcásticos do homem.

Aquilo também permitia que Linus se perdesse em pensamentos. *No que* exatamente pensava ele não tinha certeza. Era como se sua mente girasse, pega por uma tromba d'água que irrompera da superfície do mar.

— Você está quieto.

Ele teve um leve sobressalto e se virou para olhar para Zoe. As flores em seu cabelo estavam todas douradas. Ela usava um vestidinho branco e continuava descalça.

— Desculpa. Eu estava… pensando.

Ela estranhou.

— No quê?

— Pra ser sincero, não tenho certeza.

— Por que não acredito nisso?

Ele olhou feio para ela.

— Não cabe a você acreditar ou não. É simplesmente isso.

— Homens são tão idiotas — murmurou Zoe baixinho.

— Ei!

— São mesmo. Não sei por quê. Teimosos, obstinados e idiotas. Seria fofo, se não fosse tão frustrante.

— Não tenho ideia do que está falando.

— *Nisso* eu acredito. Infelizmente.

— Só dirige, Zoe — resmungou ele, enquanto o portão da balsa baixava à frente dos dois. Merle fez um sinal para que saíssem, taciturno. Nem gritou para que voltassem logo.

O funcionário do correio se mostrou tão grosseiro quanto na semana anterior. Só grunhiu quando Linus lhe entregou o envelope selado contendo o relatório. Linus pagou a taxa e perguntou se tinha chegado algo para ele.

— Sim — murmurou o homem. — Faz alguns dias. Se não estivesse enfurnado na ilha, poderia ter pegado antes.

— Se vocês entregassem a correspondência na ilha, como tenho certeza de que entregam em todo o vilarejo, não estaríamos tendo essa discussão — retrucou Linus.

O homem resmungou baixo, mas entregou um envelope fino endereçado a Linus.

Linus nem se deu ao trabalho de agradecer. Ele se sentia ousado e vingativo. Nem *se despediu* ao sair do correio. Era um escândalo flagrante.

— Isso vai ensinar a ele — disse Linus para si mesmo ao pisar na calçada. Quase deu meia-volta e entrou para pedir desculpas, mas conseguiu se controlar de alguma forma. Ele abriu o envelope com cuidado. Havia uma única folha de papel lá dentro.

DEPARTAMENTO ENCARREGADO DA JUVENTUDE MÁGICA
MEMORANDO DO ALTÍSSIMO ESCALÃO

Sr. Baker,

Obrigado pelo relatório inicial. Foi bastante revelador quanto ao funcionamento do Orfanato de Marsyas. Como sempre, você foi bastante minucioso na sua investigação.

No entanto, desaconselhamos a inclusão de sua opinião. Embora compreendamos sua frustração diante de uma suposta falta de informações, devemos lembrá-lo de que não estamos lidando com crianças comuns. E de que alguém em sua posição não deveria questionar as decisões do Altíssimo Escalão.

Também temos algumas preocupações em relação a Zoe Chapelwhite. Embora estivéssemos cientes de sua presença na ilha (tsc, tsc, sr. Baker), não sabíamos que participava tanto da vida diária das crianças. Ela tem algum envolvimento romântico com o sr. Parnassus? Fica sozinha com as crianças em algum momento? Mesmo que a jovem Phee sem dúvida possa aprender muito com uma sprite mais velha, recomendamos cautela se a sra. Chapelwhite estiver fazendo qualquer outra coisa além disso. Ela não está registrada. Embora pareça estar fora de nossa jurisdição, o orfanato não está, e qualquer passo em falso pode ser desastroso. Se houver algo de inapropriado ocorrendo na casa, deve ser documentado. Pela segurança das crianças, claro.

Um pedido: seu relatório incluiu muitos detalhes sobre as crianças. No entanto, quando se trata do sr. Parnassus, tem muitas lacunas. Se seu segundo relatório não contiver mais detalhes sobre o diretor, precisamos que o terceiro forneça mais informações, mantendo a objetividade, claro. Fique alerta, sr. Baker. Arthur Parnassus tem uma longa história com Marsyas e conhece a ilha como ninguém. Não baixe a guarda. Até mesmo a mais charmosa das pessoas tem seus segredos.

Ficamos no aguardo dos futuros relatórios.
Atenciosamente,

Charles Werner

CHARLES WERNER
ALTÍSSIMO ESCALÃO

Linus ficou olhando para a carta por um longo tempo, sob o sol de outono.

Tanto tempo, na verdade, que se assustou com uma buzina soando. Então ergueu os olhos e viu Zoe à sua frente, encarando-o pelo para-brisa. As sacolas de compras já estavam no banco de trás. Ela havia ido ao mercado e voltado, enquanto Linus continuava em frente ao correio.

— Está tudo bem? — perguntou Zoe enquanto ele se aproximava do carro.

— Tudo — respondeu Linus. Antes de abrir a porta, ele dobrou a carta e a devolveu ao envelope. — Tudo certo. — Ele entrou no carro. Estava tudo tão bem que ele não conseguiu encará-la e manteve os olhos à frente.

— Não parece.

— Não há nada com que se preocupar — falou Linus com um excesso de animação. — Vamos pra casa, pode ser?

— Pra casa — concordou ela baixinho. Então saiu com o carro e deixaram o vilarejo para trás.

De repente, Linus disse:

— Arthur.

— O que tem ele?

— Ele é… diferente.

Linus sentiu os olhos de Zoe nele, mas manteve o rosto virado para a frente.

— É mesmo?

— Eu acho. E acho que você sabe que sim.

— Não tem ninguém igual a ele — concordou Zoe.

— Vocês se conhecem há muito tempo?

— Tempo suficiente.

— Sprites… — resmungou Linus. — Ele sabe sobre a jangada.

De canto de olho, ele viu que ela segurava o volante com mais força.

— Claro que sim.

— Você não parece surpresa.

— Não — disse Zoe devagar. — Acho que não estou mesmo.

Ele ficou esperando que ela se explicasse.

O que Zoe não fez.

Linus segurou o envelope com mais força.

— Qual é a programação de hoje? — perguntou ele, tentando fazer a tensão se dissipar. — Outra aventura como no sábado passado? Acho que posso ser convencido a me fantasiar de novo. Embora não seja minha roupa preferida, não me incomodou tanto quanto eu esperava.

— Não — disse Zoe, o cabelo balançando ao vento. — É o terceiro sábado do mês.

— E o que isso significa?

Zoe sorriu para ele, embora não parecesse tão animada quanto de costume.

— Que vamos fazer um piquenique no jardim.

Linus piscou.

— Ah, isso não parece tão…

— É a vez de Chauncey cuidar da comida. Ele gosta de peixe cru. E vai experimentar umas receitas novas.

Linus suspirou.

— Claro que sim.

Mas se pegou reprimindo um sorriso. Na balsa, voltando para a ilha, nem mesmo Merle conseguiu desanimá-lo. A carta do Altíssimo Escalão nem lhe passava pela cabeça. Ele só esperava que não houvesse baiacu. Tinha ouvido falar que era venenoso.

TREZE

Departamento Encarregado da Juventude Mágica
Orfanato de Marsyas, relatório n. 3
Linus Baker, assistente social BY78941

Juro solenemente que o conteúdo deste relatório é preciso e verdadeiro. Compreendo, como expresso nas diretrizes do DEDJUM, que qualquer falsidade descoberta resultará em censura e poderá levar ao cancelamento do meu contrato.

Este relatório cobre minhas observações ao longo da minha terceira semana na ilha.

Como mencionei em meu relatório anterior, conversei sobre uma questão específica com o sr. Parnassus: o isolamento das crianças na ilha. Compreendo a hesitação dele. Como indiquei no segundo relatório, um clima de intolerância paira sobre o vilarejo, aparentemente mais intenso do que na cidade, por exemplo, mas imagino que seja por causa da proximidade com a ilha.

Procuro me colocar no lugar dos moradores locais, que vivem perto de uma casa velha habitada por jovens mágicos. Como as crianças são mantidas à distância, os rumores saem de controle. Algumas delas são certamente atípicas, mas isso não significa que não deveriam poder transitar pelo vilarejo sempre que quisessem.

O sr. Parnassus parece relutante, embora tenha prometido pensar a respeito. O vínculo que estabeleceu com as crianças me parece fascinante. Elas se importam muito com ele, e acredito que o veem como uma figura paterna. Nunca tendo sido diretor de um orfanato, nem consigo imaginar a força que deve ser necessária para administrar um lugar assim. Embora certamente seja incomum, acho que funciona para elas.

No entanto, acho que isso também pode prejudicá-las. Como vão precisar deixar a ilha um dia, não podem depender totalmente do sr. Parnassus. Em meu contato prévio com outros diretores de orfanato, vi de tudo, de indiferença branda a pura crueldade. Embora respeite o livro *Regras e regulamentos*, devo dizer que ele me parece conter mais diretrizes que leis de fato. Também foi escrito décadas atrás e nunca passou por uma atualização. Como podemos impor algo que não mudou com o passar do tempo?

Pediram-me que incluísse mais detalhes sobre o sr. Parnassus neste relatório. Eis o que descobri:

Phee é uma sprite de floresta, sob a tutela ocasional de Zoe Chapelwhite. Acredito que isso tenha possibilitado a ela mais controle sobre seus poderes que qualquer outra jovem sprite que já conheci, ainda que não sejam muitas. Embora leve algum tempo, ela é capaz de fazer crescerem árvores e flores como nunca vi. Acredito que a sra. Chapelwhite a tenha ajudado nesse sentido.

Theodore é uma serpe, claro, e nós (sim, *nós*) costumamos pensar em alguém como ele, por mais raro que seja, como se não fosse nada além de um animal. Posso assegurar ao Altíssimo Escalão que não é o caso. Theodore é capaz de raciocínio e sentimentos complexos, como qualquer outro ser humano. Ele é inteligente e engenhoso. Ontem mesmo, depois que me recuperei de uma intoxicação alimentar causada pela ingestão de peixe cru, ele foi à casa de hóspedes onde estou e perguntou se eu não queria ver parte de sua coleção. Notem que usei o termo "perguntou". Porque ele tem uma forma de linguagem, embora não seja a que estamos acostumados a ouvir. Apesar do meu curto tempo aqui, já sou capaz de identificar as cadências de seus chilreios.

Talia é uma criança um tanto rabugenta, mas, pelo menos de início, considerando o que me foi ensinado sobre a espécie, atribuí isso ao fato de ser uma gnoma. Parece-me que nossa percepção é marcada pelo que nos é ensinado. Desde pequenos, dizem-nos que o mundo funciona de certa maneira, que há certas regras. Que as coisas são simplesmente assim, que gnomos são mal-humorados e assim que botam os olhos em você já acertam sua cabeça com uma pá. Embora isso talvez descreva Talia superficialmente, pode-se argumentar que a maior parte das pré-adolescentes é assim. Não é algo relacionado à espécie. São os hormônios. É só passar algum tempo com ela para ir além da superfície, das ondas de bravata, e concluir que Talia só quer proteger as pessoas com quem se importa. Como sabemos, gnomos costumam viver em grupo, ou pelo menos costumavam, quando eram em maior número. Talia encontrou seu grupo aqui.

Chauncey está aqui simplesmente por causa do que é. Não sabemos em que exatamente isso consiste, mas o DEDJUM precisava colocá-lo em algum lugar. Acredito — e isto não é uma opinião, é uma conclusão baseada na experiência — que ele seja considerado de nível quatro apenas por sua aparência. Disseram-lhe repetidas vezes que ele era um monstro: outras crianças, diretores de orfanato, pessoas que deveriam ter feito melhor que isso dada sua posição. Quanto mais um cachorro apanha, mais se encolhe quando uma mão é erguida. No entanto, embora Chauncey tenha sofrido violência verbal antes de Marsyas (não me parece que tenha sofrido violência física, ainda que palavras duras também machuquem), é uma criança animada e amorosa. Ele tem sonhos. Pergunto-me se isso é compreendido. Ele sonha com um futuro que talvez nunca tenha. E, embora possam parecer pequenos, os sonhos são dele, e apenas dele.

Sal é o mais reticente do grupo. Ele, sim, *foi* fisicamente abusado antes de chegar à ilha. Isso está bem documentado, embora não constasse nos arquivos que recebi. O sr. Parnassus me mostrou os relatórios relativos ao incidente, assinados pelo DEDJUM nas instâncias específicas. O mero fato de que isso tenha acontecido é absurdo. O fato de que tenha acontecido com um menino tímido e reservado é inaceitável. Sal foi o último a chegar na ilha, e ainda tem um longo caminho a percorrer para se recuperar por completo. Mas acho que isso vai acontecer, porque, embora ainda se sobressalte com o menor ruído, está desabrochando diante dos meus olhos. Sal adora escrever, e tive a sorte de poder ler alguns textos seus. Creio que irá muito longe se tiver a oportunidade. Embora não me dê nenhuma alegria usar a mesma comparação aqui, um cachorro se encolhe até não poder mais. Ele precisa ser encorajado, e não temido.

Vocês podem estar se perguntando, na verdade tenho certeza de que estão, o que tudo isso tem a ver com o sr. Parnassus. Não tem a ver *com* ele. Mas é *por causa* dele que tudo isso é possível. Não se trata de um simples orfanato. Este é um lugar de cura, e acredito que seja necessário. Como escreveu a poetisa Emma Lazarus: "Deem-me os exaustos, os pobres, as massas amontoadas ansiando por respirar livremente".

Imagino que tenham notado que não mencionei Lucy.

Faz dois dias que comecei a escrever este relatório. Não me apressei, porque encontrar as palavras certas me parecia ser da máxima importância. Na noite passada, algo aconteceu. Fui despertado do sono profundo por um estranho incidente...

Aquilo talvez fosse um eufemismo.

Linus acordara assustado e se sentara rapidamente, levando a mão ao peito e sentindo o coração bater acelerado. Estava desorientado e não tinha certeza do que acontecia. Seus olhos se ajustaram à escuridão, e ele levou mais um tempo para compreender o que estava vendo.

A casa parecia estar encolhendo.

O teto estava muito mais próximo do que quando Linus se deitara para dormir.

— Mas o que é isso? — perguntou-se.

Linus ouviu um miado vindo de algum lugar mais embaixo. Ele olhou pela lateral da cama e percebeu que não era a casa que estava encolhendo. Se o teto parecia muito mais próximo, era porque a cama estava flutuando a um metro e meio do chão.

— Minha nossa — disse ele se agarrando ao cobertor, enquanto os olhos de Calliope brilhavam para ele no escuro e seu rabo se retorcia.

Linus nunca havia estado em uma cama flutuante. Deu um beliscão forte em si mesmo para garantir que não era um sonho.

Não era.

— Minha nossa — repetiu ele.

Então Linus ouviu um rugido baixo e retumbante vindo do lado de fora.

Levou o cobertor até o queixo, enquanto a cama balançava suavemente, porque parecia a melhor opção.

Calliope o chamou de novo.

— Eu sei — conseguiu dizer, com a voz abafada pelo cobertor pesado. — Não deve ser nada, né? Vou voltar a dormir. Vai ser melhor pra todo mundo. Até onde sei, isso acontece o tempo todo.

De repente, a cama se inclinou para a direita. Linus mal teve tempo de gritar antes de cair no chão, sob uma chuva de travesseiros e cobertores.

Ele gemeu e rolou, deitando-se de costas.

Calliope lambeu seu cabelo ralo. Ele nunca entendera por que gatos faziam aquilo.

— Bom, agora acordei — falou Linus, olhando para a cama mais acima. — É melhor ir ver do que se trata. Talvez seja só... um terremoto. É. Um terremoto, quase no fim.

Ele bateu a cabeça na parte de baixo da cama ao se levantar. Esfregou a testa e resmungou consigo mesmo. Conseguiu encontrar os sapatos, que por sorte continuavam ancorados ao chão. Calçou-os e saiu do quarto, seguido de perto pela gata.

A poltrona da sala também flutuava, girando preguiçosamente no ar. A vitrola portátil ligava e desligava. As luzes piscavam.

— Posso lidar com bastante coisa — sussurrou ele para Calliope. — Mas acho que fantasmas são meu limite. Não gosto muito da ideia de ser assombrado.

O som estrondoso se repetiu, e Linus sentiu que fazia o piso vibrar. Parecia vir de fora da casa. Embora não estivesse gostando nada daquilo, acabou abrindo a porta.

As luzes da casa principal também piscavam. Ele se lembrou da luz laranja que havia visto algumas noites antes, quando o sr. Parnassus fora embora. Parecia que tinha alguma coisa acontecendo lá. Por mais que Linus quisesse fechar a porta e ignorar, passou da varanda à grama.

Então uma mão tocou seu ombro, e ele gritou.

Quando se virou, viu Zoe logo atrás, com a expressão preocupada.

— Por que fez isso? — grunhiu ele. — Está *tentando* me matar? É como se você gostasse de me assustar.

— É Lucy — disse Zoe em voz baixa, com as asas cintilando ao luar. Ela parecia etérea. — Ele está tendo um pesadelo. Vem logo.

As crianças estavam todas no andar de baixo, juntas, olhando para o teto. Estavam reunidas em torno de Sal, que mantinha a testa franzida. Pareceram todas aliviadas ao ver Linus e Zoe.

— Estão todos bem? — perguntou Linus. — Ninguém se machucou?

Todos fizeram que não com a cabeça.

— Acontece às vezes — disse Phee, cruzando os braços sobre o corpo magro. — Sabemos como agir. Mas não acontecia havia meses.

— Isso não quer dizer que ele seja mau! — apressou-se em dizer Chauncey, com os olhos disparados. — Ele só... balança um pouco as coisas. Tipo nossos quartos. E a casa inteira.

— E não é porque consegue balançar a casa inteira que quer nos machucar — falou Talia, estreitando os olhos.

Theodore chilreou em concordância, empoleirado no ombro de Sal.

— Ele nunca faria nada com a gente — disse Sal baixinho. — Pode ser assustador, mas não é culpa dele. Não tem como deixar de ser quem é.

Linus levou um momento para compreender o que as crianças estavam fazendo. Achavam que ele ia usar aquilo contra Lucy. Contra *elas*. Aquilo doeu mais do que Linus esperava, embora fosse compreensível. Podiam ter começado a confiar nele, lentamente, mas ainda se tratava de um assistente social do DEDJUM. Ainda estava ali para investigar. E aquilo, independentemente do que fosse, não soaria bem.

— Fico feliz que estejam todos bem — disse Linus, ignorando a pontada no peito. — É isso que importa.

Phee pareceu aborrecida.

— Claro que estamos bem. Lucy não faria nada conosco.

— Sei disso — falou Linus.

As crianças não pareceram acreditar.

Outro rugido chegou do andar de cima. Parecia que algo monstruoso havia despertado.

Linus suspirou. Por algum motivo, havia decidido que aquela era a hora perfeita para testar seu ímpeto.

— Fica aqui com eles? — pediu a Zoe.

Ela deu a impressão de que ia se opor, mas assentiu.

— Se é o que quer.

O que Linus *queria* era ainda estar dormindo na cama, mas aquilo estava fora de cogitação.

— É — disse ele. — Acha que precisa tirar as crianças da casa?

Linus olhou com cautela para os móveis flutuando em volta.

— Não. Ele não vai machucar os outros.

Por motivos que não era capaz de explicar, Linus acreditou nela. Acreditou *neles*.

Ele abriu um sorriso fraco para as crianças antes de se virar para a escada.

— Sr. Baker!

Linus olhou por cima do ombro.

Chauncey acenou para ele.

— Gostei do seu pijama!

— Ah. Obrigado. Isso é muito... Não adianta estender o braço. Você não vai receber gorjeta por me elogiar!

Chauncey suspirou e recolheu o tentáculo.

Talia alisou a barba.

— Não esquece: se vir algo... estranho, é só uma alucinação.

Ele fez força para engolir em seco.

— Ah. É um... ótimo conselho. Muito obrigado.

Ela pareceu satisfeita consigo mesma.

O corrimão da escada parecia vibrar sob a mão de Linus enquanto ele dava um passo depois do outro. As fotos e os quadros nas paredes traçavam círculos preguiçosos. Trechos de música explodiam, pedacinhos de uma dúzia de faixas diferentes, mas reconhecíveis. Big band, jazz, rock, ecos do dia em que a música morreu, Big Bopper, Buddy Holly e Ritchie Valens cantando à sua volta com vozes fantasmagóricas.

Linus chegou ao topo da escada. Todas as portas, com exceção da última, estavam abertas. Ele deu outro passo, então todas bateram ao mesmo tempo. Linus arfou e deu um passo atrás. O corredor começou a se *retorcer*, fazendo a madeira ranger. Ele fechou os olhos, contou até três e voltou a abrir.

O corredor tinha voltado ao normal.

— Tudo bem, meu velho — murmurou para si mesmo. — Você consegue fazer isso.

As portas se mantiveram fechadas enquanto ele passava por elas, embora as luzes do outro lado piscassem, iluminando o chão em lampejos rápidos. A música ficava mais alta conforme ele se aproximava da porta no fim do corredor. Era como se todos os discos já gravados tocassem ao mesmo tempo, em uma cacofonia guinchante que fazia os dentes de Linus baterem uns contra os outros.

A ideia ridícula de bater na porta lhe ocorreu, mas ele a descartou, balançando a cabeça. Inspirou fundo, levou a mão à maçaneta e a girou.

A música cessou quando a porta se abriu.

Linus pensou ter visto um lampejo laranja de canto de olho, mas desapareceu antes que pudesse determinar de onde tinha vindo.

A porta do quarto de Lucy estava aberta, ligeiramente fora de esquadro.

Lucy estava no meio do cômodo, os braços abertos como asas, os dedos rígidos. Os discos que antes decoravam as paredes agora o circulavam devagar. Alguns estavam quebrados ou estilhaçados. A cabeça dele estava caída para trás e seus olhos estavam abertos, mas totalmente brancos, sem ver nada. Sua boca também estava aberta, e sua garganta parecia tensa.

Arthur estava ajoelhado diante dele, com uma mão em sua nuca. Ele virou a cabeça para Linus. Seus olhos se arregalaram um pouco antes que ele voltasse a focar em Lucy. Arthur começou a sussurrar algo que Linus não conseguiu compreender, num tom suave e tranquilizador. Ele apertou a nuca do menino ligeiramente.

Linus deu um passo à frente.

— ... sei que está assustado — dizia Arthur. — E sei que às vezes você vê coisas quando fecha os olhos que ninguém nunca deveria ver. Mas o bem vive dentro de você, Lúcifer, e é esmagador. Sei que é. Você é especial. Você é importante. Não apenas para os outros, mas para mim também. Nunca houve ninguém como você, e vejo tudo o que você é e tudo o que não é. Volta pra casa. Só quero que volte pra casa.

Lucy arqueou as costas, como se tivesse levado um choque. Sua boca se abriu ainda mais, o que parecia quase impossível. O rugido soou de novo, saído de sua garganta. Era sombrio e distorcido. Os olhos do menino ficaram vermelhos, parecendo algo profundo e antiquíssimo, que fez a pele de Linus se arrepiar.

Mas Arthur não o soltou.

Lucy relaxou e caiu para a frente. Arthur o pegou.

As janelas pararam de sacudir.

Os discos foram ao chão. Alguns quebraram, cacos se espalhando.

— Arthur? — perguntou Lucy, com a voz falhando. — Arthur? O que aconteceu? Onde eu... Ah. Ah, Arthur...

— Estou aqui — disse Arthur, puxando-o em um abraço. Lucy enterrou o rosto no pescoço dele e começou a soluçar. Seu corpinho tremia. — Estou aqui.

— Foi horrível. — Lucy chorava. — Eu me perdi, e tinha *aranhas*. Não conseguia encontrar você. As teias eram tão grandes... Fiquei perdido.

— Mas você me encontrou — falou Arthur com leveza. — E está aqui. O sr. Baker está aqui também.

— É? — fungou Lucy, então virou o rosto na direção da porta, inchado e manchado pelas lágrimas. — Oi, sr. Baker. Desculpa por ter te acordado. Não era minha intenção.

Linus só balançou a cabeça enquanto tentava encontrar as palavras certas.

— Não precisa pedir desculpa, meu garoto. Tenho o sono leve. — Não era nem um pouco o caso. A mãe dele sempre dissera que nem o estampido de cavalos em disparada seria capaz de acordá-lo. — Fico feliz que esteja bem. Isso é tudo o que importa.

Lucy assentiu.

— Tenho pesadelos às vezes.

— Eu também.

— É mesmo?

Linus deu de ombros.

— Acho que é inevitável. Mas, quando tiver pesadelos, deve se lembrar de que eles são apenas sonhos ruins. Você sempre vai acabar acordando. E eles vão passar. Acho que acordar de um pesadelo dá uma sensação de alívio sem igual. Porque você percebe que o que estava vendo não era real.

— Quebrei meus discos — falou Lucy com amargura. Então se afastou de Arthur, passando uma mão no rosto. — Eu gostava tanto deles, e agora estão todos quebrados. — Ele ficou olhando para os cacos de plástico preto e brilhante no chão.

— Não se preocupe — disse Linus. — São só os que ficavam nas paredes, não é? — Ele se aproximou e se agachou perto de Lucy, pegando um pedaço de disco do chão.

— Nem todos — falou Lucy. — Alguns eu ouvia. Eram até meus *preferidos*.

— Posso te dizer uma coisa?

Lucy fez que sim, ainda olhando para os discos.

Linus pegou outro pedaço, que parecia do mesmo disco que já tinha na mão. Quando ele tentou juntá-los, viu que o encaixe era perfeito.

— Algo quebrado pode ser reconstituído. Talvez não fique igualzinho, ou não funcione como antes, mas isso não significa que não tenha mais utilidade. Viu? Com um pouco de cola e um pouco de sorte, vai ficar ótimo. Com os discos pendurados na parede, nem vai dar pra ver a diferença.

— Mas e os que eu ouvia? — perguntou Lucy, fungando. — Os da parede já estavam riscados.

Linus hesitou, pensando no que poderia dizer, só que Arthur foi mais rápido.

— Tem uma loja de discos no vilarejo.

Linus e Lucy olharam para ele.

— É mesmo? — perguntou o menino.

Arthur assentiu devagar, com uma expressão estranha no rosto.

— É. Podemos ir lá, se quiser.

Lucy enxugou os olhos.

— Sério? Não tem problema?

— Não — respondeu Arthur, então se levantou devagar. — Acho que vai ficar tudo bem. Talvez a gente possa transformar isso numa excursão. Irmos todos juntos.

— Até o sr. Baker?

— Se ele se comportar — falou Arthur, parecendo achar graça. — Talvez ele possa te ajudar a escolher alguns discos, já que ambos têm certa afinidade musical. O gosto de vocês é muito melhor que o meu.

Lucy se virou, com o rosto reluzindo. Linus ficou maravilhado diante da resiliência dele.

— Você vai com a gente, sr. Baker? Podemos escolher os discos juntos!

Linus foi pego de surpresa.

— C-claro. Isso… parece possível — conseguiu dizer.

— Por que não vai dizer aos outros que podem voltar pra cama? — pediu Arthur. — Tenho certeza de que vão querer ver que você está bem.

Lucy abriu um sorriso tão ofuscante para ele que Linus sentiu um aperto no coração.

— Tá! — Ele saiu pela porta correndo e, ao chegar no corredor, começou a gritar que não estava morto, que não tinha ateado fogo em nada daquela vez, e aquilo não era *ótimo*?

Os joelhos de Linus estalaram quando ele se levantou.

— Estou ficando velho — murmurou ele, estranhamente constrangido. — Mas imagino que aconteça com os melhores de…

— Ele nunca machuca ninguém — disse Arthur, com a voz dura.

Linus levantou a cabeça, surpreso. O rosto de Arthur estava contraído, a expressão estranha havia retornado. Linus não a compreendia. Tampouco sabia por que o pijama do outro o distraía. Arthur usava um short, que deixava à mostra seus joelhos brancos e ossudos. Sua camiseta estava toda amassada. Ele parecia mais jovem do que nunca. E quase perdido.

— Bom saber.

— Sei que vai ter que pôr isso no seu relatório — prosseguiu Arthur, como se Linus não tivesse dito nada. — Não posso te culpar por isso nem vou tentar impedir. Mas peço que se lembre de que Lucy nunca machucou ninguém. Ele… Eu estava falando sério. Ele é uma boa pessoa. O bem nele é enorme. Mas não acho que sobreviveria longe daqui. Se esse lugar for fechado, ou se Lucy for tirado daqui, não sei o que ele…

Linus nem pensou antes de esticar o braço para pegar a mão de Arthur. Suas palmas deslizaram e seus dedos se entrelaçaram. Arthur segurou a mão de Linus com firmeza.

— Sei o que quer dizer.

Arthur pareceu aliviado.

Antes que pudesse dizer qualquer coisa, Linus concluiu seu pensamento:

— No entanto, mesmo que Lucy não represente perigo para mais ninguém, e para si próprio?

Arthur balançou a cabeça.

— Isso não…

— Mas é por isso que você o mantém aqui. Certo? Para que esteja sempre a seu alcance, caso haja necessidade.

— Sim.

— Ele já se machucou?

Arthur suspirou.

— Não… fisicamente. Mas é especialista em autoflagelação depois. Quando algo quebra, não importa a quem pertença, ele carrega a culpa nos ombros.

— Algo me diz que você sabe uma ou duas coisas sobre isso.

Os lábios de Arthur se curvaram.

— Sim.

— Ele parece estar bem agora.

— Independentemente de quem seja, Lucy ainda é uma criança. Elas se recuperam de maneira surpreendente. Ele vai ficar bem, acho. Pelo menos até a próxima vez. — Arthur estreitou um pouco os olhos. — E vou estar aqui da próxima vez também.

Era um desafio, mas Linus não podia fazer nada. Independentemente de sua recomendação, a decisão final cabia ao DEDJUM.

— Você disse que não acontece com frequência. Não mais. Acho que eu teria notado se tivesse acontecido desde minha chegada.

— Eu achei… Eu *esperava* que ele estivesse superando — disse Arthur, parecendo frustrado.

— E o que foi que ocasionou? Tem ideia? Aconteceu alguma coisa hoje?

Arthur balançou a cabeça.

— Não que eu saiba. Acho que… Por mais grotesco que pareça, acho que tem a ver com o que ele falou sobre as aranhas no cérebro. Não sabemos muito sobre o que significa ser o Anti…

— Opa — cortou Linus, apertando sua mão. — Não usamos essa palavra aqui.

Arthur abriu um sorrisinho.

— Não. Acho que não. Obrigado por me lembrar disso. As aranhas certamente não são *de verdade*, e sim uma representação do que acontece na cabeça dele. Fios sombrios em meio à luz.

— Partes do todo — falou Linus. — Todos temos nossas questões. Eu tenho essa pança. Ele é filho de Satã. Nada que não possa ser resolvido com bastante esforço.

Arthur inclinou o rosto na direção do teto e fechou os olhos, com um sorriso largo no rosto.

— Eu gosto bastante de você exatamente como é.

Linus sentiu o corpo todo esquentando de novo. Sabia que sua mão devia estar suando profusamente, mas não encontrava forças para puxá-la de volta.

— Eu… bom. Isso… Acho que isso é bom.

— Também acho.

Ele ficou desesperado para mudar de assunto antes que pudesse dizer algo de que ia se arrepender. Estava perdendo aquela batalha, mas não podia entregar os pontos.

Então soltou a mão de Arthur e disse:

— Então… o vilarejo? Quer dizer que se decidiu?

Arthur abriu os olhos e suspirou, então olhou para Linus.

— Você estava certo. Acho que é hora. Fico preocupado, mas sempre vou ficar.

— Tenho certeza de que vai ficar tudo bem — disse Linus, dando um passo atrás. — E, se não ficar, garanto que vou dizer o que penso. Não tenho tempo nem paciência para grosserias. — Ele se sentia estranhamente desancorado, como se pairasse acima de seu próprio corpo. Ficou se perguntando se tudo pareceria um sonho no dia seguinte. — Acho que é hora de ir pra cama. Vai amanhecer antes que percebamos.

Ele se virou, certo de que seu rosto estava vermelho. Já estava quase na porta quando Arthur o chamou.

Linus parou, mas não se virou.

— Eu estava falando sério — falou Arthur, quase num sussurro.

— Sobre?

— Sobre gostar de você como é. Isso nunca me pareceu mais verdadeiro em relação a qualquer outra pessoa que tenha conhecido.

Linus levou a mão à maçaneta.

— Isso... Obrigado. É muita bondade sua. Boa noite, Arthur.

O diretor riu.

— Boa noite, Linus.

Com aquilo, ele fugiu do quarto.

Linus não dormiu o resto da noite.

Após empurrar a cama da casa de hóspedes de volta ao lugar, tinha desabado sobre ela, certo de que desmaiaria depois da noite que havia tido.

Não foi o caso.

Ele ficou acordado, pensando na sensação da mão de Arthur na sua, no modo como ambas se encaixavam. Era tolice, e provavelmente perigoso, mas, na escuridão silenciosa, ninguém poderia tirar aquilo dele.

CATORZE

Merle estava parado na balsa, boquiaberto.

Linus se debruçou para fora da janela do passageiro.

— Não vai baixar o portão?

O balseiro não se moveu.

— É um inútil — murmurou Linus. — Não sei por que alguém confiaria nele para manejar um barco desse tamanho. Fico surpreso que não tenha matado ninguém até agora.

— Vamos bater, afundar e talvez morrer? — perguntou Chauncey. — Seria legal.

Linus suspirou. Precisava mesmo aprender a se controlar melhor. Ele se virou para olhar para a parte de trás da perua. Seis crianças o encaravam com diferentes graus de interesse pela ideia de afundar e morrer no mar. Lucy e Chauncey pareciam muito mais animados que os outros.

Sentada na terceira fileira, Zoe arqueou uma sobrancelha para ele, indicando sem dizer uma palavra que Linus havia motivado aquilo e, portanto, deveria resolver.

Ele só torcia para não se arrepender.

As chances não pareciam boas.

— Não vamos afundar e morrer no mar — explicou Linus, com toda a paciência que conseguiu reunir. — É só o jeito que os adultos falam. Crianças como vocês não devem dizer nada do tipo.

Arthur riu no banco do motorista, mas Linus o ignorou. O clima entre os dois andava estranho desde a noite do incidente. Ele nunca tivera problema em dizer o que pensava para o diretor, mas agora se pegava corando e gaguejando, como se fosse um garotinho. Era ridículo.

— Adultos pensam muito na morte? — perguntou Lucy, inclinando a cabeça em um ângulo estranho. — Isso significaria que sou adulto, porque penso a respeito o tempo todo. Gosto de coisas mortas. Gostaria de você mesmo que estivesse morto, sr. Baker. Talvez até mais.

Zoe levou as costas da mão à boca e se virou para a janela para disfarçar uma risada.

Inúteis. Ela e Arthur eram inúteis.

— Adultos não pensam muito na morte — disse Linus, sério. — Na verdade, quase não pensam nisso. Mal passa pela cabeça deles.

— Então por que escrevem tantos livros sobre a mortalidade? — perguntou Phee.

— Eu não... Porque... Isso não importa! O que estou *tentando* dizer é que chega de falar sobre a morte e sobre morrer!

Talia assentiu sabiamente, alisando a barba.

— Isso. É melhor não saber se estamos prestes a morrer. Assim, não começamos a gritar antes da hora. Vai ser surpresa. Podemos gritar depois, quando estiver acontecendo.

Sentado no colo de Sal, Theodore chilreou preocupado e escondeu a cabeça sob a asa. Sal acariciou suas costas.

— Eu posso descobrir quando vamos morrer — afirmou Lucy. Ele inclinou a cabeça para trás e ficou olhando para o teto da perua. — Acho que consigo ver o futuro se me esforçar. Quer que eu descubra quando vai morrer, sr. Baker? Ah, isso, estou conseguindo. Já vi tudo! Seu fim vai ser um terrível...

— *Não* quero — cortou Linus. — E vou dizer *de novo*: enquanto estivermos no vilarejo, não se ofereça para dizer às pessoas o que o destino reserva a elas!

Lucy suspirou.

— Como vou fazer amigos se não posso dizer a eles quando vão morrer? Não faz sentido.

— Sorvete e discos — disse Arthur.

— Ah. Isso!

Era uma péssima ideia.

— Acha que estou bonito? — perguntou Chauncey pelo que devia ser a centésima vez. — Não sei se acertei na roupa.

Ele usava um casaco e uma cartola entre os olhos. Disse que estava disfarçado, mas não chegava a ser o caso. A ideia fora sua, e Linus não quisera discutir, principalmente depois que Chauncey exclamara alto que não podia ir *pelado* ao vilarejo, embora passasse a maior parte do tempo na ilha assim. Linus nunca pensara naqueles termos. E agora não conseguia *não* pensar.

— Você está ótimo — disse Linus. — Muito elegante.

— Como um espião escondido nas sombras, prestes a revelar um grande segredo — assegurou Sal.

— Ou como se fosse abrir o casaco e mostrar tudo — murmurou Talia.

— Ei! Eu não faria isso! Só se vocês pedissem!

Zoe nem tentava mais esconder a risada.

Linus voltou a se virar para a frente e olhar pelo para-brisa. Merle continuava boquiaberto.

— Já se arrependeu? — perguntou Arthur. Linus nem precisou olhar para ele para saber que estava sorrindo.

— Não — garantiu ele. — Claro que não. Vai dar tudo certo. Vai... Por *Deus*, homem! Abaixa o maldito portão!

As crianças pareceram chocadas.

— O sr. Baker xingou — sussurrou Talia, embasbacada.

Ia dar tudo certo.

~

— Voltamos no fim da tarde — disse Arthur a Merle quando saíam da balsa. — Espero que não haja problema. Vou recompensar você por isso.

Merle assentiu, ainda de queixo caído.

— Tudo... bem, sr. Parnassus.

— Imaginei que fosse ser o caso. É bom te ver de novo.

Merle voltou correndo para a balsa.

— É um cara estranho, não acha? — perguntou Arthur, dirigindo para o vilarejo.

Como era fim de setembro e, portanto, baixa temporada, o vilarejo de Marsyas não estava tão movimentado quanto de costume. Quando Linus chegara, três semanas antes, as calçadas estavam tomadas por gente olhando as vitrines, ou crianças de roupa de banho seguindo os pais, que usavam chinelos nos pés muito brancos e levavam guarda--sóis, toalhas e caixas de isopor para a praia.

A cidade não estava exatamente morta, mas silenciosa, o que deixou Linus mais tranquilo. Ele queria que tudo corresse tão bem quanto possível, para que pudessem repetir o passeio depois que fosse embora. O fato de que estava pensando como se o orfanato fosse permanecer tal qual era nem lhe passou pela cabeça no momento. Só depois.

Mas as pessoas que *estavam* na rua não faziam muito para esconder o espanto.

Talia, que estava na janela, acenou quando passaram por uma mulher com duas crianças.

As crianças acenaram de volta.

A mulher agarrou as duas e as manteve junto ao corpo, como se achasse que pudessem ser sequestradas.

Chauncey, que estava na outra ponta do banco, colou o rosto na janela, com os olhos disparados.

— O hotel fica ali! Achei! Olha só! Olha o… Ai. Meu. *Deus*. Tem um *mensageiro*. Um mensageiro de hotel de verdade! Olha! *Olha!*

E ali estava ele, um homem magro ajudando uma senhora que usava uma quantidade incomum de peles a sair de um carro chique. Eles ouviram Chauncey gritando. Linus se virou para trás a tempo de pegá-lo pressionando a boca contra o vidro e soprando, o que fazia sua cabeça inflar.

A senhora cambaleou, levando uma mão ao pescoço. O mensageiro conseguiu segurá-la antes que caísse.

— Uau — soltou Chauncey, descolando o rosto do vidro. — Mensageiros fazem mesmo *de tudo*.

Ia dar tudo certo.

Ia, sim.

Arthur entrou com o carro no estacionamento da praia. Como era baixa temporada, estava praticamente vazio e a cabine de cobrança estava fechada. Ele parou na primeira vaga livre e desligou o motor.

— Crianças — disse Arthur, calmamente. — Por favor, saiam do carro e se juntem com suas duplas.

Uma manada de rinocerontes grávidas seria menos barulhenta que as crianças naquele momento.

Linus segurou o relatório que tinha sobre as pernas enquanto a perua balançava. Era seu terceiro relatório. Como sempre, estava dentro de um envelope selado e endereçado ao Departamento Encarregado da Juventude Mágica, aos cuidados do Altíssimo Escalão. Ele pensou em passar primeiro no correio, mas imaginou que seria melhor esperar o fim do passeio. Não queria que se distraíssem. Então, deixou-o no painel da perua.

— Tudo certo? — perguntou Arthur em voz baixa.

Linus olhou para ele, então se lembrou da sensação das mãos de ambos juntas e desviou o rosto. Precisava deixar as frivolidades de lado.

— Tudo — disse ele, áspero. — Vai dar tudo certo.

— Acho que é o seu mantra do dia. Você não para de repetir.

Arthur estendeu o braço e tocou o ombro de Linus por um momento.

— As crianças vão se comportar.

— Não são elas que me preocupam — admitiu Linus.

— Me lembro claramente de certo homem dizendo que não toleraria grosserias. Uma visão poderosa. Fiquei impressionado.

— Acho que você deveria sair com mais frequência se ficou impressionado com aquilo.

Arthur riu.

— Você é ótimo. E olha só! Estou aqui. Agora. Vamos ver o que acontece, que tal? Não podemos ficar nessa perua pra sempre.

Não, eles não podiam, por mais que Linus quisesse. Ele estava sendo bobo, mas não conseguia ignorar aquele estranho terror que revirava seu estômago. Tinha sido ideia sua, ele havia insistido, mas agora que estavam ali…

Linus olhou pelo para-brisa. Na lateral do prédio à frente deles, sob um anúncio da Chunky Cola (*A bebida que cola!*), havia um cartaz lembrando às pessoas: SE VIR ALGO, DIGA ALGO.

— Trouxe os documentos deles? — perguntou Linus baixinho.

— Trouxe.

— Muito bem.

Linus abriu a porta e saiu da perua.

As crianças tinham formado duplas. Lucy e Talia. Sal e Theodore. Phee e Chauncey. Tinham decidido os pares sozinhas. Linus não estranhava que Sal e Theodore ficassem juntos, mas a ideia da dupla

Lucy e Talia já lhe dava arrepios. Eles tendiam a se empolgar juntos. E Linus tinha precisado informar a Talia sem nenhuma ambiguidade que ela não podia levar sua pá, o que a deixara muito descontente.

Por isso, ficou chocado quando Arthur disse:

— Phee e Chauncey, vocês ficam com a sra. Chapelwhite. Sal e Theodore, vocês ficam comigo. Lucy e Talia, vocês ficam com o sr. Baker.

Lucy e Talia viraram a cabeça juntos, ambos com um sorriso no rosto que fez um calafrio percorrer Linus de alto a baixo.

Ele se atrapalhou todo ao falar.

— Talvez devamos... Digo, não há necessidade de... Não seria melhor... Minha nossa.

— Qual é o problema, sr. Baker? — perguntou Lucy, todo fofo.

— Sim, sr. Baker. — Talia se juntou a ele. — Qual é o problema?

— Não tem problema — respondeu Linus. — Está tudo *bem*. Eu só estava pensando se não seria melhor ficarmos todos juntos.

— E vamos ficar, tanto quanto possível — afirmou Arthur tranquilamente. Como sempre, usava calças curtas demais para suas pernas. Naquele dia, acompanhadas de meias roxas. Linus estava ferrado. — Mas acho que a maior parte deles vai se entediar na loja de música, e não tem ninguém melhor que você para ajudar Lucy a escolher os discos. Se lembraram de trazer suas mesadas, crianças?

Todos confirmaram, com exceção de Chauncey, que gritou:

— Não! Esqueci! Estava ocupado demais me vestindo! Agora estou pobre, não tenho *nada*.

— Pra sua sorte, imaginei que isso pudesse acontecer — disse Arthur. — Por isso deixei seu dinheiro com Zoe.

Chauncey se acalmou na mesma hora, olhando para Arthur em adoração.

O diretor deu uma conferida nas horas.

— Se acabarmos tendo que nos separar, nos encontramos na sorveteria às duas e meia. Pode ser?

Todos concordaram.

— Então vamos! — exclamou Arthur com animação.

Lucy e Talia imediatamente seguraram cada um em uma mão de Linus.

— Acha que tem um cemitério por aqui, sr. Baker? — perguntou Lucy. — Quero ver, se tiver.

— Eu disse que era melhor trazer a pá — murmurou Talia. — Como vou desenterrar cadáveres sem ela?

Talvez Linus fosse acabar se arrependendo no fim das contas.

Por mais que Linus tenha tentado evitar, o grupo acabou se separando três minutos e vinte e seis segundos depois. Ele não sabia ao certo como acontecera. Num momento, estavam todos juntos; no outro, Talia disse algo em gnomês que parecia expressar alegria extrema e puxou os outros dois para dentro de uma loja. Um sino soou mais acima quando a porta se fechou atrás deles.

— Como? — perguntou Linus, olhando por cima do ombro para a rua e vendo os outros seguirem adiante. Arthur deu uma piscadela para ele antes de partir. — Espera, talvez seja melhor...

Mas Talia não queria saber. Ela soltou a mão de Linus e foi em frente, murmurando para si mesma em gnomês.

— Ah, não — resmungou Lucy. — Ela tinha que escolher a pior opção possível...

Linus piscou.

Estavam numa loja de ferramentas.

Talia andava de um lado para o outro de um mostruário de artigos de jardinagem, alisando a barba e inspecionando cada espátula, pá e forcado. Então ela parou e arfou.

— São as novas B. L. Macks! Eu nem sabia que já tinham saído! — Talia pegou uma pá de formato estranho do mostruário, cujo cabo era decorado com desenhos de flores. Então se virou e mostrou para Linus. — Esta é a pá mais bem avaliada da *Revista das Ferramentas de Jardim*! Achei que só fossem lançar na próxima primavera! Sabe o que isso significa?

Linus não tinha ideia.

— Hum, sei?

Talia assentiu com vigor.

— Então! Pensa! Se eu comprar, podemos ir ao cemitério, como Lucy quer. Vou poder desenterrar *tantas coisas* com isso!

— Não diz essas coisas tão alto! — repreendeu-a Linus, mas Talia o ignorou e começou a fingir que cavava, como se estivesse se acostumando com a pegada e o peso da ferramenta.

Até Lucy começou a parecer interessado.

— É meio pequena — disse ele, em dúvida. — Como você vai abrir uma cova com essa coisinha?

— Não é uma questão de tamanho — retrucou Talia. — O que importa é o que a gente faz com a coisa. Não é, sr. Baker?

Linus tossiu.

— Eu… acho que sim.

— Fora que sou uma *gnoma*, Lucy. Você sabe que cavar é comigo mesmo.

Lucy assentiu, parecendo aliviado.

— Ótimo. Porque a gente tem que desenterrar pelo menos uns três ou quatro corpos…

— Não vamos desenterrar *nenhum* corpo — interrompeu Linus. — Podem ir tirando essa ideia da cabeça *agora*.

— Não vamos? — perguntou Talia, olhando para a pá. — Mas então qual é o sentido?

— O sentido? O sentido *de quê*?

— De ir ao cemitério — respondeu Lucy, puxando a mão dele.

— *Não vamos* ao cemitério!

Talia apertou os olhos para Linus.

— Mas você disse que a gente ia.

— Ah, não — gemeu Lucy. — Será que é demência? Ele é tão velho que deve estar ficando senil. Socorro! Alguém ajuda a gente, por favor. Este senhor devia estar cuidando da gente, mas está ficando senil e tenho medo do que possa fazer.

Uma mulher atarracada saiu de um dos corredores, parecendo preocupada. Tinha uma mancha de terra na testa, usava luvas de jardinagem e segurava uma tesoura de poda.

— Minha nossa, o que está acontecendo? Vocês… estão… bem? Ela parou ao ver Talia com a pá. Então olhou devagar para Lucy, que sorria, com os dentes arreganhados.

A mulher deu um passo atrás.

— Vocês são da ilha.

— Sim — confirmou Talia sem rodeios. — Eu queria saber mais sobre as B. L. Macks. Quando chegaram? São tão boas quanto as revistas dizem? Parecem mais leves do que eu esperava.

— Vamos ao cemitério — falou Lucy em um tom sinistro e sem emoção. — Morre muita gente por aqui? Espero que sim.

A mulher arregalou os olhos.

— *Não* vamos — disse Linus depressa. — Talia tem um jardim lindíssimo e bem cuidado. Acho que nunca vi um lugar tão impecável.

Aquilo não pareceu tranquilizar a mulher, mas Talia ficou feliz.

— Obrigada, sr. Baker! — Ela voltou a olhar para a mulher. — As roupas dão a impressão errada, mas às vezes ele tem muito bom gosto.

A mulher assentiu. Sua cabeça subia e descia.

— Que... legal. — Ela pigarreou. — Um jardim, você disse? Na ilha? Achei que fosse... — A mulher ficou branca.

Talia inclinou a cabeça.

— Achou que fosse o quê?

— Hã... não importa. — Ela olhou rapidamente para Linus antes de fazer um esforço muito óbvio para sorrir. — Me fala desse jardim que eu vejo o que seria mais apropriado pra você.

— Ah, não — resmungou Lucy. — Agora ela nunca mais vai parar de falar.

Talia o ignorou e começou a contar muito detalhadamente sobre seu jardim. Na verdade, tão detalhadamente que Linus achou que o estava descrevendo centímetro a centímetro. Embora concordasse secretamente com Lucy, ele se concentrou na mulher, em busca de qualquer sinal de que só estivesse enrolando Talia para fazer com que saíssem da loja.

Embora certamente parecesse ser o caso de início, a mulher começou a relaxar e interromper Talia, fazendo perguntas sobre os níveis de pH do solo e os tipos de flores e plantas que eram cultivados. Ela pareceu impressionada com o tanto de conhecimento que Talia tinha e o que ela havia criado.

Por fim, a mulher disse:

— Embora as B. L. Macks sejam top de linha, na minha opinião se desgastam mais rápido. Alguém como você — ela tossiu —, que sabe o que está fazendo, pode preferir as Foxfaires. São mais robustas e mais baratas. É o que uso aqui na loja e em casa.

Talia devolveu a pá ao mostruário de maneira quase reverente.

— As Foxfaires? Mas a *Revista das Ferramentas de Jardim* diz que...

— A *Revista das Ferramentas de Jardim*? — desdenhou a mulher. — Ah, querida, a *Revista das Ferramentas de Jardim* é a nova *Folha das*

Ferramentas de Jardim. Você tem que ler a *Gazeta das Ferramentas de Jardim*. É o que todos os jardineiros sérios leem.

Talia ficou embasbacada.

— É *mesmo*? — Ela olhou feio para Linus. — Por que eu não sabia disso? O que mais estão escondendo de mim?

Linus deu de ombros, impotente.

— Não tenho a menor ideia do que está acontecendo.

A mulher apertou os olhos para ele.

— Está tudo bem com o senhor? Parece um pouco... senil.

Linus suspirou, mas Lucy riu.

O total, quando passaram no caixa, era impressionante. Linus nunca havia gastado tanto com ferramentas de jardinagem.

Talia sorriu para a mulher.

— Pode me dar licença por um instante?

A mulher assentiu.

Quando Talia lhe deu as costas, o sorriso desapareceu de seu rosto. Ela parecia nervosa. Pegou a mão de Linus e a puxou, para que ele se abaixasse.

— Não tenho o suficiente — sussurrou Talia. — E não podemos derrubar a mulher e roubar tudo, né? Porque seria errado.

— Não podemos de jeito nenhum derrubar a mulher e roubar tudo — garantiu Linus.

Lucy revirou os olhos.

— Eu sabia que você ia dizer isso. — Ele franziu a testa e enfiou a mão no bolso, então tirou um punhado de notas amassadas e ofereceu a Talia. — Acha que dá?

Talia balançou a cabeça.

— Não, Lucy. Não faz isso. Esse dinheiro é para os seus discos.

Ele deu de ombros.

— Eu sei. Mas nem todos quebraram. E os que quebraram foi por culpa minha. Pode ficar com o dinheiro.

— Guardem isso — disse Linus baixinho. — Os dois.

— Mas minhas *ferramentas*...

Ele se colocou diante do balcão e tirou a carteira do bolso, o que fez as crianças abaixarem as mãos. Então abriu um sorriso fraco para a mulher e lhe passou seu cartão de crédito Diners Club, algo que só usava em emergências. Ela o colocou sobre um dispositivo com uma alavanca e a puxou para copiar as informações do cartão num recibo.

Linus ouviu as crianças sussurrando atrás dele e deu uma olhada para se certificar de que não estavam planejando roubar a loja nem nada do tipo. Deparou com Talia sorrindo, com os olhos úmidos, enquanto Lucy a abraçava.

A mulher pigarreou, e Linus se virou para a frente. Ela lhe devolveu o cartão e começou a embalar as compras. Linus notou que Talia se colocara a seu lado e agitava as mãos, já que não conseguia enxergar por cima do balcão. A mulher lhe passou as sacolas.

Ela hesitou, mas acabou dizendo:

— Esse seu jardim... parece maravilhoso.

— E é mesmo — disse Talia sem falsa modéstia.

— Será que... Gosto de tirar fotos dos jardins de Marsyas. — A mulher apontou para um painel de cortiça na parede, expondo fotos de diferentes jardins. — Das pessoas que compram aqui. Cada jardim é diferente do outro, na minha opinião. Refletem a personalidade das pessoas que cuidam deles.

— Não tem cadáveres no nosso jardim — falou Lucy, querendo ajudar. — Mas, fora isso, é exatamente como Talia.

— Que bom — disse a mulher, sem muita força. Então balançou a cabeça. — Talvez... se o sr. Baker achar que tudo bem... Talvez eu pudesse ir conhecer seu jardim um dia? Na primavera, quando estiver florido? Ou antes, se não tiver problema.

— Claro — respondeu Talia, com os olhos brilhando. — Mas *claro.* Só que não é o sr. Baker quem decide. Preciso perguntar a Arthur. Mas tenho certeza de que ele não vai ligar. O sr. Baker está de visita, só para garantir que não estamos morrendo de fome, não apanhamos nem somos mantidos em jaulas. Ele logo vai voltar pra casa.

Linus virou o rosto para o teto, pedindo paciência.

— Ah — disse a mulher. — Que... bom?

Lucy assentiu.

— Que bom mesmo. Mas o sr. Baker não é tão ruim. Claro, quando chegou, tentei assustar ele pra ver se ia embora da ilha, mas agora fico feliz que esteja vivo, e não... a alternativa.

Linus suspirou.

— Ótimo — disse a mulher, ainda sem muita força. — Bom saber. Falo com Arthur quando puder ir.

Talia abria um sorriso deslumbrante para ela.

— Espero que esteja preparada para ficar maravilhada. Meu jardim vai fazer os jardins do seu painel parecerem uma porcaria.

Era hora de ir.

— Obrigado — agradeceu Linus, tenso, pegando as crianças pelos braços e começando a puxá-las para fora da loja.

— Tchau, moça das plantas! — gritou Lucy. — A gente se vê *loguinho*.

Linus só voltou a respirar quando já estavam lá fora, à luz do sol. Antes que pudesse falar qualquer coisa, surpreendeu-se ao sentir que alguém agarrava sua perna em um abraço forte. Ele baixou os olhos e viu que era Talia.

— Obrigada, sr. Baker — disse ela baixinho. — Foi muito legal da sua parte.

Ele hesitou, então se agachou e deu alguns tapinhas na cabeça dela, por cima do chapéu, algo que não ousaria fazer alguns dias antes.

— Não foi nada.

— Ele é tão maravilhoso, tão generoso — falou Lucy enquanto girava na calçada de braços abertos, por motivos que Linus não compreendia. — Espero que se lembre de fazer o mesmo por mim, assim não vou ter que gastar meu dinheiro, me sentir excluído e abrir um buraco capaz de fazer todo este vilarejo ser engolido pelo inferno. Porque seria fácil *demais*.

Linus mal teve tempo de se perguntar por que as ameaças de Lucy já não o assustavam tanto antes de seguirem seu caminho.

— Total — disse o homem da loja de discos, com os olhos vidrados e injetados. Seu cabelo chegava aos ombros, e ele parecia estar precisando de um banho.

O que deixou Lucy encantado, claro.

— Total — concordou o menino. Tinha subido no balcão e estava de joelhos diante do homem (“*Me chama de J-Bone, beleza?*”). Tinha outro homem nos fundos da loja, observando atentamente.

— Você é, tipo... — começou a dizer J-Bone, então fez um barulho de explosão e afastou bem as mãos.

— Isso — disse Lucy. — Sou exatamente assim. Bum!

J-Bone (Linus não confiava nem um pouco nele, com aquele nome) olhou para Talia, que estava sentada no chão da loja, cantarolando enquanto inspecionava suas novas ferramentas.

— Camaradinha tem uma barba. E é uma *mana*.

— A barba dela é bem macia — falou Lucy. — Talia tem uns sabonetes especiais. Cheiram a flores e outras coisas de menina.

— Irado — disse J-Bone. — Respeito, mana.

— Isto é uma espátula — informou Talia. — É minha.

— Demais. — Ele voltou a se virar para Lucy, que estava a centímetros de seu rosto. — Como posso te ajudar, carinha?

— Quero discos — anunciou Lucy. — Os meus quebraram depois que tive um pesadelo em que era devorado por aranhas, e precisam ser substituídos. O sr. Baker vai pagar pra mim, então não precisamos nos preocupar com o valor.

J-Bone assentiu.

— Não entendi muito bem o resto, mas você disse discos, e eu tenho discos. — Ele acenou com a cabeça na direção do homem nos fundos. — Eu e Marty vamos te ajudar.

— Seu cheiro é estranho — disse Lucy, inclinando-se para a frente e inspirando fundo. — Tipo... de planta, mas nenhuma que tenha no jardim de Talia.

— Ah, sim — concordou J-Bone. — Cultivo e fumo minha própria...

— Vamos mudar de assunto — disse Linus. — Não precisamos saber mais nada sobre suas atividades extracurriculares.

— Quem é o careta? — sussurrou J-Bone.

— O sr. Baker — sussurrou Lucy de volta. — Ele está aqui pra garantir que não vou queimar ninguém vivo com o poder da mente e depois sugar a alma da carcaça fumegante.

— Boa, carinha — disse J-Bone estendendo uma mão para que Lucy batesse nela, o que o menino fez com prazer. — Digo, espero que não aconteça comigo, mas faz o seu lance. — Ele jogou o cabelo por cima do ombro. — O que está procurando?

— Big Bopper. Ritchie Valens. Buddy Holly.

— Opa. Os clássicos.

— Eles mantêm minha cabeça livre de aranhas.

— Sei. Gosta do Rei?

Lucy riu, balançando o corpo sobre os joelhos.

— Se eu gosto do Rei? *Claro* que gosto do Rei. Acho que meu pai biológico o conheceu.

Linus decidiu não perguntar a respeito.

— Seu pai biológico, é? — perguntou J-Bone, debruçando-se sobre o balcão.

— É. — Os olhos de Lucy foram de um lado a outro. — Não... temos contato.

— É um peso morto?

— É um jeito de dizer. Ele tem muita coisa rolando.

— Ah, cara, entendo total. Meu pai acha que não faço nada da vida, sabe? Acha que eu deveria trabalhar em outro lugar.

Lucy ficou horrorizado.

— Mas... essa loja de discos é o melhor lugar *do mundo*!

— Né? Só que meu pai quer que eu seja um advogado especializado em injúrias pessoais, como ele.

Lucy fez uma careta.

— Meu pai biológico conhece *um monte* de advogados desse tipo. Confia em mim quando te digo que você está melhor aqui.

— É o que eu acho. Já ouviu falar de Santo & Johnny?

— "Sleep Walk" é o meu *som*, cara! — exclamou Lucy. — Mas não tenho o disco.

— Está com sorte. Porque eu acho que tenho uma cópia nos fundos. Vamos ver se conseguimos encontrar.

Lucy pulou do balcão enquanto J-Bone dava a volta. Os dois foram para os fundos da loja.

— Ô, Marty! — chamou J-Bone. — Tem um carinha aqui procurando uns discos das antigas. Vamos ver se podemos ajudar.

— Irado — exclamou Lucy, olhando para J-Bone com adoração. — Das antigas!

Marty não disse nada. Só assentiu, deu as costas e foi ainda mais para o fundo da loja.

Linus não queria que se afastassem tanto dele. Ele olhou para Talia.

— Vou só ver se está tudo bem. Você pode ficar um pouco aqui sozinha?

Ela revirou os olhos.

— Tenho 263 anos. Tenho certeza de que posso me virar.

— Não saia da loja.

Ela o ignorou e voltou a passar o dedo com todo o amor em suas novas ferramentas.

Lucy, J-Bone e Marty tinham sumido de vista. Linus foi atrás deles. Nos fundos da loja, havia uma porta fechada. Linus tentou abri-la, mas estava trancada. Ele franziu a testa e tentou forçá-la.

A porta não cedeu.

Ele ouviu um grito e um baque alto.

Linus não hesitou. Jogou todo o seu peso contra a porta e ouviu as dobradiças rangendo. Então recuou um pouco, correu e voltou a bater nela com o ombro. A porta se soltou e caiu no chão.

Ele quase caiu também, mas conseguiu se segurar no último momento.

Lá dentro, encontrou Marty caído contra a parede mais distante. J-Bone assomava sobre ele, com aversão no rosto.

Lucy dava uma olhada nos discos em um baú.

— O que aconteceu? — perguntou Linus.

Lucy olhou para ele e deu de ombros.

— Ah, o cara começou a falar sobre Jesus, Deus e como eu era abominável ou sei lá o quê. — Ele acenou com a cabeça na direção de Marty, que estava inconsciente e usava uma correntinha com uma cruz de prata no pescoço. — Ele tentou enfiar aquilo na minha cara. — Lucy riu, balançando a cabeça. — Acha que eu sou o quê? Um vampiro? Tonto. Eu *gosto* de cruzes. São só duas varetas cruzadas, mas significam tanto pra tanta gente. Tentei fazer um símbolo com palitos de sorvete, pra vender e ficar rico, mas Arthur disse que era melhor não. Olha, Linus! Chuck Berry! Irado! — gritou ele, empolgado, puxando o disco do baú.

— Isso não foi nada legal, cara. — Era J-Bone repreendendo o inconsciente Marty. — Tipo, sério. A música é pra todos. — Ele cutucou a perna do outro. — Opa. Nocaute total. Carinha, você é barra pesada.

— Total barra pesada — concordou Lucy.

Linus voltou a olhar para Marty. Ele estava respirando. Provavelmente acordaria com uma dor de cabeça e nada mais. Linus pensou em lhe dar *outra* pancada na cabeça, mas seu ombro doía, e ele já havia gastado energia o suficiente pelo momento.

— Ele te machucou?

Lucy levantou os olhos do disco de Chuck Berry.

— Por que está falando assim?

— Assim como?

— Como se estivesse bravo. Está bravo comigo? — Lucy franziu a testa. — Não fiz nada.

— Ele não fez mesmo — disse J-Bone. — Marty já está fora daqui no que depender de mim.

Linus balançou a cabeça.

— Eu nunca ficaria bravo com você. Não por algo assim. Se estou bravo, é com... com esse *cara*, e não com você.

— Ah. Porque você gosta de mim, né?

Sim. Linus gostava dele. E muito. De todos eles, na verdade.

— Tipo isso.

Lucy assentiu e voltou a procurar discos.

— Já encontrei seis que eu quero. Posso ficar com seis?

— Pode.

Linus foi até Lucy para ajudá-lo a carregar os discos sem derrubar. Eles deixaram Marty no chão e voltaram para a frente da loja.

Então depararam com a sacola de ferramentas de Talia no chão. Mas não com Talia.

O coração de Linus pulou para a garganta. Ele tinha lhe dado as costas por um *segundo* e...

Então Linus a viu na frente da loja, olhando pela vitrine. Havia uma menininha na calçada, que não devia ter mais de cinco ou seis anos. Estava sorrindo e tinha duas tranças escuras sobre os ombros. Ela apoiou uma mão no vidro. Talia fez o mesmo. As mãos tinham o mesmo tamanho, encaixavam-se perfeitamente. Talia riu, e a menina sorriu.

Sorriu até que uma mulher viesse correndo pela calçada e a pegasse, com uma expressão horrorizada. Segurou a menina junto a si e apoiou a cabeça dela no ombro. Então olhou feio para Talia, do outro lado da vitrine.

— Como ousa? — falou a mulher. — Deixa minha filha em paz, sua aberração!

Linus deu um passo à frente, furioso.

— Veja bem...

A mulher cuspiu na janela, deu as costas e foi embora depressa, com a menina bem junto ao peito.

— Que mulher malvada — sussurrou Lucy para Linus. — Quer que eu a jogue contra a parede, como fiz com Marty? Seria irado?

— Não — respondeu Linus, puxando Lucy consigo. — *Não* seria irado. Você só deve fazer isso quando precisar se defender ou defender os outros. Ela era maldosa, mas não usou nada além de palavras.

— Palavras também machucam — afirmou Lucy.

— Eu sei. Mas temos que escolher nossas batalhas. Só porque alguém age de determinada maneira, não significa que devemos responder da mesma forma. É o que nos torna diferentes. É o que nos torna bons.

— O grandão está certo — disse J-Bone, aparecendo atrás deles. — As pessoas são péssimas, mas às vezes deveriam se afogar na própria porcaria delas, sem nossa ajuda.

Linus tinha certeza de que não fora aquilo que quisera dizer. Também não estava tão feliz com o novo apelido.

Talia continuava em frente à vitrine. O cuspe da mulher escorria pelo vidro. Talia não parecia muito chateada, mas não havia como ter certeza. Ela pareceu surpresa quando Lucy e Linus apareceram ao seu lado.

— Que maluquice, né? — comentou ela, então balançou a cabeça. — As pessoas são estranhas.

— Você está bem?

Talia deu de ombros.

— A menina foi simpática. Disse que gostou da minha barba. Só a velha que foi babaca.

— Ela... A mulher não foi...

— Sei o que ela foi ou não foi — disse Talia com leveza. — Já vi isso antes. É péssimo, mas nada com que eu já não tenha lidado. Mas é engraçado, né?

Linus não tinha ideia do que podia ser engraçado naquilo tudo.

— O quê?

— Que haja tanta esperança mesmo quando não parece.

Ele ficou embasbacado.

— Como assim?

— A menininha. Ela não ficou com medo de mim. Foi legal. Não se importou com a minha aparência. O que significa que é capaz de pensar por si. Talvez a mulher diga a ela que sou malvada. Talvez ela acredite. Ou talvez não. Arthur me disse que, para mudar a mentalidade de muitos, é preciso começar com a mentalidade de poucos. Ela é só uma pessoa. Mas a mulher também é só uma. — Talia sorriu. — Podemos ir ao cemitério agora? Quero testar minha pá. O que você vai comprar, Lucy?

— Chuck Berry — disse ele, orgulhoso. — E joguei Marty contra a parede!

— Rachou o gesso e tudo! — falou J-Bone, rindo. — Foi irado.

— Uau — fez Talia, devidamente impressionada. — Ele morreu? Precisamos enterrar o corpo? Vou só pegar minhas ferramentas e podemos…

— Não, ele não morreu. Achei que o sr. Baker não ia ficar muito feliz, por isso deixei as entranhas do cara dentro do corpo.

Talia suspirou.

— Deve ter sido melhor assim. Gosto do Chuck Berry. Mal posso esperar pra ouvir o disco novo.

— Né? Que irado! — Lucy olhou para Linus. — Vamos pagar? Não podemos roubar, porque J-Bone não é careta. Certo? — Mas parecia que ele não se importaria em roubar mesmo assim.

— Isso, ele não é careta — concordou Linus, jurando para si mesmo que nunca repetiria aquela frase. — Vamos pagar…

— Ah, não — disse J-Bone. — Podem guardar o dinheiro de vocês. Você vai levar de graça, carinha. Desculpa pelo lance do Marty ter tentado te exorcizar. Bate aqui.

Lucy bateu, todo feliz.

— Linus! Ganhei os discos de graça! É ainda melhor que roubar!

Linus suspirou.

— Isso não… Nem sei por que me dou ao trabalho.

— Você é tão careta, grandão — murmurou Lucy, então deu uma ombrada no quadril de Linus, como se indicasse que não falava sério.

Às duas e meia, eles encontraram os outros na frente da sorveteria. As pessoas se mantinham longe e encaravam sem disfarçar, mas nenhuma das crianças parecia notar. Estavam ouvindo Chauncey, que parecia estar usando um chapéu diferente do de antes. Ele se debatia animadamente, enquanto Zoe e Arthur observavam, parecendo achar graça.

— Aí estão eles! — exclamou Chauncey. — Lucy! Talia! Vocês não vão acreditar no que aconteceu! *Olha só!*

Ele tirou o chapéu da cabeça, esticando os pedúnculos com entusiasmo e erguendo os olhos. Seus tentáculos seguravam um chapéu familiar, que parecia ser...

— Ele simplesmente me *deu* — contou Chauncey com excitação. — Nem precisei pedir! Só falei pro mensageiro que achava que ele era o homem mais importante da história e que quando crescesse queria ser igualzinho. Então ele *me deu o chapéu*. Acreditam nisso? — Chauncey voltou a colocar o chapéu na cabeça. — O que acharam?

— Ficou ótimo — disse Linus. — Queria ter uma mala só para que você pudesse carregar para mim.

Chauncey soltou um gritinho.

— Sério? Acha mesmo?

— Gostei — falou Lucy, dando tapinhas no chapéu. — Talvez a gente consiga fazer um casaco combinando. Acho que é ainda melhor que seu chapéu antigo, que já era bom.

— Obrigado, Lucy! Estou sempre à disposição!

— E o que temos aqui? — perguntou Arthur, agachando-se para que Talia e Lucy lhe mostrassem seus tesouros. — Ah! Essa pá é linda! E esses discos! Vamos ouvir todos assim que voltarmos à ilha.

— Correu tudo bem? — perguntou Zoe baixinho, enquanto as crianças estavam distraídas.

— Se está me perguntando se crimes foram cometidos... mais ou menos. Mas nada com que eu não pudesse lidar.

— Precisamos nos preocupar?

Linus balançou a cabeça.

— Falaremos a respeito quando estivermos longe desses ouvidinhos todos. Acho que não precisam saber o que Lucy...

— Joguei um cara chamado Marty contra a parede! Ele era o maior careta e tentou me exorcizar em uma salinha trancada. Depois ganhei esses discos de graça do J-Bone. Não é *irado*?

— Aaaahh. — Fizeram as outras crianças, impressionadas.

Linus suspirou.

— Acho que é hora do sorvete — disse Arthur.

Era uma sorveteria alegremente antiquada, com banquetas giratórias de vinil vermelho diante do balcão. Little Richard cantava sobre uma garota chamada Sue, e "*tutti frutti, oh Rudy*". Era um lugar claro, com as paredes pintadas de vermelho e rosa. Um sino soou quando eles entraram pela porta.

O atendente estava com a cabeça abaixada, curvado sobre o mostruário com fileiras e fileiras de sorvete de todas as cores e consistências. Ele levantou a cabeça, com um sorriso no rosto, e disse:

— Sejam bem-vindos! O que posso... — O sorriso desapareceu. Seus olhos se arregalaram.

As crianças apoiaram as mãos no vidro e olharam para os sorvetes.

— Nossa — disse Phee. — Vou querer todos juntos. Vou *passar mal* de tanto tomar sorvete.

— Você pode escolher dois sabores — falou Arthur. — E só. Não quer estragar o apetite antes do jantar.

— Quero, sim — garantiu ela. — Quero muito.

— Vocês são... vocês... — gaguejou o homem atrás do balcão.

— Sim — afirmou Linus. — Nós somos nós. Obrigado por notar. Crianças, façam fila, por favor. Um por vez, para não confundir o pobre homem...

— Não. — O atendente balançava a cabeça furiosamente. — De jeito nenhum. Vocês têm que ir embora.

As crianças ficaram quietas.

Linus pensou em dizer algo, ainda que temeroso, só que Arthur foi mais rápido.

— Como?

O homem ficou vermelho. Tinha uma veia saltada na testa.

— Não servimos gente do seu tipo aqui.

Zoe piscou.

— Perdão?

O homem apontou para a parede. Ali estava o onipresente e familiar cartaz. SE VIR ALGO, DIGA ALGO!

— Tenho o direito de recusar prestar serviço — alegou o atendente. — A *qualquer um* que desejar. Se vejo algo, digo algo. E estou dizendo que não vão conseguir nada comigo. — Ele olhou para Theodore, que estava sentado no ombro de Sal. — Vocês não são bem-vindos nesta sorveteria. Não são bem-vindos neste *vilarejo*. Não quero saber quanto nos pagam para ficarmos quietos. Voltem pra maldita ilha de vocês.

— Cala essa boca agora mesmo! — exclamou Linus. — Você não pode...

— Posso, *sim* — retrucou o homem, batendo as mãos na bancada. O som ecoou alto na sorveteria.

Theodore grasniu furioso diante do sumiço repentino de seu poleiro. As roupas de Sal estavam no chão. Ele havia se transformado em lulu de novo. Linus se lembrou da primeira vez que o vira fazer aquilo, em sua chegada à ilha. Tinha sido por *medo*.

Aquele homem havia assustado Sal a tal ponto que ele se transformara num cachorro.

Latidinhos lamentáveis saíam da pilha de roupas de que Sal tentava se livrar. Phee e Talia se inclinaram para ajudá-lo, enquanto Theodore voava para Zoe. Chauncey foi se esconder atrás de Linus e ficou olhando por entre suas pernas. Seu chapéu novo estava quase caindo.

Lucy olhou para Sal, cujas patas da frente estavam presas na camiseta. Phee e Talia sussurravam para ele, dizendo que estava tudo bem, pedindo que parasse de se remexer para que elas conseguissem soltá-lo. Lucy se virou para o homem atrás do balcão.

— Você não devia ter assustado meu irmão — disse ele sem emoção na voz. — Posso te obrigar a fazer coisas. Coisas *ruins*.

O homem abriu a boca para retrucar, mas foi interrompido por Arthur.

— Lucy.

Linus nunca tinha ouvido Arthur falar daquele jeito. Um jeito duro e frio, e embora só tivesse pronunciado uma palavra, ela parecera *arranhar* a pele de Linus. Ele notou que Arthur encarava o homem do outro lado do balcão com os olhos estreitos, as mãos cerradas em punhos ao lado do corpo.

O atendente não parecia ter medo das crianças.

Mas tinha medo de Arthur.

— Como ousa? — disse Arthur num tom baixo, que fez Linus pensar em um tigre caçando. — Como ousa falar assim? São *crianças*.

— Não estou nem aí — retrucou o homem, recuando um passo. — São *aberrações*. Sei o que são capazes de fazer...

Arthur deu um passo adiante.

— Você devia se preocupar mais com o que *eu* sou capaz de fazer.

O ar pareceu mais quente do que alguns momentos antes.

Muito mais quente.

— Arthur, não — disse Zoe. — Não aqui. Não na frente das crianças. Você não está pensando direito.

Ele a ignorou.

— Eles só queriam sorvete. *Nada* mais. Teríamos pagado, eles ficariam felizes e iríamos *embora*. Como ousa?

Linus entrou na frente de Arthur. Ele deu as costas ao homem e pegou o rosto de Arthur nas mãos. Parecia que o outro estava queimando por dentro.

— Essa não é a maneira certa de lidar com isso.

Arthur tentou se soltar, mas Linus continuou segurando seu rosto.

— Ele não pode...

— Pode, sim — disse Linus em voz baixa. — E não é justo. Nem um pouco. Mas você precisa se lembrar da sua posição. Precisa pensar em quem te tem como um exemplo. Naqueles com quem você se importa. E no que vão pensar. Porque o que fizer aqui, agora, vai permanecer com eles para sempre.

Um brilho passou pelos olhos de Arthur antes que seus ombros caíssem. Ele tentou sorrir, e quase conseguiu.

— Você tem razão, claro. Não é...

O sino da porta voltou a soar.

— O que está acontecendo aqui?

Linus tirou as mãos de Arthur e deu um passo atrás.

— Helen! — exclamou o homem atrás do balcão. — Esses... Essas *coisas* não querem ir embora!

— Bom, eles ainda não conseguiram seus sorvetes, Norman, então imagino que não queiram ir mesmo.

Era a mulher atarracada da loja de ferramentas. A mancha de terra continuava em sua testa, mas ela tinha tirado as luvas de jardinagem.

Não parecia muito satisfeita. Linus torceu para que não tivessem mais problemas.

— Eu não vou servir — grunhiu Norman. — Não vou *mesmo*.

A mulher, Helen, fungou aborrecida.

— Não é você que decide. Eu odiaria ter que mencionar na próxima reunião do conselho que você está mandando potenciais clientes embora. A renovação da sua licença é logo depois do Ano-Novo, não é? Seria uma pena se você não a conseguisse.

Linus achou que a veia saltada na testa de Norman estava prestes a explodir.

— Você não faria isso.

Helen arqueou uma sobrancelha.

— Quer mesmo descobrir se eu faria ou não?

— Não vou servir.

— Então vai lá pra trás e eu sirvo.

— Mas…

— Norman.

Linus achou que o homem fosse discutir mais. Em vez disso, ele olhou feio para as crianças e para Arthur antes de dar meia-volta e passar pelas portas vaivém, pisando forte. As portas bateram contra a parede.

Helen suspirou.

— Esse puto resmungão…

— Quero ser igualzinha a você quando crescer — disse Talia, impressionada. Phee, que estava ao lado dela, assentiu em concordância. Sal estava em seus braços, com a cabeça colada em seu pescoço.

Helen fez uma careta.

— Ah. Esqueçam o que eu disse. Não foi correto. Nunca xinguem, crianças. Entendido?

As crianças assentiram, mas Linus já via Lucy repetir animado, sem produzir som: *puto resmungão*.

— Quem é você? — perguntou Zoe, desconfiada.

Helen sorriu para ela.

— Sou a dona da loja de ferramentas. Tive uma conversa muito agradável sobre jardins com Talia hoje. Ela conhece bastante coisa.

— Helen também é prefeita de Marsyas — falou Arthur. O que quer que houvesse queimado dentro dele parecia ter se desvanecido. Tinha recuperado a compostura e se acalmado.

— Verdade — confirmou Helen. — É bom te ver de novo, Arthur.

— Prefeita? — perguntou Talia. — Você faz *tudo*?

Linus teve de concordar. Não estava esperando por aquilo.

— Quase — respondeu Helen. Ela olhou para as portas vaivém, que ainda balançavam um pouco. — E parece que isso também inclui limpar a bagunça de homens mimados. Sinceramente… Falam tanto com a voz grossa e o peito estufado, mas percebi que são extremamente frágeis, os homens. Como flocos de neve.

— Eu não — falou Lucy muito sério. — Quando você chegou, eu estava prestes a fazer o sorveteiro pensar que a pele dele estava borbulhando. E sou um homem.

Helen pareceu atônita, mas se recuperou rapidamente.

— Que bom que cheguei bem na hora. E acho que você ainda precisa de um pouquinho de tempo para se tornar um homem. Mas tenho esperança de que seja um homem melhor. Certamente está em boa companhia.

Lucy sorriu para ela.

Helen bateu palmas uma vez.

— Sorvete! Não foi por isso que vieram aqui?

— Você também sabe servir sorvete? — perguntou Talia.

Helen assentiu, já indo para o outro lado do balcão, onde Norman antes se encontrava.

— Foi meu primeiro trabalho, aos dezessete anos. A sorveteria era diferente, mas acho que ainda consigo fazer uma bola. Foi assim que conheci Arthur. Ele era meu cliente quando criança.

Aquilo chamou a atenção de Linus.

— Arthur já foi *criança*? — perguntou Phee, surpresa.

— Você achava que não? — indagou ele, pegando Sal dela.

— Não sei. Acho que… não consigo pensar em você com uma aparência diferente.

— Ah, mas nem precisa — disse Helen. — Ele se vestia igualzinho. Parecia o menor adulto do mundo. Sempre educado. Seu sabor preferido era cereja, se a memória não me falha.

Todos se viraram devagar para Arthur, inclusive Linus.

Ele deu de ombros.

— Eu gostava da cor. Crianças, façam fila. Linus, você pode ajudar Sal? Acho que ele vai gostar disso.

Linus foi incapaz de fazer qualquer outra coisa além de assentir, entorpecido. Sua mente estava acelerada, e ele tinha tantas perguntas que mal conseguia pensar direito. Chauncey lhe entregou as roupas de Sal. Linus as botou debaixo do braço e pegou Sal de Arthur.

Sal tremia, mas se aconchegou em Linus.

— Tem um banheiro ali atrás — informou Helen, enquanto Lucy lhe perguntava se o sorvete de pistache tinha insetos. — Se precisarem de privacidade.

— Obrigado — sussurrou Arthur, passando um dedo pelas costas de Sal.

— Pelo quê? — perguntou Linus.

Arthur o encarou.

— Você sabe. Eu não devia ter deixado aquele homem me tirar do sério como me tirou.

Linus balançou a cabeça.

— Não foi… Eu não fiz nada.

— Fez, sim — disse Arthur. — Pode não acreditar, mas eu acredito o bastante por nós dois. Você é um bom homem, Linus Baker. Estou tão feliz por ter te conhecido.

Linus engoliu em seco antes de se virar para o banheiro.

Era unissex e eficiente, com uma pia e uma privada. Ele deixou as roupas de Sal de lado e apoiou as costas na parede.

— Está tudo bem — disse Linus para o cachorro trêmulo em seus braços. — Sei que às vezes dá medo. Mas também sei que Arthur e Zoe nunca deixariam que alguém te machucasse. Nem Talia e Phee. Ou Theodore, Chauncey e Lucy. Na verdade, acho que eles fariam praticamente qualquer coisa para te proteger. Você ouviu Lucy dizendo que era seu irmão? Acho que todos os outros sentem o mesmo.

Sal choramingou baixo. Linus sentiu o focinho frio dele em seu pescoço.

— Não é justo — falou Linus, olhando para o nada. — O jeito que algumas pessoas são. Mas, desde que você se lembre de ser correto e bondoso, como sei que é, o que as outras pessoas acham não vai importar, no longo prazo. O ódio parece estrondoso, mas acho que você vai descobrir que são só algumas pessoas gritando, desesperadas para ser ouvidas. Talvez não dê para mudar a mentalidade delas, mas a gente acaba superando isso, desde que se lembre de que não está sozinho.

Sal latiu.

— Sim, ele era mesmo um puto resmungão, não era? Bom, vou ficar esperando lá fora enquanto você se transforma e se veste. Depois vamos tomar nosso sorvete. Eu provavelmente não deveria, com essa pança e tudo mais, mas fiquei bem interessado no de menta com chocolate. Acho que mereço, e você também. O que acha?

Sal se remexeu nos braços dele.

— Ótimo. Assim é melhor. Se voltar a se sentir assim assustado, não é nenhuma vergonha se transformar, como fez, desde que se lembre de encontrar o caminho de volta. — Linus colocou Sal no chão. Sal balançou o rabo para ele. — Te espero lá fora.

Ele saiu, fechando a porta atrás de si. Logo ouviu o que pareciam ser ossos estalando, em seguida um suspiro pesado. Lucy, Talia e Phee estavam sentados a uma mesa. Lucy já tinha conseguido sujar o cabelo de sorvete. Chauncey levava seu potinho na direção deles, com o chapéu de mensageiro oscilando na cabeça. Zoe estava de pé ao lado da mesa, segurando uma colher para Theodore, que punha a língua para fora e revirava os olhos em êxtase.

Arthur ainda estava no balcão, falando baixo com Helen. Linus viu quando ela colocou uma mão sobre a dele.

— Tá — disse uma voz do outro lado da porta. — Estou pronto.

— Ótimo — falou Linus. — Então venha.

A porta se abriu. Sal parecia um pouco tímido, coçando a nuca com uma mão.

— Prontinho — disse Linus. — Tudo certo.

Sal assentiu, mas desviou os olhos.

— Linus?

— Diga.

As mãos de Sal se cerraram em punhos.

— O que ele quis dizer?

— Com o quê?

Sal olhou para ele, depois voltou a desviar o rosto.

— Ele falou… Ele falou que não se importa com o quanto recebe para ficar calado. Como assim?

Claro que Sal não deixaria aquilo passar. Linus hesitou enquanto tentava encontrar as palavras certas.

— Ele… É uma bobeira, na verdade. Vocês são especiais, todos vocês. Se as pessoas soubessem o quanto, talvez não compreendessem. É pela segurança de vocês.

Sal assentiu, embora parecesse incomodado.

— Compraram o silêncio deles.

Linus suspirou.

— Parece que sim. Mas não é importante. Deixa que eu lido com isso, está bem? Agora vamos ao sorvete.

Helen se assustou ao ver Sal. Ela olhou para ele, depois para o banheiro, depois de novo para ele.

— Era *você*?

Os ombros de Sal ficaram rígidos.

— Que *maravilha*! — disse Helen. — Bem quando eu achei que já tinha visto de tudo. Três bolas pra você. Um menino do seu tamanho merece. Que sabores vai querer?

Sal pareceu surpreso. Ele olhou para Linus.

— Pode pedir — encorajou Linus. — Três bolas pra você.

O menino escolheu os sabores com cuidado, sua voz mal passando de um murmúrio. Helen foi carinhosa, o que o fez sorrir para os próprios sapatos. Quando ela lhe entregou seu pote, Sal agradeceu baixo e se dirigiu à mesa. Os outros vibraram ao vê-lo e abriram espaço. Ele se sentou ao lado de Lucy, passou um braço por cima dos ombros do menino e o puxou para perto. Lucy riu e olhou para ele, com os olhos brilhando. Sal manteve o braço ali enquanto todos tomavam seus sorvetes.

— Acabei de perguntar a Arthur se posso visitar o jardim de Talia — contou Helen a Linus. — Ouvi dizer que é maravilhoso.

— É muito bonito — concordou Linus. — Ela se dedicou muito a ele. Tenho certeza de que gostaria de se exibir. Já acha que você pode caminhar sobre as águas.

Helen riu.

— Acho que sim.

— Mas tenho que perguntar. Por que agora?

Ela pareceu surpresa.

— Como?

— Linus — advertiu Arthur.

Linus balançou a cabeça.

— Não. É uma pergunta justa. Não é como se o orfanato fosse novo. Algumas das crianças já estão aqui há um bom tempo. *Você* aparentemente está aqui há um bom tempo. — Ele olhou para Helen. — Por que agora? Por que não foi visitar o orfanato antes? Por que precisou ver as crianças aqui antes de tomar essa decisão?

— Perdão — disse Arthur a Helen. — Ele é bastante protetor...

Ela ergueu uma mão.

— Ele tem razão, Arthur. É uma pergunta justa. — Helen respirou fundo. — Não tenho desculpa. Talvez tenha permitido que minha percepção fosse... influenciada. Ou talvez fosse mais uma questão do tipo "longe dos olhos, longe do coração".

— Se vir algo, diga algo — murmurou Linus.

Helen franziu a testa ao olhar para o cartaz na parede.

— É. Tem isso. É... lamentável. Às vezes ficamos presos em nossas pequenas bolhas. Embora o mundo seja vasto e misterioso, essas bolhas nos mantêm protegidos de tudo isso. Em nosso próprio detrimento. — Ela suspirou. — É fácil, porque a rotina é algo tranquilizador. Os dias se passam e são sempre iguais. Quando somos tirados disso, quando a bolha estoura, pode ser difícil compreender o que estávamos perdendo. Podemos até temer isso. Alguns de nós até tentam lutar para voltar. Não sei se seria o meu caso, mas é fato que eu vivia numa bolha. — Ela abriu um sorriso triste. — Ainda bem que vocês a estouraram.

— Não deveríamos ter que fazer isso — disse Linus. — *Eles* não deveriam ter que fazer isso.

— Não, não deveriam. Embora eu seja apenas *uma* pessoa, peço desculpas por isso. Prometo que não vou permitir que aconteça de novo. — Helen olhou por cima do ombro, para a porta pela qual Norman havia desaparecido. — Vou fazer o meu melhor para garantir que todos no vilarejo compreendam que as crianças do orfanato são sempre bem-vindas. Não sei se isso vai correr tão bem, mas posso falar bem alto quando preciso.

Os olhos dela brilharam quando ela acrescentou:

— Fora que não quero ser jogada contra a parede.

Linus fez uma careta.

— Marty?

— Martin — disse Helen, revirando os olhos. — Ele veio me contar o que aconteceu. É meu sobrinho, e um idiota. Assim que recuperou a consciência, J-Bone o demitiu. Eu teria feito o mesmo.

— Não vou discordar de você. — Linus hesitou por um momento. — Acha que ele vai ser um problema?

Se a história se espalhasse, o Altíssimo Escalão talvez acabasse se envolvendo. Talvez até convocassem Lucy. Não seria inédito. Linus não tinha certeza se temia mais por Lucy ou pelo Altíssimo Escalão. Provavelmente era o segundo caso, se fosse ser franco.

— Ah, não se preocupe com Martin — disse ela. — Vou lidar com ele pessoalmente.

Linus não tinha certeza se queria saber o que aquilo implicava.

— Ele vai te ouvir?

Ela riu.

— Sou eu quem administro a herança deixada a ele pelos pais, que Deus os tenha. Ele vai me ouvir.

— Por quê? — perguntou Linus. — Por que você faria isso ou qualquer outra coisa?

Ela pegou a mão dele nas suas.

— A mudança vem quando as pessoas a querem de verdade, sr. Baker. E eu quero. Juro. Pode levar algum tempo, mas você vai ver. O dia de hoje foi um choque de realidade. — Ela apertou a mão dele e depois a soltou. — Agora... que sabor você quer?

— Cereja — disse Linus sem pensar.

Helen riu.

— Claro. Duas bolas, certo?

Ela saiu cantarolando para pegar o que ele havia pedido.

Linus olhou para Arthur e notou que ele o encarava.

— O que foi?

Arthur balançou a cabeça, devagar.

— Não sei como você não enxerga.

— O quê?

— Você. Tudo o que é.

Linus ficou sem jeito.

— Não sou grande coisa, mas me esforço. Eu... eu não devia ter insistido. Ter feito vocês virem, como fiz. Devia ter ouvido você.

Arthur pareceu se divertir.

— Acho que correu tudo bem. Tivemos alguns probleminhas, mas nada com que não pudéssemos lidar. Lucy não matou ninguém, e só isso já é uma vitória.

— Duas bolas de cereja — anunciou Helen. — Para cada um de vocês. — O sorvete rosa-choque tinha pedacinhos vermelhos de fruta. — Por minha conta.

— Ah, você não precisa… — Arthur começou a dizer.

Ela dispensou aquilo com um gesto.

— Não se preocupe. É o mínimo que posso fazer. Tudo o que peço em troca é que me deixe ir à ilha para ver o jardim.

— Com prazer — disse Arthur. — Quando quiser. E pode almoçar com a gente.

Ela sorriu.

— Perfeito. Talvez não a semana que vem, a outra? Tenho um funcionário na loja, mas ele está de férias, então fico sozinha. Tenho certeza de que você e o sr. Baker serão ótimos anfitriões…

— Receio que seremos só eu e as crianças — falou Arthur, pegando o sorvete, com a voz estranhamente alterada. — Linus vai nos deixar semana que vem. Obrigado pelo sorvete, Helen. E por ser tão bondosa. — Ele se virou e foi para a mesa.

Linus franziu a testa. Nunca tinha visto Arthur encerrar uma conversa daquele jeito.

— Você vai embora? — perguntou Helen, parecendo perplexa. — Por quê?

Linus suspirou.

— Trabalho para o DEDJUM. Minha estada aqui é temporária.

— Mas vai voltar, não?

Linus desviou o rosto.

— Por que voltaria? Depois que fizer minha recomendação, não haverá mais necessidade. Meu trabalho estará concluído.

— Seu trabalho… — repetiu ela. — É só isso pra você? Um trabalho?

— O que mais seri…

Ela voltou a pegar a mão dele. Daquela vez, com firmeza.

— Não faça isso. Pode mentir para si mesmo o quanto quiser, sr. Baker, mas não tente mentir para mim. Não vou aceitar. Você faz tipo, mas, ainda na loja, vi que era só fachada. O modo como defendeu as crianças só comprovou isso. Você *sabe* o que mais.

— Este não é meu lar — admitiu Linus baixinho. — Moro na cidade.

Helen desdenhou daquilo.

— Nosso lar nem sempre é a casa onde moramos. Também são as pessoas de quem escolhemos nos cercar. Você pode não morar na ilha, mas não venha me dizer que não é seu lar. Sua bolha estourou, sr. Baker. Por que permitiria que ela se reconstituísse?

Ela se virou e chamou Norman, então desapareceu do outro lado das portas vaivém. Linus ficou olhando para o nada. Seu sorvete estava começando a derreter.

O funcionário do correio mal registrou a presença de Linus. Só grunhiu quando ele pagou pelo envio do relatório.

— Chegou algo pra mim? — perguntou Linus, cansado daquela história.

O homem olhou feio para ele antes de se virar para procurar numa caixa de plástico, passando pelos envelopes. Havia um maior daquela vez. Devia ser mais grosso que qualquer outra correspondência que Linus havia recebido na ilha. Ele franziu a testa quando o funcionário o entregou.

Era do DEDJUM.

— Obrigado — disse Linus, distraído. Ele sentiu que o envelope era pesado e rígido ao pegá-lo. Então saiu do correio.

Linus ficou sob o sol. Respirou fundo. Os outros já estavam na perua, esperando por ele. Não deveria abrir a correspondência agora, mas… precisava saber o que havia dentro.

Ele rasgou a ponta do envelope com cuidado.

Havia uma pasta dentro, parecida com as outras que havia recebido quando fora mandado para a ilha. O arquivo não tinha nome.

A primeira página era uma carta.

Linus a tirou do envelope e piscou quando algo caiu na calçada, batendo em seu sapato.

Ele olhou para baixo.

Era uma chave velha de metal.

Linus se abaixou para pegá-la. Era mais leve do que parecia.

A carta dizia:

DEPARTAMENTO ENCARREGADO DA JUVENTUDE MÁGICA
MEMORANDO DO ALTÍSSIMO ESCALÃO

Sr. Baker,

Obrigado pelo segundo relatório. Foi minucioso, como sempre, e bastante esclarecedor. A descrição do cotidiano das crianças nos deu muito em que pensar.

No entanto.

Temos algumas preocupações.

Como deve se lembrar, pedimos uma avaliação mais aprofundada de Arthur Parnassus. Embora nos tenha fornecido isso, não pudemos deixar de perceber que foi um pouco menos... objetiva do que esperávamos. Na verdade, o relatório todo é diferente de qualquer outro que já tenha escrito. Você foi escolhido para essa tarefa, em parte, por sua imparcialidade. Mesmo diante de adversidades, sempre foi capaz de manter certo grau de distanciamento das crianças e das pessoas que investigava.

Não parece ser o caso agora.

Aconselhamos você a não fazer isso, sr. Baker. As pessoas são capazes de dizer e fazer o que for preciso para agradar os que estão em posição de poder. É uma arma, que pode ser usada de maneira muito habilidosa. Aqueles que não são imunes a tais coisas podem se pegar pensando de maneira indevida. Seu período em Marsyas logo terminará. Você retornará à cidade. Receberá outra tarefa, e vai passar por tudo de novo. Proteja seu coração, sr. Baker, porque é ao que visam primeiro. Não pode se permitir perder de vista o que é real. Deve permanecer objetivo. Como estamos certos de que sabe, *Regras e regulamentos* afirma que qualquer relação formada deve permanecer estritamente profissional. Você não pode ser visto como parcial, principalmente se houver indícios de que um orfanato precisa ser fechado para proteger as crianças.

Admitimos que talvez tenhamos subestimado sua suscetibilidade às atenções de alguém como o sr. Parnassus. Considerando que não é casado, compreendemos que possa estar se sentindo confuso ou em conflito. Queremos lembrar que o DEDJUM e o Altíssimo Escalão estão aqui para você. Nós nos importamos com você. Quando voltar da ilha, será submetido a uma avaliação psicológica. Para sua própria paz de espírito, claro. O bem-estar de nossos assistentes sociais é de extrema importância. Vocês são a força vital do DEDJUM. Sem vocês, não existiríamos. Não haveria esperança para as crianças. Você é importante, sr. Baker.

Para ajudar a garantir que esteja com as ideias no lugar e em um esforço para sermos totalmente transparentes, anexamos um arquivo semicompleto de Arthur Parnassus. Como verá, ele não é quem você pensa. O Orfanato de Marsyas é uma espécie de experimento. Para ver se alguém... como ele pode ficar encarregado de um grupo de crianças incomuns. Para manter todos no mesmo lugar e proteger nosso estilo de vida. Se o sr. Parnassus conhece bem a ilha, é porque cresceu nela, em um orfanato que foi fechado por causa dele. O arquivo é somente para sua leitura. Não deve ser discutido com mais ninguém, nem mesmo com o sr. Parnassus. Considere-o confidencial de nível quatro.

Também enviamos anexa uma chave. Se não tiverem trocado o cadeado, ela abrirá o porão escondido no jardim. Isso deve lhe dar uma ideia do que Arthur Parnassus é capaz de fazer.

Em breve você voltará para casa, sr. Baker. Muito em breve.

Aguardamos ansiosamente seu próximo relatório e seus comentários finais ao retornar.

Atenciosamente,

Charles Werner

CHARLES WERNER
ALTÍSSIMO ESCALÃO

QUINZE

Embora estivesse morrendo de curiosidade, Linus ignorou o arquivo.

Ele o ignorou ao voltar para a perua.

Ele o ignorou ao entrar nela.

Ele o ignorou quando Arthur abriu um sorriso e perguntou se estava pronto para voltar para casa.

— Sim — disse Linus sem emoção. — Estou pronto.

As crianças estavam muito animadas, efeito do açúcar e do passeio, e ficaram tagarelando por todo o caminho até a balsa. Merle fez uma careta para eles enquanto baixava o portão, mas ninguém ligou. Quando estavam na metade do caminho até a ilha, as crianças já dormiam, com exceção de Sal. Theodore estava encolhido sobre suas pernas, com uma asa estendida sobre a cabeça para se proteger do sol.

— Você se divertiu? — Linus ouviu Zoe perguntar a Sal.

— Acho que sim — respondeu ele. — O sr. Baker me ajudou. Ele me disse que até posso ficar com medo, mas que tenho de me lembrar que sou mais que isso. — Sal suspirou. — As pessoas podem ser grosseiras e pensar idiotices a meu respeito, mas tenho vocês, e é isso que importa. Não é, sr. Baker?

Linus concluiu que era tarde demais para proteger seu coração.

As crianças acordaram, piscando devagar, quando Arthur desligou o motor diante da casa. Lucy bocejou e se espreguiçou, acertando Talia sem querer com o cotovelo. Ela o empurrou para longe.

— Desculpa — pediu ele.

— Acho melhor jantarmos um pouco mais cedo hoje — anunciou Arthur. — Acho que alguns de nós não vão aguentar muito mais. Vamos entrar. Peguem suas coisas e guardem tudo com cuidado. Talia, pode passar no gazebo, se quiser deixar suas ferramentas novas lá.

Ela balançou a cabeça enquanto Zoe abria a porta de correr da perua.

— Elas vão passar a noite comigo. É um lance de gnomo, sabe? As ferramentas precisam passar a primeira noite na minha cama, pra saberem que pertencem a mim.

Arthur sorriu.

— Engraçado, nunca ouvi falar nisso.

— É uma tradição muito antiga nossa. E secreta. Eu nem deveria ter contado a você.

— É mesmo? Vou me lembrar disso.

Ele abriu a porta e saiu da perua.

Linus precisou de um momento para perceber que era o último no carro. Ele se assustou quando abriram sua porta. Então olhou para fora e viu que Zoe o observava.

— Vamos?

Ele assentiu, segurando firme o envelope. Notou que Zoe reparou nele, franzindo ligeiramente a testa.

Ele saiu da perua.

Ela fechou a porta.

— Você ficou muito quieto na viagem de volta.

— Foi um longo dia — falou Linus.

— Só isso?

Ele confirmou com a cabeça.

— Estou ficando velho.

— É — disse ela devagar. — Imagino que sim. Vamos entrar?

O homem abriu um sorriso fraco.

— Vou dar uma olhada em Calliope. Garantir que ela tenha comida e água. Também quero descansar um pouquinho antes do jantar.

— Claro. Mando alguém te chamar na hora do jantar. — Ela estendeu a mão e apertou o braço dele. — Você se saiu muito bem hoje, Linus. Não sei se teríamos feito isso sem você. Obrigada.

Pela primeira vez desde sua chegada na ilha, ele se perguntou se estava sendo usado.

Doeu mais que o esperado.

Linus sorriu.

— Não sei se isso é verdade.

Ela o observou por um momento.

— Tem certeza de que está bem?

— Só estou cansado — garantiu ele. — Fez sol demais. Estou acostumado com chuva.

Pareceu que Zoe ia dizer mais alguma coisa, então Phee a chamou, dizendo que era sua vez de ajudar com o jantar e que ela tinha algumas ideias.

Zoe o deixou ao lado da perua.

Ele ficou olhando até que todos entrassem.

Arthur foi o último. Ele olhou por cima do ombro e disse:

— Nos vemos daqui a pouco?

Linus só podia assentir.

Ele ficou andando de um lado para o outro, diante da cama, olhando de vez em quando para o arquivo que havia sobre ela.

— Não é nada, certo? — perguntou a Calliope, que o observava de seu lugar no peitoril da janela. — Provavelmente não passam de bobagens. Se fossem informações tão relevantes, por que eu não as teria recebido até agora? E me acusam de ter perdido minha objetividade. Eu, entre todas as pessoas! Nunca ouvi falar em algo tão ridículo! A cara de pau dessas pessoas, se achando o suprassumo…

Calliope miou para ele.

— Eu *sei*! — exclamou Linus. — É um absurdo! E, mesmo se *não fosse*, é claro que posso valorizar as qualidades das pessoas daqui. Não significa nada, necessariamente. E não significa *mesmo*.

Calliope balançou o rabo.

— Exatamente! E é claro que Arthur tem segredos. Todo mundo tem! *Eu* tenho. — Ele parou de andar e franziu a testa. — Bom, acho que isso não é verdade. O fato de eu não dizer uma coisa ou outra não as torna segredos. Mas eu *poderia* ter um! E seria *o maior* dos segredos!

Calliope bocejou.

— Você tem razão — decidiu Linus. — Quem se importa? Não deve ser nada. Uma tática para me assustar. E, mesmo que *não seja*, não vai mudar nada. Não tenho nenhum sentimento inapropriado em relação a ninguém. Em uma semana, vamos embora deste lugar e, com o tempo, vamos nos lembrar com carinho da nossa estada aqui, e nada mais. Com certeza não vamos nos arrepender de não ter dito nada a ninguém sobre sentimentos que não existem!

Calliope enfiou a cabeça entre as patas e fechou os olhos.

Era uma boa ideia. Talvez Linus devesse ir dormir. Tirar uma soneca. Ou simplesmente ignorar o arquivo até o dia seguinte. Não estava mentindo quando dissera que tinha sido um longo dia. *Estava* mesmo cansado. Muita coisa havia acontecido. Embora nem todas tivessem sido positivas, com certeza não havia sido um desastre que terminara com Lucy explodindo uma pessoa ou Talia usando sua pá nova apara acertar a cabeça de alguém.

— Isso — disse para si mesmo. — Um banho e depois uma soneca. Talvez eu não acorde até amanhã. Posso pular uma refeição, principalmente depois daquele sorvete de cereja. — Linus fez uma pausa para pensar. — Do qual nem gostei!

Era mentira. Estava uma delícia. Tinha gostinho de infância.

Ele se virou para ir até o banheiro.

Mas seus pés o conduziram até a beirada da cama.

Ele olhou para a pasta. Com a chave ao lado.

Disse a si mesmo para deixar para lá.

Se houvesse alguma coisa que precisasse saber, poderia simplesmente perguntar.

Ele se lembrou do brilho nos olhos de Arthur.

De como sua pele parecera tão quente.

De seu sorriso, de sua risada, do modo como vivia naquela ilha como se tivesse tudo o que poderia querer. Aquilo atraía Linus, que pensou em como seu mundo era frio, úmido e cinza até chegar àquele lugar. Parecia que via a vida em cores pela primeira vez.

— Você não gostaria de estar aqui? — sussurrou ele.

Ah, sim. Linus talvez quisesse aquilo mais que tudo.

Precisava parar. Porque não achava que suportaria se tudo acabasse se revelando uma mentira.

Ele abriu o arquivo. Começava como o anterior.

NOME: ARTHUR PARNASSUS
IDADE: 45 ANOS
CABELO: LOIRO
COR DOS OLHOS: CASTANHO-ESCURO

As informações eram as mesmas do primeiro arquivo, que também contava com um breve texto sobre Arthur Parnassus, dando uma vaga ideia de quem ele era e quanto tempo fazia que dirigia o Orfanato de Marsyas.

O novo arquivo, no entanto, continuava tal qual os outros.

MÃE: DESCONHECIDA (PROVAVELMENTE FALECIDA)
PAI: DESCONHECIDO (PROVAVELMENTE FALECIDO)

O que Helen havia dito?

"*Foi meu primeiro trabalho, aos dezessete anos. A sorveteria era diferente, mas acho que ainda consigo fazer uma bola. Foi assim que conheci Arthur. Ele era meu cliente quando criança.*"

Então Linus passou à linha seguinte, que dizia ESPÉCIE DE CRIATURA MÁGICA, e tudo mudou.

O jantar foi, em uma palavra, *desconfortável*.

— Não está com fome, sr. Baker? — perguntou Talia. — Não está comendo.

Linus se engasgou com a própria língua.

Todo mundo olhou para ele.

Linus limpou a boca com o guardanapo.

— Acho que ainda estou cheio do sorvete.

Lucy franziu a testa.

— Sério? Mas tem tanto espaço aí. Eu comi todo o meu sorvete e *ainda* estou com fome. — Como para provar o que havia dito, Lucy tentou enfiar uma costeleta de porco inteira na boca. Não teve sucesso.

Linus deu um sorrisinho tenso.

— Pois é. Talvez eu tenha… bastante espaço, como você disse, mas isso não significa que preciso preenchê-lo.

Theodore olhou para ele, com um pedaço de gordura caindo da boca.

— Você também está quieto demais — disse Phee, tentando pegar um tomatinho com o garfo. — É porque Lucy quase matou alguém hoje?

— Quase matei nada! Nem me esforcei muito. Se quisesse, poderia ter explodido o cara só com o poder da mente.

Aquilo certamente não fez Linus se sentir melhor, embora tampouco o deixasse tão assustado quanto algumas semanas antes. Ele se perguntou se não fora àquilo que o Altíssimo Escalão se referira em sua carta. Apesar dos pesares, Linus estava quase *encantado*. Aquilo não era um bom sinal.

— Você não deve matar ninguém — disse Chauncey, ainda com o chapéu de mensageiro na cabeça. Arthur havia lhe dito que poderia usá-lo durante o jantar apenas aquela vez. — Matar é errado. Você poderia ir preso.

Lucy atacou a costeleta de porco com vontade.

— Nenhuma cadeia poderia me segurar. Eu escaparia e voltaria pra cá. Ninguém ousaria vir atrás de mim. Eu faria os órgãos deles derreterem.

— Não se deve derreter os órgãos dos outros — lembrou Zoe com paciência. — É falta de educação.

Lucy suspirou, com as bochechas cheias por causa de toda a carne que tinha na boca.

— É melhor comer — disse Sal a Linus, em voz baixa. — Todo mundo precisa comer.

Como ele poderia se negar, quando era Sal falando? Linus fez questão de pegar uma bela garfada da salada em seu prato.

Aquilo pareceu satisfazer todo mundo. Quase todo mundo. Arthur o observava do outro lado da mesa. Linus fazia o seu melhor para que seus olhares não se cruzassem. Parecia mais seguro daquele jeito.

Ele não sabia do que Arthur era capaz.

Linus pediu licença depois do jantar, dizendo estar mais exausto do que esperava. Lucy pareceu um pouco decepcionado que ele não fosse ouvir os discos novos que havia comprado, mas Linus prometeu que faria aquilo no dia seguinte.

— Você parece um pouco alterado — falou Zoe. — Espero que não esteja ficando doente. — A sprite tinha um estranho brilho nos olhos. — Ainda mais considerando que é sua última semana aqui.

Linus assentiu.

— Tenho certeza de que não é nada.

Ela pegou o prato dele, praticamente intocado.

— Bom, vai descansar. Não quero te ver doente. Precisamos de você.

Ah. Eles precisavam? Precisavam mesmo?

Linus já estava quase à porta quando Arthur o chamou.

Ele fechou os olhos, com a mão na maçaneta.

— Sim? O que foi?

— Se precisar de alguma coisa, é só pedir.

Linus achou que a maçaneta ia quebrar sob seus dedos.

— É muita bondade sua, mas não preciso de nada.

Arthur levou uma mão ao ombro dele.

— Tem certeza?

Ah, como seria fácil se virar. Encarar o homem que mexia tanto com seu coração. O homem que havia escondido tanto dele.

— Tenho — sussurrou Linus.

Arthur recolheu a mão.

— Fique bem, Linus.

Linus saiu pela porta e para a noite o mais rápido possível.

Ele ficou olhando para o teto, no escuro, com o cobertor puxado até o queixo. Não ia conseguir dormir. O maldito arquivo garantira aquilo. Linus sentia sua presença debaixo do colchão, onde o havia enfiado mais cedo. Não queria que Chauncey o encontrasse se fosse buscar suas roupas para lavar.

Foi como se outra onda o pegasse de surpresa.

Eles sabiam? As crianças sabiam quem era Arthur? *O que* ele era?

Linus conseguia visualizar claramente, embora não quisesse. Arthur na sala de aula, dizendo às crianças que chegaria alguém do continente. Alguém cujo propósito era avaliá-los, *investigá-los*. Alguém do Departamento Encarregado da Juventude Mágica, com o poder de tirar tudo aquilo deles. Lucy, claro, iria se oferecer para arrancar a pele do intruso. Theodore poderia comer o que restasse e depois regurgitar na cova aberta por Talia. Eles a cobririam com terra e Phee faria uma árvore crescer em cima. Quando alguém chegasse procurando o intruso, Chauncey se ofereceria para levar suas malas, e Sal diria, muito sério, que não tinham ideia de quem era Linus Baker.

Arthur, é claro, deixaria claro que assassinato não era a resposta. "*Em vez disso vocês devem fazer com que ele se importe*", sussurrou o diretor na cabeça de Linus. "*Devem fazer com que pense que, talvez pela primeira vez na vida, se encaixa em algum lugar.*"

Eram ridículos os pensamentos que lhe ocorriam. Todos eles. Mas era o que pensamentos tarde da noite, quando o sono não passava de uma noção fugidia, costumavam ser. No escuro, parecia que tudo aquilo podia ser real.

Quando ele se sentou na cama, já era mais de meia-noite. Calliope bocejou, deitada perto de seus pés.

— E se for tudo mentira? — perguntou a ela, no escuro. — Como cheguei ao ponto de não ser capaz de suportar isso?

A gata não respondeu.

Sua vida sempre fora mundana e ordinária. Linus conhecia seu lugar no mundo, embora de vez em quando as nuvens escuras se abrissem e deixassem passar um raio de sol na forma da pergunta que mal se permitia fazer.

Você não gostaria de estar aqui?

Mais que tudo.

Então outro pensamento lhe ocorreu, tão estranho que ele mal foi capaz de captá-lo. Tão distante do que considerava possível que confundiu sua mente.

E se, pensou ele, não for Arthur quem estiver mentindo? E se não forem as crianças?

E se for o DEDJUM?

Havia uma maneira de provar aquilo.

Uma maneira.

— Não — disse Linus, voltando a se deitar de costas na cama. — De jeito nenhum.

Calliope ronronou.

— Vou dormir, e em seis dias vou voltar pra casa, e nada disso vai importar. Do que a carta me chamou? *Suscetível*? Rá. A mera ideia é ridícula.

Ele já se sentia melhor.

Fechou os olhos.

E viu Chauncey escondido debaixo de sua cama naquela primeira manhã, Talia sentada no chão da loja de discos com suas ferramentas, Theodore aceitando seus botões como se fossem um presente maravilhoso, Phee tirando Sal trêmulo da pilha de roupas, Lucy chorando depois de ter quebrado seus discos, Zoe o recebendo em sua casa.

E, claro, o sorriso de Arthur. Aquele sorriso tranquilo e lindo, que era como ver o mar pela primeira vez.

Linus Baker abriu os olhos.

— Minha nossa — sussurrou ele.

O ar da noite estava frio, muito mais frio do que quando ele chegara. As estrelas pareciam gelo no céu escuro. A lua era apenas uma lasca. Ele estremeceu e apertou mais o casaco por cima do pijama. Depois enfiou a mão no bolso para se certificar de que a chave ainda estava ali.

Estava.

Linus desceu da varanda.

A casa principal estava escura, como deveria mesmo estar àquela hora. As crianças provavelmente dormiam.

Ele mal fazia barulho enquanto atravessava o jardim. Para um homem de seu tamanho, podia pisar bem leve quando preciso. O ar cheirava a sal e pesava contra a pele.

Linus seguiu o caminho que cruzava o jardim. Ele se perguntou o que Helen acharia quando visitasse. Provavelmente ficaria impressionada. Linus torcia para que ficasse. Talia merecia. Trabalhava duro ali.

Ele foi para os fundos da casa. Tropeçou em uma raiz grossa, mas conseguiu se manter de pé.

Ali, à sua frente, estava a entrada do porão.

As marcas de queimado faziam muito sentido agora.

Sua garganta fez um barulho quando ele engoliu em seco. Linus sabia que podia dar meia-volta e esquecer tudo aquilo. Podia voltar para a cama e, pelos próximos seis dias, manter um distanciamento profissional e fazer o que fora mandado para fazer. Então pegaria a balsa pela última vez e o trem que o levaria para casa. O sol ia desaparecer atrás das nuvens escuras, e uma hora começaria a chover. Linus *conhecia* aquela vida. Era a vida de um homem como ele. Triste e cinza, mas a vida que levara por muitos e muitos anos. Aquele último mês, aquele toque de cor, não passaria de uma lembrança.

Linus tirou a chave do bolso.

— Provavelmente não vai nem servir — murmurou ele. — Devem ter trocado.

Mas não. A chave encaixou perfeitamente no cadeado enferrujado.

Ele a virou.

Com o mais leve dos sons, o cadeado se abriu.

E caiu em meio às ervas daninhas.

— Última chance — disse Linus a si mesmo. — Última chance de esquecer toda essa loucura.

A porta era mais pesada do que Linus esperava, tanto que ele mal conseguia segurá-la. Ele grunhiu ao abri-la, o que exigiu toda a força de seus braços. Precisou de um momento para entender por quê. Embora o lado de fora da porta fosse de madeira, o lado *de dentro* era de um metal espesso, como se ela tivesse sido reforçada.

À luz das estrelas, Linus viu ranhuras rasas nesse metal.

Ele levantou a mão e passou os dedos pelas marcas. Havia cinco, bem próximas. Como se uma mãozinha pequena tivesse arranhado a porta pelo lado de dentro.

A ideia fez um arrepio descer pela espinha de Linus.

À sua frente, degraus de pedra desapareciam na escuridão densa. Seus olhos precisaram de um momento para se ajustar, e Linus desejou ter se lembrado de trazer uma lanterna. Ou de esperar que o dia nascesse.

Ele entrou no porão.

Manteve uma mão apoiada na parede para manter o equilíbrio. Era feita de uma pedra lisa. Ele contou cada passo que deu. Estava no treze quando a escada acabou. Não enxergava nada. Tateou a parede em busca de um interruptor. Então trombou com alguma coisa, e a dor subiu por sua canela e sua coxa. Ele fez uma careta e voltou a tatear até…

Pronto.

O interruptor.

Linus o apertou.

Uma única lâmpada se acendeu no meio do cômodo.

Mesmo fraca, a luz o fez piscar.

O porão era menor do que ele esperava. Até o quarto na casa de hóspedes onde havia passado as últimas três semanas era maior, embora não muito. As paredes e o teto eram de pedra, e quase todos os centímetros de ambos estavam cobertos pelo que parecia ser fuligem. Linus olhou para as próprias mãos e viu que estavam pretas. Ele esfregou os dedos, e a fuligem caiu no chão.

Ele tinha batido o joelho em uma mesa encostada na parede do interruptor. Estava parcialmente queimada, a madeira escurecida e rachada. Havia também uma cama de solteiro com a armação de ferro quebrada. Não tinha colchão, o que Linus concluiu que fazia sentido. Pegaria fogo fácil demais. No lugar, a cama tinha uma lona grossa que Linus imaginou que fosse resistente a chamas.

E só.

Aquilo era tudo o que havia no porão.

— Ah, não — sussurrou ele. — Não, não, não.

Algo no canto chamou sua atenção. A lâmpada do cômodo não era muito forte, e havia mais sombras que luz. Ele se aproximou da parede oposta, sentindo seus joelhos cada vez mais fracos.

Marcas.

Marcas arranhadas na parede.

Quatro linhas em sequência. Riscadas por uma quinta.

— Cinco — disse ele. — Dez. Quinze. Vinte. Vinte e cinco.

Linus parou de contar quando chegou a sessenta. Não conseguia lidar com aquilo. Imaginou que se tratasse de uma contagem de dias, e a mera ideia deixou seu coração apertado.

Ele engoliu em seco. A injustiça daquilo tudo ameaçava sobrecarregá-lo.

O DEDJUM não estava mentindo.

O arquivo falava a verdade.

— Faz anos que não desço aqui — disse uma voz de trás dele.

Linus fechou os olhos.

— Imaginei que fizesse mesmo.

— Achei que você estava um pouco... estranho — falou Arthur em voz baixa. — Quando voltou do correio, algo tinha mudado. Eu não sabia o quê exatamente, mas tinha. Preferi acreditar em você quando disse que só estava cansado. Mas, no jantar, parecia que você tinha visto um fantasma.

— Tentei esconder — admitiu Linus. — Parece que não fiz um bom trabalho.

Arthur riu, embora parecesse triste.

— Você é muito mais expressivo do que imagina. É uma das coisas que eu... Esquece. Isso não importa. No momento, pelo menos.

Linus cerrou as mãos em punhos para que não tremessem.

— Então é verdade?

— O quê?

— O que eu li. No arquivo que o DEDJUM me mandou.

— Não sei. Nunca li meu arquivo. Pode ser cheio de meias-verdades e completas mentiras. Ou pode ser preciso. Nunca se sabe, com o DEDJUM.

Linus se virou devagar, abrindo os olhos.

Arthur estava ao pé da escada. Com a roupa de dormir, ou seja, o short e a camiseta fina. Irracionalmente, Linus quis oferecer seu casaco. Fazia frio demais para que Arthur saísse daquele jeito. Ele não estava nem de meia. Ou sapato. Seus pés pareciam estranhamente vulneráveis.

Ele observava Linus, embora não parecesse haver raiva em seus olhos. Talvez um pouco de mágoa, mas Linus não tinha como ter certeza.

— Ele te deu a chave. — Era uma afirmação, e não uma pergunta de Arthur.

Linus confirmou com a cabeça.

— Sim, eu recebi a chave. E... espera. *Ele* quem?

— Charles Werner.

— Como você... — Ele parou e respirou fundo.

"Procurei fazer daqui um lar para as meninas aos meus cuidados e para os que talvez viessem. Seu antecessor, ele... mudou. Era um homem encantador, e achei que fosse ficar. Mas depois mudou."

"O que aconteceu com ele?"

"Foi promovido. Primeiro a supervisor. Então, da última vez que tive notícias, já estava no Altíssimo Escalão, o que sempre desejara. Isso me ensinou uma lição muito dura: às vezes, não devemos expressar nossos desejos em voz alta, ou não vão se tornar realidade."

— Sinto muito — disse Linus, impotente.

— Pelo quê?

Linus não sabia exatamente.

— Eu não... — Ele balançou a cabeça. — Não sei o que ele pretendia.

— Ah, acho que eu sei. — Arthur se afastou do pé da escada. Ele passou um dedo na superfície queimada da mesa. — Desconfio de que tenha lido algo em seus relatórios que o deixou preocupado. Foi a maneira dele de intervir.

— Por quê?

— Porque ele é assim. Às vezes as pessoas se apresentam como uma coisa, e quando você tem certeza de que as conhece, quando tem certeza de que encontrou o que estava procurando, elas revelam quem realmente são. Acho que ele me usou. Para conseguir o que queria. Para *chegar* aonde queria. — Arthur esfregou uma mão na outra. — Eu era mais jovem. Fiquei encantado. Fui tolo, ninguém conseguiria me convencer do contrário. Achei que fosse amor. Hoje sei que não era.

— Ele disse que era um experimento — soltou Linus. — Para ver se... se alguém como você poderia...

Arthur arqueou uma sobrancelha.

— Alguém como eu?

— Você sabe do que estou falando.

— Então por que não consegue dizer?

Linus sentiu o peito apertar.

— Uma criatura mágica.

— Sim.

— Talvez a mais rara de todas.

— Parece que sim.

— Você...

— Pode falar. Por favor. Quero ouvir você dizer. Quero ouvir de você.

"Então você conheceu uma fênix?"

"Conheci. Ele era... curioso. Apesar de tudo o que lhe aconteceu, manteve a cabeça erguida. Sempre me pego pensando no homem que deve ter se tornado."

Linus Baker disse:

— Você é uma fênix.

— Sou — disse Arthur simplesmente. — E acredito que sou a última. Nunca conheci meus pais. Nunca conheci ninguém como eu.

Linus mal conseguia respirar.

— Eu não conseguia me controlar — falou Arthur, olhando para as próprias mãos. — Não quando era pequeno. O diretor da época não era alguém em quem gosto de pensar se puder evitar. Era um homem cruel e duro, mais propenso a bater numa criança que a olhar para ela. Nos odiava por quem éramos. Nunca entendi direito. Talvez algo tivesse acontecido com ele ou com a família dele antes de vir pra cá. Talvez tivesse ouvido o que os outros diziam e se deixado envenenar. As coisas eram diferentes na época, se consegue acreditar. Piores para nós. Há certas leis agora que não existiam na época, com o intuito de impedir... Bom, o vilarejo não era tão ruim, mas... era só um lugar pequeno num mundo vasto. Era comprar sorvete de cereja de uma menina bonita. Isso me fez pensar que talvez a ilha não fosse tudo o que havia. Então cometi um grave erro.

— Você pediu ajuda.

Arthur confirmou com a cabeça.

— Mandei uma carta ao DEDJUM, ou pelo menos tentei. Contei que éramos tratados de maneira terrível. Falei dos abusos que sofríamos nas mãos daquele homem. Havia outras crianças aqui, embora ele parecesse especialmente incomodado comigo, que tinha que aguentar a pior parte. O que tudo bem, porque quanto mais ele focasse em mim, menos se ocupava dos outros. Mas até eu tinha um limite. Sabia que, se não fizesse algo logo, ia acabar machucando alguém.

"Quanto mais um cachorro apanha, mais se encolhe quando uma mão é erguida." Se for levado ao limite, pode acabar mordendo, nem que seja só para se proteger.

— Achei que a carta era uma boa ideia. Eu a dobrei e escondi no elástico da calça. De alguma fora, ele descobriu a respeito quando estávamos no vilarejo. Fugi e tentei chegar ao correio, mas ele me encontrou antes. E tirou a carta de mim. — Arthur desviou os olhos. — Foi a primeira noite que passei aqui. Eu queimei depois disso. Queimei intensamente.

Linus achou que ia passar mal.

— Isso não... Isso não é justo. Ele jamais deveria ter ocupado uma posição que o permitisse fazer isso com você. Nunca deveriam ter deixado que encostasse a mão em você.

— Ah, eu sei disso *agora*. Mas na época era uma criança. — Arthur estendeu a mão, com a palma para cima. Seus dedos se flexionaram levemente, e uma chama surgiu, como uma flor. Linus, que já havia visto tantas coisas estranhas e maravilhosas ao longo da vida, ficou hipnotizado. — Na época, eu achava que era o que eu merecia por ser quem era. Ele me bateu até que eu não tivesse escolha senão acreditar. — Então a chama começou a se deslocar, subindo pelo pulso dele, contornando seu braço. Quando chegou à camiseta, Linus teve certeza de que ia pegar fogo.

Não pegou.

A chama só cresceu, até começar a estalar e crepitar. Então passou para as costas dele, subindo, abrindo-se, até que Linus não pudesse mais negar o que estava vendo.

Asas.

Arthur Parnassus tinha asas de fogo.

Eram lindas. Linus notou as penas queimando em vermelho e laranja, então se lembrou da noite em que havia visto um brilho do lado de fora da casa de hóspedes, depois que Arthur fora embora. As asas se abriram tanto quanto possível no cômodo reduzido, e Linus concluiu que deviam ter pelo menos três metros de uma ponta a outra. Embora sentisse seu calor, elas não pareciam queimar. Só vibravam, deixando rastros de fogo dourado no ar. Mais acima, ele achou que distinguia o contorno da cabeça de um pássaro, o bico afiado e pontudo.

Arthur fechou a mão.

A fênix se curvou em direção ao topo de cabeça dele, dobrando as asas. O fogo se extinguiu, deixando nuvens densas de fumaça e a imagem residual de um pássaro dançando nos olhos de Linus.

— Tentei queimar um caminho para fora daqui — sussurrou Arthur. — Mas o diretor tinha se preparado. O metal na porta. As paredes de pedra. Eu não sabia que pedras eram capazes de suportar um calor tão intenso. Logo ficou óbvio que a fumaça ia acabar me sufocando antes que eu escapasse. Por isso, fiz a única coisa que podia. Eu fiquei. Ele foi esperto. Nunca me trouxe comida nem veio trocar pessoalmente o balde que eu usava como banheiro. Mandava as outras crianças no lugar, sabendo que eu nunca faria nada com elas.

Embora não quisesse saber, Linus teve de perguntar:

— Quanto tempo você ficou aqui? — Ele não suportava olhar para as marcas arranhadas na parede.

Arthur parecia angustiado.

— Quando saí, achei que tinham sido semanas. Mas foram seis meses. No escuro constante, o tempo é uma noção… escorregadia.

Linus baixou a cabeça.

— Alguém acabou vindo. Ou porque desconfiaram de algo, ou porque decidiram que era hora de fazer uma inspeção. Fiquei sabendo que o diretor tentou explicar minha ausência, mas uma criança teve coragem de falar. Fui descoberto e o orfanato foi fechado. Me mandaram para uma das escolas do DEDJUM. Era melhor lá, embora não muito. Pelo menos lá eu podia sair ao ar livre e abrir minhas asas.

— Não entendo — admitiu Linus. — Por que voltou pra cá? Depois de tudo o que te aconteceu?

Arthur fechou os olhos.

— Porque este era o meu inferno. E eu não podia permitir que continuasse sendo. Esta casa nunca tinha sido um lar, e eu pensei que podia mudar isso. Quando fui ao DEDJUM com a ideia de reabrir o Orfanato de Marsyas, vi a ganância nos olhos deles. Aqui, poderiam ficar de olho em mim. E poderiam mandar as crianças que considerassem mais perigosas pra cá. Charles foi designado para o caso. Eles disseram que ajudaria a colocar as coisas em ordem. Ele ajudou mesmo, mas para seus próprios fins. Zoe tentou me avisar, mas escolhi não acreditar nela.

A raiva cresceu dentro de Linus.

— E onde ela estava antes? Por que não ajudou você?

Ele deu de ombros.

— Ela não sabia. Vivia escondida, com medo de represálias. Era o maior segredo desta ilha, e na época teriam tentado dominá-la. Eu só a tinha visto uma vez antes de ser trancafiado aqui. Deparei com ela na floresta. Zoe quase me matou, então me viu como eu era. E fugiu. Quando voltei à ilha, ela veio até mim e disse que sentia muito pelo que eu tinha passado. E que ia permitir que eu ficasse e até me ajudar se preciso.

— Isso não…

— Não culpe Zoe — cortou Arthur, abrindo bem os olhos. — Eu certamente não a culpo. Não havia nada que ela pudesse fazer sem se colocar em risco.

— Eles sabem a respeito dela — admitiu Linus. — Eu a mencionei no meu relatório.

— Sabemos disso. Tomamos a decisão depois de receber o aviso de que o DEDJUM ia mandar um assistente social. Zoe cansou de se esconder. Aceitou o risco porque as crianças são muito importantes para ela. Queria que você visse que não ia entregá-las sem lutar.

Linus balançou a cabeça.

— Não consigo... Por que o DEDJUM deixou que você viesse pra cá? Por que colocou crianças sob sua responsabilidade?

Ele ficou pálido e acrescentou rapidamente:

— Não que não seja capacitado, claro, mas...

— A culpa é uma arma poderosa — disse Arthur. — O DEDJUM teria que responder por tudo o que suportei aqui caso a notícia se espalhasse. Eles acharam que seria uma boa oportunidade de equilibrar o jogo. Eu ficaria em silêncio se me permitissem ficar aqui. Assim me controlariam. Mas também acabaram vendo a ilha como um lugar isolado e desabitado, com um único vilarejo por perto, que podia ser facilmente subornado. Um lugar para onde poderiam mandar todos aqueles que considerassem... extremos. Seria um grande experimento. E achavam que eu não passaria de um peão.

— Mas era você quem estava no controle — suspirou Linus. — "*Deem-me os exaustos, os pobres, as massas amontoadas ansiando por respirar livremente.*"

Arthur sorriu.

— Ah, sim. Peguei as massas amontoadas deles e lhes dei um lar onde poderiam respirar sem medo de retaliação. — O sorriso dele desapareceu do rosto. — Achei que tivesse tudo planejado. E talvez tenha cometido erros. Manter as crianças restritas à ilha foi um. Isso foi motivado pelo medo. Eu disse a mim mesmo que elas já haviam sofrido o bastante. Que a ilha, Zoe e eu podíamos lhes dar tudo de que precisavam. Amo essas crianças mais que tudo no mundo. E me convenci de que amor era o bastante para elas. Mas não levei uma coisa em conta.

— O quê?

Arthur olhou para ele.

— Você. Você foi a coisa mais inesperada de todas.

Linus ficou boquiaberto.

— Eu? Mas *por quê*?

— Por causa de quem você é. Sei que não consegue ver isso, Linus, mas eu vejo por nós dois. Você faz com que eu me sinta queimando de dentro pra fora.

Linus não conseguia acreditar nele.

— Sou só uma pessoa. Sou só eu.

— Eu sei. E que pessoa encantadora você é.

Aquilo não podia ser real.

— Você usou o DEDJUM. Pra conseguir o que queria.

Arthur estreitou os olhos.

— Usei.

Linus teve de se esforçar para colocar as palavras para fora.

— Pode estar fazendo o mesmo comigo. Para conseguir o que quer. Para que eu... Para que eu *diga* o que você quer nos meus relatórios.

Arthur se surpreendeu.

— Ah. Ah, Linus. Você pensa tão mal assim de mim?

— Não sei *o que* pensar — soltou ele. — Você não é quem eu pensava! Mentiu pra mim!

— Só não revelei a verdade — disse Arthur com gentileza.

— Qual é a diferença?

— Acho que...

— Elas sabem? As crianças?

Arthur balançou a cabeça, devagar.

— Aprendi cedo a me esconder de quase todo mundo.

— Por que elas não sabem?

— Porque eu queria que pensassem que ainda há bondade no mundo. Elas foram mandadas pra cá em cacos. Quanto menos souberem sobre mim, melhor. Precisam focar em sua própria cura. E eu fui...

— Elas poderiam encontrar solidariedade em você — argumentou Linus. — Poderiam...

— Também fui instruído pelo DEDJUM a nunca me revelar a elas.

Linus deu um passo atrás, chegando à parede.

— Como?

— Era parte do acordo — explicou Arthur. — Uma das condições para que concordassem em me deixar voltar. Eu poderia reabrir o orfanato, mas quem eu sou... *O que* eu sou continuaria sendo um segredo.

— Por quê?

— Você sabe por quê, Linus. Fênix são… Nós… *Eu* posso queimar intensamente, e não sei se há um limite. Acho que poderia queimar o céu se tentasse o bastante. Se não conseguiam encontrar uma maneira de controlar meu poder, precisavam pelo menos abafá-lo. Medo e ódio são resultados de não ser capaz de compreender o que…

— Isso não é desculpa — interrompeu Linus. — O fato de ser capaz de fazer coisas que os outros não são não implica que possa ser tratado assim.

Arthur deu de ombros, sem jeito.

— Foi o modo deles de mostrar que, independentemente do que eu recebesse em troca, continuavam no comando. Um lembrete de que tudo isso podia ser tirado de mim quando quisessem. Quando Charles foi embora, pouco depois de Talia e Phee chegarem, ele disse que eu devia me lembrar disso. Se ele ficasse sabendo que eu havia quebrado minha promessa, ou se *achasse* que eu tinha, mandaria alguém para investigar e, caso necessário, fechar este lugar. Tenho certeza de que lhes passou pela cabeça pelo menos uma ou duas vezes a ideia de que, em vez de viver tranquilamente nesta ilha com outros rejeitados, eu montaria um exército. É um absurdo, claro. Eu nunca quis outra coisa além de um lugar que pudesse considerar meu lar.

— Não é justo.

— Não. Não é. A vida raramente é. Mas lidamos com as coisas da melhor maneira que podemos. E nos permitimos torcer pelo melhor. Porque uma vida sem esperança não é vida.

— Você tem que contar às crianças. Elas precisam saber quem você é.

— Por quê?

— Porque precisam saber que não estão sozinhas! — gritou Linus, batendo as palmas contra a parede. — Que magia existe onde menos se espera. Que elas podem crescer para ser quem quiserem!

— Podem?

— Sim! Embora não pareça ser assim agora, as coisas mudam. Talia comentou que você disse a ela que para mudar a mentalidade de muitos, é preciso começar com a mentalidade de poucos.

Ele sorriu.

— Ela te disse isso?

— Disse.

— Achei que ela nem estivesse escutando.

— É *claro* que eles escutam — falou Linus, exasperado. — Eles escutam absolutamente tudo o que você diz. E te admiram, porque você é a *família* deles. Você é o... — Linus parou, com a respiração pesada. Não ia dizer aquilo. Não era certo. Nada daquilo era. Não era... — Você é o pai deles, Arthur. Acabou de dizer que ama as crianças mais que a própria vida. Deve saber que elas sentem o mesmo por você. Claro que sentem. Como poderiam não sentir? Olha só pra você. Olha o que você construiu aqui. Você é uma chama, e elas precisam saber como queima. Não só por causa de quem é, mas por causa do que elas te tornaram.

A expressão de Arthur fraquejou e se desfez. Ele baixou a cabeça. Seus ombros se sacudiram.

Linus queria consolá-lo, queria pegar Arthur em seus braços e abraçá-lo com força, mas não conseguia mover os pés. Estava confuso. Seus pensamentos giravam em sua cabeça tempestuosa. Ele se agarrou à única coisa que podia.

— E quando... quando eu voltar, quando eu deixar este lugar, farei o meu melhor para garantir que o Altíssimo Escalão saiba disso. Que a ilha...

Arthur levantou a cabeça na hora.

— Quando você voltar?

Linus desviou o rosto.

— Sempre soubemos que meu tempo aqui seria curto. Sempre teve um fim determinado. Embora tenha chegado muito mais rápido do que eu esperava, tenho minha casa. Minha vida. Meu trabalho. Um trabalho que agora me parece mais importante do que nunca. Você abriu meus olhos, Arthur. Todos vocês. Serei eternamente grato.

— Grato — disse Arthur sem emoção. — Claro. Perdão. Não sei o que eu estava pensando. — Linus levantou a cabeça e viu quando ele abriu um sorriso, embora parecesse trêmulo. — Qualquer coisa que puder fazer para nos ajudar será ótima. Você... você é um bom homem, Linus Baker. Foi uma honra ter te conhecido. Vamos nos certificar de que sua última semana nesta ilha seja inesquecível. — Arthur começou a se virar, então parou. — E juro que a ideia de te usar nunca me passou pela cabeça. Você é precioso demais para que eu consiga expressar em palavras. Acho que… é como os botões de Theodore. Se lhe perguntasse por que se importa tanto com eles, Theodore diria que é simplesmente porque existem.

Então ele subiu a escada e sumiu na noite.

Linus ficou no porão, olhando para o lugar onde Arthur estivera. O ar continuava quente, e Linus jurava que podia ouvir o estalo do fogo.

DEZESSEIS

Se a vida de Linus fosse um filme, a última semana de sua estada em Marsyas teria sido fria e chuvosa, com nuvens cinzas pairando sobre sua cabeça, em sintonia com seu humor.

Mas fazia sol, claro. O céu e o mar tinham um tom cerúleo.

Na segunda-feira, Linus acompanhou a aula das crianças. Ele ouviu uma discussão sobre a Carta Magna de manhã e outra sobre *Contos da Cantuária* à tarde. O fato de que a obra ficara inacabada incomodou Sal, o que levou Arthur a mencionar *O mistério de Edwin Drood*. Sal disse que ia ler e inventar seu próprio fim. Linus achou que era uma ótima ideia e se perguntou se chegaria a ler a versão dele.

Na terça, ele ficou das cinco da tarde às sete da noite com Talia no jardim. Ela estava um pouco preocupada com o que Helen ia pensar quando de sua visita na semana seguinte. Tinha medo de que a mulher não fosse gostar do que ela havia feito ali.

— E se não for bom o bastante? — murmurou Talia em gnomês. Linus mal registrou o fato de que a havia compreendido.

— Acho que ela vai considerar mais do que adequado — respondeu ele.

Talia fez cara feia.

— Mais do que adequado. Nossa, Linus, obrigada por isso. Já estou me sentindo muito melhor.

Ele deu alguns tapinhas no topo da cabeça dela.

— Precisamos controlar esse ego. Você não tem nada a temer.

Ela olhou para o jardim à sua volta, em dúvida.

— Sério?

— Sério. É o jardim mais bonito que já vi.

Apesar da barba, ele viu que ela ficou vermelha.

Na quarta, Linus foi com Phee e Zoe para a floresta. Dispensou a gravata e deixou o primeiro botão da camisa aberto. Descalço, ele sentiu a grama macia sob os pés. As árvores filtravam a luz do sol. Zoe disse a Phee que não era só uma questão do que ela *podia* fazer surgir, mas de cultivar o que já estava lá.

— Nem sempre se trata de criação — explicou ela baixinho enquanto flores desabrochavam sob suas mãos. — Trata-se do amor e do cuidado que você dedica à terra. De intenção. Suas intenções não passarão despercebidas. Se forem boas e puras, não haverá nada que você não possa fazer.

À tarde, ele foi ao quarto de Chauncey.

— Bem-vindo ao Hotel Everland, senhor! Posso pegar sua bagagem? — disse Chauncey ao recebê-lo.

— Seria ótimo, meu bom homem. Muito obrigado — respondeu Linus, entregando-lhe uma mala vazia. Chauncey a apoiou no ombro, com o chapeuzinho torto na cabeça. Depois, Linus lhe deu uma bela gorjeta. Afinal, era o que qualquer pessoa faria depois de um serviço de primeira linha. A água salgada no chão estava morna.

No fim da tarde, Linus começou a entrar em pânico. Uma sensação de que aquilo não estava certo, de que estava cometendo um erro, assentava-se sobre seus ombros como uma capa pesada.

Ele havia colocado a mala sobre a cama, com a intenção de começar a arrumá-la. Iria embora em alguns dias, e disse a si mesmo que era melhor se preparar. Mas ficou ali, só olhando para ela. O exemplar de *Regras e regulamentos* estava no chão, perto da cama. Linus nem se lembrava da última vez que o havia consultado. Perguntou a si mesmo por que aquilo tinha parecido tão importante antes.

Ele não sabia quanto tempo mais teria passado ali se não tivesse ouvido uma batida na janela do quarto.

Ele ergueu o rosto.

Theodore estava do lado de fora, com as asas recolhidas, a cabeça inclinada. Ele voltou a bater o focinho contra o vidro.

Linus foi até a janela e a abriu.

— Oi, Theodore.

Ele chilreou em resposta, cumprimentando Linus e entrando. Suas asas se abriram e ele meio que pulou, meio que voou para a cama, aterrissando perto de Calliope. Estreitou os olhos para ela e estalou a mandíbula. A gata se levantou devagar, arqueando as costas e se espreguiçando. Então foi até Theodore e deu uma patada em seu rosto antes de bocejar e descer da cama.

Theodore balançou a cabeça, um pouco atordoado.

— Você mereceu — observou Linus com gentileza. — Já te disse para não contrariar Calliope.

Theodore grunhiu para ele, depois chilreou uma pergunta.

Linus piscou.

— Ir com você? Aonde?

Theodore voltou a chilrear.

— Uma surpresa? Não gosto de surpresas.

Theodore não queria saber daquilo. Voou para o ombro de Linus e mordiscou sua orelha até que ele não tivesse alternativa a não ser obedecer.

— Seu descarado — murmurou Linus. — Não pode simplesmente morder as pessoas até que elas façam... *Ai!* Tá bom, eu *vou*!

Linus sentiu o sol morno da tarde no rosto ao sair da casa de hóspedes. Theodore balbuciava em seu ouvido. As gaivotas grasnavam acima. As ondas batiam contra as pedras abaixo. A pontada em seu coração era aguda e agridoce.

Eles entraram na casa principal. Estava silenciosa, o que significava que todos tinham saído ou que Lucy estava tramando algo terrível que terminaria em morte.

Theodore pulou do ombro de Linus, abriu as asas e aterrissou no chão. Tropeçou nelas tentando chegar ao sofá e deu uma cambalhota. Caiu de costas, piscando para Linus.

Ele reprimiu um sorriso.

— Você ainda vai crescer e se adequar a elas. Crescer muito, acho.

Theodore se levantou, procurando se equilibrar. Balançou o corpo todo, da cabeça à ponta do rabo. Então olhou para Linus, chilreou e desapareceu debaixo do sofá.

Linus ficou só olhando, sem acreditar no que havia acabado de ouvir. Já tinha visto a parte da coleção de Theodore que ele mantinha na torre, mas o mais importante ficava guardado ali.

Ele ouviu outro chilreio vindo do vão debaixo do sofá.

— Tem certeza? — perguntou em voz baixa.

Theodore disse que tinha.

Devagar, Linus ficou de quatro e engatinhou para perto do sofá. Não cabia embaixo dele, mas, levantando a saia, conseguiria ver.

Foi o que ele fez.

Linus se deitou de barriga para baixo e deu uma olhada na toca de Theodore, com uma bochecha pressionada contra o chão.

À sua direita, um cobertor macio formava um ninho. Havia um travesseirinho no topo, do tamanho da mão de Linus. Os tesouros de Theodore estavam espalhados em volta. Eram moedas, pedras com quartzo (parecidas com as do quarto de Lucy) e uma bonita concha vermelha e branca com uma rachadura no meio.

Mas aquilo não era tudo.

Havia um pedaço de papel, no qual Linus só distinguia algumas palavras: *Frágil e fino. Se levantado...*

Uma flor seca parecida com algumas que Linus havia visto no jardim.

Uma folha tão verde que só uma sprite poderia tê-la feito brotar.

Um pedaço de um disco quebrado.

Uma foto que parecia ter sido rasgada de uma revista, em que um mensageiro de hotel sorridente ajudava uma mulher com suas malas.

Uma foto de Arthur quando era mais jovem, as bordas onduladas de tão velhas.

E, ao lado, empilhados com todo o carinho, botões.

Muitos botões.

"São as pequenas coisas. Pequenos tesouros que encontramos sem saber sua origem. E que aparecem quando menos esperamos. É lindo, quando se pensa a respeito."

Os olhos de Linus arderam, fazendo-o piscar.

— É maravilhoso — sussurrou ele.

Theodore chilreou em afirmação. Ele foi até os botões e passou o focinho na pilha, como se procurasse algo. Seu rabo bateu no chão quando ele levantou a cabeça.

Havia um botão de metal familiar em sua boca.

Ele se virou e se aproximou de Linus.

Então cerrou a mandíbula, sob o olhar do outro. Mordeu o botão e o largou no chão.

Linus viu a marca das presas de Theodore no metal.

Theodore empurrou o botão para ele. Então olhou para Linus e chilreou.

— Pra mim? — perguntou Linus. — Você quer que eu fique com ele?

Theodore confirmou com a cabeça.

— Mas isso... — Ele suspirou. — É seu.

Theodore voltou a empurrá-lo.

Linus fez a única coisa que podia: aceitou o botão.

Ele se sentou no chão, com as costas apoiadas no sofá, então olhou para o botão em suas mãos, passando um dedo pelas marcas das presas de Theodore. A serpe enfiou a cabeça para fora da saia do sofá e chilreou para Linus.

— Obrigado — disse ele baixinho. — É o melhor presente que já ganhei. Vou guardar pra sempre.

Theodore apoiou a cabeça na coxa de Linus.

Os dois ficaram ali enquanto a luz do sol da tarde descia pela parede.

Na manhã de quinta-feira, a fúria dos homens desabou sobre eles.

Linus estava na cozinha, com Zoe e Lucy, que cantava a plenos pulmões, acompanhando a voz muito, muito doce de Bobby Darin. Linus sorria e ria, embora seu coração parecesse estar em cacos. Havia pãezinhos doces no forno, e com um pouco de esforço (embora Lucy fizesse o seu melhor para atrapalhar) ele conseguia ouvir os movimentos dos outros pela casa.

— Sobrou tanta noz-pecã — disse Zoe. — Não sei se a gente precisava...

Linus se assustou quando ela deixou cair na cuba a tigela que estava lavando, espirrando água e sabão no chão.

O corpo de Zoe ficou rígido. Seus dedos se contraíram e suas asas se abriram, batendo tão rápido quanto as de um beija-flor.

— Zoe? — chamou Linus. — Você está bem? O que aconteceu?

— Não — sussurrou ela enquanto Lucy continuava cantando, distraído. — Não, agora não. Eles não podem. *Não podem.*

— O que foi? — perguntou Lucy. — Com quem você...

Zoe se virou. Bolhinhas de sabão escaparam de seus dedos e flutuaram até o chão. Seus olhos brilhavam como Linus nunca havia visto. Pareciam tomados por uma luz sobrenatural, as íris cintilando como vidro quebrado. Linus nunca havia sentido medo dela, e aquilo continuava sendo verdade. Mas seria tolo se ignorasse o fato de que se tratava de uma sprite antiga e poderosa, ou se esquecesse que era apenas um hóspede em sua ilha.

Linus se aproximou de Zoe lentamente, para não a surpreender caso ela tivesse se esquecido da presença dele. Antes que chegasse até ela, Arthur irrompeu na cozinha, com os olhos estreitos. O ar esquentou um pouco, e por um momento Linus pensou ter visto o lampejo do fogo, embora talvez fosse apenas a luz da manhã pregando uma peça.

— O que foi? — inquiriu ele. — O que aconteceu?

— Os habitantes do vilarejo — disse Zoe com a voz suave e sonhadora, as palavras saindo quase como notas musicais. — Estão se reunindo na costa.

— Quê? — perguntou Lucy. — Por quê? Querem vir pra cá? — Ele franziu a testa para as nozes-pecãs na bancada. — Não vão ficar com meus pãezinhos doces. Fiz do jeitinho que eu gosto. Sei que o certo é dividir as coisas, mas não estou muito bonzinho hoje. — Ele olhou para Linus. — Tenho que dividir meus pãezinhos?

— Claro que não — disse Linus calmamente. — Se quiserem pãezinhos, vão ter que fazer eles mesmos.

Lucy sorriu, mas pareceu um sorriso nervoso.

— Fiz dois pra você, sr. Baker. Não quero que passe fome.

— Lucy — disse Arthur —, pode reunir os outros na sala, por favor? É quase hora da aula.

O menino suspirou.

— Mas...

— Lucy.

Ele resmungou baixo enquanto pulava do banquinho. Então parou à porta da cozinha e olhou para os outros três.

— Tem alguma coisa errada?

— Claro que não — assegurou Arthur. — Está tudo perfeitamente bem. Agora vai, Lucy.

Ele hesitou por um momento, então deixou a cozinha e chamou os outros, dizendo que, ao contrário do que havia pensado, aparentemente os pãezinhos doces não iam servir de desculpa para não terem aula.

Arthur foi até Zoe e a pegou pelos ombros. Seus olhos voltaram ao normal, e ela piscou rapidamente.

— Você também sentiu.

Arthur confirmou com a cabeça.

— Eles já saíram?

— Não. Estão... parados. No embarcadouro. Não sei por quê. A balsa ainda não saiu do vilarejo. — Ela endureceu a voz. — Seria muita tolice ir adiante com isso.

Um arrepio percorreu a espinha de Linus.

— Quem?

— Não sei — disse Zoe. — Mas é um bom grupo. — Ela olhava além de Arthur, para o nada. — Estão furiosos. É como uma tempestade.

Arthur a soltou e recuou um passo.

— Fique aqui com as crianças. Aja normalmente. Diga que está tudo bem. Vou lidar com isso pessoalmente. E voltar assim que possível.

Zoe o segurou pelo pulso.

— Você não deveria ter que fazer isso, Arthur, não depois do que... Deixa que eu vou. Eu...

Arthur se soltou, devagar.

— Não. Se eles por acaso chegarem à ilha, as crianças vão precisar de você. É capaz de protegê-las melhor que eu. Se for preciso, leve todos pra sua casa. Deixe a mata bem fechada, para que nada consiga passar. Cubra a ilha inteira se for preciso. Já falamos sobre isso, Zoe. Sempre soubemos que era uma possibilidade.

Ela deu a impressão de que ia insistir, mas cedeu diante da expressão de Arthur.

— Não quero que vá sozinho.

— Ele não vai — disse Linus.

Ambos se viraram para ele, surpresos, como se tivessem se esquecido de sua presença.

Linus encolheu a barriga, estufou o peito e levou as mãos à cintura.

— Não sei o que exatamente está acontecendo, mas acho que tenho uma ideia. E, se tem a ver com os moradores do vilarejo, está mais do que na hora de dizer a eles o que penso. — Linus imaginou que devia estar parecendo ridículo. Ainda que suas palavras não tivessem o peso que esperava, ele não desviou os olhos.

— Não vou deixar que corra perigo, Linus — falou Arthur. — É melhor você…

— Posso cuidar de mim mesmo — disse Linus, fungando. — Talvez eu não pareça ser grande coisa, mas garanto que sou mais do que aparento. Posso ser bem severo quando necessário. E sou um representante do governo. Pela minha experiência, as pessoas ouvem figuras de autoridade. — Aquilo era verdade apenas em parte, mas Linus preferiu guardar os detalhes para si mesmo.

Arthur cedeu.

— Seu homem tolo e corajoso. Eu sei o que você é. Mas se pelo menos…

— Então está resolvido — concluiu Linus. — Agora vamos. Quanto antes lidarmos com isso e voltarmos, melhor. Não quero que meus pãezinhos esfriem. — Ele seguiu para a porta, mas parou quando uma ideia lhe ocorreu. — Como vamos ao vilarejo se a balsa está do outro lado?

— Pega.

Linus se virou a tempo de ver Zoe lhe jogar uma chave. Atrapalhou-se com ela, mas conseguiu impedir que caísse no chão. Quando viu que era a chave daquele carro ridículo dela, franziu a testa.

— Agradeço sua boa vontade, mas não vejo como isso poderia nos ajudar. Tem uma boa extensão de água entre a gente e o vilarejo. A menos que o carro *seja* um submersível, não sei como poderia ajudar.

— É melhor eu nem te contar, ou você vai ficar preocupado — falou Zoe.

— Minha nossa — soltou Linus fracamente. — Não sei se estou gostando disso.

Zoe ficou na ponta dos pés para dar um beijo na bochecha de Arthur.

— Se virem você…

Arthur balançou a cabeça.

— Paciência. É hora de sair das sombras para a luz. Já passou da hora, na verdade. — Ele olhou para Linus. — Alguém muito sábio me ensinou isso.

Eles a deixaram na cozinha iluminada pelo sol, com os pãezinhos doces no forno.

O carro sacolejava pela estrada, com Linus pisando tão fundo quando ousava no acelerador. Seu coração batia acelerado e sua boca estava seca, mas ele via com clareza. As árvores pareciam mais verdes, e as flores que ladeavam a estrada, mais vívidas. Ele olhou pelo retrovisor e viu a floresta se fechando atrás deles com um grunhido baixo, galhos grossos cerrando a estrada. Alguém que não soubesse o que procurar acharia que não havia como passar por ali.

Arthur estava no banco do passageiro, com as mãos cruzadas sobre as pernas. Seus olhos estavam fechados. Ele respirava devagar, permitindo que o ar entrasse pelo nariz e saísse pela boca.

Chegaram ao embarcadouro sem incidentes. O mar estava calmo e as ondas espumavam fracas. À distância, do outro lado do canal, Linus via a balsa, ainda ancorada. Ele pisou no freio e parou o carro.

Arthur abriu os olhos.

— E agora? — perguntou Linus, nervoso, com as mãos suadas agarradas ao volante. — A menos que esse carro seja um submersível, não sei como atravessar. E, se for, devo dizer que não tenho nenhuma experiência dirigindo esse tipo de veículo, e que provavelmente vamos acabar no fundo do mar.

Arthur riu.

— Acho que não precisamos nos preocupar com isso. Você confia em mim?

— Confio — respondeu Linus. — Claro que sim. Como poderia não confiar?

Arthur olhou para ele.

— Então dirija, meu caro Linus. Dirija para ver aonde essa confiança te leva.

Linus olhou à frente pelo para-brisa.

Respirou fundo.

Tirou o pé do freio.

O carro começou a andar.

Ele pisou no acelerador.

O carro ganhou velocidade.

Seus nós dos dedos estavam brancos quando eles deixaram a estrada e entraram na areia branca da praia. Sua garganta se fechou quando o mar preencheu o para-brisa.

— *Arthur...*

— Tenha fé — pediu Arthur. — Eu nunca deixaria que algo te acontecesse.

Ele levou uma mão à perna de Linus e apertou de leve.

Linus não desacelerou.

Não parou.

O barulho do mar enchia seus ouvidos enquanto a areia passava de seca a úmida e o primeiro respingo de água salgada atingiu seu rosto. Antes que ele pudesse gritar em aviso, o mar crepitou à frente deles, a água vibrando e se movendo como se algo viesse à superfície. Linus fechou bem os olhos, certo de que estavam prestes a ser pegos por uma onda depois da outra e puxados para baixo.

O carro sacolejava, o volante tremia em suas mãos. Ele rezou a quem quer que estivesse ouvindo, pedindo ajuda.

— Pode abrir os olhos — sussurrou Arthur.

— Prefiro não abrir — disse Linus entredentes. — Essa história de olhar a morte nos olhos é supervalorizada.

— Então que bom que você não vai morrer. Pelo menos não hoje.

Linus abriu os olhos.

Ele ficou surpreso ao constatar que estavam mesmo no mar. Virou a cabeça para trás e viu que a costa parecia cada vez menor. Então arfou, com dificuldade de respirar.

— *Como assim?*

Linus tornou a se virar. Uma estrada branca e cristalina se estendia à frente deles, materializando-se do oceano. Ele olhou para baixo pela janela lateral. A estrada tinha quase duas vezes a largura do carro. Estalava e crepitava, mas se mantinha firme.

— É o sal — disse Arthur. Pela voz dele, Linus podia ver que achava aquilo divertido. — É o sal marinho. Vai segurar.

— Como é possível? — perguntou Linus, maravilhado. Então lhe ocorreu. — Zoe.

Arthur confirmou com a cabeça.

— Ela é capaz de muitas, muitas coisas, mais do que eu mesmo sei. Só a vi fazendo isso uma vez. Decidimos há um bom tempo utilizar a balsa, para tranquilizar os habitantes do vilarejo. É melhor lidar com Merle quando necessário do que incitar o medo atravessando a água num carro.

Uma risada histérica fez Linus se engasgar.

— Ah, claro. Só uma estrada feita de sal marinho. Como não pensei nisso antes?

— Você não sabia que era uma possibilidade — disse Arthur em voz baixa. — Mas aqueles de nós que sonham com o impossível sabem quão longe podemos ir quando pressionados.

— Bom — falou Linus fracamente —, vamos ver se eles gostam disso.

Linus pisou fundo no acelerador.

O carro seguiu rugindo pela estrada de sal.

Eles viram um grupo de pessoas no embarcadouro, perto da balsa. Alguns levantavam os braços, com as mãos cerradas em punhos. Seus gritos eram abafados pelo barulho do carro e do mar, mas suas bocas estavam retorcidas, e seus olhos, estreitos. Alguns carregavam cartazes que pareciam ter sido feitos às pressas, com frases como VI ALGO, ESTOU DIZENDO ALGO, e SOU ANTIANTICRISTO, e EU NÃO TINHA NADA INTELIGENTE PARA ESCREVER, o que era um absurdo.

Os gritos cessaram quando as pessoas viram o carro se aproximando. Linus não podia culpá-las pela expressão de choque no rosto. Tinha certeza de que, se estivesse ali, vendo um carro andando na superfície da água, provavelmente teria a mesma reação.

A estrada de sal terminou na praia, perto do embarcadouro. Ele parou o carro na areia e virou a chave. O motor parou.

Fez-se silêncio.

Então, na dianteira do grupo, o homem da sorveteria (*Norman*, Linus recordou com um leve desdém) gritou:

— Eles estão usando *magia*!

As pessoas voltaram a vociferar com vontade.

Helen estava de frente para os outros, como se tentasse bloquear o acesso à balsa. Parecia furiosa, o rosto estava sujo de terra. Merle estava ao lado dela, com os braços cruzados e uma carranca.

Linus e Arthur saíram do carro e bateram as portas. Linus ficou aliviado ao ver que o grupo não era tão grande quanto parecera de início. Talvez houvesse uma dúzia de pessoas reunidas ali, incluindo Helen e Merle. Ele não ficou nada surpreso ao ver Marty, da loja de discos, usando um colar cervical. Seu cartaz dizia: SIM, EU FUI FERIDO PELO FILHO DO DIABO. PERGUNTE-ME COMO. Ao lado dele estava o homem do correio, o que tampouco surpreendia Linus. Ele nunca gostara muito do cara.

Os gritos voltaram a diminuir quando Linus e Arthur subiram nos degraus próximos ao embarcadouro, embora não tenham chegado a parar.

— O que *significa* isso? — perguntou Linus, lá de cima. — Meu nome é Linus Baker e sou funcionário do Departamento Encarregado da Juventude Mágica. Isso mesmo, sou um representante do governo. E quando um *representante do governo* quer respostas, é melhor que elas sejam fornecidas o mais rápido possível.

— Eles tentaram invadir minha balsa — informou Merle, olhando para o grupo e para Arthur com a mesma aversão. — Disseram que queriam ir à ilha. Não deixei.

— Obrigado, Merle — disse Linus, surpreso com a consideração do balseiro. — Não achei que você…

— Eles se recusaram a pagar — interrompeu Merle. — Não faço nada de graça.

Linus mordeu a própria língua.

— Vocês não precisavam ter vindo — disse Helen a Arthur. — Tenho tudo sob controle. Não deixaria que nada acontecesse com vocês ou as crianças. — Ela olhou feio para o sobrinho, que tentou ir mais para trás na multidão. — *Algumas pessoas* não sabem quando calar a boca. Pode tentar se esconder o quanto quiser, Martin Smythe, eu já te vi. Te vi muito bem. Vi todos vocês. E tenho uma *ótima* memória.

— Tenho certeza de que você tem tudo sob controle — falou Arthur calmamente. — Mas sempre ajuda ter outras pessoas ao seu lado.

Linus deu um passo à frente. O sol estava forte, o que o fazia suar profusamente. Ele olhou para as pessoas ali. Nunca fora muito intimidador, para sua consternação, mas não ia deixar que elas seguissem adiante com o que quer que tivessem planejado.

— O que significa isso?

Ele sentiu uma satisfação pouco civilizada quando o grupo recuou um passo, em sincronia.

— E então? Vocês pareciam ter muito a dizer antes de chegarmos. Quem vai falar? Tenho certeza de que alguém se dispõe a isso.

Quem falou foi Norman. O que, de novo, não surpreendeu Linus.

— Queremos que sumam do mapa — grunhiu ele. — As crianças. O orfanato. A ilha. Tudo.

Linus o encarou.

— E como espera se livrar de uma ilha toda?

Norman ficou vermelho de raiva.

— Isso... Você... Não é *essa* a questão.

Linus jogou as mãos para o alto.

— Então me diga, por favor, qual *é* a questão.

Norman se atrapalhou antes de dizer:

— O pequeno Anticristo! Ele quase *matou* Marty!

O grupo atrás dele vociferou em aprovação.

Norman assentiu, furioso.

— É isso aí. Marty estava cuidando da própria vida quando aquele... aquela *coisa* veio pra cidade e ameaçou a vida dele! Jogou o pobre coitado contra uma parede, como se ele não fosse nada. Marty vai ter sequelas para o resto da vida. O mero fato de que consiga andar é um milagre!

— Sequelas no rabo dele — desdenhou Helen.

— Ele está de colar cervical! — exclamou o cara do correio. — Ninguém usa colar cervical a menos que tenha sofrido danos graves!

— É mesmo? — disse Helen. — Porque o colar cervical dele parece *idêntico* ao que estava guardado no meu armário desde que me recuperei de um acidente de carro, anos atrás.

— Esse é outro! — exclamou Marty. — O médico me deu depois de me dizer que minhas vértebras já eram e que foi uma sorte eu ter sobrevivido!

— Bom, você já tinha o cérebro de um invertebrado mesmo — murmurou Linus.

Helen revirou os olhos.

— Martin, tem uma identificação atrás, com as minhas iniciais. Você se esqueceu de tirar. Está todo mundo vendo.

— Ah — disse Martin. — Bom, isso... é só coincidência.

— Não importa — falou Norman, acalorado. — Decidimos que as crianças são uma ameaça. Elas representam um perigo para todos nós. Já suportamos por tempo demais a perversidade delas. O que as impede de nos atacar, como fizeram com Marty?

— Marty disse que trancou uma criança pequena em uma sala e tentou exorcizá-la? — perguntou Linus. — Porque tenho certeza de que as leis contra sequestro e tentativa de agressão continuam valendo, independentemente de quem seja a vítima.

O grupo todo se virou devagar a fim de olhar para Marty.

Ele pareceu encontrar algo muito curioso no chão.

Norman balançou a cabeça.

— Ele pode ter agido mal, mas a questão é a mesma. Não temos o direito de nos proteger? Você diz que são apenas crianças. Certo. Mas temos que proteger as *nossas* crianças.

— Estranho — falou Helen, colocando-se ao lado de Linus. — Porque nenhum de vocês aqui tem filhos.

Norman já estava se irritando de novo.

— Os que são pais ficaram com medo de vir!

— Cite uma dessas pessoas — pediu Helen.

— Não vem tentar me enganar — retrucou Norman. — Sei que você não enxerga, Helen, mas o problema é seu. Não vamos permitir que nossas vidas sejam ameaçadas e...

Linus soltou uma risada amarga.

— Ameaçadas? Por *quem*? Quem ameaçou você, além de mim?

— As crianças! — gritou uma mulher no fundo do grupo. — A mera existência delas é uma ameaça!

— Não posso concordar com você — disse Linus. — Estou com elas há um mês e não ouvi nem um *sussurro* de ameaça. Na verdade, a *única* vez em que achei que houvesse perigo, além da tentativa equivocada de Marty de atacar uma criança, foi bem aqui e agora. Vamos dizer que consigam chegar à ilha. O que vão fazer? Pegar as crianças? Bater nelas? Machucar? Matar?

Norman ficou branco.

— Não é isso que...

— Então o que exatamente *vão* fazer? Imagino que tenham alguma ideia. Vocês se reuniram aqui, e agora estão agitados e confusos. Envenenaram uns aos outros. Odeio pensar no que teria acontecido se conseguissem chegar à ilha. Nunca pensei que diria isso, mas graças a Deus o Merle aqui não deixou que entrassem na balsa.

— É — afirmou Merle. — Eu disse que iam ter que pagar e vocês não quiseram.

— Francamente, Merle — falou Helen. — Aprenda a ficar de bico calado quando recebe algum tipo de elogio, pode ser?

— Vão embora — ordenou Linus. — Ou farei tudo em meu poder para garantir que...

Ele não viu de onde veio. De algum lugar na pequena multidão. Não achava que tinha sido Marty, mas acontecera rápido. Uma mão se levantara, segurando uma pedra grande. A mão foi um pouco para trás para pegar impulso e atirar a pedra na direção deles. Linus não teve tempo de considerar quem era o alvo, mas Helen estava no caminho. Ele se colocou na frente dela, as costas viradas para o grupo, protegendo-a. Fechou os olhos e aguardou o impacto.

Que nunca aconteceu.

Em vez disso, foi como se o sol tivesse colidido com a Terra. O ar ficou cada vez mais quente, até que pareceu pegar fogo. Linus abriu os olhos, com o rosto a centímetros de Helen. Ela não estava olhando para ele. Olhava um pouco acima dele, maravilhada, e suas pupilas refletiam ondas de fogo.

Linus se virou devagar.

Arthur Parnassus estava entre os dois e a pequena multidão, mas ele estava diferente.

A fênix tinha acordado.

Seus braços estavam bem abertos. As asas que Linus havia vislumbrado brevemente no porão escuro alcançavam pelo menos três metros de cada lado de Arthur. Chamas subiam e desciam por seus braços e ombros. Acima dele, a cabeça da fênix estava um pouco recuada, segurando a pedra no bico. Ela a mordeu, estilhaçando-a. Pedacinhos choveram diante de Arthur.

Havia medo nos olhos do grupo, claro, um medo que não seria curado por aquela demonstração, por mais magnífica que fosse. Mas o medo era compensado pelo mesmo tipo de arrebatamento que Linus vira em Helen, o mesmo arrebatamento que ele tinha certeza de que se via em seu próprio rosto.

As asas vibravam, o fogo crepitava.

A fênix inclinou a cabeça para trás e soltou um grito penetrante, que aqueceu Linus por dentro.

Linus deixou Helen no embarcadouro.

Deu a volta em Arthur devagar, desviando de uma asa, sentindo o calor dela em suas costas.

Arthur olhava para a frente, com os olhos em chamas. A fênix bateu as asas, fazendo as pequenas gavinhas de fogo se movimentarem. Ela baixou a cabeça a fim de olhar para Linus, piscando devagar.

Sem pensar duas vezes, Linus pegou o rosto de Arthur nas mãos. A pele estava quente, mas Linus não tinha medo de se queimar. Arthur nunca permitiria aquilo.

O fogo roçava nas costas das mãos dele.

— Pronto. Pronto — disse Linus baixinho. — Acho que já chega. Você deixou sua posição bem clara.

O fogo desapareceu dos olhos de Arthur.

As asas se recolheram.

A fênix baixou a cabeça para eles. Linus olhou para ela e arfou quando a enorme ave pressionou o bico contra sua testa por um momento, antes de desaparecer em uma coluna densa de fumaça preta.

— Você conseguiu — sussurrou Linus.

— Já era hora — falou Arthur. Suor escorria de sua testa. Seu rosto estava pálido. — Tudo bem?

— Tudo. Prefiro evitar pedradas na cabeça quando possível, então agradeço.

Linus baixou as mãos, ciente de que tinham plateia. Estava bravo, muito mais bravo do que tinha se sentido havia um bom tempo. Fez menção de se virar para lhes dizer umas poucas e boas, proferir ameaças, mas parou quando Arthur balançou a cabeça.

— Você já teve sua vez. Agora deixa comigo.

Linus assentiu, tenso, mas não saiu do lado de Arthur. Olhou feio para a pequena multidão, desafiando quem quer que fosse a jogar outra pedra.

O ímpeto deles havia passado. Tinham os olhos arregalados e o rosto pálido. Os cartazes estavam esquecidos no chão. Marty tinha até tirado o colar cervical, provavelmente porque queria esticar o pescoço para ver a fênix.

— Não conheço vocês tão bem quanto gostaria — disse Arthur. — E vocês não me conhecem. Se conhecessem, saberiam que não era uma boa ideia tentar agredir a mim ou a qualquer um dos meus.

Linus voltou a esquentar por dentro, embora a fênix tivesse ido embora.

A multidão deu um passo atrás.

Arthur suspirou, deixando os ombros caírem.

— Eu não… não sei o que fazer aqui. Não sei o que dizer. Não tenho nenhuma ilusão de que palavras vão fazer vocês mudarem de ideia, principalmente palavras vindas de mim. Vocês temem o que não compreendem. Nos veem como mensageiros do caos no mundo de ordem que conhecem. Não fiz muito para lutar contra isso, mantendo as crianças isoladas na ilha. Talvez se… — Ele balançou a cabeça. — Cometemos erros. Constantemente. É o que nos torna humanos, ainda que sejamos diferentes uns dos outros. Vocês nos veem como algo a ser temido. E, por muito tempo, eu vi vocês como nada além de fantasmas vivos de um passado que daria tudo para esquecer. Mas este é nosso lar, e nós o compartilhamos. Não vou implorar. Não vou suplicar. Se as coisas degringolarem, farei o que for preciso para garantir a segurança dos meus protegidos. Mas espero evitar isso, se possível. Só peço que ouçam em vez de julgar o que não compreendem. — Ele olhou para Marty, que se encolheu no lugar. — Lucy não quis machucar você — disse Arthur sem qualquer maldade. — Se quisesse, teria virado suas tripas do avesso.

— Talvez fosse bom maneirar — murmurou Linus quando a pequena multidão arfou em sincronia.

— É verdade — falou Arthur.

Então prosseguiu, mais alto:

— Não que Lucy fosse fazer isso. Ele só queria comprar discos. Porque adora discos. Independentemente do que mais seja, ainda é uma criança. Todos eles são. Não acham que todas as crianças merecem ser protegidas? Ser amadas e bem cuidadas para crescer e tornar o mundo um lugar melhor? Nesse sentido, eles não são diferentes de qualquer outra criança do vilarejo ou de outro lugar. Mas ouvem o tempo todo que são, de pessoas como vocês, de pessoas que as governam e governam o mundo. De pessoas que criam regras e restrições para mantê-los separados e isolados. Não sei o que vai ser preciso para mudar isso. Mas não vai começar de cima. Tem que começar conosco.

As pessoas ficaram olhando para ele, cautelosas.

Arthur suspirou.

— Não sei o que mais dizer.

— Eu sei — disse Helen, dando um passo à frente. Estava furiosa, com as mãos cerradas em punhos. — Vocês têm todo o direito de se reunir pacificamente. Têm todo o direito de expressar suas opiniões. Mas no momento que passam para a violência, a coisa muda de figura. A juventude mágica é protegida por leis, assim como todos os jovens. Quem quer que lhes cause danos sofrerá as consequências rapidamente. Vou me certificar disso. Farei o meu melhor para garantir que *qualquer um* que botar a mão em uma criança, seja ela mágica ou não, se arrependa de ter feito isso. Talvez estejam achando que podem simplesmente ignorar tudo o que Linus e Arthur disseram, mas acreditem em mim: se eu identificar *qualquer sinal* de conflito, vou mostrar por que não devem mexer comigo.

Norman foi o primeiro a reagir.

Ele foi embora, abrindo caminho pela multidão e resmungando sozinho.

O funcionário do correio foi o segundo, embora tenha olhado por cima do ombro com uma expressão assombrada no rosto.

Alguns outros os seguiram. Marty tentou ir também, mas Helen disse:

— Martin Smythe! Pode ficar *exatamente* onde está. Vamos ter uma longa conversa sobre comportamento de grupo e as implicações de mentir. E se tiver sido você que atirou a pedra, vou doar todo o dinheiro que seus pais deixaram pra caridade.

— Você *não pode*! — choramingou Marty.

— Posso, sim — afirmou Helen, cheia de si. — Sou a responsável pelo fundo. Seria muito, muito fácil.

O grupo se dispersou. Linus se surpreendeu quando algumas pessoas pediram desculpas para Arthur, embora mantivessem distância. Imaginava que o que havia acontecido se espalharia rapidamente pelo vilarejo. Não seria de espantar se surgissem versões em que Arthur se transformava em um pássaro monstruoso e ameaçava queimar todos até os ossos e destruir o vilarejo.

— Levo vocês de volta, se quiserem — ofereceu Merle. — Por metade do preço.

Linus riu.

— Podemos nos virar, Merle. Mas obrigado pela generosidade. — Ele fez uma pausa, refletindo. — E estou sendo sincero.

Merle resmungou alguma coisa sobre a estrada de sal que ia acabar com seu negócio enquanto voltava para a balsa.

Arthur observava as pessoas se espalhando pelo vilarejo.

— Acha que vão ouvir? — perguntou a Helen.

Ela franziu a testa.

— Não sei. Espero que sim, mas muito do que espero não se torna realidade. — Ela olhou para ele, quase tímida. — Suas penas são muito bonitas.

Arthur sorriu.

— Obrigado, Helen. Por tudo o que fez.

Ela balançou a cabeça.

— Me dê algum tempo, Arthur. A todos nós. Vou fazer o que puder. — Ela apertou a mão dele antes de se virar para Linus.

— Você vai embora mesmo? No sábado?

Ele piscou. Com todo o agito, tinha se esquecido de que sua estada estava quase no fim.

— Isso — respondeu ele. — Sábado.

— Sei. — Ela olhou para os dois. — Espero que volte um dia, sr. Baker. É bastante... animado com você aqui. Boa viagem.

Ela desceu do embarcadouro, pegou Martin pela orelha e o levou dali, para indignação dele.

Linus se aproximou de Arthur. As costas das mãos de ambos se roçaram.

— Como foi? — perguntou ele.

— O quê?

— Abrir as asas.

Arthur virou o rosto para o sol, com os lábios levemente curvados.

— Como se, pela primeira vez em muito tempo, eu estivesse livre. Vamos, meu caro Linus. Vamos pra casa. Zoe deve estar atrapalhada. Eu dirijo.

— Pra casa — repetiu Linus, perguntando-se onde exatamente seria aquilo para ele.

Os dois voltaram para o carro. Pouco depois, estavam na estrada de sal, com o cabelo ao vento e o mar cerúleo molhando os pneus.

DEZESSETE

Na sexta à tarde, alguém bateu na porta da casa de hóspedes.

Linus tirou os olhos do último relatório. Passara a maior parte do dia trabalhando nele. Havia escrito uma única frase depois da introdução de praxe.

Ele se levantou da poltrona e foi atender.

Ficou surpreso ao deparar com as crianças do Orfanato de Marsyas na varanda. Todas vestidas como se estivessem prontas para uma aventura.

— Estou de volta! — anunciou o comandante Lucy. — Para uma última expedição. Quero que se junte a nós, sr. Baker. Correremos grande perigo, e não posso prometer que vai sair dessa vivo. Ouvi relatos de cobras devoradoras de homens e insetos que entram debaixo da sua pele e comem seus globos oculares de dentro pra fora. Mas a recompensa, caso sobreviva, será maior do que poderia imaginar. Aceita o convite?

— Não sei — disse Linus devagar. — Cobras devoradoras de homens? Parece perigoso.

Lucy olhou rápido para os outros, então se inclinou para a frente e sussurrou:

— É mentira. Só estou brincando. Mas não conta pra eles.

— Ah — falou Linus. — Entendi. Bom, por coincidência, sou um especialista em cobras devoradoras de homens e em maneiras de evitá-las. Acho melhor ir junto pra garantir que nada aconteça a vocês.

— Ah, graças a Deus — disse Chauncey com um suspiro. — Não quero ser devorado hoje.

— Vai se trocar! — mandou Talia, empurrando Linus para dentro da casa. — Não pode ir vestido assim!

— Não posso? Qual é o problema com… — Ele ficou rígido e fingiu que caía. — Ah, não! Acho que não consigo andar! Serão esses insetos que entram debaixo da pele?

— Por que você é *assim*? — grunhiu Talia. — Phee! Me ajuda!

Phee foi correndo até Linus e jogou seu peso insignificante contra ele. Linus resfolegou e deu outro passo rumo ao quarto.

— Já estou muito melhor, obrigado. Volto rapidinho.

A caminho do quarto, ele ouviu as crianças conversando animadas sobre a aventura por vir. Então fechou a porta atrás de si e se recostou nela, com a cabeça jogada para trás e os olhos fechados.

— Você consegue — sussurrou Linus. — Vamos, meu velho. Uma última aventura.

Ele se afastou da porta e foi até o guarda-roupa.

Encontrou sua roupa de explorador.

Vestiu.

Ainda ficava ridículo nela.

Linus percebeu que, uma vez na vida, nem ligava.

Os aventureiros se embrenharam na floresta. Defenderam-se dos canibais que atacaram com lanças e flechas e fizeram ameaças veladas de que comeriam seus baços. Fugiram de cobras devoradoras de homens penduradas nas árvores como trepadeiras. O comandante Lucy foi surpreendido por insetos que pretendiam se entocar atrás de seus olhos. Ele sufocou e se debateu até desmaiar contra uma árvore, com a língua para fora. Se sobreviveu para ver mais um dia, foi graças às suas tropas, que o reavivaram no último momento possível.

Eles acabaram chegando a um ponto familiar da floresta. À distância, Linus reconheceu as árvores que escondiam a casa da sprite de ilha. Eles deram na praia bem quando a voz estrondosa dela ressoou em volta.

— Vejo que retornaram! São mesmo tolos. Mal escaparam com vida da última vez.

— Ouça bem! — exclamou o comandante Lucy. — Não vai levar a melhor desta vez! Exigimos que entregue seus tesouros. Não aceitaremos não como resposta!

— Não mesmo?

— Não! — gritaram as crianças.

— Não — ecoou Linus baixinho.

— Ah. Bom, então acho que é melhor eu desistir. Vocês são fortes demais para mim.

— Eu *sabia*! — exclamou Lucy com fervor. Ele ergueu as mãos acima da cabeça. — Homens! — Então olhou para Talia e Phee. — E mulheres! Sigam-me até sua justa recompensa!

Eles seguiram. Claro que sim. Seguiriam Lucy aonde quer que fosse. Linus também.

Eles atravessaram a praia correndo, rumo às árvores.

Linus suspirou. Não ia mais correr para lugar nenhum. Seus dias de corrida estavam praticamente acabados. Ele enxugou a testa e caminhou em direção às árvores.

Ao chegar diante delas, franziu o cenho. Estava silencioso demais. Seis crianças deveriam fazer muito mais barulho. Principalmente *aquelas* seis crianças. Ele hesitou, mas adentrou a mata.

Lanternas de papel tinham sido penduradas nos galhos. Eram as mesmas que ele vira no gazebo. Linus esticou o braço e tocou uma delas. A luz que emanava era forte, e ele não achava que vinha de uma lâmpada ou vela.

Estavam todos esperando quando Linus chegou à casa. Talia e Phee. Sal, Theodore, Chauncey e Lucy. Zoe, com flores verdes e douradas no cabelo.

E Arthur, claro. Sempre Arthur.

Eles seguravam uma faixa comprida à frente do corpo, na qual se lia VAMOS FICAR COM SAUDADE, SR. BAKER!!! Havia marcas de mão nela. As menores eram de Talia, Phee e Lucy. A maior era de Sal. Também havia uma linha, que ele concluiu ser um tentáculo de Chauncey. E uma mancha que lembrava as garras de Theodore.

A respiração de Linus estava profunda e trêmula.

— Eu… não esperava por isso. Que coisa maravilhosa vocês fizeram. Olha só pra isso. Olha só pra vocês.

— A ideia foi minha — disse Lucy.

Talia pisou no pé dele, que fez uma careta.

— Bom, a maior parte, pelo menos. Mas os outros ajudaram. Um pouquinho. — Ele se animou. — E adivinha só.

— O quê?

— Não tem tesouro nenhum! Era mentira, pra te trazer pra festa!

— Ah. Entendi. Então o verdadeiro tesouro é a amizade que fizemos no caminho?

— Vocês são os piores — resmungou Lucy. — Literalmente.

Foi uma bela festa. Havia tanta comida que Linus achou que a mesa não ia aguentar o peso. Carne assada, pães e salada com pepino que fazia barulho entre os dentes. Bolo, torta e tigelas de framboesas azedinhas para comer com creme.

E música! Todo tipo de música. Tinha uma vitrola na bancada, e o dia em que a música morreu estava alto e claro, com Ritchie, Buddy e Big Bopper cantando do além. Era Lucy quem cuidava da música, e ele nunca decepcionava.

Todos riram muito. Ah, como riram. Embora o coração de Linus estivesse partido, ele riu até que lágrimas se acumulassem em seus olhos, até achar que ia explodir. Enquanto o sol começava a se pôr e as lanternas ganhavam força, todos riam, riam e riam.

Linus estava enxugando as lágrimas (e dizendo a si mesmo que era porque estava se divertindo muito) quando uma música começou.

Ele a reconheceu antes mesmo que Nat King Cole começasse a cantar.

Então viu que Arthur Parnassus estava à sua frente, oferecendo uma mão.

"Obrigado."

"Você está sempre agradecendo, mas não sei se é merecido."

"Sei que não acredita que merece. Mas não digo nada que não seja sincero. A vida é curta demais para isso. Você gosta de dançar?"

"Eu... não sei. Acho que tenho dois pés esquerdos, para ser sincero."

"Duvido muito."

Linus Baker se permitiu ser egoísta. Só daquela vez.

Ele pegou a mão de Arthur e se levantou devagar, enquanto Nat lhe dizia para sorrir, embora seu coração estivesse partido.

Arthur o puxou para perto e os dois começaram a balançar para lá e para cá.

— *"Smile and maybe tomorrow"* — Arthur sussurrou em seu ouvido. — *"You'll see the sun come shining through for you."*

Linus deitou a cabeça no peito de Arthur. Sentia o calor que vinha de dentro dele.

Eles dançaram.

O momento se estendeu pelo que pareceu um século, embora Linus soubesse que a música não era muito longa. Ele ouviu Arthur sussurrando a letra para ele. Surpreendeu até a si mesmo: aparentemente, não tinha dois pés esquerdos no fim das contas.

Mas, como todas as coisas mágicas, a música acabou chegando ao fim.

Em volta deles, a casa estava em silêncio. Linus piscou, como se despertasse de um sonho. Levantou a cabeça. Arthur olhou para ele, com os olhos cintilando como chamas. Linus deu um passo atrás.

Phee e Talia estavam sentadas no colo de Zoe. Theodore estava empoleirado no ombro de Sal. Lucy e Chauncey estavam junto às pernas dele. Todos pareciam cansados. Felizes, mas cansados. Lucy sorriu para Linus, mas o sorriso acabou se transformando em um bocejo.

— Gostou do tesouro, sr. Baker?

Linus voltou a olhar para Arthur.

— Gostei — sussurrou ele. — Mais do que qualquer outra coisa no mundo.

Zoe carregou Phee e Talia até a casa principal. Talia roncava alto.

Sal tinha posto Theodore dentro da camisa. A cabeça da serpe estava apoiada no seu pescoço.

Arthur levava Chauncey pelo tentáculo.

Linus fechava a fila, com Lucy dormindo em seus braços.

Ele queria que aquilo pudesse durar para sempre.

Mas parecia ter terminado em um instante.

Linus se despediu de Talia. Phee. Sal e Theodore. Passou Lucy para um braço e se esticou para dar uns tapinhas na cabeça de Chauncey.

Os olhos de Arthur lhe fizeram uma pergunta.

Linus balançou a cabeça em negativa.

— Pode deixar comigo.

Arthur assentiu e se virou para lembrar aos outros que era hora de escovar os dentes.

Linus levou Lucy até o quarto de Arthur e o pôs no chão.

— Vai vestir o pijama — disse ele baixinho.

Lucy assentiu e se virou para a porta do closet, depois a fechou atrás de si.

Linus ficou no meio do quarto, incerto de tudo. Achava que sabia das coisas. Como o mundo funcionava. Qual era seu lugar nele.

Agora, não tinha tanta certeza.

Lucy voltou, de calça de pijama e camiseta branca. Seu cabelo estava todo bagunçado, como se tivesse passado a mão nele. Seus pés descalços pareciam muito pequenos.

— Agora os dentes — instruiu Linus com delicadeza.

Lucy olhou para ele, desconfiado.

— Você ainda vai estar aqui quando eu voltar?

Linus fez que sim com a cabeça.

— Eu prometo.

Lucy saiu para o corredor. Linus ouviu Chauncey reclamar que Theodore estava comendo a pasta de dente outra vez, e Theodore chilrear que *não* estava nada.

Ele levou o rosto às mãos.

Quando Lucy voltou, de rosto lavado, ele já tinha se recomposto. O menino bocejou de novo.

— Estou tão cansado — disse ele.

— Acho que aventuras são cansativas mesmo.

— Mas foi uma boa aventura.

— A melhor de todas — concordou Linus.

Ele pegou Lucy pela mão e o levou até o quarto. Os discos que haviam reconstituído meticulosamente estavam de volta à parede (embora ainda faltasse um pedaço do Buddy Holly, que não tinham conseguido encontrar: Theodore tinha sido mais rápido). Linus puxou as cobertas. Lucy subiu na cama e se deitou, aconchegando-se.

Linus o cobriu até a altura dos ombros. O menino se virou de lado, olhando para ele.

— Não quero que você vá.

Linus engoliu em seco e se agachou ao lado da cama.

— Eu sei. E sinto muito. Mas meu tempo aqui acabou.

— Por quê?

— Porque tenho responsabilidades.

— Por quê?

— Porque sou um adulto. E adultos trabalham.

Lucy fez uma careta.

— Não quero ser adulto nunca. Parece chato.

Linus afastou uma mecha de cabelo da testa de Lucy.

— Acho que você vai ser um ótimo adulto, mas isso vai demorar um pouco ainda.

— Você não vai deixar levarem a gente, né?

Linus balançou a cabeça.

— Não. Vou fazer todo o possível pra que isso não aconteça.

— De verdade?

— De verdade, Lucy.

— Ah. Isso é legal da sua parte. — Então continuou. — Quando eu acordar, você já vai ter ido.

Linus desviou o rosto e não respondeu.

Ele sentiu a mão de Lucy em seu rosto.

— Os outros não sabem, mas eu sei. Eu vejo coisas, às vezes. Não sei por quê. Você. Arthur. Ele pega fogo. Você sabia disso?

Linus inspirou profundamente.

— Foi ele quem te disse isso?

— Não. Acho que ele não pode dizer. Mas nós sabemos. Todos sabemos. Assim como sabemos o que vocês fizeram no outro dia, quando saíram. Ele é um de nós. Que nem você.

— Receio que eu não tenha magia.

— Tem, sim, sr. Baker. Arthur me disse que pode haver magia no trivial.

Linus olhou para Lucy.

Seus olhos estavam fechados.

Ele respirava profundamente.

Linus se levantou.

— Obrigado — sussurrou ele.

Linus se preocupou em deixar a porta ligeiramente entreaberta ao sair, para que um pouco de luz entrasse e espantasse os pesadelos, caso tentassem encontrar o menino adormecido.

As outras portas estavam todas fechadas. Ele tocou cada uma delas enquanto atravessava lentamente o corredor.

A única luz que continuava acesa era a do quarto de Sal.

Pensou em bater.

Mas não o fez.

Ele parou no alto da escada.

Respirou fundo.

E desceu.

Uma discussão se desenrolava no andar de baixo, aos sussurros. Linus hesitou, sem saber se devia anunciar sua presença. Não sabia o que estava sendo dito, mas certamente não era para seus ouvidos.

Zoe estava à porta da frente, com um dedo no peito de Arthur, a testa franzida e os olhos estreitos. Parecia insatisfeita. Não exatamente brava, mas… alguma outra coisa. Ela parou quando o último degrau rangeu sob o pé de Linus.

Ambos olharam para ele.

— Lucy está dormindo — informou Linus, coçando a nuca.

— Homens — resmungou Zoe. — São todos uns inúteis. — Ela se afastou de Arthur e olhou para Linus, com uma expressão tensa. — Amanhã logo cedo?

Linus confirmou com a cabeça.

— Merle vem nos pegar às seis e quinze. O trem parte às sete.

— E você tem que estar nele, né?

Linus não disse nada.

— Então tá — murmurou ela. — Estarei aqui. Não me faça esperar.

Zoe deu meia-volta e foi embora sem dizer mais nada, deixando a porta aberta.

Arthur ficou olhando para fora, com o maxilar cerrado.

— Está tudo bem?

— Acho que não.

A cabeça de Linus doía.

— Se estão preocupados com meu relatório final, posso garantir que…

— Não é o maldito relatório.

— Tá — disse Linus devagar. Não estava certo de já ter ouvido Arthur falar daquele jeito. — O que é então?

Arthur balançou a cabeça.

— Teimoso — murmurou Linus, e não pôde evitar soar carinhoso. Não sabia o que mais fazer, portanto fez a única coisa que podia.

Foi até a porta.

No momento em que ficou ombro a ombro com Arthur, Linus achou que algo aconteceria. O que exatamente, não sabia. Mas nada aconteceu. Ele era um covarde.

— Então boa noite — conseguiu dizer Linus, fazendo menção de sair.

Então Arthur disse:

— Fica.

Linus parou e fechou os olhos. Sua voz saiu trêmula quando perguntou:

— Como?

— Fica. Aqui. Com a gente. Fica aqui comigo.

Linus balançou a cabeça.

— Você sabe que não posso.

— Não sei, não. Não sei *nada* disso.

Linus se virou e abriu os olhos.

Arthur estava pálido. Sua boca era uma linha fina. Linus achou que distinguia o contorno fraco das asas em chamas atrás dele, mas talvez fosse apenas um truque da meia-luz.

— Sempre foi temporário — disse Linus. — Não pertenço a este lugar.

— Se não pertence a este lugar, então a *que lugar* pertence?

— Tenho uma vida — respondeu ele. — Tenho uma casa. Tenho…

"Nosso lar nem sempre é a casa onde moramos. Também são as pessoas de quem escolhemos nos cercar. Você pode não morar na ilha, mas não venha me dizer que não é seu lar. Sua bolha estourou, sr. Baker. Por que permitiria que ela se reconstituísse?"

— Tenho um trabalho a fazer — concluiu ele, de maneira insatisfatória. — Há pessoas que contam comigo. Não só… não só aqui. Há outras crianças que podem precisar de mim. Que talvez estejam na mesma posição em que você esteve. Eu não deveria fazer de tudo para ajudar?

Arthur assentiu, tenso, e virou o rosto.

— Claro. Claro que é isso que importa. Perdão. Não quis sugerir que não fosse. — Quando voltou a olhar para Linus, sua expressão era suave, quase... neutra. Ele se curvou ligeiramente. — Obrigado, Linus. Por tudo. Por nos ver por quem realmente somos. Sempre será bem-vindo nesta ilha. Sei que as crianças vão sentir saudade. — A expressão se abalou um pouco. — Sei que eu vou sentir saudade.

Linus abriu a boca, mas nada saiu. Ele *se desprezou* por aquilo. Aquele homem maravilhoso estava abrindo seu coração. Linus tinha de lhe oferecer alguma coisa, por menor que fosse.

Ele tentou de novo.

— Se as coisas fossem... Se isso fosse diferente, eu... Você tem que saber, Arthur. Tem que saber. Este lugar. As crianças. *Você*. Se eu pudesse...

Arthur abriu um leve sorriso.

— Eu sei. Boa noite, Linus. E boa viagem. Cuide-se.

Ele fechou a porta, deixando Linus na escuridão da varanda.

Linus estava sentado na varanda. Uma vaga luz surgia a leste. As estrelas seguiam fortes. Sua bagagem estava ao seu lado. Calliope também, na caixa de transporte, não muito animada com a hora. Linus a compreendia, uma vez que ele mesmo não tinha pregado os olhos.

Ele inspirou fundo. O ar que exalou se condensou no ar.

— Acho que é hora.

Levantou-se. Pegou a mala e a gata e desceu da varanda.

Como prometido, Zoe estava esperando perto do carro. Ela pegou a mala e a colocou no porta-malas, sem dizer nada.

Ele se sentou no banco do passageiro, com a caixa da gata sobre as pernas.

Zoe entrou no banco do motorista e deu a partida.

Eles saíram.

Linus ficou olhando pelo retrovisor para a casa que encolhia lentamente.

Merle estava esperando no embarcadouro. Os faróis do carro iluminaram sua cara feia. Ele baixou o portão.

— O preço nesse horário é dobrado.

Linus se surpreendeu ao dizer:

— Cala a boca, Merle.

O homem arregalou os olhos.

Linus não desviou os dele.

Merle desviou primeiro. Ele resmungou enquanto se dirigia ao leme.

A travessia foi tranquila. O mar estava quase parado. O céu ia clareando. Zoe não disse nada. Quando chegaram ao vilarejo, Merle nem olhou para eles enquanto baixava o portão.

— Espero que voltem logo — disse o balseiro antes que saíssem. — Tenho um dia cheio e...

Zoe deu a partida, e o que quer que ele fosse dizer se perdeu.

Quando chegaram à plataforma, o trem ainda não estava ali. As estrelas desapareciam e o sol começava a nascer. Linus ouviu o quebrar distante das ondas quando Zoe desligou o motor. Ele apoiou as mãos nos joelhos.

— Zoe, eu...

Ela saiu do carro e deu a volta até a parte traseira. Linus ouviu o porta-malas se abrindo. Ele suspirou e abriu a porta do passageiro. Atrapalhou-se um pouco com a caixa da gata, mas conseguiu sair sem derrubá-la. Zoe levou a bagagem até a plataforma, voltou e bateu o porta-malas.

— Já entendi — disse ele.

Ela deu uma risada desprovida de humor.

— Entendeu mesmo? Não está parecendo.

— Não espero que concorde.

Ela balançou a cabeça.

— Que bom. Porque não concordo.

— Não posso simplesmente *ficar* aqui. Há regras a seguir. Regulamentos que devem...

— Danem-se as regras e os regulamentos!

Ele ficou boquiaberto. Então disse a única coisa que podia:

— A vida... não funciona assim.

— Por que não? — retrucou ela. — Por que a vida não pode funcionar como queremos? Qual é o sentido de viver só fazendo o que os outros querem?

— É o melhor que podemos fazer.

— Isso é o seu melhor? — desdenhou ela. — *Isso*?

Ele não disse nada. O apito de um trem chegando soou.

— Vou te dizer uma coisa, Linus Baker — afirmou ela, com as mãos cerradas em punhos sobre a porta do motorista. — Há momentos na vida em que é preciso arriscar. É assustador, porque a possibilidade de dar errado sempre existe. Sei disso. *Sei mesmo.* Porque, no passado, me arrisquei com um homem com quem já havia falhado. Eu tive medo. *Morri de medo.* Achei que ia perder tudo. Mas, antes, eu não estava vivendo. A vida que eu levava não era *viver.* Eu só estava indo em frente. E nunca vou me arrepender dos riscos que corri. Porque me levaram a eles. A todos eles. Fiz minha escolha. E você está fazendo a sua.

Ela abriu a porta e entrou. Ligou o motor. Olhou para ele só uma vez ao dizer:

— Você não gostaria que as coisas fossem diferentes?

— Você não gostaria de estar aqui? — sussurrou ele, mas Zoe não o ouviu. Quando Linus terminou de falar, ela já estava longe, os pneus espalhando areia.

Ele ficou olhando para o telefone laranja na plataforma enquanto aguardava o trem, pensando em como seria fácil fazer uma ligação. Para dizer a quem quer que atendesse que ele queria voltar para casa.

— Está sozinho? — perguntou o bilheteiro, animado, descendo do trem. — Não costuma ter muita gente voltando já fora de temporada.

— Vou pra casa — murmurou Linus, entregando sua passagem.

— Ah — soltou o bilheteiro. — Não há lugar como o lar, dizem. Mas eu gosto da vida no trem. Vejo coisas maravilhosas, sabe? — Ele deu uma olhada na passagem. — Vai voltar para a cidade! Ouvi dizer que está tendo um temporal. Não para de chover há um tempão! — O homem sorriu e devolveu a passagem a Linus. — Quer ajuda com a mala?

Linus piscou, sentindo uma pontada no coração.

— Sim. Por favor. Obrigado. Eu fico com a caixa. Ela não gosta da maioria das pessoas.

O bilheteiro olhou para a gata.

— Ah, sim. Claro. Eu levo a mala, então. Seu assento é por aqui. Para sua sorte, o vagão está vazio. Vai ficar completamente sozinho. Pode dormir, se quiser.

O homem levantou a mala e a levou para dentro do trem, assoviando.

Linus olhou para a caixa da gata.

— Pronta pra ir pra casa?

Calliope virou de bunda para ele.

Linus suspirou.

Duas horas depois, as primeiras gotas de chuva caíram.

DEZOITO

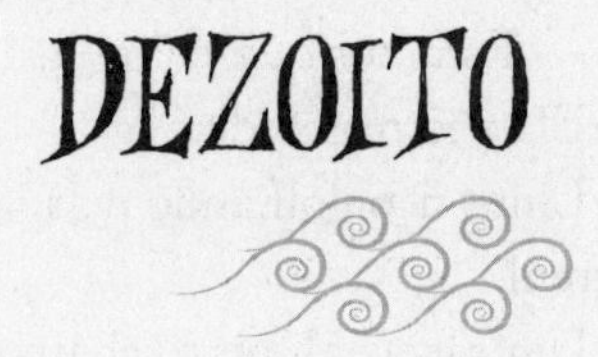

Uma chuva pesada caía na cidade quando Linus saiu do trem.

Ele fechou bem o casaco, apertando os olhos para o céu cinza-metal.

Calliope chiou quando começou a gotejar água pelas frestas da caixa de transporte.

Linus pegou a mala e foi para o ponto de ônibus.

O ônibus estava atrasado.

Claro.

Linus tirou o casaco e o colocou sobre a caixa da gata.

Resolvia. Por enquanto.

Ele espirrou.

Torcia para não estar ficando doente. Seria muita falta de sorte.

Vinte minutos depois, o ônibus chegou, com os pneus espirrando água.

As portas se abriram.

Linus estava ensopado quando entrou.

— Olá — disse ao motorista.

O motorista grunhiu em resposta, enquanto Linus passava com dificuldade.

O ônibus estava quase vazio. Havia um homem nos fundos, com a cabeça apoiada na janela, e uma mulher que olhou para Linus desconfiada.

Ele se sentou longe dos dois.

— Estamos quase em casa — sussurrou para Calliope.

Ela não respondeu.

Linus ficou olhando pela janela enquanto o ônibus saía da estação de trem.

Um cartaz ali perto chamou sua atenção.

Nele, uma família fazia um piquenique no parque. O sol brilhava. Estavam todos sentados sobre um cobertor xadrez, com uma cesta aberta no meio, cheia de queijo, uva e sanduíches de pão de forma sem casca. A mãe ria. O pai sorria. O menino e a menina olhavam com adoração para ambos.

Acima da imagem, vinham os dizeres: MANTENHA SUA FAMÍLIA A SALVO! SE VIR ALGO, DIGA ALGO!

Linus desviou os olhos.

Linus teve de pegar um segundo ônibus. Quando desceu, já eram quase cinco da tarde. O vento tinha ganhado força. Fazia frio e o tempo estava horrível. Ele se encontrava a três quarteirões de casa. Esperava se sentir aliviado.

Mas não se sentia. Não de verdade.

Ele bufou ao pegar a caixa de transporte e a mala.

Estava quase chegando.

Linus virou na rua de sua casa, que estava tranquila.

Os postes já tinham acendido, e as vidraças estavam cobertas de gotas de chuva.

O número 86 da Hermes Way estava no escuro. O caminho que levava à casa continuava igual, o gramado continuava igual, mas tudo parecia... sombrio. Ele precisou de um minuto para se dar conta de que o toque de cor que houvera ali — dos girassóis — havia sumido.

Olhou para a fachada da casa por um momento.

Balançou a cabeça.

Ia se preocupar com aquilo no dia seguinte.

Seguiu pelo caminho e chegou à varanda. Deixou a mala no chão enquanto se atrapalhava com as chaves. Elas caíram. Linus grunhiu e se inclinou para pegá-las.

Em meio à chuva, ele ouviu alguém dizer:

— É você, sr. Baker?

Linus suspirou, endireitando o corpo.

— Sim, sra. Klapper. Voltei. Como está?

— Suas flores morreram. Afogadas, dá pra acreditar? Pedi pra um garoto vir arrancar, porque estavam apodrecendo. Uma casa tão decadente desvaloriza toda a vizinhança. Tenho o recibo que o garoto me deu. Espero ser reembolsada.

— Claro, sra. Klapper. Muito obrigado.

Ela estava com o mesmo roupão atoalhado de sempre e fumava o mesmo cachimbo. Usava o mesmo penteado alto. Tudo permanecia igual. Até os mínimos detalhes.

Ele já estava colocando a chave na fechadura quando a mulher voltou a falar.

— Voltou de vez?

Linus teve vontade de gritar.

— Sim, sra. Klapper.

De onde estava, ela apertou os olhos para ele.

— Parece que tomou sol. Está menos branco que antes. E perdeu um pouco de peso. As férias devem ter sido boas.

As roupas dele *estavam mesmo* um pouco mais largas do que antes, mas, pela primeira vez em muito tempo, Linus nem se importava.

— Não foram férias. Eu disse que ia viajar a trabalho.

— Ah, sim. Disse mesmo. Contudo, imagino que não haja nada de errado em surtar no escritório, ameaçar matar todo mundo e ser mandado para uma clínica de reabilitação.

— Não foi isso que aconteceu!

Ela fez um aceno para Linus.

— Não é da minha conta. Mas é melhor que saiba que todo mundo por aqui só fala nisso. — A sra. Klapper franziu a testa para ele. — Desvaloriza toda a vizinhança.

Linus segurava a maçaneta com força.

— Está planejando vender sua casa?

Ela piscou enquanto a fumaça do cachimbo envolvia seu rosto enrugado.

— Não. Claro que não. Para onde eu iria?

— Então por que raios está tão preocupada com a maldita desvalorização da vizinhança?

A sra. Klapper ficou olhando para ele.

Linus ficou olhando para ela.

Ela deu uma tragada no cachimbo.

— Sua correspondência está comigo. A maior parte são panfletos. Você não parece receber muita coisa pessoal. Usei os cupons. Imaginei que não fosse se importar.

— Amanhã eu pego.

Ele achou que fosse o fim da conversa, mas é claro que ela continuou falando.

— É bom que saiba que perdeu sua chance! Meu neto conheceu um homem ótimo enquanto você estava viajando. Pediatra. Acho que vão se casar na primavera. Na igreja, claro, porque são ambos tementes a Deus.

— Bom pra eles.

A sra. Klapper assentiu e voltou a colocar o cachimbo entre os dentes.

— Bem-vindo de volta, sr. Baker. Mantenha essa gata imunda longe do meu jardim. Os esquilos tiveram um mês de paz. Gostaria que permanecesse assim.

Ele não se deu ao trabalho de se despedir. Era falta de educação, mas estava cansado. Só entrou em casa e bateu a porta atrás de si.

O ar estava parado lá dentro, com aquele cheiro forte de uma casa desabitada havia algum tempo. Linus deixou a mala e a caixa da gata no chão para acender a luz.

Continuava tudo igual. Talvez um pouco empoeirado.

Sua poltrona. Sua Victrola. Seus livros.

Tudo igual.

Ele se inclinou e abriu a caixa da gata.

Calliope saiu em disparada, com o rabo em pé. Estava molhada e não parecia feliz. Pegou o corredor rumo à lavandeira, onde ficava sua caixa de areia, e sumiu de vista.

— É bom estar em casa — sussurrou Linus.

Ele se perguntou quantas vezes precisaria repetir aquilo até finalmente acreditar.

Linus deixou a mala ao pé da cama.

Tirou as roupas molhadas.

Vestiu o pijama reserva.

Deu comida a Calliope.

Tentou comer também, mas não estava com muita fome.

Sentou-se na poltrona.

— Um pouco de música — decidiu. — Talvez eu devesse ouvir um pouco de música.

Linus escolheu *Ol' Blue Eyes*. Frank sempre o deixava feliz.

Ele tirou o disco da capa e levantou a tampa da Victrola. Colocou o disco para girar. Ligou o aparelho e ouviu os alto-falantes estalarem. Baixou a agulha e fechou os olhos.

Mas o que soou não foi a voz de Frank Sinatra.

Ele devia ter trocado os discos de capa sem querer.

Clarins tocavam, animados.

Uma voz masculina e doce começou a cantar.

Bobby Darin, falando de um lugar além do mar.

Linus se lembrou de como Lucy se balançava na cozinha, gritando as palavras a plenos pulmões.

Ele levou o rosto às mãos.

Enquanto Bobby cantava, os ombros de Linus sacudiam.

Ele foi para a cama.

As cobertas e o travesseiro tinham um leve cheiro de mofo, mas Linus estava cansado demais para se preocupar com aquilo no momento.

Ele ficou olhando para o teto por um longo tempo.

Até que acabou dormindo.

Sonhou com uma ilha no mar.

No domingo, ele fez faxina. Abriu as janelas para arejar a casa, ainda que continuasse chovendo. Esfregou o chão. Limpou as paredes. Lavou as bancadas. Trocou os lençóis. Usou uma escova de dente no rejunte do banheiro. Varreu. Passou pano.

Quando terminou, suas costas estavam doendo. Era começo de tarde, e Linus pensou em comer, mas seu estômago pesava.

As roupas. Ele precisava lavar as roupas.

E ainda precisava concluir o último relatório.

Ele foi até a mala ao pé da cama. Deitou-a de lado e soltou as fivelas. Abriu-a e congelou.

Ali. Sobre as roupas dobradas, sobre os arquivos, sobre *Regras e regulamentos*, havia um envelope pardo.

Que não fora colocado ali por Linus.

Ou pelo menos ele não achava que fosse o caso.

Linus pegou o envelope. Em suas mãos, pareceu rígido.

Havia duas palavras escritas em letras maiúsculas e caneta preta: NÃO ESQUEÇA.

Ele abriu o envelope.

Dentro, havia uma fotografia.

Seus olhos arderam quando ele a viu.

Zoe devia ter tirado, mas ele não se lembrava de tê-la visto com uma câmera. Era da primeira aventura deles na floresta, que terminara na casa dela. Lucy e Talia riam. Sal estava sentado com Theodore no colo. Chauncey e Phee brigavam pelo último pãozinho. Arthur e Linus estavam sentados juntos. Linus se divertia observando as crianças.

E Arthur observava Linus, com aquele sorriso tranquilo no rosto.

Foi luto, então, o que Linus sentiu em sua casinha na Hermes Way. Um luto forte e sem vida, diferente de tudo o que já havia sentido. Ele era apenas papel, frágil e fino. Levou a foto ao peito e a abraçou com força.

Depois, muito depois, ele estava na poltrona, com seu relatório final sobre as pernas. Ainda continha uma única frase depois da introdução de sempre.

Linus achava que era o bastante.

Deixou o relatório de lado.

Ficou ouvindo Big Bopper cantar. Até levitar e desaparecer no oceano, acima das ondas quebrando, e se sentiu em casa.

Lá fora, a chuva caía, constante.

O alarme soou logo cedo na manhã de segunda-feira.

Ele se levantou.

Deu comida à gata.

Tomou um banho.

Vestiu o terno e a gravata.

Pegou a maleta.

E se lembrou do guarda-chuva.

O ônibus estava cheio. Linus mal encontrou um lugar onde ficar de pé, muito menos pôde se sentar.

Ninguém olhava para ele, a não ser para franzir a testa em resposta a uma trombada acidental. Já tinham se virado para o jornal quando Linus pedia desculpas.

Ninguém o cumprimentou quando Linus entrou no DEDJUM.

Ao passar pelas mesas, ninguém lhe disse: “Bem-vindo, Linus. Sentimos sua falta”.

Não havia bandeirinhas na mesa 7 da fileira L. Ou bexigas. Ou lanternas de papel.

Linus se sentou, deixando a maleta no chão ao seu lado.

O sr. Tremblay olhou para ele da mesa 6, fileira L.

— Achei que tinha sido demitido.

— Não — disse Linus, tão sem emoção quanto possível. — Viajei a trabalho.

— Tem certeza? Eu podia jurar que você tinha sido demitido.

— Tenho certeza.

— Ah! — Ele pareceu aliviado, o que fez Linus se animar um pouco. Talvez alguém tivesse sentido sua falta, no fim das contas. — Isso significa que você pode pegar seus casos de volta. Graças a Deus. Não tive tempo de dar nenhuma atenção a eles, então você vai ter bastante coisa atrasada. Vou procurar os arquivos aqui agora mesmo.

— É muita bondade sua — disse Linus, irritado.

— Eu sei, sr. Barkly.

— É sr. Baker, seu panaca. Não me faça ter que corrigir você de novo.

O sr. Tremblay olhou para ele boquiaberto.

Linus abriu a maleta. Tirou os arquivos que lhe haviam fornecido e seu relatório final. Hesitou um pouco antes de tirar o último item.

Ele posicionou o porta-retratos na mesa, perto do computador.

— O que é isso? — perguntou o sr. Tremblay, esticando o pescoço. — É um item *pessoal*? Você sabe que não é permitido!

— Talvez devesse considerar cuidar da sua própria vida, pra variar — retrucou Linus sem sequer olhar para o homem.

— Problema seu — resmungou o sr. Tremblay. — Nunca mais vou ser legal com você.

Linus o ignorou. Ele ajeitou o porta-retratos até que ficasse perfeito ali.

Então se virou para o computador e começou a trabalhar.

— Sr. *Baker*!

Linus gemeu. O dia estava indo… Bem, o dia estava indo. Ele não levantou os olhos ao ouvir os saltos batendo contra o chão, cada vez mais perto.

Uma sombra recaiu sobre sua mesa.

A digitação à sua volta parou, sinal de que seus colegas queriam ouvir. Provavelmente era o acontecimento mais empolgante do mês.

A sra. Jenkins assomava sobre ele, com a expressão sorumbática de sempre no rosto. Gunther, claro, estava logo atrás dela, com sua prancheta onipresente. Ele abriu um sorriso doce e falso para Linus.

— Olá, sra. Jenkins — cumprimentou Linus, comportado. — É bom ver a senhora.

— Sim, imagino que seja — disse ela, fungando. — Então voltou.

— Continua observadora como ninguém.

A sra. Jenkins estreitou os olhos.

— Como?

Ele tossiu e pigarreou.

— Eu disse que voltei, sim.

— De sua tarefa.

— Isso.

— Sua tarefa *secreta*.

— Imagino que sim.

A pele sob o olho esquerdo dela estremeceu.

— Só porque o Altíssimo Escalão fez um favor a todos nós e se livrou de você por um mês não significa que as coisas mudaram por aqui.

— Estou vendo.

— Espero que até o fim da semana esteja em dia com o trabalho.

Era impossível, claro, e ela sabia daquilo.

— Sim, sra. Jenkins.

— Todos os seus casos voltarão a você até a hora do almoço.

— Sim, sra. Jenkins.

Ela se inclinou para a frente, apoiando as mãos espalmadas na mesa. Usava esmalte preto nas unhas.

— Está querendo ser promovido, é? Acha que tem o que é preciso para ser um supervisor?

Linus riu. Não tinha a intenção de rir, mas riu.

A sra. Jenkins pareceu escandalizada.

O sorriso de Gunther desapareceu. Ele também pareceu chocado.

— Não — conseguiu responder Linus. — Não quero ser promovido. Não acho que esteja apto a ser supervisor.

— Então uma vez na vida concordamos — retrucou a sra. Jenkins sordidamente. — Não consigo pensar em ninguém mais inadequado. Tem sorte de sua mesa ainda estar te esperando. Se dependesse de mim… teria… teria… Sr. *Baker*! O que é *isso*?

Ela apontou uma unha preta para a foto.

— É minha — respondeu ele. — É minha, e eu gosto dela.

— É *proibido* — alegou ela com a voz estridente. — De acordo com *Regras e regulamentos*, assistentes sociais *não* podem ter itens pessoais sem aprovação da supervisão.

Linus olhou para ela.

— Então aprove.

A mulher recuou um passo, levando a mão à garganta. Gunther escrevia em sua prancheta furiosamente.

— O que disse? — perguntou a sra. Jenkins, ameaçadora.

— Aprove — repetiu Linus.

— *Não* vou aprovar. Isso irá para sua ficha permanente! Como ousa falar comigo desse... Gunther! Deméritos! Deméritos para o sr. Baker!

O sorriso de Gunther retornou.

— Claro. Quantos?

— Cinco! Não, *dez*. *Dez* deméritos!

Os assistentes sociais em volta começaram a cochichar, agitados.

— Dez deméritos — declarou Gunther, parecendo todo animado. — Isso. Boa decisão, sra. Jenkins. Muito sábia.

— Essa... essa *coisa* deve ir embora até o fim do dia — falou a sra. Jenkins. — Acredite em mim, sr. Baker. Se não for o caso, vou garantir que não tenha um trabalho para o qual voltar.

Linus não disse nada.

Ela não gostou daquilo.

— Compreendeu?

— Sim — afirmou ele entredentes.

— Sim *o quê*?

— Sim, sra. Jenkins.

Ela voltou a fungar.

— Melhor assim. Insolência não será tolerada. Sei que você esteve... onde quer que tenha estado no mês passado, mas as regras não mudaram. É bom se lembrar disso.

— Claro, sra. Jenkins. Posso ajudar com mais alguma coisa?

Suas palavras pareciam cheias de veneno quando ela disse:

— Sim. Pode, sim. Você foi convocado. Pelo Altíssimo Escalão. *De novo*. Amanhã, às oito em ponto. Não se atrase. Ou se atrase, e me poupe do trabalho. — Ela deu meia-volta. — O que estão olhando, todos vocês? Voltem ao trabalho!

Os assistentes sociais começaram a digitar no mesmo instante.

A sra. Jenkins olhou feio para Linus por cima do ombro uma última vez antes de ir embora, seguida de perto por Gunther.

— Quem será meu novo vizinho de mesa? — conjecturou o sr. Tremblay em voz alta.

Linus o ignorou.

Olhou para a foto.

Pouco abaixo estava o *mouse pad* com a imagem desbotada de uma praia branca e ensolarada, com o mar mais azul do mundo.

Com os dizeres, claro: VOCÊ NÃO GOSTARIA DE ESTAR AQUI?

À hora do almoço, havia uma pilha de arquivos na mesa de Linus. Dezenas deles. Linus abriu o primeiro. As últimas anotações eram dele próprio. Fazia um mês que ninguém mexia naquilo. Ele suspirou e fechou a pasta.

Quando Linus foi embora, um pouco antes das nove da noite, o escritório estava vazio. Ele guardou o porta-retratos na maleta e foi para casa.

Estava chovendo.

O ônibus demorou.

Sua correspondência estava na varanda, em um saco plástico. Eram só contas. Havia um bilhete por cima. Era um recibo da sra. Klapper, que queria ser reembolsada por ter acabado com o canteiro de flores dele.

Linus tirou a foto da maleta e a deixou na mesa de cabeceira.

Ficou olhando para ela até pegar no sono.

Às quinze para as oito da manhã seguinte, Linus apertou o botão dourado do quinto andar.

Todo mundo no elevador ficou olhando para ele.

Linus olhou de volta.

As pessoas desviaram o rosto primeiro.

O elevador foi esvaziando lentamente, até só restar ele.

ALTÍSSIMO ESCALÃO
SOMENTE COM HORA MARCADA

Linus apertou o botão próximo à janelinha.

Ela se abriu, fazendo barulho.

A srta. Chiclete fez uma bola cor-de-rosa, que estourou lindamente quando a puxou por entre os dentes.

— Posso ajudar?

— Tenho uma reunião.

— Com quem?

Ela devia saber.

— Com o Altíssimo Escalão. Sou Linus Baker.

A moça apertou os olhos para ele.

— Eu me lembro de você.

— Hum… tá.

— Achei que tivesse morrido ou coisa do tipo.

— Não. Ainda não.

Ela digitou alguma coisa no computador e voltou a olhar para ele.

— Trouxe o relatório final?

Linus abriu a maleta. Seus dedos roçaram a moldura do porta--retratos antes de encontrar o que estavam procurando. Ele puxou uma pasta e a passou por baixo do vidro.

A moça franziu a testa ao pegá-la.

— É isso?

— É isso.

— Um momento.

A janelinha voltou a se fechar.

— Você consegue, meu velho — sussurrou Linus para si mesmo.

A srta. Chiclete demorou mais para voltar que da primeira vez. Tanto que Linus estava certo de que haviam se esquecido dele. Ficou pensando se não deveria ir embora, mas não conseguiu fazer seus pés se moverem. Pareciam enraizados no lugar.

Minutos se passaram. Pelo menos vinte.

Ele estava prestes a ceder à tentação e dar uma olhada na foto dentro da maleta quando a janelinha de metal voltou a se abrir.

A srta. Chiclete franzia a testa.

— Estão prontos para ver você.

Linus assentiu.

— Eles… não estão felizes.

— Não achei que estariam.

Ela estourou uma bola de chiclete, fazendo barulho.

— Você é um cara bem estranho.

Uma campainha soou e as portas de madeira se abriram.

A srta. Chiclete não disse nada enquanto passavam pela fonte, rumo à porta preta com uma plaquinha dourada. Ela a abriu e deixou que ele passasse.

Linus nem olhou para ela ao entrar. A porta se fechou logo atrás. As luzes no chão se acenderam, indicando o caminho. Ele as seguiu até formarem um círculo. Havia uma tribuna no meio do círculo. Seu relatório estava ali. Linus engoliu em seco.

As luzes acenderam acima dele.

E ali, olhando-o do alto do muro de pedra, estava o Altíssimo Escalão.

A mulher. O Papada. O homem de óculos.

E Charles Werner.

— Sr. Baker — disse ele, a voz suave como seda. — Bem-vindo de volta.

— Obrigado — agradeceu Linus, se remexendo de nervoso.

— Seus relatórios foram… Bom, renderam muitas conversas.

— É mesmo?

O Papada deu uma tossida catarrenta.

— Pode-se dizer que sim.

— Vocês sabem como me sinto em relação a eufemismos — disse o homem de óculos, com a testa franzida.

— Isso à sua frente é o relatório final, sr. Baker? — perguntou a mulher.

— Sim.

— Mesmo?

— Sim.

Ela se recostou na cadeira.

— Isso é desconcertante. Em comparação com seus outros relatórios, é deficiente. Muito deficiente, na verdade.

— Acredito que fui direto ao ponto — argumentou Linus. — Como me pediram, aliás. Fiz minha recomendação depois de um mês observando. Não era esse o objetivo?

— Cuidado, sr. Baker — afirmou o Papada, apertando os olhos para ele. — Não estou gostando do seu tom.

Linus se segurou para não responder atravessado, algo que, semanas antes, não teria precisado fazer.

— Peço desculpas. É que… acredito ter feito o que me foi pedido.

Charles se inclinou para a frente.

— Por que não lê o relatório para nós? Talvez ouvindo em voz alta identifiquemos algum significado que tenha se perdido.

Certo. Linus podia fazer o joguinho deles. Havia feito por anos, sempre o funcionário obediente. Ele abriu a pasta e baixou os olhos.

— "Juro solenemente que o conteúdo deste relatório é preciso e…"

— Essa parte não é necessária, sr. Baker — disse o homem de óculos, impaciente. — Todos os relatórios começam assim. Independentemente de quem os escreva. É o que vem a seguir que nos interessa.

Linus olhou para eles.

— Vocês sabem o que diz.

Charles sorriu para ele.

— Leia, sr. Baker.

Linus leu.

— "Recomendo que o Orfanato de Marsyas permaneça aberto e que as crianças continuem sob a tutela de Arthur Parnassus."

Era só aquilo. Aquilo era tudo o que tinha escrito.

Ele fechou a pasta.

— Hum — disse Charles. — Não peguei nenhuma nuance na leitura. Alguém notou alguma coisa?

O Papada balançou a cabeça.

O homem de óculos se recostou na cadeira.

A mulher cruzou as mãos à frente do corpo.

— Achei mesmo que não — disse Charles. — Talvez pudesse se explicar melhor, sr. Baker. O que o fez chegar a essa conclusão?

— Minha observação das crianças e de como interagiam entre si e com Arthur Parnassus.

— Vago — falou o Papada. — Exijo mais.

— Por quê? — perguntou Linus. — O que está procurando?

— Não estamos aqui para responder a suas perguntas, sr. Baker — retrucou a mulher, cortante. — É você quem está aqui para responder as nossas. Não se esqueça da sua...

— Da minha posição? — Linus balançou a cabeça. — Como poderia me esquecer, quando sou lembrado constantemente dela? Faço o mesmo trabalho há dezessete anos. Nunca pedi mais. Nunca *quis* mais. Fiz tudo o que me pediram sem reclamar. Agora estou aqui diante de vocês, e estão exigindo *mais* de mim. O que mais tenho a oferecer?

— A verdade — falou o homem de óculos. — A verdade sobre o que você...

Linus bateu as mãos na tribuna, produzindo um som nítido e monótono, que ecoou pela sala.

— Eu *falei* a verdade. Em cada um dos meus relatórios semanais vocês leram *apenas* a verdade. Em cada tarefa de que fui incumbido, sempre fui honesto, ainda que isso me doesse.

— Objetividade — disse o Papada. — Como está escrito em *Regras e regulamentos*, um assistente social deve ser objeti...

— Sei disso. E fui objetivo. Me lembro deles. De todos eles. De todos os nomes. Das *centenas* que observei. E mantive minha distância. Ergui aquela barreira. Vocês podem dizer o mesmo? Quais os nomes das crianças da ilha? Sem olhar para as anotações de vocês: como elas se chamam?

O Papada tossiu.

— Isso é ridículo. É claro que sabemos o nome deles. Tem o pequeno Anticristo...

— Não o chame assim — grunhiu Linus. — Isso não o define.

Charles tinha um sorriso prepotente no rosto.

— Lucy. É um apelido um tanto ridículo considerando o que ele é.

— E? — perguntou Linus. — Os outros cinco?

Silêncio.

— Talia — cuspiu Linus. — Uma gnoma que adora jardinagem. Ela é impetuosa, divertida e corajosa. Pode ser difícil, mas, depois que se supera isso, demonstra uma lealdade de tirar o fôlego. Depois de tudo pelo que passou, tudo o que foi tirado dela, ainda encontra alegria nas menores coisas.

— Sr. Baker, não deveria... — começou a dizer a mulher.

— Phee! A sprite de floresta. Se faz de durona e distante, mas tudo o que sempre quis foi um lar. Foi encontrada em *estado deplorável*, porque sua gente foi isolada e não recebeu ajuda. Sabiam disso? Leram a ficha dela? Porque eu li. A mãe morreu de fome na frente dela. Phee quase morreu também. Quando alguns homens foram tentar afastar a menina da mãe falecida, ela ainda teve forças para transformar todo mundo em árvore. Se a vegetação é fechada na ilha, é por causa dela. E Phee faria qualquer coisa para proteger as pessoas que ama. Ela me ensinou sobre raízes, que podem ficar escondidas, à espera do momento certo de irromper e mudar a paisagem.

O Altíssimo Escalão permaneceu em silêncio. Linus começou a andar de um lado para o outro.

— Theodore! Uma serpe, e uma das poucas que restam. Sabiam que ele fala? Alguém de vocês sabia disso? Porque *eu* não sabia. Nem sabia que era possível. Nenhum de nós sabia. Mas ele fala. Pode não falar nossa língua, mas fala mesmo assim. E, quando a gente ouve de verdade, quando lhe dá tempo, começa a compreender. Theodore não é um animal. Não é um predador. Tem pensamentos complexos, sentimentos e *botões*. Muitos botões! — Linus enfiou a mão no bolso do casaco e sentiu o botão de metal ali, com a marca de seus dentes afiados.

— Chauncey! Um... bom, ninguém sabe o que ele é, mas não importa! Ele talvez seja mais humano que qualquer um de nós. A vida inteira lhe disseram que era um monstro. Que era o tipo de criatura que se esconde debaixo da cama. Que era um *pesadelo*. Isso não poderia estar mais longe da realidade. Ele é um menininho curioso que tem um sonho. E um sonho simples, meu Deus. É absolutamente *encantador*. Chauncey quer ser mensageiro de hotel. Quer cumprimentar as pessoas e carregar a bagagem delas. *Só* isso. Mas vocês permitiriam? Dariam essa oportunidade a ele?

Ninguém respondeu.

— Sal — prosseguiu Linus. — Foi abusado e negligenciado. Mandado de um lugar para o outro sem qualquer preocupação com o seu bem-estar, por causa do que é capaz. É verdade que ele mordeu uma mulher e a transformou, mas ela bateu nele. Ela *bateu em uma criança*. E crianças aprendem a se encolher quando mãos são erguidas contra elas vezes o suficiente. Mas, de vez em quando, reagem, porque é tudo o que lhes resta. Ele é tímido. Quieto. Se preocupa com os outros mais do que consigo mesmo. E escreve. Ah, ele escreve as coisas mais lindas. Pura *poesia*. Pura *sinfonia*. Me emocionaram mais do que qualquer outra coisa que eu tenha ouvido.

— E quanto ao Anti… à outra criança? — perguntou a mulher em voz baixa.

— Lucy — disse Linus. — O nome é Lucy. Ele tem aranhas no cérebro. Sonha com morte, fogo e destruição, e isso acaba com ele. Mas sabem com o que deparei? Um menino de seis anos que adora aventuras. Que tem uma imaginação fértil. Que dança. Que *canta*. Ele ama música, é como se estivesse no sangue de suas veias.

— Ainda que não goste de ouvir isso, ele continua sendo o que é — falou o Papada. — Não há como mudar esse fato.

— Não? — retrucou Linus. — Me recuso a acreditar nisso. Somos quem somos não por natureza, mas por causa das escolhas que fazemos ao longo da vida. As coisas não são preto no branco. Há muitas áreas cinzentas. Não se pode dizer que algo é moral ou imoral sem compreender as nuances.

— Ele é imoral — afirmou o homem de óculos. — Pode não ter pedido por isso, mas é. O menino é fruto de sua linhagem. Há maldade nele. Essa é a própria definição de imoralidade.

— E quem é você para decidir isso? — perguntou Linus entredentes. — Quem é você? Nunca o viu. Moralidade é algo relativo. Só porque considera algo abominável, não significa que seja.

A mulher franziu a testa.

— Muitas coisas são amplamente aceitas como abomináveis. Com o que disse que ele sonha? Morte, fogo e destruição? Se recordo bem seu último relatório, os pesadelos dele podem ter efeitos reais. Alguém poderia ter se machucado.

— Poderia — concordou Linus. — Mas ninguém se machucou. Ele não *queria* machucar ninguém. É uma criança que veio das trevas. Ele não precisa voltar para elas. Não vai voltar. Não com as pessoas que o cercam.

— Seria capaz de deixar as outras crianças com ele? — perguntou o Papada. — Em uma sala trancada, sem supervisão?

— Sim — respondeu Linus na mesma hora. — Sem hesitar. *Eu mesmo* ficaria trancado com ele. Porque confio em Lucy. Porque sei que, independentemente de onde veio, ele é mais que qualquer rótulo que lhe tenham dado.

— E o que vai acontecer quando ele crescer? — indagou Charles. — O que vai acontecer quando ele se tornar um homem? E se decidir que o mundo não é como gostaria? Você sabe quem é o pai dele.

— Sei — disse Linus. — O pai dele é Arthur Parnassus. É o melhor pai que Lucy poderia ter e, na minha opinião, é o único.

Todo o Altíssimo Escalão pareceu chocado.

Linus os ignorou. Estava apenas começando.

— E quanto a Arthur? Na verdade é por isso que estou aqui, não é? Por causa do que ele é. Vocês classificaram essas crianças como uma ameaça de nível quatro quando são como quaisquer outras crianças no mundo, mágicas ou não. Só que isso nunca foi por causa delas, não é? Sempre foi por causa de Arthur.

— Cuidado, sr. Baker — advertiu Charles. — Já lhe disse que não gosto de ser decepcionado, e você está muito próximo de me decepcionar.

— Não — disse Linus. — *Não* vou tomar cuidado. Talvez não tenha sido nas mãos de vocês que ele sofreu, mas foi sob os seus ideais. Os ideais do DEDJUM. O registro. O preconceito. Vocês permitiram que o preconceito prosperasse, assim como todos os que vieram antes e se sentaram onde estão sentados agora. Vocês os mantêm segregados porque são diferentes do restante de nós. As pessoas os *temem* porque foi o que aprenderam. Se vir algo, diga algo. Isso inspira o ódio. — Ele estreitou os olhos e encarou Charles Werner. — Vocês acham que podem controlá-los. Acham que podem controlar *Arthur*. Usá-lo para conseguir o que querem. Mantê-lo escondido com seus segredinhos sujos. Mas estão errados. Todos vocês estão *errados*.

— Já chega — cortou o homem de óculos. — Está pisando em gelo fino, sr. Baker, e não parece ouvi-lo quebrando sob seus pés.

— Sim — concordou a mulher. — E não ajuda em nada o fato de termos recebido um alerta de um cidadão preocupado sobre um confronto entre Arthur Parnassus e...

Linus cerrou os dentes.

— Um cidadão preocupado, é? Conte mais a respeito. Quando esse cidadão transmitiu sua *preocupação*, começou explicando o que estava fazendo no embarcadouro? O que pretendia fazer? Porque, do meu ponto de vista, aquelas pessoas eram as agressoras. Nem quero imaginar o que teria acontecido se Arthur Parnassus não tivesse intervindo. Independentemente do que ele e as crianças são ou do que podem fazer, *ninguém* tem o direito de machucá-los. Alguém aqui discorda de mim?

Fez-se silêncio.

— Foi o que pensei — declarou Linus, pondo uma mão sobre o relatório final. — Minha recomendação continua sendo a mesma. O orfanato *deve* ficar aberto. Pelo bem deles. E pelo de vocês. Prometo que farei tudo em meu poder para garantir que isso aconteça. Podem me demitir. Podem tentar me censurar. Mas não vou parar. A mudança começa com a voz de poucos. Serei um desses poucos, porque eles me ensinaram como. E sei que não estou sozinho. — Linus fez uma pausa para respirar. — E, falando em eufemismos, pelo amor de tudo o que é mais sagrado, parem de chamar as instituições de orfanatos. Isso implica algo que nunca esteve em pauta. São *lares*. Sempre foram lares. Alguns não muito bons, motivo pelo qual recomendei seu fechamento. Mas não é o caso desse. De modo algum. As crianças em questão não precisam de um lar, porque já têm um, vocês gostando ou não.

— Ah — falou Charles. — Aí está. A decepção. Cortante e profunda.

Linus balançou a cabeça.

— Você me disse certa vez que tinha um interesse pessoal nas minhas descobertas. Acreditei em você, embora provavelmente mais por medo que qualquer outra coisa. Não acredito agora, porque só quer ouvir o que *acha* que quer ouvir. Qualquer outra coisa parece insatisfatória aos seus olhos. Não posso ajudar com isso. A única coisa que posso fazer é mostrar como o caminho que ajudou a pavimentar perdeu seu curso e torcer para que um dia consiga vê-lo pelo que realmente é. — Linus olhou de modo desafiador para Charles. — Só porque não é o que esperava não significa que está errado. As coisas mudaram, sr. Werner, e sei que para melhor. *Eu* mudei. Não tem nada a ver com você. O que esperava encontrar na bagunça que deixou para trás não me importa. Sei o que aquelas pessoas se tornaram. Vi o coração de todas elas, que bate com força, apesar de tudo pelo que passaram, nas suas mãos ou nas de outras pessoas. — Linus estava ofegante quando terminou, mas sua cabeça estava mais leve.

— Acho que terminamos aqui, sr. Baker — disse Charles com calma. — Sua posição já está bem clara para nós. Tinha razão: seu relatório dizia tudo.

Embora suasse profusamente, Linus sentiu frio. Parecia não ter mais forças para lutar, restando apenas exaustão.

— Eu… eu só…

— Chega — falou a mulher. — Você… Chega. Vamos considerar sua recomendação e tomar uma decisão nas próximas semanas. Agora vá, sr. Baker. Imediatamente.

Ele pegou a maleta. Ouviu o porta-retratos sacudir lá dentro. Então olhou para o Altíssimo Escalão, virou-se e foi embora.

A srta. Chiclete estava esperando do lado de fora. Com os olhos arregalados e o queixo caído.

— O que foi? — perguntou Linus, irritado.

— Nada — conseguiu dizer ela. — Absolutamente nada. Você só… hum… falou bem alto.

— Sim, às vezes é necessário falar alto pra atravessar cabeças duras.

— Uau — sussurrou ela. — Preciso ligar pra… Não importa pra quem preciso ligar. Você sabe onde fica a saída, não?

Ela se apressou para voltar à sua salinha, fechando a porta atrás de si.

Ele se afastou lentamente. Enquanto saía dos escritórios do Altíssimo Escalão, ouviu-a falar animadamente, embora não conseguisse distinguir o que dizia.

Linus pensou em ir embora. Em simplesmente deixar tudo para trás.

Mas não o fez.

Ele foi para o seu andar.

Os sussurros furiosos cessaram assim que entrou na sala.

Todos olharam para ele.

Linus os ignorou em seu caminho até a mesa 7 da fileira L. Não pediu desculpas conforme seus quadris largos batiam nas coisas.

Ele sentiu os olhares de dezenas de pessoas acompanhando cada passo que dava, mas manteve a cabeça erguida. Depois de tudo o que havia passado, depois de tudo o que havia visto e feito, o que seus colegas pensavam dele não importava nem um pouco.

Quando chegou à mesa, Linus se sentou e abriu a maleta. Tirou o porta-retrato e o devolveu à mesa.

Ninguém disse nada.

A sra. Jenkins estava à porta de sua sala, fazendo cara feia para ele. Gunther escrevia furiosamente na prancheta. Por Linus, ele podia enfiar seus deméritos no rabo.

Linus pegou a pasta no topo da pilha e voltou ao trabalho.

DEZENOVE

Três semanas depois, pouca coisa havia mudado.

Ah, sim, ele sonhava com o mar, com uma ilha com praias de areia branca. Sonhava com um jardim, com um aglomerado de árvores escondendo uma casinha. Sonhava com uma porta chamuscada, com o dia em que a música morrera, com a risada de Lucy. O modo como Talia resmungava em gnomês. O modo como Sal parecia enorme, mas muito pequeno em seus braços. O modo como Chauncey ficava diante do espelho, dizendo "Olá, senhor, seja bem-vindo" e levando a mão ao chapeuzinho de mensageiro. O modo como as asas de Phee cintilavam ao sol. Sonhava com botões e serpes chamadas Theodore. Com Zoe e seu cabelo balançando ao vento enquanto atravessava estradas de areia com o carro.

E com Arthur, claro. Sempre Arthur. Com fogo queimando, com asas se abrindo em laranja e dourado. Com um sorriso tranquilo, o modo como inclinava a cabeça quando achava graça em algo.

Ah, como Linus sonhava.

A cada manhã, ficava mais e mais difícil se levantar da cama. Não parava de chover. O céu estava sempre de um cinza metálico. Ele se sentia como papel. Frágil e fino. Colocava a roupa. Pegava o ônibus até o escritório. Sentava-se à mesa e passava por um arquivo depois do outro. Comia alface murcha no almoço. Voltava ao trabalho. Pegava o ônibus para casa. Ficava sentado na poltrona, ouvindo Bobby Darin cantar sobre um lugar além do mar, um lugar à espera de mim.

Ele pensava na vida que tinha. Em como podia já ter achado que era o bastante.

Seus pensamentos eram sempre cerúleos.

Todo dia que ia ao escritório, reservava um momento para tocar a foto na mesa, a foto da qual ninguém ousava falar. A sra. Jenkins tinha até parado de reclamar. Embora Linus recebesse demérito atrás de demérito (que Gunther anotava alegremente na prancheta), ela não dizia uma palavra. Na verdade, ele era ignorado, e não via nenhum problema naquilo. Desconfiava que a srta. Chiclete tivesse algo a ver com aquilo, fofoqueira como era.

Nem tudo eram nuvens e chuva. Ele se demorou ao repassar os arquivos antigos, revendo relatórios que havia escrito sobre orfanatos que visitara, fazendo anotações, preparando-se para um futuro melhor que nem tinha certeza de que estava ao seu alcance. Linus estremecia diante de algumas coisas que havia escrito (da maior parte delas, se fosse ser honesto consigo mesmo), mas achava que aquilo era importante. A mudança, ele lembrava a si mesmo, começava com a voz de poucos. Talvez não desse em nada, mas Linus só saberia se tentasse. No mínimo, poderia entrar em contato para saber onde algumas das crianças que havia conhecido estavam. Se tudo corresse conforme o esperado, não permitiria que fossem deixadas para trás ou esquecidas.

Motivo pelo qual ele começou a levar relatórios para casa. A cada dia, levava mais alguns. Toda vez que punha um na maleta, ficava em frangalhos, suando, certo de que a qualquer momento alguém chamaria seu nome e exigiria saber o que ele estava fazendo, principalmente depois que começou a ir atrás de casos de *outros* assistentes sociais.

Mas ninguém nunca o questionou.

Linus não devia se sentir tão inebriado por infringir a lei. Aquilo devia fazer seu estômago se revirar, e talvez fizesse, até certo ponto. Mas não estava à altura de sua determinação. Seus olhos estavam bem abertos, e os breves momentos de alegria que ele sentia contribuíam muito para compensar a ilegalidade conforme os dias se arrastavam.

Vinte e três dias após seu retorno da ilha, o barulho dos teclados e das vozes voltou a sumir quando uma figura apareceu à porta da seção dos assistentes sociais.

Era a srta. Chiclete, estourando bolas, com uma pasta junto ao peito.

Ela olhou para a fileira de mesas à sua frente.

Linus se abaixou na cadeira. Estava prestes a ser demitido, tinha certeza.

Ele ficou olhando enquanto ela seguia para a sala da sra. Jenkins. A supervisora não pareceu feliz ao vê-la, e sua testa só ficou mais franzida com a pergunta que a srta. Chiclete lhe fez. Ela respondeu e apontou na direção das mesas.

A srta. Chiclete se virou e abriu caminho entre as fileiras, balançando ligeiramente os quadris. Os homens ficaram olhando. Algumas mulheres também. Ela os ignorou.

Linus pensou em ir para debaixo da mesa.

Não o fez, mas chegou perto.

— Sr. Baker — disse ela tranquilamente. — Aí está você.

— Olá — cumprimentou ele, com as mãos sobre as pernas para que ela não visse que estava tremendo.

A srta. Chiclete franziu a testa.

— Já te disse meu nome?

Ele fez que não com a cabeça.

— É Doreen.

— É um prazer, Doreen.

Ela estourou uma bola de chiclete.

— Quase acredito nisso. Tenho algo para você, sr. Baker.

— É mesmo?

Doreen pôs a pasta sobre a mesa e a deslizou na direção dele.

— Chegou hoje de manhã.

Linus olhou para o arquivo.

Ela se inclinou e aproximou os lábios da orelha dele. Tinha cheirinho de canela. Bateu uma unha sobre o *mouse pad*.

— Você não gostaria de estar aqui? — Linus ficou só olhando enquanto ela passava o mesmo dedo pela moldura do porta-retratos. — Hum. Olha só pra isso. — Ela deu um beijo doce e quente na bochecha dele.

Então foi embora.

Linus mal conseguia respirar.

Ele abriu a pasta.

Era seu relatório final.

Com quatro assinaturas embaixo.

CHARLES WERNER

AGNES GEORGE

JASPER PLUMB
MARTIN ROGERS
Abaixo, um carimbo vermelho.

RECOMENDAÇÃO APROVADA.

Ele voltou a ler.
Aprovada.
Aprovada.
Aprovada.
Aquilo era…
Ele podia…
Teria o bastante para seguir em frente com seu plano?
Achava que sim.
Linus se levantou da mesa, raspando a cadeira audivelmente contra o chão de cimento frio.
Todo mundo se virou para olhar.
A sra. Jenkins saiu de sua sala, com Gunther em seu encalço.
Aprovada.
O orfanato ia continuar como era.
Ele ouviu o mar.
Você não gostaria de estar aqui?, sussurrava.
Sim.
Sim, ele gostaria.
Mas havia algo de engraçado nos desejos. Às vezes, para torná-los realidade, bastava dar o primeiro passo.
Linus ergueu a cabeça.
Olhou em volta.
— O que estamos fazendo? — perguntou ele, e sua voz ecoou audivelmente pela sala.
Ninguém respondeu, mas tudo bem. Linus não esperava que respondessem.
— Por que estamos fazendo isso? Qual é o sentido?
Silêncio.
— Estamos fazendo tudo errado — falou ele, erguendo a voz. — Tudo isso. É errado. Estamos alimentando a máquina que vai nos devorar. Não posso ser o único a ver isso.

Aparentemente, ele era.

Se fosse um homem mais corajoso, talvez tivesse dito mais. Talvez tivesse pegado seu exemplar de *Regras e regulamentos* e o jogado no lixo, anunciando grandiosamente que era hora de jogar todas as regras fora. De maneira literal e figurada.

Àquela altura a sra. Jenkins pediria que ficasse em silêncio. E, se fosse um homem muito mais corajoso, ele diria não. Gritaria para que todos ouvissem que havia descoberto como era o mundo com cores. Com felicidade. Com alegria. Diferente daquele mundo em que viviam. E que eram todos tolos se achassem que não era o caso.

Se ele fosse um homem mais corajoso, subiria na mesa e diria que era o comandante Linus e que era hora de sair em uma aventura.

Iriam atrás dele, mas Linus pularia de uma mesa para outra, com Gunther vociferando a cada tentativa infrutífera de agarrá-lo pelas pernas.

Ele voltaria ao chão perto da porta, aquele homem corajoso. A sra. Jenkins gritaria que estava demitido. Linus riria e gritaria que ela não podia demiti-lo, porque *ele* se demitia.

Mas Linus Baker era um homem dócil com saudade de casa.

Por isso, foi embora tão silenciosamente quanto havia chegado.

Pegou a maleta e a abriu sobre a mesa. Guardou o porta-retrato nela com carinho e a fechou. Não havia mais necessidade de contrabandear arquivos para fora do DEDJUM. Já tinha tudo de que precisava.

Ele inspirou fundo.

E começou a atravessar os corredores rumo à saída.

Os outros assistentes sociais começaram a sussurrar fervorosamente.

Ele os ignorou, mantendo a cabeça erguida. Mal trombou com as mesas no caminho.

Quando já chegava à porta, a sra. Jenkins gritou seu nome.

Ele parou e olhou por cima do ombro.

A expressão no rosto dela era estrondosa.

— Aonde pensa que está indo?

— Pra casa — disse ele apenas. — Estou indo pra casa.

Linus deixou o Departamento Encarregado da Juventude Mágica pela última vez.

Estava chovendo.

Linus tinha esquecido o guarda-chuva no escritório.

Ele virou o rosto para o céu cinza e riu e riu e riu.

Calliope pareceu surpresa quando ele irrompeu pela porta da frente. Fazia sentido: não era nem meio-dia.

— Posso estar ficando maluco — disse a ela. — Não é maravilhoso?

A gata miou diante da pergunta, pela primeira vez desde que haviam deixado a ilha.

— Sim — falou ele. — Sim. Sim.

Linus Baker sabia que a vida se resumia ao que as pessoas faziam dela. Era uma questão de escolhas, tanto as grandiosas quanto as pequenas.

Bem cedo na manhã seguinte (que se revelou ser uma quarta-feira), Linus fechou a porta de uma vida para ir atrás de outra.

— Vai viajar de novo? — perguntou a sra. Klapper de sua varanda.

— Vou viajar de novo — respondeu Linus.

— Por quanto tempo?

— Espero que pra sempre. Se me aceitarem.

Ela arregalou os olhos.

— Como?

— Estou indo embora — disse ele. Nunca havia estado tão certo de algo em toda a sua vida.

— Mas... mas... — gaguejou ela. — E quanto à sua casa? E quanto ao seu *trabalho*?

Ele sorriu para ela.

— Larguei o trabalho. Quanto à casa, bom... talvez seu neto e o noivo encantador dele gostem de ser seus vizinhos. Considere um presente de casamento. No momento, não importa. Pensarei nisso depois. Tenho que ir pra casa.

— Você *está* em casa, seu tolo!

Ele balançou a cabeça enquanto levantava a caixa de transporte da gata e sua mala.

— Ainda não. Mas logo estarei.

— Mas o quê... Você ficou maluco? E o que é isso que está *vestindo*?

Linus olhou para si mesmo. Estava de camisa e bermuda cáqui e meia marrom. Usava um chapéu de explorador na cabeça. Ele deu outra risada.

— É o que as pessoas usam quando saem numa aventura. Meio ridículo, não? Pode haver canibais, cobras devoradoras de homens e insetos que entram debaixo da pele para comer meus olhos de dentro pra fora. Diante desse tipo de coisa, é melhor se vestir de acordo. Adeus, sra. Klapper. Não sei se voltaremos a nos ver. Seus esquilos viverão em paz a partir de agora. Perdoo a senhora pelos girassóis.

Ele saiu da varanda para a chuva e deixou o número 86 da Hermes Way para trás.

~

— Vai viajar? — perguntou o bilheteiro, conferindo a passagem de Linus. — Estou vendo que vai até o fim da linha, mesmo fora de temporada.

Linus olhou pela janela do vagão, enquanto gotas de chuva escorriam pelo vidro.

— Não — disse ele. — Estou voltando pra casa.

~

Quatro horas depois, a chuva parou.

Uma hora depois, ele viu o primeiro sinal de azul entre as nuvens.

Duas horas depois, sentiu o cheiro de sal no ar.

~

Linus foi o único a descer na estação. O que fazia sentido, uma vez que só restava ele no trem.

— Minha nossa — falou ele, olhando para o trecho de estrada vazia ao lado da plataforma. — Acho que não pensei nisso direito. — Ele balançou a cabeça. — Sem problema. O tempo urge.

Ele pegou a mala e a caixa da gata e começou a andar rumo ao vilarejo, enquanto o trem se afastava.

Linus estava ensopado de suor quando avistou as primeiras construções. Seu rosto estava vermelho e sua mala parecia estar lotada de pedras.

Ele teve certeza de que estava prestes a desmaiar quando chegou à calçada da rua principal. Pensou em se deitar (talvez para sempre) quando ouviu alguém chamar seu nome.

Linus forçou a vista.

Diante da loja de ferramentas, com um regador na mão, estava Helen.

— Oi — conseguiu dizer ele. — É bom te ver de novo.

Ela deixou o regador cair, derramando água no concreto. Então correu na direção de Linus, que já se sentava pesadamente sobre a mala.

— Você *veio andando* até aqui? — perguntou Helen, olhando para as mãos úmidas após tocar os ombros de Linus.

— Espontaneidade não é exatamente meu forte — admitiu ele.

— Você é um idiota — disse ela. — Um idiota maravilhoso. Caiu na real, foi?

Ele assentiu.

— Acho que sim. Ou isso ou estou delirando de vez. Ainda não sei direito qual dos dois.

— Você não avisou que vinha?

— Não. Como falei, tentei ser espontâneo. Ainda não sou muito bom nisso, mas pretendo melhorar com a prática. — Linus ainda respirava com dificuldade enquanto ela lhe dava tapinhas leves nas costas.

— Acho que começou bem. Mas imagino que Merle tampouco saiba que você está aqui.

Ele fez uma careta.

— Ah, é. A balsa. É meio que importante, né? Considerando que é uma ilha e tudo mais.

Ela revirou os olhos.

— Não sei como conseguiu chegar até aqui.

— Estourei minha bolha — disse a Helen, querendo que ela entendesse. — Ela me mantinha a salvo, mas também me impedia de viver. Eu nem devia ter ido embora daqui.

A expressão dela se abrandou.

— Eu sei. — Helen endireitou os ombros. — Mas você está aqui agora, e é isso que importa. Para sua sorte, sou a prefeita. O que significa que, quando quero uma coisa, ela acontece. Fica aqui. Tenho que fazer uma ligação.

Helen se apressou para dentro da loja.

Linus fechou os olhos pelo que pensou ter sido apenas um minuto, mas acordou sobressaltado ao ouvir alguém buzinar à sua frente.

Ele abriu os olhos.

Havia uma caminhonete verde antiga no meio-fio. Tinha manchas de ferrugem e pneus com faixa branca que pareciam muito desgastados. Helen estava ao volante.

— E então? — disse ela pela janela aberta. — Vai passar a noite toda aí?

Não. De jeito nenhum.

Linus colocou a mala na caçamba. Calliope ronronou quando ele pôs a caixa de transporte no banco da frente. A porta rangeu ao fechar.

— É muita bondade sua.

— Acho que fiquei te devendo um favorzinho ou dois — desdenhou ela. — Mas agora estamos quites.

A caminhonete gemeu quando Helen saiu com ela. Doris Day cantava no rádio sobre sonhar um breve sonho comigo.

Merle estava esperando no embarcadouro, parecendo desagradável como sempre.

— Não posso simplesmente largar tudo quando você quer — reclamou ele de cara feia. — Tenho… *sr. Baker*?

— Oi, Merle. É bom te ver de novo. — Era quase verdade, surpreendentemente.

O balseiro ficou boquiaberto.

— Não fique aí parado — falou Helen. — Baixa o portão.

Ele se recuperou.

— Já vou avisando que o valor *quadruplicou*…

Helen sorriu.

— Ah, acho que não. Porque isso seria um absurdo. Agora baixe o portão antes que eu bata contra ele.

— Você não ousaria.

Helen ligou o motor.

Merle correu para a balsa.

— Ele é péssimo — disse ela. — Eu não me importaria nem um pouco se caísse no mar um dia e fosse levado.

— Isso é terrível — falou Linus. — Podemos fazer acontecer.

Helen riu, parecendo surpresa.

— Ah, sr. Baker, nunca imaginei que ouviria algo do tipo do senhor. Adorei. Agora vamos te levar pra casa. Imagino que você tenha um monte de coisa pra dizer.

Ele afundou mais no banco do carro.

A ilha parecia igual a quando ele a deixara. Fazia apenas algumas semanas. Parecia uma vida.

Merle resmungou algo sobre Helen voltar logo, e ela lhe disse que demorariam o quanto fosse necessário e que não queria ouvir nem mais uma palavra da parte dele. O balseiro a encarou, mas assentiu devagar.

Helen dirigiu pela estrada de terra sinuosa, embrenhando-se na ilha enquanto o sol começava a se pôr.

— Vim algumas vezes desde que você foi embora.

Linus olhou para ela.

— Para ver o jardim?

Helen deu de ombros.

— E o que você deixou pra trás.

Ele voltou a se virar para a janela.

— Como… como foi?

Helen estendeu a mão sobre a caixa da gata entre os dois e apertou o braço dele.

— Eles estão bem. Tristes, claro. Mas bem. Fiquei pra jantar na primeira visita. Ouvimos música. Foi ótimo. Eles falaram bastante de você.

Linus sentiu um nó na garganta ao engolir em seco.

— Ah.

— Você causou uma bela impressão nos moradores da ilha no tempo que passou aqui.

— Digo o mesmo em relação a eles.

— É engraçado como as coisas são, não é? Encontrarmos as coisas mais inesperadas quando nem estamos procurando.

Ele só pôde assentir.

Havia luzes acesas no andar de cima da casa principal.

As lanternas de papel no gazebo do jardim estavam acesas.

Eram cinco e meia, o que significava que as crianças deviam estar em seu tempo livre. Linus imaginou que Sal estivesse escrevendo no quarto. Chauncey, treinando diante do espelho. Phee, na floresta com Zoe. Theodore devia estar debaixo do sofá, e Talia, no jardim. Lucy e Arhur provavelmente estavam no andar de cima, discutindo filosofia e aranhas no cérebro.

Pela primeira vez em semanas, ele conseguiu respirar.

Helen parou na frente da casa e sorriu para Linus.

— Acho que nos separamos aqui. Diga a Arthur que venho no sábado. Aparentemente, vamos sair em uma aventura.

— Eles sempre saem, aos sábados — sussurrou Linus.

— Não esquece a mala.

Linus olhou para ela.

— Eu… Obrigado.

Helen assentiu.

— Eu que deveria agradecer. Você mudou as coisas, sr. Baker, querendo ou não. Pode ser algo pequeno, mas é um começo, e acho que vai crescer. Não vou esquecer. Agora vai lá. Eles vão gostar de te ver.

Linus hesitou, nervoso.

— Talvez devêssemos…

Ela riu.

— Fora da minha caminhonete, sr. Baker.

— Linus. Pode me chamar de Linus.

Helen abriu um sorriso doce.

— Fora da minha caminhonete, Linus.

Ele obedeceu, levando Calliope consigo. Então foi até a caçamba e pegou a mala. O cascalho fez barulho sob os pneus quando Helen foi embora.

Linus ficou olhando para a caminhonete até que os faróis desaparecessem em meio às árvores.

— Muito bem, meu velho — murmurou ele. — Você consegue.

Calliope miou de dentro da caixa de transporte.

Ele se inclinou e a abriu.

— Não vá muito lon...

Ela saiu em disparada para o jardim.

Linus suspirou.

— Claro.

Ele a seguiu.

As flores desabrochavam, parecendo mais vívidas do que Linus recordava. Ele seguiu pelo caminho até ouvir resmungos em outra língua. Então contornou a sebe e deparou com uma gnoma barbada abrindo um buraco na terra.

Linus parou.

— Oi — disse ele em voz baixa.

Os ombros da gnoma ficaram rígidos antes que ela voltasse a trabalhar, com Calliope ao seu lado.

Linus deu outro passo na direção dela.

— As ferramentas novas estão dando conta do recado?

Ela não respondeu, mas voava terra para todo lado.

— Helen me disse que ficou impressionada com seu jardim. E que é um dos mais bonitos que ela já viu.

— Claro — falou Talia, irritada. — *Sou* uma gnoma. É pra eu ser boa nisso mesmo.

Ele riu.

— E você é.

— Por que está aqui?

Linus hesitou, mas só por um momento.

— Porque este é o meu lugar. E eu nunca devia ter ido embora, pra começo de conversa. Só fiz isso para me certificar de que vocês ficariam a salvo. Todos vocês. E agora...

Ela suspirou e deixou a pá de lado antes de se virar para Linus.

Estava chorando.

Ele não hesitou em pegá-la nos braços.

Talia enfiou o rosto em seu pescoço. A barba fez cócegas nele.

— Vou te enterrar bem aqui — disse ela entre soluços. — Isso que estou abrindo é sua cova, só pra você saber.

— Eu sei — falou ele, acariciando as costas dela. — Não esperaria menos de você.

— Ninguém conseguiria te encontrar! E, mesmo se *conseguissem*, seria tarde demais e só restariam ossos!

— Talvez possamos adiar essa ideia, pelo menos um pouco. Tenho algo importante para dizer a todos vocês.

Ela fungou.

— Pode ser. Mas se eu não gostar do que ouvir, voltamos pra cá e você entra no buraco sem discutir.

Ele soltou uma risada desvairada e alegre.

— Combinado.

Ela correu à frente, com Calliope em seu encalço. Linus se reservou um momento para sentir o aroma do jardim à sua volta e ouvir as ondas. Se tinha alguma dúvida antes daquele momento, todas se dissiparam. Só torcia para que todos se sentissem do mesmo jeito.

Era hora.

Ele deixou o jardim, contornando a construção. Parou quando viu o que o aguardava.

Estavam todos reunidos diante da porta. Zoe pareceu exasperada ao vê-lo, balançando a cabeça com carinho. Phee o encarava. Ele torcia para que não o transformasse numa árvore. Ou, se transformasse, para que não fosse numa macieira. Não gostava da ideia de ser comido quando florescesse.

Chauncey hesitava, nervoso, como se quisesse correr na direção de Linus, mas soubesse que precisava ser leal aos outros. Sal estava de braços cruzados. Theodore se encontrava em seu ombro, com a cabeça inclinada.

Talia enxugava os olhos e murmurava em gnomês. Linus pensou tê-la ouvido dizer que ia ter que aumentar a cova, uma vez que ele continuava rechonchudo.

E havia Lucy, claro. Lucy estava à frente de todos, com uma estranha expressão no rosto. Linus se perguntou se estava prestes a ser abraçado ou se seu sangue ia começar a ferver, cozinhando todos os seus órgãos internos. A coisa podia ir tanto para um lado quanto para o outro.

Arthur estava atrás deles. Embora sua expressão fosse neutra e suas mãos estivessem entrelaçadas às costas, Linus soube pela postura rígida de seus ombros que estava desconfiado. Reconhecer sua responsabilidade naquilo fez Linus se sentir mal. Arthur nunca deveria ficar tão inseguro. Não em relação àquilo.

Linus manteve distância, ao contrário de Calliope. Ela miava audivelmente ao se esfregar nas pernas de Sal, falante como nunca desde que havia deixado a ilha.

Como ele podia ter sido tão tolo? Como podia ter pensado que poderia deixar aquele lugar? Era colorido, vívido, quente. Parecia que seu coração finalmente voltava a bater. Linus não tinha se dado conta de que o havia deixado para trás. Deveria saber. Deveria ter percebido antes.

— Olá — cumprimentou ele em voz baixa. — É bom ver vocês todos de novo.

Ninguém falou, embora Chauncey tenha se agitado, seus olhos saltando de empolgação.

Linus pigarreou.

— Não espero que compreendam. Não sei se eu mesmo compreendo. Cometi erros, alguns maiores que outros. Mas... — Ele respirou fundo. — Ouvi algo uma vez. Algo importante, embora não acho que soubesse *o quão* importante na hora. Uma pessoa muito sábia disse a coisa mais linda e profunda que já ouvi, embora estivesse nervosa e diante de outras. — Linus tentou sorrir, mas não deu certo. — "Sou apenas papel. Frágil e fino. Se levantado contra o sol, seu brilho me atravessa. Se escrevem em mim, nunca mais posso ser usado. E os rabiscos são história. São uma história. Contam coisas que os outros leem, ainda que só vejam as palavras, e não aquilo sobre o qual elas são escritas. Sou apenas papel, e embora haja muitos como eu, nenhum é exatamente igual. Sou um pergaminho ressecado. Tenho linhas. Tenho buracos. Se me molham, eu desmancho. Se botam fogo em mim, eu queimo. Se me pegam com mãos duras, eu amasso. Eu rasgo. Sou apenas papel. Frágil e fino."

Sal arregalou os olhos.

— Isso ficou comigo — prosseguiu Linus. — Porque é realmente importante. Vocês são realmente importantes. — Sua voz falhou, e ele balançou a cabeça. — Vocês não precisam temer o Departamento Encarregado da Juventude Mágica. Aqui é seu lar e continuará sendo. Podem ficar o quanto desejarem. E no que depender de mim, outros como vocês conhecerão a mesma paz.

Talia e Phee arfaram. Chauncey ficou boquiaberto. Lucy sorriu, enquanto Theodore abria as asas e soltava um rugidinho de empolgação. Sal descruzou os braços, aliviado.

Zoe inclinou a cabeça.

Arthur permaneceu como estava.

Não era o bastante. Linus sabia daquilo.

Portanto, ofereceu tudo o que lhe restava.

— Adoro vocês. Todos vocês. E embora tenha passado a maior parte da vida em um mundo onde vocês não existiam, não acredito que possa mais viver nesse mundo. Começou com o sol, quente. Depois veio o mar, diferente de qualquer outra coisa que eu já tivesse visto. Em seguida este lugar, esta ilha tão misteriosa e maravilhosa. Mas foram vocês que me deram paz e alegria como eu nunca havia tido. Me deram uma voz e um propósito. Nada teria mudado se não fosse por todos vocês. Acho que eles me ouviram, mas se eu soube o que dizer foi por causa do que vocês me ensinaram. Não estamos sozinhos. Nunca estivemos. Temos uns aos outros. Se fosse embora de novo, eu iria sempre desejar estar aqui. Não quero mais desejar. Se me aceitarem, quero ficar. Pra sempre.

Silêncio.

Ele coçou a nuca, nervoso, perguntando-se se deveria dizer mais alguma coisa.

— Nos dê licença por um momento, sr. Baker — disse Lucy. Ele se virou para os outros e acenou para que se aproximassem. As crianças baixaram a cabeça e começaram a sussurrar furiosamente. Zoe cobriu uma risada com as costas da mão.

Arthur não tirou os olhos de Linus.

Linus sabia que era falta de educação tentar ouvir uma reunião da qual não fazia parte. No entanto, isso não o impediu de tentar. Infelizmente, as crianças não pareciam se importar que ele estivesse prestes a ter um ataque do coração. Ele ficou esperando enquanto conferenciavam. Em determinado momento, Lucy passou um dedo pelo pescoço, revirou os olhos e botou a língua para fora. Talia assentiu, em concordância. Linus achou que Chauncey havia dito algo sobre alimentar os canibais, mas talvez ele tivesse ouvido mal. Theodore bateu as mandíbulas. Phee olhou feio para Linus por cima do ombro, então voltou a se virar para os outros. Sal murmurou algo baixinho, e as crianças olharam para ele em adoração.

— Então estamos de acordo? — perguntou Lucy.

As crianças assentiram.

E voltaram a se virar para Linus.

Lucy falou pelos outros.

— Alguém sabe que está aqui?

Linus fez que não com a cabeça.

— Então, se matarmos você, ninguém vai saber.

— Sim, mas eu gostaria de evitar isso, se possível.

— Claro que sim — falou Lucy. — Temos algumas condições.

— Eu não esperaria menos de vocês.

Talia disse:

— Você precisa me ajudar no jardim durante a primavera e fazer exatamente o que eu mandar.

— Sim — concordou ele sem hesitar.

Phee disse:

— Você tem que passar um dia por mês comigo e com Zoe na floresta.

— Sim.

Chauncey disse:

— Você tem que me deixar lavar sua roupa!

O coração de Linus parecia que ia explodir.

— Se é o que você quer.

— E me dar gorjeta!

— Claro.

Theodore chilreou e estalou a língua, balançando a cabeça para cima e para baixo.

— Todos os botões que eu conseguir encontrar — concordou Linus.

Sal disse:

— Você tem que deixar a gente te chamar de Linus.

Linus sentiu os olhos arderem.

— Eu adoraria isso.

Lucy abriu um sorriso travesso.

— E tem que dançar comigo. E, quando eu tiver pesadelos, tem que me dizer que vai ficar tudo bem.

— Claro. Sim. Sim pra tudo isso. Pra qualquer coisa. Por vocês, faço o que for.

O sorriso de Lucy perdeu força. Ele parecia tão jovem.

— Por que foi embora?

A cabeça de Linus pendeu.

— Às vezes, a gente não sabe o que tem até não ter mais. E eu precisava ser a voz de vocês. Pra que as pessoas de longe soubessem tudo o que vocês são.

— Crianças. — Era a primeira vez que Arthur falava. — Podem entrar e ajudar Zoe com o jantar? Preciso dar uma palavrinha com o sr. Baker.

Elas começaram a reclamar.

— Agora.

Lucy jogou as mãos para o alto.

— Não sei por que você não dá logo um beijo nele e acaba com isso. Adultos são tão tontos.

Zoe engasgou com uma risada.

— Vamos. Vamos deixar os adultos tontos a sós. Vamos entrar e começar a fazer o jantar, e com certeza não ficar espiando pela janela.

— Ahhh — disse Talia. — Entendi. Isso, vamos ficar espi... Digo, vamos fazer o jantar.

Eles subiram os degraus correndo. Sal olhou para trás antes de fechar a porta atrás de si.

Então foi para a janela, junto com os outros, embora tentassem inutilmente se esconder atrás das cortinas. Incluindo Zoe.

Linus amava todos eles.

As estrelas começavam a despontar no alto. O céu tinha listras em laranja, rosa e azul, azul, azul. As aves marinhas soavam. As ondas quebravam contra as pedras.

Mas a única coisa que importava no momento era o homem diante de Linus. Aquele homem maravilhoso.

Linus esperou.

— Por que agora? — perguntou Arthur finalmente, parecendo cansado.

— Já era hora — respondeu Linus. — Eu… eu voltei porque achava que era a coisa certa a fazer. Apresentei os resultados da minha investigação ao Altíssimo Escalão. — Ele fez uma pausa, refletindo. — *Apresentei* talvez seja um eufemismo. Fui bem firme, pra ser sincero.

Os lábios de Arthur se retorceram.

— É mesmo?

— Nem sabia que era capaz.

— E por que fez isso?

Linus abriu as mãos à frente do corpo.

— Porque eu… vi coisas. Aqui. Aprendi coisas que não sabia. E isso me mudou. Eu não sabia o quanto até ir embora. Até não poder mais acordar e vir tomar café aqui, na casa principal. Ou acompanhar suas aulas. Ou discutir suas ideias absurdas no campo da filosofia. Ou sair em aventuras aos sábados, usando roupas ridículas, sob a ameaça de uma morte horrível.

— Não sei — disse Arthur. — Não parece ser um problema para você usar essas roupas agora.

Linus puxou a camisa.

— Estou começando a gostar. O fato é que fui embora porque fiquei com medo de como seria, e não de como era. Não estou mais com medo.

Arthur assentiu e desviou os olhos, com a mandíbula tensa.

— E o orfanato?

Linus balançou a cabeça.

— Não é… Sabe, você me disse certa vez que esse é um termo equivocado. Que ninguém vem aqui querendo adotar uma criança.

— Eu disse isso mesmo, não foi?

— Disse, sim. E, como falei ao Altíssimo Escalão, isso não é um orfanato. É um lar. E vai continuar assim.

— Sério?

— Sério.

— E quanto às outras crianças? Você disse que achava que podia ajudar todas as outras.

Linus coçou a nuca.

— Posso ter feito algo... ilegal? Roubei alguns arquivos. Talvez mais do que alguns. Tenho uma ideia, mas vai levar um tempo.

— Linus Baker! Estou muito surpreso com você. Roubo, de todas as coisas? Não é apropriado.

— Pois é — murmurou ele. — Coloco toda a culpa em vocês, que me corromperam.

Linus pensou ter visto uma faísca nos olhos de Arthur.

— Fez mesmo tudo isso?

— Fiz. Fiquei com medo, mas era a coisa certa a fazer. — Ele hesitou por um momento. — Também pedi demissão.

Arthur pareceu surpreso.

— Por quê?

Linus deu de ombros.

— Porque aquele não era o meu lugar.

— E onde é o seu lugar, Linus?

Com o que lhe restava de coragem, Linus Baker disse:

— Aqui. Com vocês. Se me aceitarem. Me pede de novo. Por favor. Eu suplico. Me pede de novo pra ficar.

Arthur assentiu devagar. Pigarreou.

— Linus — disse ele, um pouco rouco.

— Sim, Arthur?

— Fica. Aqui. Com a gente. Comigo.

Linus mal conseguia respirar.

— Sim. Sempre. Sim. Por eles. Por você. Por...

De repente, ele estava sendo beijado. Nem tinha visto Arthur se mover. Num momento, achou que estava prestes a ter um colapso, e no outro, seu rosto estava em mãos quentes, e lábios pressionavam os seus. Ele sentiu que pegava fogo, queimava de dentro para fora. Então colocou as mãos sobre as de Arthur, mantendo-as no lugar. Não queria que aquele momento acabasse nunca mais. Apesar de todas as músicas românticas que havia ouvido na vida, não estava preparado para o que sentiria num momento como aquele.

Arthur se afastou e começou a rir, enquanto Linus beijava freneticamente seu queixo, suas bochechas, seu nariz e sua testa. Arthur soltou as mãos e o abraçou, puxando-o para mais perto. Linus ouvia as crianças comemorando do lado de dentro, enquanto os corpos dos dois balançavam à luz do sol se pondo.

— Desculpa — sussurrou Linus no pescoço de Arthur, sem querer que o momento acabasse.

Arthur o abraçou com ainda mais força.

— Seu homem tolo e encantador. Não precisa pedir desculpas. Você lutou por nós. Eu nunca poderia ficar bravo com você por isso. Só subiu em minha estima.

Linus sentiu o coração se tranquilizar no peito.

Os corpos dos dois continuavam a balançar ao ritmo da música que só eles ouviam. O sol finalmente mergulhou no horizonte, e tudo estava bem naquele cantinho do mundo.

Você não gostaria de estar aqui?

EPÍLOGO

Na tarde quente de uma quinta-feira de primavera, eles ouviram o som de uma velha caminhonete chegando pela estrada.

Linus, que estava arrancando ervas daninhas, ergueu o rosto e passou uma mão pela testa, manchando-a de terra.

— Deve ser a Helen — disse ele. — Ela veio te ver?

Talia não ergueu o rosto. Continuou apalpando carinhosamente o solo em torno das petúnias.

— Não que eu saiba. Ela mencionou que outra revista queria ver minhas flores, mas só no mês que vem. Não comentou nada na semana passada, quando estávamos no vilarejo.

Linus se levantou com um gemido.

— Vou ver o que ela quer.

— Se forem meus fãs, diga que não estou preparada para receber no momento e que é falta de educação vir sem avisar.

Ele riu.

— Pode deixar que eu passo o recado.

Talia virou para ele, estreitando os olhos.

— Não vai pensar que com isso se livrou de ter que arrancar as ervas daninhas.

Ele deu um tapinha no topo do chapéu dela.

— Eu nem sonharia com isso. Continua trabalhando. Não vou demorar.

Talia murmurou algo em gnomês.

Linus balançou a cabeça, sorrindo sozinho. As ameaças dela estavam cada vez mais criativas. A culpa só podia ser de Lucy.

Ele limpou as mãos na camisa e seguiu do jardim para a casa principal. O Linus de um ano antes não reconheceria aquele homem. Sua pele havia queimado, descascado, queimado e descascado até chegar ao que poderia ser descrito como um leve bronzeado. Ele usava short (porque queria!), e seus joelhos estavam sujos da hora que havia passado ajoelhado no jardim. Continuava rechonchudo, e havia aceitado isso a contragosto quando Arthur afirmara que gostava dele assim. Seu cabelo estava ainda mais ralo que antes, mas ele não tinha tempo para frivolidades. Pela primeira vez na vida, sentia-se confortável consigo mesmo. Talvez sua pressão continuasse um pouco alta, mas a vida era muito mais do que se preocupar com a pança e fios de cabelo perdidos no travesseiro.

Linus estava cantarolando Buddy Holly quando a caminhonete parou com um solavanco. O motor tossiu e gaguejou ao desligar.

— Parece que está nas últimas — comentou Linus enquanto Helen descia do veículo, usando um macacão sujo de grama.

— Bom, por enquanto dá conta do recado. — Ela sorriu para Linus. — Você está todo sujo. Talia está te fazendo cumprir a promessa?

Linus suspirou.

— Consegui reduzir para três dias por semana, mas não tenho coragem de pedir menos. Ela ainda não tampou o buraco que supostamente era minha cova. É bastante eficiente em ameaças para uma pessoa tão pequena.

— Você fica bem assim — disse Helen, dando batidinhas no ombro dele. — Arthur está? Preciso falar com vocês dois. Ah, J-Bone me pediu para avisar que os discos que Lucy encomendou chegaram.

— Está tudo certo?

O sorriso dela perdeu força.

— Acho que sim. Mas é melhor contar para os dois juntos.

Linus não gostou nada daquilo.

— Tem a ver com o vilarejo? Achei que as coisas estivessem melhorando. Quando fomos pra lá na semana passada, só recebemos alguns olhares feios.

Ela balançou a cabeça.

— Não, não tem a ver com o vilarejo. Mas quem pegou no pé de vocês?

Ele deu de ombros.

— Os mesmos de sempre. Mas está ficando mais fácil ignorar aquele pessoal. Crianças são incrivelmente resilientes quando preciso.

Helen franziu a testa.

— Não deveriam *ter* que ser. Eu prometi que ia fazer o meu melhor para garantir que aquilo não acontecesse de novo.

— Você já fez maravilhas — garantiu Linus. — Essas coisas levam tempo.

E nem todo mundo *queria* que as coisas mudassem, embora ele não achasse que precisava lhe dizer aquilo. Desde que havia conhecido a ilha e visto tudo com seus próprios olhos, Helen assumira como missão pessoal tornar o vilarejo um lugar mais receptivo a todos. Primeiro, tirou todos os cartazes de SE VIR ALGO, DIGA ALGO da cidade. A resistência foi mínima. Mas as reclamações aumentaram quando ela anunciou sua intenção de divulgar o vilarejo de Marsyas como um destino de férias para todos, fossem humanos ou seres mágicos. Foi só quando lembrou aos proprietários de negócios que mais turistas significavam mais dinheiro que a oposição começou a abrandar. Linus considerou tragicômico o modo como o preconceito não era páreo para os lucros, principalmente considerando que o pagamento que o vilarejo recebia para ficar em silêncio em relação à ilha havia sido cortado. Ele considerou uma vitória quando o conselho local votou a favor, por mais vazio que aquilo pudesse ser.

Era um começo.

Então, depois do Natal, veio o surpreendente anúncio do Departamento Encarregado da Juventude Mágica de que todo o Altíssimo Escalão havia renunciado após uma investigação externa que concluiu que as escolas que administravam eram discriminatórias. A investigação tinha sido motivada por um relatório anônimo que descrevia práticas repugnantes envolvendo a juventude mágica, citando exemplos específicos de crianças aos cuidados do DEDJUM que haviam sido tratadas como cidadãs de segunda classe. Um novo conselho diretivo havia sido nomeado. Embora se falasse em mudanças grandiosas e abrangentes, as engrenagens da burocracia eram lentas, e ainda mais quando deparavam com estrondosa resistência. Superar décadas de preconceitos levaria tempo. Mas a movimentação no DEDJUM poderia levar outros departamentos que lidavam com seres mágicos a mudar aos poucos.

Era preciso começar de algum lugar.

Uma repórter fora à ilha em fevereiro. Ela tinha ido atrás de Linus depois de saber de sua dramática saída do DEDJUM e perguntara se ele sabia alguma coisa sobre o relatório anônimo que abalara o governo.

— Um delator — dissera ela. — Alguém com informações privilegiadas sobre o funcionamento do Departamento Encarregado da Juventude Mágica.

Linus riu, nervoso.

— Pareço o tipo que iniciaria uma confusão dessas?

Ela não se deixou enganar.

— Aprendi a nunca julgar o que uma pessoa é capaz de fazer com base nas aparências. E garanto seu anonimato.

— É mesmo?

— Pode confiar em mim. Protejo minhas fontes com ardor.

Ele pensou em todas as outras crianças do mundo que viviam em lugares como Marsyas. As que havia conhecido e os milhares que nunca tivera o prazer de conhecer, embora houvesse lido sobre várias nos arquivos roubados. Talvez aquilo ajudasse o fogo a continuar queimando intensamente. Ele era um homem tranquilo, com um coração tranquilo, mas pensou na fênix, abrindo suas asas no porão escuro e depois no embarcadouro, para todos verem. Se a repórter tinha conseguido encontrá-lo, provavelmente outros também conseguiriam. Por outro lado, Linus estava cansado de se esconder nas sombras.

— Então me ouça bem, pois a história que vou contar não é como nenhuma outra que já tenha ouvido.

A repórter sorriu.

Quando foi embora, cinco horas depois, seus olhos brilhavam e ela parecia sedenta. Disse que tinha o bastante para uma série de reportagens e que avisaria quando fosse começar a sair. Ela acreditava que seria no início do verão.

— Sabem o que isso vai fazer? — perguntara a repórter, parada diante da casa. — Têm alguma ideia do que vai significar?

— Mais do que imagina — respondera Arthur.

Ela olhou para ele por bastante tempo antes de assentir. Então se virou para o carro, levou a mão à maçaneta e parou. Então voltou a olhar para eles.

— Uma última pergunta.

— Esses repórteres… — comentou Linus.

Ela o ignorou. Só tinha olhos para Arthur.

— Uma fonte me disse que um homem diferente de qualquer outro concordou em testemunhar quanto à sua experiência pessoal sob a tutela do Departamento Encarregado da Juventude Mágica. Sabem alguma coisa a respeito?

— Um homem diferente de qualquer outro — disse Arthur. — Que curioso.

— É verdade?

— Acho que o tempo dirá.

A repórter balançou a cabeça. Algo passou por seu rosto que Linus não conseguiu identificar.

— Tenho que ser objetiva — ela disse. — Meu trabalho é relatar os fatos e nada mais.

— Mas? — perguntou Arthur.

— Mas, como ser humano, como alguém que vislumbrou a luz nas trevas, espero que esse homem saiba que há muitas, muitas pessoas que acreditam que o que ele tem a dizer pode trazer a mudança de que este mundo precisa desesperadamente. Tenham um bom dia.

Ela foi embora, seguindo rumo à balsa.

Ambos ficaram na varanda, observando o carro desaparecer na estrada de terra, de mãos dadas.

— Não falei? — disse Linus.

Arthur sorriu.

— Falou. E talvez esteja certo no fim das contas. Acha mesmo que vão ouvir?

Linus não era bobo: sabia que o DEDJUM provavelmente o observava tão de perto quanto qualquer outro morador da ilha. Embora não fosse nem um pouco mágico, havia deixado o departamento e ido para um lugar que ainda era considerado confidencial, embora agora aquilo tivesse se tornado uma piada. As crianças não escondiam mais quem eram. E, embora ainda houvesse algum conflito, elas podiam ir ao vilarejo sempre que desejassem. Helen se certificara daquilo.

Ah, ele não era inocente a ponto de pensar que seria igual em toda parte. Sabia do ódio e da causticidade de que os seres mágicos eram vítimas em cidades maiores. Havia protestos e marchas a favor do registro, mas o que lhe permitia ter esperança de que as coisas estivessem mudando eram os *contramanifestantes*, que se reuniam em grandes números. Eram em sua maioria jovens, uma mistura de seres humanos e mágicos. Linus sabia que a velha guarda estava nas últimas.

Era uma questão de tempo.

— Sim — disse ele a Arthur. — Uma hora, sim.

Arthur assentiu.

— Você acredita em mim.

Linus piscou.

— Claro. Acredito em todos vocês. Mas você é uma fênix, Arthur. Conhece o fogo. É hora de queimar tudo e ver o que pode nascer das cinzas.

— Uma confusão dessas… — disse Arthur, então riu baixo. — Se eles soubessem do que somos capazes.

Linus sorriu.

— Eles vão saber.

Ele estava esperando para ver se o DEDJUM mandaria um novo assistente social à ilha, principalmente depois da petição que Arthur havia registrado. Até então, não tinham ouvido nada a respeito. Mas agora Helen estava ali. Talvez soubesse de alguma coisa e quisesse avisá-los.

— Vou continuar trabalhando nisso — disse ela a Linus.

Ele sorriu para ela.

— Sabemos disso. E somos gratos.

Linus a acompanhou até a casa. Ouvia os sons de um lar cheio de alegria por toda a volta. Os rangidos e gemidos de uma casa velha e bem habitada. Linus viu a pontinha de um rabo saindo do vão debaixo do sofá e batendo alegremente. Enquanto subiam a escada, ouviu o som furioso das teclas da máquina de escrever, e um "Como vai?" animado vindo do quarto de Chauncey, que vinha praticando cada vez mais, principalmente depois que o gerente do hotel local perguntara se ele gostaria de trabalhar um dia por mês como mensageiro. O homem que havia dado o chapéu a Chauncey estava envelhecendo e logo iria se aposentar. Chauncey tinha se desfeito em uma poça, algo que Linus e Arthur nem sabiam que era possível. Ele acabara conseguindo se recompor e aceitara a oferta em meio às lágrimas. Seu primeiro dia de trabalho seria o sábado seguinte.

Linus ouviu Lucy exclamando alto quando chegaram à porta do quarto. Ele olhou para Helen, que arqueou uma sobrancelha.

— Lucy foi o primeiro a dizer algo a Arthur sobre o que ele é — explicou Linus. — Todo mundo já sabia, mas Lucy decidiu ser mais aberto em relação a isso. Agora faz semanas que vem pedindo a Arthur para botar fogo nas coisas.

— Minha nossa — disse Helen.

Linus abriu a porta.

— ... e *pensa* nisso, Arthur! Pensa em todas as coisas que pegam fogo! Papel! Papelão! Árvores! Espera. Não. Árvores, não. Phee vai me matar se botarmos fogo em árvores. Mas *poderíamos* botar, se quiséssemos. Cá entre nós, *tem muita coisa* em que poderíamos botar fogo... Oi, Linus!

Linus balançou a cabeça.

— Já falamos sobre isso, Lucy.

Lucy fez uma careta.

— Eu sei. Mas você me disse que o único jeito de aprender coisas novas é perguntando a respeito.

Arthur sorriu.

— Você disse mesmo, não disse?

— Me arrependo muito — murmurou Linus.

— Mentira — disse Lucy. — Você me *ama.* — Seu sorriso se tornou um pouco mais travesso. — Assim como *aaaama* Arthur.

Linus sentiu que corava, mas não tentou discordar. Todo mundo ali saberia que estava mentindo.

— Seja como for, acho que tem um prato de biscoitos esperando por você na cozinha. Por que não pergunta a Sal e Chauncey se não querem descer também?

Lucy olhou para ele, desconfiado.

— Está me mandando embora pra falarem de mim? Se for o caso, não fiz o que acham que fiz.

Linus estreitou os olhos.

— Você fez alguma coisa que eu deveria saber?

— Biscoitos! — gritou Lucy, indo embora correndo. — Oi, Helen! Tchau, Helen! — Ele chamou os irmãos e bateu a porta atrás de si, entortando um quadro na parede, de um lêmure em uma posição estranhamente lasciva do qual Arthur achava uma graça inexplicável.

— Ele é um diabinho, né? — perguntou Helen, olhando para a porta fechada do quarto.

— Literalmente — respondeu Arthur. — Não sabia que você viria, Helen.

— Desculpa — pediu ela. — Eu… não consegui esperar. Precisava ver você. — Ela olhou para Linus. — Vocês dois, na verdade. É importante.

— Claro — falou Arthur, acenando com a cabeça para a poltrona que Lucy antes ocupara. Helen se sentou e Linus foi para perto de Arthur. Ele ficou vermelho quando Arthur pegou sua mão e deu um beijo nela, mas não a recolheu.

— Então vocês estão se dando bem? — perguntou Helen, com um brilho nos olhos de que Linus não gostava.

— Vivemos um dia de cada vez — afirmou Linus, tenso.

— Claro. Dá pra entender. No fim de semana passado, Talia me disse que você não dorme na casa de hóspedes desde o Natal. E que eles dormiram na casa de Zoe algumas vezes, embora não me pareça que ela compreenda o motivo.

Arthur riu, mas Linus grunhiu.

— Aqueles enxeridos…

— Acho que está te fazendo bem — disse Helen baixinho. — A vocês dois, na verdade. Fico feliz que tenham se encontrado. — Ela voltou ao assunto. — Bom, esperei antes de vir falar com vocês. Queria ter certeza, mas acho que é hora.

Linus estava confuso. Ele olhou para Arthur antes de voltar a olhar para Helen.

— Do que está falando?

— Uma criança — falou Arthur. — É isso, não é? Você encontrou uma nova criança.

Linus sentiu a nuca arrepiar.

Helen assentiu.

— Ele não tem documentos. E não tem ninguém. Está ficando com… amigos. Pessoas em quem confio, mas que não têm muito espaço, e a ideia era que fosse temporário mesmo. Dado… o que ele é, vai precisar de mais do que eles poderiam oferecer. — Ela abriu um sorriso trêmulo. — Sei que é pedir demais e que pode chamar mais atenção do que gostariam, mas ele não tem para onde ir. Já procuraram parentes, sem sucesso. Acho que ele está sozinho. É tímido, parece assustado e não fala muito. Me lembra um pouco Sal, na verdade. Ou como Sal era antes. Acho que nunca ouvi aquele menino falar tanto quanto nos últimos meses.

— Virou um tagarela — disse Linus. — Qual é o nome dele?

— E é por isso que eu sei que aqui é o lugar perfeito pra ele — falou Helen, com um sorriso cada vez mais largo. — Porque nem me perguntaram o que ele é, só quem ele é. Não acho que já tenham feito isso em relação a esse menino. — Ela tirou uma foto de um bolso do macacão, deu uma olhada nela e depois a entregou. — Ele se chama David. Tem onze anos. E é um...

— Iéti — completou Linus, deslumbrado, olhando para a foto na mão de Arthur. Nela, um menino coberto de pelos brancos e grossos sorria. Mas foram os olhos que chamaram sua atenção.

Eram cerúleos.

— Podemos receber David — disse Linus na mesma hora. — Quando ele quiser. Pode ser hoje? Onde ele está? Tem muita coisa? Ah, vamos ter que arranjar um lugar para ele dormir. A casa de hóspedes talvez sirva, mas... Calma. Será que ele vai ficar bem lá? Será que não prefere um lugar mais frio? Bom, vamos pensar em alguma coisa. Vamos fazer tudo o que pudermos para que se sinta confortável...

Ele sentiu que Arthur apertava sua mão.

Olhou para baixo.

— Pareço ansioso demais?

Arthur disse:

— Você é muito, muito fofo. Como eu te adoro.

Linus tossiu.

— Hum. É. Você também. O mesmo, digo.

Helen sorria para eles.

— Eu sabia. Sabia que estava fazendo a coisa certa. E, sim, ele prefere o frio, embora tenha sobrevivido mais tempo no calor.

— Ele não deveria estar *sobrevivendo* — falou Linus, irritado. — Deveria estar *vivendo*.

— O porão — disse Arthur, e Linus se virou para ele. — Podemos transformar o porão em uma câmara fria para ser o quarto dele.

— Tem certeza?

Arthur fez que sim com a cabeça.

— Tenho. Acho que é hora. De deixar o passado pra trás. De transformar um lugar cheio de raiva e tristeza em algo melhor.

Linus Baker amava Arthur Parnassus mais do que poderia expressar.

— Acha que pode atrapalhar o seu pedido de adoção dos outros? — perguntou Helen, parecendo preocupada. — Não quero colocar isso em risco.

Arthur balançou a cabeça.

— Não vejo motivo. Este lugar ainda é considerado um orfanato, embora o DEDJUM esteja revendo suas diretrizes, ou é o que dizem. E ele... é especial, como o restante de nós. Se gostar daqui e quiser ficar, faremos o possível para legalizar tudo. Se ele não gostar, vamos encontrar um lugar onde se encaixe.

Helen pareceu aliviada.

— Tem mais crianças, sabiam? Muito mais.

— Nós sabemos — disse Linus. — E, embora talvez não consigamos ajudar todas, vamos fazer o que pudermos pelas que cruzarem nosso caminho.

Helen foi embora pouco depois, com a promessa de entrar em contato em breve. Tinham planos a fazer, e ela achava que era melhor se Arthur e Linus fossem ver David sozinhos primeiro, para que ele não se sentisse sobrecarregado conhecendo todos de uma vez só.

Eles concordaram.

Linus olhou para a caminhonete pela janela do quarto. Helen tinha abaixado o vidro do motorista e estava falando com Zoe. Ambas sorriam. Linus não tinha acompanhado o florescer daquela amizade, mas parecia ser o único. Foi só quando deparou com as duas se beijando que entendeu por que Helen passava cada vez mais tempo na ilha.

Zoe beijou as costas da mão de Helen e se afastou. A caminhonete fez a volta e o motor roncou a caminho do embarcadouro. Linus se sobressaltou ao sentir braços em sua cintura. Ele virou a cabeça ligeiramente para roçar o nariz na bochecha de Arthur.

— Você consegue — sussurrou ele. — Trazer o garoto pra cá. Garantir que seja feliz.

— *Nós* conseguimos — corrigiu-o Arthur, com delicadeza. — Ele vai precisar de você tanto quanto de mim. Vai precisar de todos nós, acho. E estaremos prontos.

Linus se virou e beijou a ponta do nariz de Arthur.

— Obrigado.

— Pelo quê?

— Por isso. Por tudo. Por toda essa cor.

Arthur sabia do que ele estava falando.

— Foram os olhos dele, não? Que você notou primeiro.

Linus assentiu com a cabeça.

— Me lembraram do mar. É um sinal. Ele pertence a este lugar. E faremos o que for possível para garantir que saiba disso.

— Acha que devemos contar às crianças?

— Sobre David? Claro. Elas precisam...

Arthur balançou a cabeça.

— Sobre o pedido de adoção. Sobre seu nome também constar nele.

Linus hesitou.

— Ainda não. Não até termos certeza de que vai dar certo com o meu nome junto. Eu odiaria dizer alguma coisa e depois ter que voltar atrás e deixar só o seu, caso o DEDJUM recuse o pedido porque somos... — Ele tossiu com força. — Você sabe. — Linus queria desaparecer. Torcia para que Arthur ignorasse aquilo.

Arthur não ignorou.

— Porque não somos casados.

— É. Isso. — E não, Linus não estivera pensando naquilo de jeito nenhum. Nem um pouco. A própria ideia era absurda. Não apenas era cedo demais como...

— Talvez devamos mudar isso, então.

Linus ficou olhando boquiaberto enquanto Arthur seguia na direção da porta.

— Como?

Arthur olhou para ele por cima do ombro.

— Vamos, querido Linus?

— Espera um momento! Você não devia... Você não pode só *dizer* algo assim... O que foi que...

Arthur abriu a porta do quarto e estendeu uma mão para Linus.

Ainda gaguejando, claro, Linus aceitou o que lhe era oferecido.

No fim das contas, eles não precisavam ter se preocupado. Quando chegaram ao pé da escada, as crianças e Zoe estavam reunidas na cozinha, e Lucy já estava explicando com toda a empolgação que Linus ia ser pai deles também e que ia se casar com Arthur. Precisariam falar com ele de novo sobre aquela história de ficar bisbilhotando.

Quando as crianças pularam em cima deles, gritando felizes e derramando lágrimas, Linus percebeu que não estava nem um pouco chateado.

Às vezes, pensou ele, numa casa num mar cerúleo, era possível escolher a vida que se queria.

E, se você tivesse sorte, às vezes aquela vida te escolhia de volta.

AGRADECIMENTOS

Escrever pode ser uma jornada solitária. Com frequência, escritores ficam presos em sua própria cabeça enquanto buscam fervorosamente expressar seus pensamentos em palavras. É só quando estamos prontos para colocar nossas histórias no mundo que fica claro que não precisamos fazer essa viagem assustadora e empolgante sozinhos.

A minhas leitoras beta, Lynn e Mia, que foram as primeiras a ler esta história: suas contribuições foram inestimáveis, como sempre. Vocês tornaram *A casa no mar cerúleo* mais do que eu esperava que pudesse ser, e sempre terão minha gratidão por isso. Tenho muita sorte de contar com vocês.

A minha agente, Deidre Knight: você foi e continua sendo um presente inesperado. Lembra quando entrou em contato comigo depois de ler meu livro sobre lobos? Eu lembro. Aquilo mudou minha vida. Você me botou debaixo da sua asa e me levou a fazer mais do que eu achava que era capaz. Você trabalhou duro por mim, e é por isso que este livro e os que virão depois dele encontraram seu lar em uma editora que me compreende e que compreende a importância da experiência queer. Você é incrível. Nunca deixe ninguém te dizer o contrário.

A minha editora, Ali Fisher: eu te amo, cara. Fiquei *muito nervoso* quando nos falamos ao telefone pela primeira vez. Eu estava fora da minha zona de conforto, e embora Deidre segurasse minha mão, fiquei com medo de ter um troço. Mas você não pareceu se incomodar com meus balbucios, e depois que desliguei eu soube que não haveria maneira melhor de contar minhas histórias do que com você, na Tor. Obrigado por me dar uma das maiores alegrias da minha vida. Seu trabalho tornou este livro o melhor possível, e eu não poderia pedir uma editora melhor. Arrasamos.

A todos os outros:

Agradeço à Tor por me mostrar que uma editora pode acreditar em histórias queer honestas (envolvendo o Anticristo).

Obrigado a Saraciea Fennell, minha assessora de imprensa, que conta com o apoio de Anneliese Merz e Lauren Levite, por me vender bem (no bom sentido).

Agradeço ao diretor de arte Peter Lutjen e ao Red Nose Studio por criarem uma das capas mais bonitas que já vi. De verdade. Quando terminarem de ler meus agradecimentos, vão lá ver de novo. É pura arte.

Além de Ali, a editora-assistente, Kristin Temple, certificou-se de que eu não saísse dos trilhos, o que costumo fazer. Valeu, Kristin.

Agradeço a Melanie Sanders e Jim Kapp, da produção, à equipe de vendas da Macmillan, à equipe de marketing da Tor (Rebecca Yeager, você é uma verdadeira estrela) e à equipe de marketing digital.

Então, sim, embora escrever um romance seja algo solitário, não estou sozinho, como podem ver. Tenho ótimas pessoas comigo. Isso é algo pelo qual sempre serei grato. Elas me tornam um escritor melhor.

E um último agradecimento: a você, que leu este livro. Se chegou até aqui, espero que tenha gostado. Alguns de vocês podem não me conhecer como autor. Outros talvez estejam comigo desde o começo. Valorizo cada um, porque, sem vocês, eu não teria para quem contar minhas histórias. Obrigado por me permitirem fazer o que mais amo.

TJ Klune
22 de agosto de 2019

© Natasha Michaels

SOBRE O AUTOR

TJ KLUNE é um autor estadunidense que escreve desde os oito anos. Ganhador dos prêmios Lambda, Alex Award e Mythopoeic Fantasy, ele acredita na importância de representar, agora mais do que nunca, personagens queer de maneira positiva, uma vez que ele é parte da comunidade LGBTQIA+. *A casa no mar cerúleo* tornou-se um sucesso de crítica e de público, figurando nas listas de mais vendidos do *New York Times*, do *USA Today* e do *Washington Post*.